伊甸园

The Garden of Eden

[美] 海明威 ◎ 著　陈君瑞 ◎ 译

煤炭工业出版社

·北京·

图书在版编目（CIP）数据

伊甸园／（美）海明威著；陈君瑞译． - - 北京：煤炭工业出版社，2016（2022.3 重印）
ISBN 978 - 7 - 5020 - 5337 - 6

Ⅰ.①伊… Ⅱ.①海… ②陈… Ⅲ.①长篇小说—美国—现代 Ⅳ.①I712.45

中国版本图书馆 CIP 数据核字(2016)第 153807 号

伊甸园

著　　者	（美）海明威
译　　者	陈君瑞
责任编辑	刘少辉
封面设计	新吉乐夫
封面插画	严文胜

出版发行　煤炭工业出版社（北京市朝阳区芍药居35号　100029）
电　　话　010 - 84657898（总编室）
　　　　　010 - 64018321（发行部）　010 - 84657880（读者服务部）
电子信箱　cciph612@ 126. com
网　　址　www. cciph. com. cn
印　　刷　唐山楠萍印务有限公司
经　　销　全国新华书店
开　　本　710mm×1000mm $\frac{1}{16}$　印张　17　字数　360千字
版　　次　2017年1月第1版　2022年3月第3次印刷
社内编号　8194　　　　　　　定价　58.00元

版权所有　违者必究

本书如有缺页、倒页、脱页等质量问题，本社负责调换，电话:010 - 84657880

目　录

伊甸园 ………………………………………………………… 1

非洲的青山 ………………………………………………… 139

伊甸园

भूमिका

第一章

  他们原先在杜乐高河居住，随后又搬到运河边的一家旅馆之中。这条运河流经艾格默高塔，蜿蜒曲折，然后倾泻而下，奔向大海。

  艾格默高塔耸立着，各具姿势。从卡马格平原看去，景物历历在目。他们几乎天天都骑着自行车，沿着运河旁的一条公路来到平原上。每当晨昏涨潮的时候，成千上万的海鲈鱼便会在一波又一波的浪潮中浮现。这时，他们可以看到翻滚的海，也会看到一群群海鲈鱼发动攻击时，海水翻卷着就像千堆雪的景象。

  一道防波堤笔直地伸进湛蓝而浩瀚的大海之中，他们每天都会靠在长堤上面进行垂钓，或者在海滩上漫步，或者去海里游泳。每当渔夫收网的时候，他们也会奔跑过去帮忙，把那长长的渔网拖到斜斜的岸上来。

  他们在餐厅的角落里对着一望无际的大海，看着捕鲭渔船出入狮子港，悠闲地喝着开胃酒。暮春3月，成千上万的鲭鱼，涌入此地进行产卵，一时间，渔人们熙攘往来于港口。

  这是一个充满人情味而令人愉快的小城，热恋中的他们特别喜欢这家旅馆。这家旅馆面对着灯塔及运河，是一栋两层楼高的建筑物，楼上总共有四间客房，楼下则是餐厅。他们住的房间，除了一张双人床之外，还有一扇窗子，可以将外面的景色一览无余。由海水、沼泽、岸边的草地看向白色的小镇和那被艳阳照射得如白玉般晶莹美丽的巴利伐海滩。他们总是觉得非常饿，但是事实上，他们吃得很好。尤其是早餐，对他们来说，几乎是迫不及待的一顿。他们通常会在咖啡馆那里吃早餐，吃的是炖肉汤、浓咖啡及煮蛋。他们认为选择对的果酱和煮得恰到好处的鸡蛋，是一件饶有兴味的事情。另外一个让他们迫不及待吃早餐的原因是，女孩常常会头痛，一直要等到咖啡被端上桌，喝下去以后，才会好转起来。令人感到奇怪的是，任何头痛药对她都是无效，但一杯咖啡却能使她的头痛减轻。

  这天早晨，他们按照惯例点了蔬菜炖肉汤，红色的莓子酱和煮蛋。餐桌上有一小碟子牛油，他们随意搅了一下，牛油就融化了。他们在鸡蛋上撒了一些盐和胡椒粉。女孩吃的鸡蛋没有男孩的煮得那么久，她对这个煮蛋十分满意，用汤匙把它切成一个个小块儿，蘸着牛油、胡椒粉和热咖啡吃了起来。

  在港内停泊的渔船多半已经出海了，渔夫们趁着扬帆的风，把船驶出了海面。这一对年轻的情侣，在甜甜的睡梦中被船引擎的声音惊醒了，听着它们陆续驶出港口，稍后，他们又依偎在一起，用床单盖着头，沉沉地睡去。经过一阵蜜意缠绵后，他们沐浴在快乐又疲倦的感觉中。这时室内还是很暗，他们在朦胧中又再度缠绵了起来。

之后饥饿感突然袭来，于是他们匆匆进入咖啡馆。一面吃着早餐，一面眺望着那白茫茫的大海。海面上碧波涟漪，白帆点点，新的一天开始了。

"你在想什么呢？"女孩问。

"没想什么。"

"一定有。"

"只是一点儿感受。"

"什么样的感受？"

"我觉得我很快乐。"

"但是我饿得很厉害，"她蹙着眉头说道，"你认为这是正常的吗？"

"当你真心爱一个人的时候，你就会是这样的。"他回答说。

"哦，你对这种事挺懂的嘛！"

"不，我只是……"

"没关系，我不介意的。我喜欢这样的你，而且也没有什么好担心的，不是吗？"

"是，确实是没有什么好担心的。"

"我们现在应该做些什么呢？"她问道。

"我不知道，"他回答道，"你认为呢？"

"我无所谓。如果你想钓鱼的话，那你就去好了，我想要利用这段时间写一两封信，这样的话午餐前我们就可以去海里游泳了。"

"空着肚子吗？"

"哦，我们还没吃完早餐，我现在又开始饿了。"

"那我们不妨想一想午餐时要吃些什么。"

"那，吃过午饭之后，我们要干吗呢？"

"我们可以像那些乖乖的小孩子一样，睡个午觉。"

"这真是一个好主意，"她说，"为什么我从来没有想过呢？"

"我的直觉常常会涌上来，"他回答说，"我是那种很有创意的人。"

"可是我的想法却总是那种毁灭性的，"她说，"我要设法毁了你，我会让他们在房间外的墙上面，钉上一块坚硬的金属板。当半夜醒来的时候，我会在你身上动一些你听都没听过的手脚。本来昨天晚上我就要做了，但是我实在太困了。"

"就是因为你太困了，所以危险性自然没了。"

"不要再自欺欺人了。哦，亲爱的，我们要赶快吃完早餐，然后赶着去做午餐以前要做的事情。"

他们穿着从船具店买来的条纹样式的衬衫和短裤。阳光把他们的皮肤晒成了古铜色，头发也因为阳光的曝晒和海水的浸泡，颜色很快暗淡了下来，深浅不一。大多数人都认为他们应该是兄妹，即使他们表明了他们是新婚夫妇，人们仍是将信将疑，不相信他们已经结婚了，这让女孩十分开心。

在那些岁月里，只有少数人会前往地中海区域，更遑论是来葛洛旅馆，除了一些宁姆城的人以外。当地不仅没有赌场，也没有别的娱乐设施，除了最热的那几个月人们会来海边游泳以外,旅馆真的算是门可罗雀。当时的人们绝对不会穿渔夫的这种衬衫,她是当地人首次见到的穿着渔夫衬衫的女孩子。她买了两件这样的衬衫,在旅馆房间的澡盆子里好好地搓洗了一遍,并顺手拆掉了一些牵牵绊绊的小配件。这样一来,本来是硬挺耐穿的质地,现在却变得柔软又舒服,当他注视那女孩的时候,可以清楚地看见衬衫下面的乳房所呈现出的优美弧线。

村子附近也没有人穿短裤,所以他们骑自行车的时候,女孩便不能只穿着短裤。但是在村子里就没事,因为村民们十分友善、平和。当地的一位神父是唯一不赞成的人,每到星期天的时候他也会随着村民们到教堂看做弥撒。这时候,她便会在衬衫的外面再罩一件长袖的开司米龙,充作一条围巾包住她柔顺的秀发。在教堂里,他一直静静地坐在她的身旁。当神父取出奉献箱的时候,他们出手常常会很大方,每次都奉献上十法郎,那是比一美元还要多的。他们的阔绰不仅使小镇居民吃惊,也使得神父对他们另眼相看,因此受到很多人的憎恨与嫉妒。在这个小镇上,一位外国女人喜欢穿着短裤,虽然还不至于沦为异类,但也还是被视为奇装异服。神父虽然不会说他们,但是他们也察觉出了别人不一样的眼光。傍晚时分,当他们换上长裤出去散步时,途中遇见了神父,他们三人便会心地相互行礼,打了个招呼。"我现在要上楼写封信。"她站起身来,对侍者微笑了一下,娉娉婷婷地回到自己的房间里。

"先生是要去钓鱼吗?"当这位叫大卫·布恩的青年招呼侍者付账时,侍者笑嘻嘻地询问道。

"是啊,我还要去买些鱼饵呢。"

"不必买,用我的就行。这是鲭鱼最喜欢吃的海虫,我有很多。"

"你能不能出来一下?"大卫问他。

"我正在上班。不过,也许我可以去看看你怎么钓的,你有没有钓具?"

"有,在旅馆里放着呢。"

"回来的时候到我这里来拿海虫吧。"

"好的。"

他向来一进旅馆,总是要先和他的妻子亲热一下的,但是这次他一进门就急急忙忙地取出长长的钓竿和装有钓线的竹篓子离开了。这个竹篓子挂在放着一串串房间钥匙的桌子后面。他匆匆来到被阳光晒得烫人的马路上。太阳晒在身上非常热,但清凉的海风还是为之消除了不少暑气,并且这时正值退潮的时候。他原本想携带一根甩竿和鱼叉,这样他就可以把鱼饵甩过从运河经过的水流到另外一头的岩石那边,可以节省很多力气。但他没有带来,所以只能把钓线放长一些,以便甩得远一点儿。他取出一些海虫,钩在鱼钩上面,海虫在水中不停地上下浮沉着,他相信鲭鱼一定会因为贪吃而误吞鱼钩。

好一会儿,好运似乎并未降临到他头上。他抬起头望着云朵映照的海面,来来往往的捕鲭船,使广阔的海洋为之波涛翻滚,轻舟似梦。他猛然发现,浮标正在迅速地下沉,显然已经有鱼上钩了。他察觉到鱼正在竭力地挣扎着,试图摆脱口中误吞的钓钩。鱼竿整个都弯了，他尽量放长钓线，放松手中的钓竿，但愿那条上钩的鱼别挣断线了，对它温柔点儿，再温柔点儿。他觉得手中的线已经松到极限了，这条上了钩的鲭鱼真是顽强，它一再地用力，企图逃脱鱼钩。

这时他已经走到沙滩的尽头了，钓竿也有一半已经深入到水里了。

"你只要轻轻地握紧钓竿就行了。"侍者对他说。这可真够巧的，鱼开始横冲直撞，它像锯齿一般一次又一次地试图逃回到深海里去，他手中的钓竿因为鱼的重量和挣脱力，弯曲得非常厉害，感觉就快要折断了。鱼虽然还在水中浮浮沉沉，但已疲态毕露。

过了一会儿，他感觉手中的线似乎轻松了不少，看来那条鱼已经奄奄一息地随波沉浮。其中又有两次企图冲回到海中，但青年再度把它拉了回来。现在，他可以在运河和码头里拖着它任意移动了。在把鱼拖向咖啡馆的途中，侍者问："它这是怎么了？"

"它很好，只是受了不少折腾。"

"别这么说，"侍者打断他的话，"我们必须让它精疲力竭才行。"

"我的手臂被这家伙整惨了，又酸又痛。"

"要不要我来帮你拖着？"侍者热切地问。

"当然不用。"

"那么，你就尽量放轻松些吧。"

年轻人把鱼拖过咖啡馆的平台，拖入到了运河中。下水之后，鱼又生龙活虎地贴着水面游起来了。年轻人十分怀疑，他们是否有力气拖着它，沿着运河走完这个小城。这个时候旅馆前面有不少人，他们经过旅馆的时候，女孩从窗口看见他们，大声地喊道："哇，好棒的鱼啊，等等我，我马上就下来。"

她在窗口对鱼的长度和它在水中闪现的鳞光，还有丈夫手中那几乎已弯如弓的钓竿，以及跟随在后的人群一览无余。

但是当她从旅馆楼上奔出，赶到河堤上的时候，人群却停住了脚步。侍者开始跳入运河里帮忙，而她丈夫则慢慢地把鱼引到长满杂草的岸边。鱼开始浮上水面，侍者赶快弯下身，双手环抱起鱼，连人带鱼一起爬上岸来。鱼非常重，侍者一把将它提起，鱼头便抵住了他的下颌，鱼尾则紧紧贴着他的大腿，不停地拍着。

站在青年身后的好几个村民，伸手拍他的背，并拥抱他。更有一位在渔市工作的女人直接跑过来亲吻他。他的新娘子也紧拥住他亲吻着，他说："你看到它了吗？"接着，大家都一拥而上跑去看鱼了。鱼躺在路旁，全身宛如鲑鱼般地闪着光，这是一条漂亮的大鱼，大眼灵活有神，它缓慢而又不规律地呼吸着。

"这是一种什么鱼？"她问。

"这是一种海鲈鱼，他们也称它为杆鱼，这种鱼很棒，我从没见过这么棒的鱼。"名叫安德瑞的侍者跑上来拥吻他，随后又亲吻他的妻子。

"太棒了，"安德瑞说，"从没有人用这么简单的钓具，钓到这么大的鱼。"

"我们最好先称称，看这家伙到底有多重。"大卫说。

大卫称完鲈鱼后，又将它冲洗了一番，并用从宁姆城运来的冰把它封了起来。鱼有十五磅左右重，它的背部有些灰白色，这是一条美丽的大鱼。捕鱼船已经都回港了，渔夫们尝试着把银色的小鲭鱼卸下来，分装入桶中，再用头顶着沉重的桶，把它们一一送往渔市。

"我们要如何处理这条大鱼呢？"她问道。

"我也不知道，"男孩说，"这条鲈鱼实在太大了，这里根本找不到一个足够大的锅可以炖它，除非把它剁成好几段，但是这样又太可惜了，也许它会被运到巴黎，被某位有钱人买下来或被某家餐厅收养。"

"喔，它在水里好漂亮哦。"她赞叹地说，"当安德瑞把它从水里抱起来的时候，我从窗口那儿看到它和你还有一大群人，几乎不敢相信世界上有这样漂亮的鱼。"

"或许我们可以另外弄一条小一点儿的鲈鱼来吃，这种鲈鱼真的很美味。小鲈鱼可以佐以奶油和香菜一起烤着吃，这种鱼和我家乡的条纹鲈鱼十分相似。"

"这条鱼令我好兴奋。"她说，"这种单纯的快乐，不是很棒吗？"

他们在狼吞虎咽地吃着午餐，一面喝着沁人心脾的白兰地，一面吃着芹菜、小红萝卜和用大瓶子腌制的蘑菇泡菜。烤好的小鲈鱼背上，仍然残留有烤架的痕迹，奶油融化在热盘子里。他们把新鲜的柠檬汁挤在烤好的鱼和刚出炉的香脆可口的面包上，舌头被炸薯条烫到，正好可用冰白酒舒缓一下。这种酒色鲜丽，美味可口的白兰地，是这家咖啡馆的招牌酒。

"现在吃饭时我们经常沉默无语，"女孩说，"我是不是使你厌烦了？亲爱的。"

年轻人笑了起来。

"不要笑嘛，大卫。"

"我怎么会笑你。不，你并没有令我厌烦。即使一句话都不说，就这样看着你，我都非常高兴了。"他替她斟了一小杯酒，同时也替自己添了一杯。"有一件让你吃惊的事，我还没告诉过你吧？"

"非常简单，但是又十分复杂。"

"赶快告诉我吧。"

"不行，你也许会喜欢它，但并不一定会受得了。"

"不错，"她说，"不要再告诉我了，可以的话，我要回房间去了。"

他付完账，喝完瓶中的酒之后，也上楼了。女孩已经把身上的衣服叠得整整齐齐放在一张椅子上。她只盖一条床单，头发散在枕头上，静静地看着他，眼中充满了笑意。在他揭开被单时，她笑着问："嗨，亲爱的，一顿午餐吃得可开心？"

"非常开心。"她把头枕在他的手臂上，贴着他躺着。一股快乐和慵懒的感觉，充塞了他们全身。他感觉到她的头左右不停地转动，她头发反反复复地磨蹭着他的脸颊。经过海水冲泡和日晒的头发虽然稍显枯燥，但仍然细柔光滑如绸缎，酥麻地触着他。她问："你是真心爱我的，是不是？"他点了点头，爱怜地吻了吻她的额头，并把她的头温柔地转过来，亲着她的唇。她"啊，啊"地回应着。他们紧紧拥了好久好久，她说："你真的爱我现在的这个样子吗？"

"是的,"大卫回答,"就是这个样子的你。"

"但是,我就要开始改变了。"

"不,"他说,"不要改变!"

"我要,"她说,"这改变是为了你,也为了我自己,我不想再自欺欺人了,我知道那会带给你一些什么,但是我不该多说。"

"我虽然喜欢出乎意料的事,但是就目前来说,我喜欢的一切就是现在这个样子。"

"也许我不该那么做,"她说,"但是,喔,我忧心如焚,那是一个既危险又美妙的惊喜,我考虑了好久,直到今天早晨,才下定决心要做这件事。"

"如果你真心想做那件事的话,那就去做好了。"

"我真心想做,"她说,"我马上就要着手了。目前为止,我们所做的一切,你都是喜欢的,不是吗?"

"是的。"

"那就好。"

她迈着修长的腿下了床,因在僻远海水里裸游,美丽的胴体晒成了棕色,美得动人。她挺起了胸,摇了摇头,于是那浓密的棕色秀发,便像瀑布一样从她两颊泻下,遮去了她大半的脸。她取过一件条纹衬衫穿上,再一下子把头发撩到后面,然后坐在梳妆台前的椅子上,梳着头发,头发便自然而然地垂落在她的肩头,她朝镜中做了一个鬼脸,摇了摇头,迅速地穿上长裤和那双褪了色的便鞋,系上了鞋带。

"我要骑车进城。"她说。

"我也要去。"

"不,"她摇摇头,"我必须一个人去做那件将会让你吃惊的事情。"

她吻了吻他,慢慢走下楼去。他看着她跨上自行车,平稳、轻松地上了公路,她的秀发在风中飞扬着。

此时,下午的太阳照进了窗内,房间热得像蒸笼似的。他实在是待不下去了,走进浴室洗了一个澡便披上衣服下楼,径直往海滩方向走去。他清楚自己应该做什么——痛痛快快地游泳。他加快脚步走过海边,又顺着小径匆匆而过,待他回到所住的旅馆时,觉得十分疲乏。他一步步走进咖啡馆,喝了一杯白兰地,饥饿感在腹内四处流窜。这一段时期虽然朝夕相处,须臾不离,但一个人时常觉得空虚。他们结婚已经三个星期了,蜜月刚刚开始时,他们从巴黎乘火车到艾维依,携带着两辆自行车、一个帆布袋和一只皮背包,还有一只皮箱,箱里装着二人旅游时所需要的衣服。

他们在艾维依一家豪华旅馆住着,钱渐渐花光了,手头拮据,不得不卖了那只皮背包。他们原本打算骑车到彭度加去,但是那些日子天气一直不正常,他们不得不改变主意,顺着微风骑车到了尼米斯,在皇帝大饭店住下,然后又顺着强风到了渔港艾格默,他们也只好在这家小旅馆住了下来。

"屋小如舟,画堂春深。"只羡鸳鸯不羡仙的生活确实令人沉迷,乐在其中。他们都不知道对方对自己的爱意有多深,也不知道那些似乎存在的问题该怎样去化解。新婚的时候,确实有不少问题等着他们去解决,但是到现在,这些问题又几乎一个都不存在了,存在的只有她,只有那个他深深地爱着的她。现在的他们亲热之后,会吃一些东西,吃完后,又会再度缠绵一下,世界如此单纯。这是他与其他任何一个女子所不曾有过的感觉。他原先认为她的想法也一定和自己的一样,丝丝入扣。可是今天却不一样了,她居然告诉他她要做一件使他惊奇的事。天哪,那会是什么鬼事情?她要做一番什么改变?或许她要做的是一件极好的改变,或许会是一件使他惊喜不已的事。

他一面喝着白兰地,一面阅读着当地的报纸,心中却胡思乱想。

他们蜜月旅行以来,这是他第一次单独到酒吧喝闷酒。"花间一壶酒,独酌无相亲。"目前他没有任何工作,关于生活的问题该如何解决呢?他喝酒的唯一原则是:不在工作前或者工作中喝酒。寂寞只是颓丧的一种表现,他不想表露出来,只是希望她能早一点儿回来,那样所有的阴霾便会一扫而空了。

在迷迷糊糊中醒过来时,他发现手中的杯子已经空了,暮霭沉沉,已经将近黄昏时分了。他又喝了一杯酒,打算专心致志地看一下报纸,但是他对报纸上的新闻不感兴趣。他颓然地放下报纸,茫然地面对着暮色中的大海,一轮落日正冉冉下沉。蓦地,他听到了她走进咖啡馆的急促的脚步声,接着又听到了她那熟悉的声音"嗨,亲爱的"。

她迅速地来到他的桌前坐下,眼中仍然是笑意盈然的。一张小脸密布着涔涔汗水,小小的雀斑在金黄色的脸上跳跃着。长长的秀发被剪掉了,现在她的发型变得很短,像个小男生一样,看起来非常怪。头发全部向后梳着,层次十分分明,但是长度只到了耳朵。棕色的发线贴近头部,光滑贴切地往后而去。她转过头,盈盈盯着他:"吻我。"

他吻了她,双目深情地凝视着她的脸和她的头发好一会儿,再度吻了她。

"你看,你是否喜欢我的新发型?来,摸摸后面,看它有多么光滑。"她十分兴奋地说。

他开始依言而行。

"你来摸摸我的脸颊,摩挲到我的耳朵前面。"

他又开始依言而行。

"你现在懂了没有?这就是我所说的那一件会让你惊讶的事,我虽然只是一个女孩子,但是从这一刻开始,我也可以像一个男孩,任何事都可以做,什么事情都能做。"

"你赶快坐到我身边来,"他揶揄道,"兄弟,这会儿你需要点儿什么?"

"哦,非常感谢你。"她说,"我也需要一杯你喝的那样的酒,现在你总算明白为什么它危险了吧?"

"我想是的。"

"不过,我这样做难道不好吗?"

"也许很好吧。"

"不,不是也许,我曾经左思右想,这件事要不要做,我想,我们为什么一定要按照别人的准则去行事呢?"

"就像现在我们过得很愉快,我并不觉得我们之间有什么拘束。"

"那,请你再摸我一次好吗?"

他又一次依言而行,并且吻了她。

"哦,你真的很好,"她说,"你也是真心喜欢它的。我不但能够感觉出来,而且也十分确信。你刚开始只要喜欢就行了,并不一定非得爱我的发型不可。"

"我非常喜欢,"他说,"再说你的发型又那么好看,配着你那天真可爱的脸庞,真是漂亮极了。"

"你难道不喜欢我这两边的鬓发吗?"她问道,"那绝对不是假的,是真正的男孩子的发型,保证不是美容院做出来的。"

"哦?那是谁帮你剪的?"

"艾格默城的那个理发师,也就是一星期前帮你剪头发的那位理发师。那时候,你告诉他你想要修剪的是什么样的发型,我告诉他要他把我的头发剪得和你那时候要求的一样。他真的很好,不但一点儿也不大惊小怪,而且也不费话。他说,'要和他的发型完全一样吗?'我说,'嗯,是的。'你不觉得那样很好吗?大师。"

"确实。"他说。

"那些傻瓜一定会觉得这样的发型很奇怪,可是,我们一定要为之骄傲,我喜欢做引以为傲的事。"

"确实,我也是,"他说,"那么,从现在开始我们就引以为傲吧!"

他们在咖啡馆里坐着,一面喝着白兰地,一面看着海上落日的余晖,暮色渐渐四合。那么多经过咖啡馆的人,并没有任何人以轻蔑的眼光去看那个女孩的发型,因为他们是这村子唯一的一对外国人,而且住了将近三个星期的时间了。还有就是她长得实在是很标致,很讨他们喜欢。再加上今天的大鱼事件,毫无疑问,轰动整个小城那也是非常正常的。

女孩剪短头发,在整个村子里也算得上是一件大事了。因为到目前为止,全村还没有过任何一个正经的女孩,把头发剪得像她那么短的。就算在整个巴黎这种情形也是非常少见的。这是一个很冒险的举动,因为剪短头发也许会很美,也许也会很糟,也许会让人觉得标新立异无法接受,也许可以展现出前所未有的漂亮发型。

他们晚餐的时候吃了生的牛排、芋泥、青菜和色拉。女孩问道:"是不是可以喝些红酒?有一种酒最适合恋爱中的情侣喝了。"

他觉得她一直看起来就像是一个21岁的女孩该有的模样。对于这一点,一直都是让他引以为傲的。可是今天晚上她看起来就很不一样了,皱纹在颧骨上显得清晰可见,这是他以前从来没有看到过的。特别是她微笑的时候,看了真的很令人心碎。

黑漆漆的卧室里,只有一点点光线从外面照射进来,微风吹进来,房里显得特别凉快,连床单也掉到床下去了。

"大卫,即使我们都下了地狱,你也不会在乎的,是不是?"

"不错,小女孩。"他说。

"不要叫我小女孩。"

"可是我摸到的地方就是个小女孩。"他说。他紧紧地握住她的胸,一张一合的手指感受着她结实的胴体。

"只是这是我与生俱来的,"她说,"我要让你吃惊的是新的部分,你摸摸看,就这样摸着。对,就是那儿,你摸摸我的双颊和颈后。呵,好舒服,好棒,又清新又酥麻,请你爱我现在的模样。大卫,你一定要了解我,而且爱我。"他闭上双眼,感觉得出依偎在他身体上的是她轻柔修长的身体。她的胸紧紧地贴着他,双唇在亲吻着他。他躺着,觉得有些微动静,而后,摩挲着他的身体。他伸出手来帮她,什么也不去想,让自己平躺在黑暗之中,只感受着所承受的重量以及心中那份奇异的感觉。然后她说:"现在你还能分出谁是谁吗?"

"不错。"

"你也在变了,"她说,"哦,你在变,你在变了,不错,你是在变了,你变成了我的女朋友凯塞琳。你是故意变成我的女朋友,让我占有你的吗?"

"你才是凯塞琳。"

"才不是呢,你是我美妙的凯塞琳,是我美丽又可爱的凯塞琳,而我是彼得。你真的好漂亮。"

"哦,谢谢你。凯塞琳,请你了解,你一定要搞清楚。我要一生一世永远和你好。"

他们两个人到了最后都精疲力竭。但是,事情还没结束呢,他们并肩躺在黑暗之中,互相靠着腿,她的头枕在他的怀里。这时,月亮已经升起,射进房里一些微弱的光线。她没有看他,说:"你会不会觉得我很坏?"

"当然不会,有一点我比较纳闷,你这主意想了有多久了?"

"也没有一直在想,不过,的确想了很久。你真好,肯让我实现这个想法。"

女孩被年轻人搂得密密实实,让她那可爱的胸紧贴在他的胸膛上,并且亲吻着她的樱唇。他把她紧紧地搂在怀里,心中一再说着:"再见,再见,再见……"

"我们就这样一动不动地,静静地躺着吧。彼此紧拥着,什么也不要去想。"他说着。而他的心中却一直在说着:"凯塞琳再见!我可爱的女孩再见!再见!祝你好运!再见!"

第二章

  他站了起来,望着海滩,把那瓶油的瓶口用软木塞塞住,放进帆布袋的一边的袋子里,然后向海边走去,边走边可以感觉出脚下的细沙已经变凉了。他看到女孩躺在倾斜的海滩上面,眼睛紧闭,伸展着双臂。再过去就是四方形的帆布帐篷,但它已经和海滩上今年新生的第一簇青草一起斜到一边。他想,阳光肆虐地直射着她,她是不应该让自己在那里躺太久的。稍后,他走了出来,纵身跃入那清冽、寒冷的海水中。一个转身,以仰泳之姿浮现在水面,四肢稳稳地打着海水,不时地往海滩方向看过去。他又一个转身潜入水中,不停歇地游到海底,摸着海底那粗糙的沙石,并感受着它那崎岖凹凸的部分。然后他又浮出了水面,再一次稳稳地潜入海底,想要了解自己打水划的速度到底能有多快。他向女孩走过去的时候,看到她已经睡着。于是他从帆布袋中找出自己的腕表来,看看是不是该把她叫醒了。帆布袋中有用报纸包着的一瓶清凉的白酒,上面还有一条毛巾。他没有拆开报纸和毛巾,只是径自把瓶盖打开,就着瓶口汲取了一口清凉,然后就在女孩面前坐了下来,望着眼前的万顷碧波。他想,海水比想象中的还要冷冽。除了浅滩的海水比较暖和外,要到仲夏时节它才会比较暖和一点儿。海水退得非常快,而且一直都很冷冽,要等到他置身其中一段时间后身子才会逐渐暖和起来。他望着高耸天际及碧波粼粼的云朵,渔船陈列在海上,后来则只是注视着睡在沙滩上的女孩。这时沙滩上的沙子已经很干了,他轻轻一拨动脚,沙就随风轻扬起来。

  入夜,他察觉到她的手在抚摸着他的身体。不过他一觉醒来时已经是日升东方,她又在施展她奇葩的俯卧法了。当她对他提出要求的时候,他并没有拒绝。然而,他已经感受到刚刚她的要求深深伤害了他。他们两人全都感到精疲力竭,自始至终只有她的身体一直在摇晃着,向他轻吟低语:"我们现在已经做到了,真的已经做到了,我们现在真的已经做到了。"躺在他身边的她像个疲惫的小女孩似的很快地睡着了。她在清冷的月光下俯卧着侧身而眠,月光映现出她美丽又奇异的胴体。他侧身轻声对她说道:"我就在你身边。不管你如何改变,我和你永远同在,我永远爱你。"早上醒来,他已经饥肠辘辘,虽然很想吃点儿早餐,但是,他仍然让自己等待着她的醒来。最后他以亲吻的方式让她张开了双眼。她睡眼惺忪地起身,微笑着,用大面盆盛水洗脸,然后坐在镜前梳头,看着镜中的自己。她微笑着用指尖戳了戳双颊,套在身上一件条纹衬衫才转过身俏生生地站在那里,胸顶着他的胸膛,说道:"千万别担心啊,大卫!我又变成你的好女孩了。"他此刻真的很担心。他想,如果事情真的猛烈湍急地直泻而下的话,他们将会变成什么样子?没有一样东西能幸存在那样的烈焰中,他们很幸福,而且他确信心中有引以为傲之感。但是,天晓得，究竟命运是由谁来决断的？有谁能共商且接纳这样的变局，并且置身于其中呢？是不是她所要的东西，就是想要知道你究竟为何不故意让她起变化？"你有这样的妻子真是幸运。这一会儿你不会有罪恶感。"他自言自语道，"若是有朝一日酒也无法平定你的思绪时，你还能喝些什么呢？"

他从帆布袋里取出一瓶油膏，在女孩的下巴、双颊及鼻子上抹了一些。又在袋中找到一条图案已褪去的蓝色手帕，把它铺在她的胸上。

"我一定要起来吗？"女孩问，"我刚才做了一个天底下最美的梦。"

"那么，如果你想说的话，就把那个梦告诉我吧！"

"真的非常谢谢你！"

不一会儿，她摇了摇头坐了起来，做了个深呼吸。

"那我们现在下水吧。"她说。

于是他们便一起下入水中，然而很快又游出水面，像海豚似的在海中尽情嬉戏，等他们游罢归来，他们各自用毛巾把身体擦干，然后他就将那瓶在报纸里，仍然冰凉的酒递给了她。等他们都将手中的酒喝完后，她笑着望着他。

"我认为只有渴到这样再喝才美妙至极，"她说，"你是真的不在乎我们以兄弟相称，是不是？"

"我是真的不在乎。"他将手里的油膏抹在她的额头、鼻子上，沿着面颊、下巴，小心翼翼地涂抹在她的耳轮和耳后。

"你看，我的耳后和颈后都快被晒成了棕色，也要抹一些，当然还有颧骨，所有的部位全部都要抹。"

"你真黑，兄弟，"他说，"你究竟知不知道自己是怎么变黑的？"

"我喜欢这样，"女孩说，"我需要让它更黑一点儿。"

他们在坚实的沙滩上躺着。沙滩在退潮后清冽无比，但是现在已经干了。年轻人在手掌上面倒了一些油膏，将它轻轻地涂抹在女孩的大腿上。油剂一接触到皮肤，就逐渐产生微微的温度。他又将它抹在了她的腹部和胸之上。女孩眯起了眼睛，说道："现在我们这个样子，看起来似乎不太像是兄弟？"

"我正在努力做个像这样的好女孩，"她说，"你不要担心，真的，亲爱的。我们不允许夜间的事闯入白天的生活里，这些事晚上才要担心。"

在旅馆里一名邮差边等着女孩，边喝酒。有一个从巴黎的邮箱转寄过来的大包，正等着她签收呢。也有三封从他的邮箱里转寄过来的信。从他们以该旅馆的地址作为信件投寄地点到今天，这是他们所收到的第一批邮件。年轻人给了邮差五个法郎，还邀请他到酒吧喝一杯。女孩拿起挂钩上面的钥匙，说道："我要上楼洗个澡，换一件衣裳，待会儿在咖啡馆见。"

他喝完了酒便向邮差挥了挥手，沿着运河边向咖啡馆的方向走去。他感觉从遥远的海滩顶着炙热的太阳走回来之后，能坐在树荫底下乘凉，那真是棒极了的事情。咖啡座既舒适又凉快，他在咖啡馆只叫了一杯苦艾酒加苏打，把信用口袋里的小刀子拆开来。三封信都是由那位出版他作品的发行商邮寄过来的，其中有两封信还附上了厚厚的剪报和广告校样。他随意瞥了剪报一眼，便去看那封长信了，眼前尽是一片好景，这可真让人打心窝里开心。虽然要谈那本书的前途现在有点过早，但是按照目前的情形来看，似乎一切都挺顺利的。看着这本书的书评，总体来说都是很不错的，但是其中一定会有若干不好的评论，这完全是意料中的事。书评中有若干有用的句子已经被勾画出，将来在宣传上说不定还用得上呢。发行商表示希望他能对那本书发表一些意见，那真是个苦差事。主要问题就在于那本书并没有得到一些剪报。第一版书就印了五千本，并且在那些书评的鼓舞下，第二版现在也已开始复印了。接下来关于这本书的广告将会有"第二版正在赶印中……"的字样出现。他的发行商表示希望他能在此地惬意地度过一段时光，好好休息一下！当然，那是他应得的。在信末发行商还让他代他向他的妻子问好。

年轻人向侍者借了一支铅笔，并开始把两块五美金乘以1000，这件事情做起来非常简单。然后再乘以十分之一，那就是250块钱美金了，再乘以五，于是就变成1250块钱美金。那么，扣掉先前预支的750块钱美金之后，第一版自己还能净得500块钱美金。现在第二版已经复印了，假如印两千本书吧，如果合约上面写的是5000美元的12.5%的话，那样的话，自己就可以得到625块钱美金了。可是也许他还要等到印一万本书的时候，才会给他那12.5%的版税。这也没有关系，他还是有500块钱美金的收入，仍然还会剩余1000块美金。

他开始认真地看那些书评。这才发现在不知不觉的情况下竟然把那瓶苦艾酒都喝完了。他又喝了一杯，还给侍者铅笔。当女孩手里拿着她自己那一叠厚厚的信件走进咖啡馆时，他还在认真地看书评。

"我还不知道寄来的是这个，"她说，"我想看看，请让我看看可以吗？"

"当然可以。"侍者端了一杯苦艾酒给她。当他把酒放下来的时候，看到的就是女孩正在摊开一篇剪报上的图片。

"那剪报上的人是西丝特·蒙西尔吗？"侍者问道。

"不错。"女孩说着，然后还把照片拿得高一点儿让他看。

"我感觉跟他一向的穿着有点不太一样，"侍者说，"书里写的是有关婚姻的事情吗？我可不可以看看夫人结婚时的照片？"

"不好意思，这本书并不是有关婚姻的，蒙西尔先生写的只是一篇书评而已。"

"好棒啊，"侍者露出满眼的钦佩之色，"那夫人您也是一位作家吗？"

"不是的，"女孩的双眼一刻也没有离开剪报，"我只是个家庭主妇罢了。"

侍者微笑着继续猜下去："那夫人，您大概是位电影明星吧？"

他们两人都在看剪报。过了一会儿，女孩放下正在看的书评，说道："我真的是会被他们和他们所说的话吓着的。这些剪报居然把你说成那个样子，那今后我们该如何行事呢？"

"那些剪报我都看过了，"年轻人说道，"对你来说或许不太好受，但是我相信这种感觉不会持续太久的。"

"听着好可怕哟！"她说，"如果你太过在乎那些书评家或是太过相信他们所说的话,那你肯定就会被他们毁了。你该不会认为我嫁给你的原因,就是因为你是这些剪报中所说的那种人吧?"

"那是绝对不会的。我想要把这些书评看完,然后再将它们全封在大纸袋里面。"

"对于许多人来说,即使她们的浑蛋丈夫能够稍微获得一些好评,她们也都会很高兴的。可惜我并不是那些女人,更何况你也不是那种浑蛋丈夫。我看我们就不要再闹了吧。"

"好,这件事咱们就不要再提了。你现在看看这些书评,如果发现有什么好的批评就告诉我一声。若是有任何一点儿是我们以前不知道的有关这本书的比较精辟的评论,也要告诉我一声。这本书已经带给我需要的价值,我还是会像现在一样骄傲快乐的。"

"我想你必须把它们全部看完,这个原因我非常了解。但是要是我,我就不愿意这样干,邮差把它们全都装入大纸袋里随身携带着,那也是挺可怕的!真的很像是携带着一个个装了骨灰的坛子一样。"她说完后他就一直盯着她看。"别看我,我可什么都没说啊。"

"你是什么都没说,但你刚才确实误解了我的意思。"

"那我十分抱歉,"她说,"款额到底有多大?"

"其实也不怎么大啦,可是对于我们来说还是有很多帮助的。毕竟我们已经结了婚,所以那两笔钱现在已经存进去了。我记得我曾经告诉过你,这些就是我们结婚最大的利息。虽然我知道那些钱和整笔资金比起来根本算不了什么,但是这笔钱却是可以随便花的。现在,我们可以什么都不去想就花掉这笔钱,这也就是这笔钱存在的最大价值。这笔钱和固定的利息不同,这笔钱也不是要我活到 25 岁甚至 30 岁,而是可以任我们随心所欲地花用。这样的话我们两个可以在一段时间内都不用担心生活开销了,事情就是这么简单。"

"你知道吗?关于那本书,除了扣除他们先前的预付款外,还净余大约一千块钱。"他说。

"那你说刚知道这件事的时候,是不是感觉很棒?"

"不错,但是还会有其他像这样的支票吗?"他问道。

"不知道。""亲爱的,我们喝点儿酒吧!"

"你知道你喝了多少苦艾酒吗?"

"只是喝了一杯而已,一点儿味道都没有。"

"我虽然喝了两杯,但是还不能算是真正地品尝过这种酒。"

"你知道的酒里面有没有什么酒喝起来比较实在?"她问道。

"你有没有喝过白兰地加苏打?那滋味的确很地道。"

"听起来棒极了,我们喝喝看。"

年轻人让帮他们端过来白兰地的侍者再帮他拿一瓶冰凉的白利尔。侍者帮他们斟了两大杯的白兰地,然后年轻人把冰块放进大杯子里,再倒进一点儿白利尔。

"这样才是合我们口味的酒。"他说道,"虽然,你知道,在午餐前喝酒是不太好的事情。"

"好极了!"她赞叹着,"喝这种酒的感觉清新、奇妙而且有益健康。"她又深深地喝了一口。"我真的感觉得出来,你呢?"

"我也是。"他说道,"我感受得到。"然后做了个深呼吸。她不停地就着杯子喝酒,眼角却因粲然的笑意而出现了些许皱纹。清凉的白利尔使白兰地的味道更加美妙。

"英雄万岁!"他说道。

"告诉你,我并不介意当英雄。"她说,"我们和别人是不一样的。我们不必形式化地对彼此,像亲爱的、达令、爱人或者其他类似的称呼,这类词只会令我恶心。我们还是以受洗礼的教名互相称呼吧。为什么我们一定得像别人一样呢?你该懂得我说的意思吧?"

"你真的是聪慧可人的啊。"

"你少来这一套啦,大卫。"她说,"为什么我们一定得这样俗气呢?这些已经没有什么意思了,为什么不起程继续旅游呢?我们爱怎么玩就怎么玩,多好。如果你是拥有私人律师的欧洲人,那么,我的钱一定就也是你的了,它现在就是你的了。"

"真是莫名其妙。"

"好吧,就算是莫名其妙吧。可是,我们可以好好地利用它啊。我想,这些一定会很奇妙的。这样的话,你不是就可以好好进行写作了吗?这就是我所想的我们在我怀孕生产前来打发时间的办法。不过,我怎么能知道什么时候会怀孕呢?现在想想谈这个事情真是无聊至极的事情,难道我们就不能身体力行?不要只是纸上谈兵!"

"你说,假如我想要写作的话,应该写些什么东西呢?天下之事在你不想做时往往却必须去做。"

"那样的话,你就努力去写作吧!傻瓜,你先前的时候并没有说不写了啊。"

他依稀记得在某个地方曾经说过这些话,但是因为现在脑子里一直想着其他的事,所以再也想不起来了。

"如果你想要写作的话那就去写作吧,我会自己去找事情做来消遣时光。更何况,你在写作的时候,我也并不一定非得远离你不可呀,你说是不是?"

"那好吧。"他说。

"真的啊?"

"当然是真的啦。"

"我不写的原因是脑子里一直在思考别的事,后来就再也想不起来该怎样写了。"

第三章

　　当天晚上，在黑暗中，他们双双平躺在床上。半睡半醒之时，她说："那些邪恶的事我们并不一定非得做，请你务必得搞清楚这一点。"

　　"嗯，我知道。"

　　"我们过去的样子我很喜欢，我现在还是你眼中的女孩，千万不要有孤寂的想法。我想你是知道的，我会顺从你的意思行事，也会顺从我自己的想法，但是这并不意味着对我俩都没有好处。你不必说任何话，这会儿我只是在说故事给你听，为你催眠，那是因为你是我亲爱的丈夫，同时也是我的兄弟。我爱你，当我们去非洲时，我想我会成为你美丽的非洲女郎。"

　　"可是，我们要去非洲吗？"

　　"不是吗？你难道不记得了呀？去非洲旅行那是我们今天才讨论的结果啊！我们那时候的结论是，在这个世界上，去任何地方旅行都行，非洲不就是我们要去的地方吗？"

　　"为什么你从没提过呢？"

　　"我不想左右你现在的决定，你知道的。我说过，不管你想要去哪里我都会跟到哪里。只不过，我以为非洲就是你想去的地方。"

　　"我想，现在去非洲有点言之过早了。那里目前正值雨季，雨季过后会有杂草蔓生，天气也会变得特别冷。"

　　"但是，那时候我们就可以互拥着取暖，甚至还可以倾听雨滴打在锡片屋顶上的声音。"

　　"不行，现在还是有点太早了。道路泥泞，我们根本无法通行。到时候每一个地方都是烂泥块，就像泥沼一样无法通行。"

　　"如果这样的话，我们应该去哪里呀？"

　　"我认为，我们可以去西班牙。可是现在塞维亚的旺季已经过了。我想，巴士克海岸也是一样，现在那里同样也是风雨交加，天气冷得很。"

　　"难道没有稍微暖和一点儿的，能让我们像在这里一样游泳的地方吗？"

　　"在西班牙可不能像在这里一样。如果你爱怎么游就怎么游的话，会被抓起来的。"

　　"真的是非常讨厌。那么，我们就等着去那里吧，我想我要让我们的皮肤再黑一点儿才好。"

　　"好奇怪，你为什么想要这么黑呢？"

　　"其实，我也说不上来为什么。为什么你会想要得到某件东西或是想要做某件事呢？这点是我目前最耿耿于怀的。不要多想，我指的只是我们原本所没有的东西。难道，我变得这么黑，你一点儿都不会兴奋吗？"

男孩思考了一下："我喜欢你现在这模样。"

"那你认为我是不是可以一直都保持这么黑？"

"我想，不可以的，因为你原本是个棕发的白种人。"

"但是我认为可以。我感觉我的肤色和狮子的颜色是一样的，而狮子却可以变黑，那我也可以。可是，我却想要我整个身体都变成我喜欢的黑色，是那种慢慢变黑的颜色。我也想要你变得比印第安人还要黑的那种肤色。这样的话，我们就和别人大大的不同了。这点非常重要，这样，你该懂吧？"

"你说，我们将来会变成什么样子呢？"

"我也不知道。也许我们还是我们自己吧，将来只不过是外表的改变罢了，我想那也许就是最美好的结局。现在我们继续谈行程，你看，可以吗？"

"那当然可以啦。我认为我们可以横越埃斯特雷尔，然后再用我们发掘到这里的那种方法，去寻觅另一个属于我们的新天地。"

"嗯，我们可以这么做。我想天底下一定会有许多在夏天时一个人也没有的地方。到时候我们可以找辆车子，在那里四处游逛，想要什么时候去西班牙都可以。只要我们真的变得很黑了，那就不难一直保持下去了，除非是住在城里，但是我们不想住城里啊。"

"那你打算要黑到什么程度呢？"

"视情况而定吧！应该是尽我所能的黑，要是我有些印第安人的血统那就太好了。"

"我打算要黑到那种你无法忍受的程度，我实在等不及到明天再进行了，现在就想要再去海滩上晒太阳了。"她边说边让自己的头部仰起，下巴高高地抬了起来，没一会儿竟然睡着了，她的鼻息如同阳光射到沙滩上一样。时隔不久，她开始侧转过身，向着他这边靠过来。年轻人躺着却没有睡着，脑海中不停地想着这一天所发生的事情。他想着，我很可能无法像她说的那样做，或许什么都不想，享受我们现在所拥有的，这样，才会比较稳当一些。必须要工作时就去工作。上本书写得很好，现在这本写得更好才是可以的，眼前所做的这些事，虽然他不知道包含了几分正经，却也不失为一件十分有趣的事。中午时喝的单纯的作为开胃酒的白兰地，已经没有什么滋味了。他感觉那并不是一个好兆头，她从女孩变成了男孩，又爽爽利利地、快快乐乐地恢复了她的女儿身。没过一会儿，他就睡着了，睡姿相当优美。而你也可以睡了，因为你所熟知的一切事都是很美的。他想着，你不需要为了钱而出售任何东西。有关金钱的事她所说的句句实在，全是实情，现在一切都暂时获救了。

后来，他对试图要想起什么来已经感到十分厌倦，就凝视着女孩，轻轻地吻着她的脸颊，但是她并没有因此醒过来。他特别爱她，包括了所有关于她的一切事情。他渐渐地又睡着了，满脑子尽是刚才自己的双唇贴在她的面颊上的情景。他一直想着,第二天他们两个人将会怎样让阳光晒得更黑一点儿,她又会黑到什么程度,她会一直保持多黑呢?

第四章

已经是午后时分了,那辆小车子穿越山丘和海岬,从阴暗的道路缓缓滑下公路,驶向那湛蓝的大海,紧邻着街道的就是山脉。有一个小村庄,左边林立着新栽的树木,和巴斯克人一样喜欢房子坐落在树丛中。车里坐着两个年轻人,车慢慢地驶过一家旅馆,向街尾驶去。他们注视着窗外广阔无垠的海滩和西班牙的海水,那美丽的一片清蓝。山前则是河的入口,现在正是退潮时分。灯塔在远处闪烁着光芒。他们把车停了下来。

"你看,这里有一家咖啡店,桌子就安置在树下那个地方,"男孩说,"并且还是老树呢。"

"那些树看起来很怪,"女孩说,"是刚种的,我真搞不懂为什么他们要在这儿种含羞草。"

"我认为,无非是要和我们的故乡媲美嘛。"

"我也是这样想的,这些树木看起来还幼嫩得很。好漂亮的海滩!在法国的时候我从来没有看过这么平滑、这么辽阔、这么美丽的沙滩。看来拜尔瑞滋真是个令人厌恶的地方,我们到咖啡店那里去吧。"

男孩把车倒向那条路的右边,停靠在一个井栏边上,才熄火走了出来。他们漫步到了露天的咖啡座那里。对于他们来说,能两人单独用餐并且知道别的座位还有不认识的人在用餐,实在是一件令人十分愉悦的事情。

那天入夜的时候,海边刮起了大风,他们在旅馆高处的房间里住着,聆听着巨浪撞击沙滩的声音。在黑暗之中,年轻人放在床单上一条轻软的毛毯。女孩说:"我们在这里留下来,你高兴吗?"

"是的,我喜欢听浪击沙滩的声音。"

"太棒了,我也是。"

他们紧紧地相拥躺在了一起,倾听这海浪翻涌的声音。她把头依偎在他的胸前,并且开始朝他的下巴移动着。然后,她的脸颊紧贴着他的脸颊,亲吻着他。

"这样很好,"女孩在黑暗中说,"很奇妙!你确定你现在不希望我改变吗?"

"嗯,不是现在。现在的我很冷,请你抱紧我,不要离开。"

"亲爱的,我爱你,当你为我感到冷的时候。"

"如果这里的晚上非常冷,我想,我们必须穿上大睡衣才行,在床上吃早餐一定是很有意思的事情。"

"仔细听,"女孩说,"那是太平洋海涛的拍击声。"

"在这儿我们会过得很愉快,"他对她说,"如果你想在这儿多留几天的话,当然,如果你喜欢。我们也可以离开这里,有很多地方能去的。"

"在这儿我们可以多停留几天,顺便看看四处的风景。"

"好的,如果这样,我就要开始我的写作了。"

"从明天开始,我们到四处去转转。如果我要出去的话,你不妨留在屋子里工作,不是吗?一直等到我们发现其他好玩的地方。"

"那当然是最好的。"

"你大可不必为我担心,因为我很爱你。我们一直是我们,跟别人是不一样的。吻我,亲爱的。"她说。

他亲吻了她。

"从来我都没有做过任何伤害到我们两个的事情,这你是知道的。我想我不得不那样做才合适,你也是知道的。"

他没有说任何话,只是倾听着巨浪在夜晚的时候冲击那又冷又湿的沙滩的声音。

隔天清晨时分,骤雨扑面而来,一波又一波的巨浪不停地冲向海滩。他们根本无法去观赏西班牙海景,当狂风暴雨过去,天气放晴之后,海湾内的波涛汹涌他是可以看到的,天际密集厚厚的云堆,一直延伸到山脚下。凯塞琳已经在早餐之后穿着雨衣出去了,留下他独自一人在房间里进行写作。一切看起来是那么简洁又利落,以至于他认为也许这一切都毫不值得去写。"注意啊,"他自言自语着,"你最好写得简洁一些,越简洁越好。但是刚开始可千万不要认为这玩意儿做起来就很简单,你必须得先了解它的复杂度,再努力尝试着将它简洁地表达出来。你会因为这样很轻易地写出"Grau du Roi"这个字,就以为法文很简单,是吗?"

他继续用铅笔努力地写着书,那是一本画线的廉价札记簿,编号是罗马数字中的一号。后来他就停下了笔,把札记本、圆锥形的削铅笔机和一纸盒的铅笔,一起放进了手提箱,只留下了五支已写得无法再继续写的铅笔待削,以备明日再用。然后他把雨衣从衣橱的挂钩上拿下来,向旅馆楼下的大厅走去。他走时朝旅馆的酒吧里扫了一眼,在这种阴雨蒙蒙的天气里酒吧柜更显得幽暗而令人迷醉,有许多客人此刻已经在酒吧里坐着了。他把他们房门的钥匙放在柜台之上,酒吧里的服务生一面将钥匙挂回去,一面走向信箱,说道:"贵夫人留下这个给您,布恩先生。"

他马上打开便条,看到纸条上面写着:"大卫,我不想打扰你,我在咖啡馆里,你亲爱的凯塞琳留。"

于是他穿上那件老旧的战壕装,发觉衣服口袋里面有一粒扣子,步出旅馆,走进雨中。

她在那家小咖啡馆一角的座位坐着,面前放着一杯如烟似雾般的酒以及一只盛着深红色小河虾的盘子。桌面上有剥吃过的虾壳。他们就隔着桌面对视着。

"你刚才去哪里了？"

"没干什么，只是沿着马路走走而已。"他注意到被雨水淋得湿漉漉的她的脸庞，并思量着这雨水对已经晒成了黄棕色的皮肤会产生什么样的影响。虽然如此，她看起来仍旧很美，而他也很喜欢看到她现在这个模样。

"怎么，你还好吧？"

"还不错。"

"看来你已经在办正事了，真是好极了。"

侍者刚才一直在不停地为坐在门边的三位西班牙人服务，现在看到这边，便端着一杯装着清水的杯子走过来，水里还有冰块。

"需要斟一些酒吗？布恩先生！"

"好的，"年轻人说，"麻烦你了。"

侍者将大约五分满的淡黄色的酒倒入了他们的高脚杯，并开始为女孩加水。男孩说："还是我来吧。"于是侍者便很快走开。

滴滴答答的水进入杯子里，女孩盯着苦艾酒散发的乳白色烟雾出神，很快她发现酒居然是温的。苦艾酒逐渐褪尽了黄颜色，然后就是乳白色，酒杯又很快凉了下来。那年轻人则一次一滴地将水倒进去。

"你为什么一定要倒得这么缓慢呢？"女孩问道。

"因为如果太快的话，酒味就会慢慢散去，变得平淡，什么味道都没了。"他解释道，"我认为应该用一个大杯子来装冰块，只留一个小孔让水从小孔里流出来。我想，真的要是那样的话，一定非常有意思。"

"那时这里会坐着两个 G. N.，所以必须很快把它给喝完才可以。"女孩说。

"你说什么？什么是 G. N.？"

"这就是国民军嘛，穿着卡其布衣服的他们，戴着黑色的皮枪套，骑着自行车，所以，我要毁灭这些证据。"

"什么证据？"

"实在对不起，我一喝多了酒，就会乱讲话。"

"那是，喝苦艾酒时必须要小心翼翼。"

"嗯，那样只不过会让我觉得办起事来比较容易罢了。"

"其他的就一无是处了吗？"

他再为她斟了一些酒，一直到它的热度慢慢地缓和下来。"干杯。"他说。她深深地喝了一口，随后他接过她的酒杯，帮她喝了一些酒。

"谢谢你，我亲爱的太太。你可真是紧抓住你男人的心了！"

"那么，你也会紧抓住你那些读者的心吧。"

"你怎么会这样说呢？"年轻人对她说道。

"我不知道该怎么说才会更好。"他对她说道："我想，你可不可以不要再提起那些剪报的事呢？"

"为什么呢？"她朝他斜靠过去，大声地说道，"为什么我不该提起？就因为你今天早上还在写作吗？你以为我是因为你是个作家才选择嫁给你的吗？就因为你和你的那些所谓的剪报,是不是？"

"好了,好了,"男孩说道,"亲爱的,当我们独处时,你能不能告诉我,曾经发生过什么样的事情？"

"你不要妄想我会告诉你这些事。"她说道。

"不至于吧。"

"不要只在那里胡乱猜测,"她说,"你应该自己能够确定才是。"

大卫·布恩站了起来,走向挂钩那里拿起雨衣,头也不回地大步走出了咖啡馆。

凯塞琳则在座上端起酒杯,慢慢地品尝着手里的苦艾酒,一小口一小口地喝着。门又开了,他从大门走了进来,向桌子那边走过去。他穿着战壕装外套,帽沿拉得很低盖住了额头。

她小声地说道："别傻了,大卫。外头还下着雨,而你是唯一能够办正事的人,赶快坐下来吧。"

"你是真的要我坐下来吗？"

"真的,求求你,坐下来吧。"她说道。

"这又有什么意思呢？"他这样想着。他起身走出原本是要开那辆车子,却傻傻地站在外面不走,真是见鬼。又重新走了回来向她要钥匙,但是却像笨蛋一样坐了下来。然后他拿起了酒杯,喝了一口酒。无论如何,那酒喝起来味道还算是挺棒的。

"亲爱的,你想在哪儿吃午餐呢？"他问道。

"你说在哪儿,我只要和你一道用餐就行。你仍然是爱着我的吧,是不是？"

"我承认,关于剪报的事错完全在我。"

"那些该死的剪报我们不要再提了。"

"确实,本来就应该这样的。"

"是你在喝酒的时候想起了它们,所以就在这里一吐为快了吧！"

"这些话听起来真像是顺口而出的,"她说,"生气真的很可怕,事实上,我脱口而出的话只是跟你开玩笑罢了。"

"但是,你要记得你在说话之前最好先三思而后行。"

"是的,我知道了。"她说道,"我想,这事该算了结了吧？"

"嗯,不错,是了结了。"

"那么,刚才为什么你又一直在那儿强调这件事呢？"

"本来我们就不该喝这个酒的。"

"不该,那当然是不应该的啦！尤其是我。但你的确需要喝一点儿酒才行,可是你觉得喝酒对你有好处吗？"

"你说,我们现在一定得说这些吗？"他问道。

"对不起,我保证不再提了。哎呀,真是烦死了。"

"你知道的,那就是我最不喜欢听到的字。"
"你运气真的很好啊,不喜欢听到的只是这个字而已。"
"见鬼了,"他说,"干脆你自己去吃午餐好了。"
"才不要呢,我们一定要跟别人一样,两个人一起吃午餐才对。"
"那样,好吧。"
"对不起,我只不过跟你开个玩笑而已。真的是没有什么,大卫。"

第五章

当大卫·布恩清醒过来时,潮水已经退尽,海滩被阳光照亮了,海水呈现出美丽的深蓝色。山丘像是刚刚被雨水洗涤过一般翠绿,原本出现在山顶上的云层已经消失不见了。凯塞琳还在那里睡觉,他就这样看着她均匀地呼吸着,她的脸庞被阳光照着。他想,真是奇怪啊!她的眼睛被如此强烈的阳光照着,居然还是没有醒过来。

他洗完澡,刷过牙,刮了胡子之后,已是饥肠辘辘了,很想马上就能吃点儿东西,可是他仍然要等她醒来一起吃。就在这时候,他写作用的札记本、铅笔以及削铅笔机进入他的眼帘。于是,他在面窗的桌子前坐了下来,眼前是一条蜿蜒流向西班牙的河流的入口。他开始写作了,一会儿工夫,就把凯塞琳和窗外的那些景物抛到九霄云外去了。他今天的运气真的很好,写着写着,文思迅速地顺其心意奔泻而下。他描述得非常实在,包括其中的猥亵部分给人的感觉,只是像是在晴朗的日子里,一波又一波的大浪平稳地涌过去一样,却只激起一小点儿激流,以暗示当时的心情。目光扫到凯塞琳身上,她仍然在睡觉。

"亲爱的,你干吗要醒来呢?"
"你要去哪儿?请你告诉我,我保证五分钟之内就会赶到那儿。"
"嗯,我只是要去咖啡馆吃点儿东西当早餐。"
"那你去吧,我待会儿就到了。你刚才写了点儿东西吧?"
"嗯,写了一些。"
"对什么事都不以为意,一天睡到现在,我还真为此骄傲呢。吻我,你再看看浴室门上那面镜子里面的我们吧。"

他吻了吻她,两个人一起朝镜中的影像看着。

"不受任何服装约束的感觉真是妙极了。"她说道,"去了之后也帮我叫一杯马利斯曼诺酒吧!就不用等我了,让你等那么久才吃早餐,真抱歉。"

在咖啡馆里他看着前一天的晨报和巴黎来的报纸,边喝咖啡、牛奶,边吃早餐,手上拿了个超大新鲜鹅蛋的汉堡。他稀疏地撒了些颗粒粗糙的胡椒粉和芥末在蛋上,然后才去把蛋黄弄破。凯塞琳还没有来。她的眼看着快要掉了,于是他就把她的也给吃了,并用一片刚刚烤好的面包把那只平盘上的碎屑擦干净。

"尊夫人到了!"侍者说,"我再送一盘给她。"

她穿了件开司米龙毛衣和衬衫,并戴着珍珠首饰。用毛巾擦过头发,梳得又直、又光滑、又靓丽。在棕色的头发和黝黑至极的脸庞相比较之下,并没有显得十分出色。"今天天气真的是非常好啊!"她说,"我来晚了,真是非常抱歉。"

"没事儿,你打扮得这么漂亮是要去哪里啊?"

"去比亚里茨。我想,我会开车去的,你也想去吗?"

"那你是打算自己开车过去吗?"

"不错,"她说,"不过也欢迎你一块儿去。"当他站起来的时候,她说道:"亲爱的,我回来的时候又会让你惊喜哦!"

"我想,还是让我陪你一起去吧,这样你才不会做出一些荒唐事来。"

不要想太多,你现在正紧紧与之相随,事情终究是会过去的,到那时候也许你甚至都还没弄清楚,事情就已经过去了!好了好了,不要再想下去了,你至少还颇为惦记它的,接下来,他徒步穿过了小城,注意力由于情绪不是很好显得更敏锐。

海风吹拂着,吹进了他们的房内。他正在那里看杂志,以两个枕头垫着双肩和一小部分的背,脑后另外又枕了一个对折的。午餐时候人显得十分困乏,等得很饿了,可是他仍然坚持等着她。他干脆边看书边等她。后来他听到了开门的声音,她缓步走了进来。忽然,他几乎不认得她的样子了。站在那儿的她,双手交叉放在胸部下方的开司米龙毛衣之上,这会儿就像是还在跑步般地气喘吁吁。

吃完午餐后,她就躺在旅馆的床上,把头依偎在他的胸脯上说道:"不,不要,求求你,大卫!你绝对没有做吧?"

他将她的头搂得更靠近一点儿,倚在他的下巴上,感觉得出她的头发又剪短了很多,粗粗地就像丝一般。她一次又一次反复地用头紧抵着他。

"你都做了些什么事啊?我的小恶魔。"

她把头抬起来看着他,双唇紧紧地贴着他,忽左忽右地移动着,将身子紧紧地压向他。

"现在的我可是搞清楚了,"她说,"我真的是非常高兴,这个机会已经再好不过了,现在我又是你的小女孩了,我们最好证实一下看看。"

"你就等着瞧吧!"

"我会让你瞧个清楚的。"

"你是怎么做到的?"

"现在不告诉你,我要等到睡觉时再告诉你。"

"如果你不急着要告诉我的话,那就这样吧。"

"因为住在那里的有英国人。因此,我到了那里之后,就进入了最有名的那一家理发店。我告诉发型师要他把我的头发全部都往前面梳,他照着我的话做了。头发遮到了我的鼻子上,前面的东西我几乎都看不见了。然后我告诉他我要他把我的头发剪得像刚要进公立学校的男孩子的一样。他就问我要像哪个学校的好，然后我就说要像温切斯特或伊顿的。因为除了拉格比之外，我只记得这两个学校了，而我又是真的不想剪成拉格比那种发型的。他又问要两个中的哪一个比较好，然后我就说要伊顿的，不过头发要全梳向前方。因此，在他剪好之后，我看起来就像是一个上过伊顿的最迷人的小女孩了。在那里我只是要他一直地剪，剪成了伊顿的发型之后，还是要他继续剪。他接着就表情严肃地告诉我说，'再剪下去，那就成不了伊顿学校里的平头了呀，小姐。'我就告诉他说，'我要的并不是伊顿学校里的平头啊，先生。我实在想不出该怎么说明我想要的是什么样的发型，而这就是我唯一能够想得出来的办法。'他说，'这不是太太该有的发型，而是小姐的。'我说，'我就是要那样的。'所以他就只有再剪了些，接着又继续剪短一些。看起来这发型如果不是美得冒泡，就是可怕得一塌糊涂。你不介意我把额前剪成这个样子吧？若是剪成伊顿的平头的话，就会全落在我眼睛上了。"

"不介意，很好看的。"

"看起来很典雅，"她说，"可是我总感觉摸起来太像野兽的毛发了，你摸摸看吧。"

他摸了一下。

"不要担心它太典雅，"她说，"我的嘴形刚好和它相配。那我们现在可不可以缠绵一下呢？"

她把头向前低下来，他把她的毛衣拉到头顶上，从手臂上给脱了下来，并俯向了她的颈部。

"不要，不要去管它。"

"你全权处理吧，开始就那样，一开始就那样。"

入夜之后，她蜷曲着身子躺在他的旁边，头部依偎在他的胸膛之下。

"我睡着了。"

"我想，我也是。"

"我知道的，但是我的感觉真的好奇怪！真妙！是真的好奇怪哦！"

"可是，有什么奇怪的？"

"不过如果你想要这么说，就这么说吧，我们两个能够凑在一起，那真是再美妙不过的事情了。我们两个有没有办法全部都睡着呢？"

"你想再接着睡吗？亲爱的。"

"可是，我想要我们两个都睡着。"

"那么，我就试试看吧。"

"你睡着了，是吗？"

"还没有呢。"

"你就接着试试看吧。"

"我已经在努力尝试了。"

"那么，就把你的眼睛都闭上吧，如果没有闭上眼睛，那你怎么睡啊？"

"我喜欢在早晨的时候看到既清新又奇异的你。"

"我用这个样子迎接早晨,好不好呢?"

"嘘,不要讲话。"

"其实这件事是放慢脚步的唯一方法。我已经办到了,你难道分辨不出来吗?你必须当心,你现在感觉不出来吗? 我们的心就像是在一起跳动一样。这是一件相同的事,虽然那是唯一重要的事,可是我们并不是很看重它。这真是太棒太好了,又好又棒!"

她又一次回到那个大房间里,走向镜前,坐下来开始梳头发,挑剔地端详着镜中的自己。

"那我们就在床上吃早餐吧。"她说,"喝香槟如果没有什么不好的话,那我们可不可以稍微喝一点? 听说布鲁特酒店里有上等的兰生酒和白利尔,我可以打电话预订吗?"他说着就要去淋浴。在水还没有开到最大之前,他还是能够依稀听到她讲电话的声音的。当他出来的时候,她正倚着两个枕头端正地坐在床上,床头放着两个枕头,枕头是灰色的。

"我还可以把前额的头发再剪短一点儿。我是自己动手呢,还是要你帮我剪呢?"

"我想我还是比较喜欢你的头发能够盖住你眼睛的样子。"

"如果可能的话也许是这样吧,"她说,"天晓得,到那个时候也许我们已经对这种风格产生厌烦的感觉了。今天整个中午我们都要待在海滩上。当人们都进咖啡馆开始吃午餐时,我们则要在远远的海滩,把皮肤扎扎实实地晒成黄棕色。等到我们饿的时候,我们可以骑车到圣让吉恩城的巴士克酒吧去吃饭。可是,我们首先得到海滩去,因为我们必须去那里。"

"听起来好极了。"

大卫拉来一张椅子坐在上面,紧紧地握着她的手。她看着他说道:"就在两天以前,我什么都知道了。苦艾酒后来又使得我很不一样。"

"这个事情我是知道的。"大卫对她说,"真的,你是没有办法的。"

"可是在关于剪报的那件事上我伤害了你。"

"别想太多,没有的事,"他说,"你本来有那个意思,可是后来并没有那个意思啊。"

"我真的感到非常抱歉,大卫,请你要相信我!"

"每个人都会做出连自己都觉得很奇怪的事情来,那也是没有办法的事。"

"不是你说的这样。"女孩摇着头。

"现在一切都没事了,"大卫说,"事情都已经过去了,千万不要哭。"

"我没有哭,"她说,"但是我就是抑制不住地想哭。"

"这个我知道,你哭的时候也很好看。"

"不,不要这么说。以前我从来没有哭过啊,不是吗?"

"嗯,你是从来没有哭过。"

"我们若只在海滩这儿待两天的话,对你会有什么不好吗?我们一直都没有机会游泳,况且如果我们来了这里却不游泳的话,那真是蠢透了,离开这里以后我们要去哪里?这个我们现在还没有决定呢,今天晚上或是明早再作决定吧。你打算去哪里呢?"

"布拉多怎么样?"大卫说。

"好了,那也许就是我们要去的地方吧。"

"那真是个大地方呢。"

"虽然如此,但是一个人也是挺好的,我可要好好打点行李了。"

"除了将换洗用具放进去,把两个袋子收起来之外,就没有其他事情了。"

"你如果希望是上午起程的话,我们可以上午走。我不想左右你,真的,更不愿意对你有任何不好的影响。"

侍者这时敲门了。

"抱歉,没有白利尔了,夫人,所以我就送来了兰生酒。"

她那时已经不哭了,而大卫仍然握着她的手,紧紧地,并说:"这点我明白。"

第六章

在普拉多他们消磨了一上午时间,在一栋又冷又旧的厚实建筑物内坐着,顺着墙壁的地方堆着装酒用的酒桶,厚重的桌子可以说是残破不堪,椅子也坏了。微弱的光线从门外幽幽地溜了进来,侍者送来产自加的斯附近低地的酒和镇上的香肠、鳀鱼,还有大蒜味的橄榄,另外他们又买了一些带有坚果味道的曼萨尼雅。

侍者问他们:"你们想来点儿西班牙凉菜汤吗?"他把酒杯加满。

"试试看。"侍者不苟言笑地说道,好像是在讨论一头牧马一样。

又上来了一大碗,上面除了一些浮动的冰块外,还含有一片片脆生的黄瓜、番茄、大蒜面包,青、红辣椒和一些撒了胡椒粉,略带油味和醋味的液体。

"这就是凉菜汤。"侍者说。

他们把酒从一个大壶中倒出来喝,马上就被巴尔德佩尼亚斯酒的温和香味迷醉了。

"要开始喝这种非洲葡萄酒了。"大卫说。

"据说非洲是从牛斯山开始的,"凯塞琳说,"我现在还记得当我第一次听说时,印象有多么深刻。"

"那是他们把它简化了,"大卫说,"事实可比他们说的复杂多了。喝酒吧!"

"但是如果从来没有到过非洲的话,又要如何告诉别人,非洲是从哪里开始的呢?别人只会告诉你一些假话罢了。"

"那是当然了,现在你可以告诉别人了。"

"我所听到的有关非洲的景象和巴斯克乡村不一样。"

"不是加利西亚,也不是阿斯图里亚斯。如果离海岸不远,我想,那就是非洲了!"

"但是为什么他们从不画那个乡村呢?"凯塞琳问,"在所有的图片中背景通常是山脉。"

"是起伏的山脉,"大卫说,"你所见到的卡斯蒂利亚那种画是没有人会买的。他们没有风景画家。这里的画家只会画那种被安排得井然有序的东西。"

"格列柯的托莱多不在此列。这些乡村景致这么怡人,但是却没有好画家可以把它画出来。"

"喝完了凉菜汤,我们还要吃些什么呢?"大卫问。

这时掌柜走了过来。他是一位身材矮壮、四方脸形的中年男人。"他认为我们应该吃点儿肉。"

"我们有很好的里脊肉,你们要一点吗?"老板推荐说。

"不要了,"凯塞琳说,"再来点儿色拉就可以了。"

"那么,我认为至少应该再来点儿酒。"老板一边说,一边替凯塞琳添满了酒。

"不能再喝了,"凯塞琳说,"对不起,我太多话了,如果有失言之处请你原谅,我总是这个样子。"

"没有,这样其实好极了,也非常有趣,尤其是在这种大热天里。打开你话匣子的是酒吗?"

"嗯,但是苦艾酒不一样,"凯塞琳说,"它不具有任何危险性,我才刚开始我的新生活。现在我要看书、看外面,然后尽量不去想我自己。但是,每年的这个季节,我们是不该待在这里的。我应该离开了。在路上我看到很多美妙的事物,但是我无法把它画下来,来了乡村之后,我才开始想要成为一个画家或者作家,就像是一个人已经饿得奄奄一息了,却又找不到任何食物。我想,这就是乡村,你不必为它做任何事,它就在这里,普拉多博物馆就在这里。"

"这些感觉,除非你自己的体验,否则,没有任何意义。"凯塞琳说,"我还不想死,死了之后,我就再也看不到了。"

"你可以拥有每个我们所经过的地方。黄色的乡村、白色的山丘及那路旁的白杨树。你要相信只要你所看到的、所感受到的,那必然就是你的了。你不是已经拥有了王家水道港和死水城还有我们骑自行车所穿过的所有地区了吗?这道理是一样的。"

"在我死了以后,会变成什么样子的呢?"

"就是死了的样子啊。"

"但是,我无法忍受死亡。"

"那么,在死亡还没有降临之前,你要学会不让它发生。仔细倾听、观看,并感受任何景物。"他谈到死的时候,就好像是在谈一件无关紧要的事情一样。她一边喝酒,一边凝视着厚石墙。墙中有一扇窗,窗上面有遮掩物。外面是阳光所照不到的一条小小的街道,门则通向另外一条有拱廊的街道。

"一旦开始在外面独自生活,"凯塞琳说,"那就开始面临危险了。也许,我最好回到我们的世界里去,就是我所创造的关于你我的世界。我是说,我们共同创造的那个世界。在那个世界里,我过得很好,也非常成功。虽然那是四个礼拜以前的事情了,但是现在或许我还会成功。"

色拉送来了,在那黑色的桌面上映着色拉的鲜绿,阳光落在骑楼外的广场上。

"你感觉好点儿了吗?"大卫问。

"好很多了。"她说,"这段时间,我想了关于自己的很多事,我已经不再像是一个画家了。我就是自己的见证人。那真是可怕,既然我好些了,我希望能继续坚持下去。"

热气被倾盆大雨赶走了。他们在皇宫大旅馆里住着,房间又凉爽又大,百叶窗是横条的,使得房间显得十分阴暗。他们在那既长又深的桶里一起洗过澡之后,又让水龙头的水飞溅在他们的身体上,并且用大毛巾彼此泼水嬉戏,最后才上床。他们并躺在一起,从窗隙吹进来的清凉的微风,轻拂着他们身体。用手托住下巴的凯塞琳,撑着手肘盯着他看,说:"如果我又变成男孩的话,你会不会觉得很有趣呢?那样其实并不麻烦。"

"我想,你现在的样子我很喜欢。"

"这是一种诱惑。不过,我想在西班牙我不该那么做。这是一个保守的国家。"

"保持你现在的样子吧!"

"你说这话时,为什么声音不一样了?我想我会改变的。"

"不,不要现在改变。"

"好吧,如果你不需要现在的话。那这次做爱,我应该像一个女孩,然后再维持现状就可以吗?"

"你是女孩,你本来就是女孩,你是可爱的女孩子嘛,凯塞琳。"

"不错,我是你的女孩,我爱你、我爱你、我爱你……"

"嘘,不要说话。"

"我要说,我是你的女孩,凯塞琳,我爱你,我爱你,永远永远……"

"你不必说个不停,我明白的。"

"我喜欢说,而且也必须说。曾经我是个漂亮的小女孩。而且我也会再是的,我保证,我会再是个漂亮的女孩。"

"你不需要这么说。"

"噢,我必须说,你曾经就这么说过。"他们静静地躺了很久。她说:"我是多么爱你啊,你是个很好的丈夫。"

"亲爱的,上帝祝福你。"

"你想要的就是我吗?"

"你在想什么啊?"

"我希望我是你想要的那个。"

"放心,你的确是我想要的。"

"我发誓,我会!我会信守承诺。现在我能不能再当个男孩?"

"为什么呢?"

"只要一会儿就好了。"

"可是,为什么?"

"我并不是迷恋它,只是我喜欢。如果对你没什么坏处的话,我想当个男孩。我可以再当一次吗?"

"怎么会对我有坏处?那真是见鬼了。"

"那是可以了?"

"你真的这么想吗?"

他已经不再说"必须"了。所以她说:"虽然我知道我并不一定非那样不可。不过,如果可以的话,求求你答应我吧,可不可以?求求你了。"

"好吧。"他吻了她,并把她抱了过来。

"除了我们之外,你是男孩还是女孩没有人能够分辨出。只在晚上我才会当男孩,绝不会让别人误会的。"

"好吧,男孩。"

"我说我并不一定非得那样时,事实上是在说谎。只是今天的这一切都发生的好突然。"

他闭上眼睛什么也不想说,她吻了吻他,现在那已经算是前尘旧事了,这一点他很明白,只是心中感到十分绝望。

你说吧,不要让我改变你,可是,我必须要那么做吗?好吧,我认为你现在已经变了。

你也变了,我虽然知道你也改变了,但是这却是你自己要改变的。不错,你的确是变了,他是你的凯塞琳,你是我的甜心。我可爱的凯塞琳,你是我的女孩,我最亲爱的女孩,噢,我的女孩,谢谢你,谢谢你。

她安静了很久,他都以为她睡着了。然后她慢慢地撑起身子,说:"我对明天的我感到异常兴奋。我要以男孩子的模样去普拉多,看完每一部电影。"

第七章

早晨,他起床的时候,她还在睡觉。他走入清新怡人的高原中,顺着街道走上山丘,一直走到圣安娜饭店那里。在那一家咖啡馆中他吃着早餐,看着当地的报纸。

凯塞琳要在十点的时候到普拉多博物馆,所以在他离开之前,他把闹钟拨到九点。在街道的外面,上山的途中,他就想着她酣睡时的模样。她在白色的床单上静静地躺着,那略微凌乱但是又漂亮的头,看起来就像一枚古币一样。把枕头移开之后,被单下的身体曲线十分分明。

他想,已经一个月了,也许不止。上次从王家水道港到昂代已是两个月的时间了。不对,还不到两个月,因为在尼姆时她才开始有这种想法。不是两个月的时间,我们结婚已经三个月又两个星期了。我希望我能使她感觉到快乐。但是,在这方面我不认为谁是可以照顾谁的。不同的是,这一次是她主动要求的。他一直告诉自己,是她主动要求的。当他看完报纸付完账之后,又重新走入热气之中(这热是由于风向的转变,又吹回来的),随后,他走近井然有序的银行,发现了一封巴黎寄回来的邮件,在等待办理那冗长烦琐的手续的时候,他打开邮件,这些票是由他的银行寄到此地银行的。

他把一大把钞票塞进夹克口袋中,又回到刺眼的阳光中。他在一家新闻社停了下来,买了早上刚到的英文版的美国报纸,以及许多有关斗牛的周刊。并把英文版报纸卷入周刊之中,顺着圣赫罗尼莫街他走向一家意大利餐馆。这个地方现在还没有客人,他还记得以前和凯塞琳在这里约会。

"先生,您要喝点儿什么?"侍者问。

"你们这里没有啤酒吗?"

"有的,但是这里不是喝啤酒的地方。"

"去你的!"他说。说着就又卷了报纸走了出去。他越过马路之后又折回来向左转,走进了啤酒屋,在行人道上面的一张顶有遮雨篷的桌旁坐下来,喝了一大杯冰透心脾的生啤酒。

那个侍者似乎只顾着说话。他想,那个人说的倒是实情,的确,那里不是一个喝啤酒的地方。他只是实话实说罢了,并不是因为傲慢。虽然他知道这么回答客人不是太好,但是他实在别无他法。

他又喝了第一杯那种啤酒,并叫侍者过来,准备付账。

"只有你一个人吗?那位小姐呢?"侍者问。

"嗯,她在普拉多博物馆,我正准备去接她。"

"这样啊,那等你们回来。"侍者说。

他抄小路走回旅馆。由于钥匙放在柜台那儿,所以他去柜台拿了钥匙之后,爬上他们住的那层楼里,把邮包和报纸放在屋内的桌子上,又把他们大部分的钱,锁在了手提箱中。房间已经整理过了。由于百叶窗被放了下来,强烈的阳光被挡住了,所以屋内显得有点阴暗。他洗了洗手,从邮包中抽出四封信,把信塞入自己的长裤口袋,然后拿着英文版的《芝加哥民众报》《纽约前锋报》《伦敦邮报》下楼,直往旅馆的酒吧走去。他把钥匙留在柜台,并告诉服务生,夫人如果回来的话,告诉夫人他在酒吧里等她。

他在吧台的高脚凳上坐着,要了一杯马利斯曼诺酒,边拆信阅读,边吃着酒保连同酒一起送来的蒜味橄榄。其中有一封信,附了从月刊上剪下来的两篇评论他小说的书评。他无动于衷地看着剪报。对于这些剪报,似乎他的反应还没有那些评论家对他小说的反应激烈。

书评被他放回信封内,这两则都是观察仔细并了解很深刻的评论,但是对他来说,却不具有任何意义。他又以同样冷漠的态度读着出版商给他写来的信。他的书非常畅销,他们认为有些情况虽然很难预料,但他们预测到这本书的畅销情况至少可以一直维持到秋天。当然了,到目前为止,这本书仍然颇受好评,他大可开始写下一本书了。这已经是他出版的第二本小说了。通常情况下,在许多美国作家的眼中,他们的处女作,有时也可以说是他们唯一的好作品,那实在是十分可悲。这个出版商向他表示,他的第二本小说比起第一本小说来毫不逊色。

在纽约那实在是一个十分不寻常的夏天——又冷又湿。上帝啊!大卫心想,纽约,我们从那里就可以偷到鲈鱼。连天才作家都无法肯定,他们的孩子一定会跳查尔斯顿舞,而他却到处向人家保证书可以一直畅销。真的是,见他的大头鬼!这到底向谁保证呢?向布洛克曼,向"人民主义"?不是,都不是的。让我实现我对你的那些承诺,我一定会使你的书畅销,这真是太扯了!

"年轻人,嗨!你在看什么,看起来这么生气?"

"嗨,团长,"大卫觉得突然快乐起来,说,"你在这里做什么呢?"

这位叫团长的男人有着一对深蓝色的眼睛、一头红色的头发和一个黝黑的脸庞,看起来就像是雕刻匠用打火石雕刻出来的作品。团长拿起大卫放在那儿的杯子,喝了一口马利斯曼诺酒。

"帮我送一瓶这个年轻人现在喝的酒到那边的桌子去。"他对侍者说,"给我一瓶凉一点儿的酒。"

"好的,先生,没问题,"侍者说,"马上就来。"

"跟我来!"团长对大卫说,然后带他走到房间角落的桌子旁边。"你看起来很不错。"

"谢谢!彼此,彼此。"

他穿着深蓝色的衣服,看起来有点冷漠和严肃。除此之外,他里面还穿着蓝色的衬衣,脖子上打着黑色的领结。"我一向都很不错。"他说,"你想要找份工作吗?"

"不需要。"大卫说。

"是什么工作都不问就说不要。"他的声音听起来好像是在清除满是灰尘的气管般的不清晰。

"酒来了。"侍者往杯子里倒满酒,又送来了含有蒜味的榛果和橄榄。

"没有鳀鱼吗?"团长问,"这是哪门子的旅馆啊!"

侍者笑着去拿鳀鱼。

"真是的!"团长说,"一流的好酒,你一定会同意的。现在让我们来谈谈正事吧,为什么你不想找一份工作呢?你刚刚才完成了一本书。"

"我正在度蜜月。"

"没事儿,我想还是可以工作的,"团长说,"我不喜欢这种说法,听起来特别肉麻。为什么你不说你刚结婚不久呢?都是一样的意思,并没什么区别。"

"那是什么样的工作?"

"现在说什么都没有用。你和谁结的婚啊?我认识吗?"

"凯塞琳·希尔。"

"我认识她父亲,他是很奇怪的一个人。他在车里自杀了,他太太也跟他一样。"

"我不知道,我并不认识他们。"

"你不认识他们?"

"嗯,是的,不认识。"

"虽然有点奇怪,不过这也情有可原。就一个岳父来说,他对你应该不会有任何损害。据说她母亲特别孤单。这是一种不太高明的生活方式。你遇到这个女孩是在什么地方?"

"巴黎。"

"她有一个愚蠢的叔叔住在巴黎。他真是无可救药,你认识他吗?"

"我只是在赛马会上见过他。"

"那肯定是在朗香和奥特伊,是不是?当然,这些你是逃不掉的。"

"我是和她结婚,又不是和她的家庭结婚。"

"话是说得不错,可事实上却是和她的家庭结婚。"

"但是,我又不和她的叔叔、姨妈结婚。"

"好啦,我只是开个玩笑而已。你是知道的,我特别喜欢那本书。现在销路如何?"

"非常畅销。"

"这真的令我很感动,"团长说,"你这小家伙真是太了不起了!"

"你也一样,约翰。"

"但愿,希望如此。"团长说。

这时凯塞琳走向他们。大卫向她介绍说:"这是波利团长。"

"幸会。"

她看着团长,坐了下来。大卫看到凯塞琳好像快要窒息了的样子。

"你很累吗?"大卫问。

"大概是吧。"

"来,喝一杯这种酒。"团长说。

"我可以要一杯苦艾酒吗?"

"当然没问题,"大卫说,"我也要一杯。"

"我不要,"团长对侍者说,"这瓶酒已经不新鲜了,再拿回去冷一下,给我一瓶比较冰的。"

"你喜欢佩诺酒吗?"他问凯塞琳。

"很喜欢。"她说。

"那真的是好酒。"他说,"我实在非常想和你一起尝尝这美酒,可惜午餐过后,我还有很多工作要做。"

"真的很抱歉没有先跟你约个时间。"大卫说。

"没关系。"

"刚才我经过银行时,去看了一下邮件。有很多你的信件,全放到了房里。"

"那些信件我才不在乎呢。"她说。

"在普拉多时我看见过你,你当时正在看格列柯的画。"团长说。

"我也看到你了,"她说,"你通常只看一幅画,就好像那幅画就是你的一样,你是正在考虑,如何才能把它重新挂好吗?"

"可能是吧!"团长说,"你通常喜欢看一幅画,就像是刚得到解放的勇士团领袖看着《勒达与天鹅》的雕刻吗?"

"可能是吧。"她说。凯塞琳黝黑的脸红了一下,看看大卫又看着团长。

"我喜欢你。"她说。

"我也喜欢你。"他说,"我真羡慕大卫,他现在是你的一切吗?"

"你难道看不出来吗?"

"我想这现实世界上的一切,没有你看不出来的。"团长说,"再来一杯吧。"

"现在还不要,谢谢。"

"少喝点儿吧!那对你有好处。你是我见过的所有白人女孩中最黑的一个,令尊也很黑。"

"我想,我一定是遗传了家父的皮肤,家母很白皙。"

"我认识令尊。"

"你认识家父?"

"可以说是相当熟悉。"

"你感觉他是怎样的一个人?"

"很难说,但真的是相当迷人。你平常就很害羞吗?"

"真的。不信的话,你可以问大卫。"

"你克服得很快嘛。"

"你太夸张了,家父到底是怎么样的一个人?"

"我所认识的人当中,他是最害羞的一个,也可能是最迷人的一个。"

"他也会喝佩诺酒吗?"

"会,他什么都喝。"

"那么,看到我会使你想到他吗?"

"一点儿也不会。"

"那就好。大卫呢?"

"更不会。"

"那更好了。在普拉多的时候,你是怎么知道我是一个男孩子的呢?"

"为什么你不是一个男孩子呢?"

"我只是昨天下午才开始的。这一个月来,我一直都是女孩子,你可以问大卫。"

"不必问大卫,你现在究竟是什么呢?"

"如果你认为是男孩子,那就是男孩子好了。"

"对我来说那很好,但是,对你来说却不是。"

"这正是我想要的,"她说,"但是,在普拉多时的确是非常棒的,这也是我要把这些告诉大卫的原因。"

"我想你会有很多时间去告诉大卫的。"

"是的,"她说,"我们有的是时间去做很多美好的事。"

"告诉我,你是在哪里把自己弄得这么黑的,"团长说,"你知道你自己有多黑吗?"

"就是在王家水道港和靠近纳波尔的地方晒的,那儿有一条小路,穿过松林,可以通向一个小海湾。你在马路上是看不到那个小海湾的。"

"你花了多少时间才把自己晒得这么黑?"

"大概三个月的时间吧。"

"现在你准备怎么办呢?"

"就是维持这样啊,"她说,"在床上非常合适。"

"我想你不会在城内把它逐渐褪掉吧?"

"我并没有刻意曝晒它,我本来就有点儿黑,阳光只是又加强了一点黑的效果而已,我希望我能够更黑。"

"你也许会变得更黑,"团长说,"除了这件事之外,你还有没有其他期盼的事情呢?"

"有啊,每一天。"她说,"我对生活的每一天都充满了期盼。"

"那今天呢?"

"很好,就如你所看到的一样。"

"那,你和大卫能和我一起吃午餐吗?"

"好啊。"凯塞琳说,"我到楼上换件衣服,请稍微等一下好吗?"

"你不把酒喝完吗?"大卫问。"不了,"她说,"不必为我担心。我是不会害羞的。"他们看着她往门那里快步走去。"我是不是显得太鲁莽了?"团长问。

"但愿不会,她非常可爱。"

"我希望我能够使她快乐。"

"你一定会的,你自己觉得怎么样?"

"我想还是可以的。"

"那,你快乐吗?"

"非常快乐。"

"记住,在事情还没出错前,一切都会非常顺利的。当它出错时,你自然会知道那是怎样的。"

"你是这么认为的吗?"

"我十分确定,如果你不信,那也没什么关系。"

"你感觉它很快就会来临吗?"

"我并没有说它的快慢,你说到哪儿去了?"

"对不起。"

"我想,你们会过得很愉快的。"

"现在的我们的确很愉快。"

"嗯,我也这么认为,但只有一件事……"

"什么样的事?"

"记得好好照顾她。"

"这就是你要告诉我的?"

"哦,还有一点儿小事,小孩子并不好。"

"没有任何小孩啊,上帝。"

"你最好仁慈一点儿,消灭掉小孩子。"

"仁慈点儿?"

"嗯,那样会比较好一点儿。"

他们聊了一会儿,团长显得很激动。后来,大卫看到凯塞琳从门那里走过来。她穿了一件类似鲨鱼皮的白色衣服,衬得她更黑了。

"你看起来真是美极了,"团长对凯塞琳说,"但是,你还要再黑一点儿才更完美。"

"谢谢你,我会的。"她说,"我们不必冒着大太阳到外面吃吧?这里比较凉爽,我们可以在这儿吃。"

"你们要跟我一起吃。"团长说。

"哦,不!是你要跟我们一起吃。"

大卫犹豫地站起来,酒吧里的人越来越多了。他往桌子上看去,发现自己已经喝完了自己的酒,把凯塞琳的也喝了。他已经不记得到底是在什么时候喝了那几杯酒的。

午睡时间他们躺在床上。

大卫正就着从窗户透进的光线看书。窗帘已经被大卫卷起了三分之一,光线穿过街道后,从建筑物上反射进来。由于窗帘卷得不够高,所以看不到天空。

"团长说他喜欢我这么黑,"凯塞琳说,"我们一定要再去海边。"

"嗯,好的,什么时候你想去,我们就走。"

"好极了,现在可以告诉你一些事吗?我感觉必须告诉你。"

"什么事?"

"我没有恢复女孩的装扮,就去吃午餐,我的举止还合宜吧?"

"你没换回来吗?"

"嗯,没有换回来,你介意吗?但我现在是你的好兄弟,我愿意为你做任何事。"

"你是生气了吗?"

"没有。"他说。

"那,现在就简单多了。"

"我不这么认为。"

"我会小心一点儿。今天早上我所做的每一件事,都十分顺利。我现在能不能试试看?"

"我希望还是不要。"

"我能和你接吻试试看吗?"

"可以。但如果我是个男孩子,而你也是个男孩子的话,那我就不要。"

"我真的希望你并没有告诉团长。"

"可是,他看到我了啊,大卫。他已经知道事情的真相了,告诉他是对的。他是我们的朋友,如果我告诉他的话,他就不会到处张扬,否则他会到处乱说的。"

"你不能这样随便相信别人。"

"我知道,但我不在乎别人,我只在乎你。我和别人是不可能有什么丑闻的。"

"我觉得胸口好像被铁条梗住了一样。"

"对不起,可是我却觉得非常快乐。"

"我亲爱的凯塞琳!"

"通常在你需要我的时候,都会叫我凯塞琳。我是你的凯塞琳。只要你需要凯塞琳,我就是凯塞琳。我们睡吧!我们也许该开始了,看看会发生什么样的事?"

"首先,让我们静静地躺在这黑暗中。"大卫说。他渐渐地减轻了心中的阴影。他们并肩躺在马德里皇宫的床上。在马德里艺术馆中,白天凯塞琳在那儿走进走出,就像男孩一样。现在,在昏黄的灯光之下,她展现出她那黝黑的身体,对他来说,这黝黑的身体,似乎会永不停止地改变着。

第八章

静修公园的早晨,清新得就像是在森林中一样,到处一片碧绿,远方看起来更是清爽怡人。湖已经不在他们原来所看到的地方了。从树丛中看过去,湖似乎改变了不少。

"你走前面,"她说,"我要看着你。"

他转身离开她之后,在一个板凳上坐下来。他看到远方似乎有一个湖,但是想要靠近湖边,却遥不可及。她挨着他坐下来。

与他在静修公园碰面,她已经深感内疚和后悔,现在更糟了。他告诉凯塞琳,待会儿和她在皇宫咖啡馆里见面。

"你还好吗?要不要我和你一起去那里?"

"没事儿,不用了,我很好,我得走了。"

"我会在那儿与你见面。"她说。

那天清晨,她看起来特别漂亮。因为他们的秘密约定,她忍不住笑容满面,她对他一直微笑着,并把他的悔恨、自责一起带入了咖啡馆。他一点儿也没有想到他会这样做,但是他也的确这么做了。不久,当他喝完了第二杯苦艾酒的时候,自责、悔恨也随着苦艾酒,烟消云散。

"你好吗?可爱的小鬼。"他说。

"我就是你的小鬼,"她说,"我能来点酒吗?"

侍者离开了,她看起来又英俊又快乐。她问:"你怎么了?"

"刚才我觉得非常沮丧,但是现在已经好了。"

"有这么糟吗?"

"没有。"他撒谎。

"希望这种情况不要再继续恶化下去了。"

"过去的事情就算了。"

"很好,就像夏天能够留在这儿,不受任何人的打扰,不是很好吗?对了,我想到了一些事。"

"你已经想到了吗?"

"我可以留在这儿,不要去海边了。就目前的情况来看,这里和城镇都是属于我们的,我们可以留在这儿。"

"并且也没有太多的地方可以让我们去旅行了。"

"不行,我们的旅程才刚开始而已。"

"是,我感觉我们可以回到我们刚开始去旅行的地方。"

"当然没问题,而且,我们也要这么做。"

"不要再说了。"他说。

现在他已经有快要回去的感觉了,他又喝了一大口酒。

"真是很奇怪,"他说,"这酒尝起来,充满了自责、悔恨的味道,可是喝着又能把自责、悔恨一扫而空。"

"我不希望你这么想,因为我们并不是那样子,我们不可以那样。"

"或许,我就是那样子。"

"你不可以!"她喝了一大口,接着又喝了一口,瞧瞧四周后,又对着他说,"我可以的。你看着,在这里,在这个地方,你可以看到普拉多、街道、以及树下的车子和人,所以,它是真实的。虽然有点粗蛮,但是,我可以做。你看,嘴唇就是你的女孩的嘴唇。我就是你所要的。你看,我不是做了吗?告诉我。"

"亲爱的,你不必这样。"

"你希望我像一个女孩子!"她严肃地说,然后又自顾自地笑了起来。

"不错。"他说。

"那不就对了,"她说,"我很高兴,有人能够喜欢它,因为那实在是一件非常无聊的事情。"

"那这样的话就不要去做了。"

"难道你没听到我要做吗?还有你不是看着我做了吗?你想要我因为你迟迟不做决定,而不小心把自己扭伤,或者是把自己撕成两半吗?"

"你能把它先丢开吗?"

"可是,我为什么要丢开?你不是想要一个女孩子吗?你不是看着我做了这件事吗?你不是想要一切都很调和吗?风景、家、习惯、疯狂、热情,不是吗?我要把这些都丢开了。我不会让你在侍者面前感到不自在,也不会让侍者感到不舒服。我要看我的那些鬼邮件了。那,我们可以去拿我的邮件了吗?"

"好的,我现在就去拿"。

"不要,我不要一个人留在这个地方。"

"好吧。"他说。

"你现在知道了吧?这就是为什么我要找人去拿邮件的原因。"

"我们没有房间的钥匙可以交给门房,这就是我去拿的原因。"

"我再也不会那么做了,"凯塞琳说,"为什么我要对你那么做?真是太可笑了,我甚至没有请求你的原谅,我必须回房间了。"

"现在就回吗?"

"对啊,因为我是一个女人,我想,如果我想要成为一个真正的女孩,并且一直保持女孩的身份的话,至少,我必须要有个小孩。"

"对不起,那可能是我的错。"

"现在我们不要讨论是谁的错。你留在这儿就好,我现在去拿我的信件,我们一起看看我们的信件。"

午餐的时候,凯塞琳说:"我想,我们要回到纳波尔。那里没有其他人,又安静又好。并且我们可以在那儿工作,彼此照顾。另外,我们还可以去埃克斯,去看看海撒奈迷人的乡村景色。以前,我们在那儿停留的时间太短暂了。"

"我想,我们将会拥有一段很美好的时光。"

"那样的话,一定会很美好。回家后,我要学习西班牙文。我还有很多书要读。"

"嗯,对。我们有很多事要做。"

"并且我们也要把这些事做好。"

第九章

　　新计划维持了一个多月。他们在这栋曾住过的宽敞的玫瑰色的房子中,拥有三个房间。房子坐落在纳波尔的松树林里,从窗户看出去外面就是海。他们一般情况下在屋前花园的松树下用餐,同时望着那空旷的海滩。小河边的三角洲上,长满了浓密的树木,跨过海湾,就是坎城著名的白色山峰,弧度十分优美,层层叠叠。在这个炎热的夏季,长屋由于是空着的,所以屋主人非常欢迎他们回去住。他们的卧房在后面,房间十分宽敞,而且两面采光,凉爽怡人。夜里,他们嗅着浓郁的柏松树香包含着淡淡盐味的海风。大卫在前房进行工作。他每天早上很早就起来工作,工作完之后,他就会带凯塞琳去乱石中的小海湾,躺在美丽的沙滩上做日光浴或者游泳。

　　有时候凯塞琳开车出去,大卫就会等她。在工作告一段落后,他会在庭园的草地上小酌一番。喝过苦艾酒的人再去喝别的酒,几乎是不太可能的事,但是大卫不但喝过,甚至还同时喝着威士忌和梨酒。这个本事让屋主人大为折服。在这待着的屋主人有两位亲人,在这该死的夏季,从事着避暑事业。他没有去外面请厨师,完全由他太太一个人掌厨。他家里有一个女仆,专门负责照顾他的侄儿和打扫。他侄儿现在是一个见习侍者,主要负责餐桌服务。

　　凯塞琳开心地开着小车准备去坎城和尼斯采购。虽然冬季用品还没开始卖,但是她发现好多可以大快朵颐的地方和价钱平实的酒店,同时她也记住了图书馆和卖杂志的地方。

　　大卫努力工作四天了。他们这几天把每个中午的时间都花在了刚刚发现的小海湾上面。在阳光下、在沙滩上,他们尽情地嬉戏着,直到夜幕降临,背部和头发都沾满了海水渍干后的盐,才会筋疲力尽地去喝一杯酒和淋浴。

　　在床上躺着,凉爽的海风习习吹来,他们肩并肩地躺在黑暗里,身上只盖着一条被单。

　　凯塞琳说:"我有事情要告诉你。"

　　"我知道。"

　　她在他身上靠着,用手捧着他的头吻他。"我真的很想多要一点儿。我能吗?我可以吗?"

　　"那当然没问题。"

　　"我现在好快乐,我还有很多计划。"她说,"并且我保证,这次我不会又糟糕又粗野。"

　　"我想知道,哪种计划?"

"说不如做,明天我们就开始进行,你能和我一起去做吗?"

"可以,去哪里?"

"我们会去已经去过的坎城。那里有一个很好的理发师。我们不仅是朋友,而且他又是坎城手艺最好的一位理发师,一点就通。"

"你去那里做什么?"

"今天早上,在你工作的时候,我趁这个机会去看他。我一边说我的想法,他一边思考,并认为那会很棒。我告诉他,虽然我还没决定怎么弄,但一旦决定了,就会试着带你去剪一个同样的发型。"

"那,怎么剪?"

"等我们一起去的时候,你就知道了。它是那种从鬓角往上斜的发式。他性格非常狂热,我想那应该是因为他为布格第所疯狂的缘故,你会感到害怕吗?"

"我快要等不及了。他真的很想大显一下身手,将我头发染成浅色,但是我们怕你会不喜欢它,所以没有染。"

"我感觉阳光和海水会让它变成浅色。"

"但是染了之后会显得更浅一点儿,他说他可以使它美得就像北欧人的头发那样,你想想,那和我们的黑皮肤多相配啊!我们也可以把你的头发染浅一些。"

"不,我只会觉得很好笑。"

"在此地,你又认得几个了不起的人?总之,只要你整个夏天畅快地游泳头发也能够变成浅色。"

他没有回答,接着她又说:"你也不一定非做不可,我们只决定做我的,也许你也会想做的,再说吧。"

"不要再做任何计划,魔鬼。明天,很早我就要起来工作。你现在也去睡个好觉吧。"

"那么,为我写一段,"她说,"不管你写在哪里,都要把我对你深深的爱加进去。"

"亲爱的,我几乎睁不开眼睛了。"

"否则我不会让这本书出版!"

"我想,我会先试着写写看。"

"写好后我能不能看?"

"如果我有写的话,可以。"

"我真为它感到骄傲无比。我想,我们并不需要出书,也没有人可以进行批评和剪贴,你也可以心安理得地进行创作,我们只为自己永远拥有它。"

天刚刚亮,大卫就穿着短裤和衬衫到外面去了。这天,没有风,海是非常宁静的,天地间充满着海水和露水的清新味。他赤着脚走过庭园绿地的平滑石地,进入长屋尾端的房间里,在工作桌前坐下。窗户开了整整一夜,使得他们的房间既凉爽又充满了清晨的气息。

他写着从马德里到萨拉戈萨的这一段路,崎岖难行。当他们匆匆地进入这个村庄时,越过红色的山岗,小车正在泥泞不堪的路上奔驰,追着那特快火车。凯塞琳轻易地就追过一节节车厢、工程师和救火人员,最后是火车头。然后她走了左边的一条车道,而火车也开始消失在隧道里。

"亲爱的,我追上它了,"她说,"但是它进了隧道,告诉我,我还能不能再追上它。"

他注视着凯塞琳说:"可以,并且应该用不了多久。"

"那就算了。现在我们先来看看这片乡野吧。"

这条路越来越高陡,沿河种满了白杨树。他觉得车况还是可以的。这个时候,凯塞琳快乐地又换了车道,好像借此就可以压平那坡度似的。

后来,当听到她在花园里的声音的时候,他停住了笔,把稿子锁在手提包里,然后锁上了门出去。那女孩可以用另一把钥匙进来清扫房子。

凯塞琳在阳台上一块铺了红白格子桌巾的餐桌上坐着吃早餐。她穿着那件她刚洗过的,已有点褪色和缩水的旧衬衫、灰色的法兰绒灯笼裤以及平底凉鞋。

"嗨,"她说,"我不能睡得太晚。"

"你看起来非常可爱。"

"谢谢你,我也觉得这样很可爱。"

"你是从哪儿弄来的灯笼裤?"

"我请尼斯的裁缝为我做的,好看吗?"

"他们剪裁得非常好,看起来很新潮,你要穿着它进城吗?"

"不,坎城现在并不流行这样穿,必须要等到明年才能形成一股新的风潮。现在流行的是穿我们这种衬衫。他们现在对裙子没什么好印象,你不介意吧?"

"当然不介意,看起来还是蛮好看的。"

早餐之后,大卫刮好胡子淋完浴,穿上他的法兰绒裤和渔夫的衣服,他发现今天凯塞琳穿了一件领口敞开的蓝色亚麻衬衫和一条很厚的白色亚麻裙子。

"现在我们最好这样穿。纵使那条宽松裤比较适合这里,但也未免太招摇了些,我们还是省省吧。"

这家美容院,虽然十分亲切随意,但是非常专业化。大约和大卫同龄的简,看起来一点儿都不像法国人,倒更像意大利人。他说:"我会根据她的吩咐来剪,你同意吗?"

"我感觉我不属于这个圈子。"大卫说,"所以,你们去做决定就好了。"

"或许,我们该在您夫人的身上先试验一下。"简说,"以免出现差错。"

但是当简开始小心、熟练地剪凯塞琳的头发的时候,看着围着罩衫的粉头上的脸庞,大卫的神情既专注又认真。凯塞琳认真地注视着手中的镜子,观看着梳子和剪刀是如何推剪的。这个雕刻家似的家伙,真是既专注又认真。

"我想了整整一晚上。"理发师说,"也许你不会相信,但这对我的重要性,就如同职业对你的重要性一样。"

他退后一步,看着他所设计的发型,然后,又迅速地推剪着。最后,他把椅子转过来,让凯塞琳对着大镜子看看她自己的新发型。

"耳朵上一定要剪成那样吗?"她问理发师。

"只要你喜欢,我可以弄出让你更满意的发型。只要我们让它颜色再淡一些,它会更漂亮的。"

"那,我要它再淡一点点。"凯塞琳说。

"别那样说,"简说,"你必须把你的实际想法告诉我。"

"那么,就像我的珍珠颜色那样淡,你看过它很多次了。"凯塞琳说。

大卫走过来的时候,看着简正在用木匙搅动着一大桶染发剂。

"我这染发剂是用香皂做的。"理发师说,"它非常温和,请到盆这边来,往前面坐一点儿。"理发师对凯塞琳说,"用这块布围住你额头。"

"可是这发型并不像男孩子的发型,"凯塞琳说,"我希望剪成我们计划的那样,但你好像全都搞错了。"

"你要相信我,事实上这样再像不过了。"

理发师边说边染着她的头发。凯塞琳的头发洗了又洗,润丝了又润丝,大卫觉得她的头发好像已经失去了原有的光泽,当水从头发上开始滴落时,整个头发呈现出了一片湿漉漉的苍白。理发师拿着毛巾轻轻地搓揉它,他信心十足地做着这件事。

"夫人,别失望,"他说,"我何必要拿你的美丽来开玩笑呢?"

"但是,我是真的很失望,它一点儿都不漂亮。"

他轻柔地擦干了她的头发,并把毛巾留在了她头上,然后用吹风机边梳边吹着她的头发。

"现在你再瞧瞧看。"理发师说。吹风机开始使她的头发由潮湿变为干爽,由单调乏味变得亮丽耀眼。他们全都看见了头发的蜕变。

"你对你的新发型不该不满意的,"简说,随即又附上了一句,"夫人是否想要它更亮眼些?"

"它比珍珠色看起来好多了,"她说,"你真是太伟大了,我太烦人了。"

然后,他从瓶子里倒了些东西在手中。"我现在要用这些东西抹。"他说。他非常兴奋地对凯塞琳微笑着,并且轻柔地用手整理着她的头发。

凯塞琳站了起来,很认真地观察镜中的自己。她的脸看起来更黑了,而她的头发,就像嫩桦树皮一样美丽。"这女的我好喜欢。"她说。她几乎不敢相信,镜中的那个人就是自己。

"现在,我们来理这位先生的头发。"理发师说,"先生是否要修剪一下呢?这个发型很保守,但是也是很活泼的。"

"那就剪吧,我大概一个月没有理发了。"大卫说。

"和我剪一样的嘛。"凯塞琳撒娇说。

"可以,但是,我的要再短一点儿。"大卫说。

"不,必须要剪得和我一样。"

理完之后，大卫站了起来，用手摸了摸他的头。感觉不仅清爽而且舒适多了。
"要不要让他也给你抹一点儿？"
"不，在这一天之内，我们已经拥有太多奇迹了。"
"只要一点点？"
"不，一点点也不行。"
大卫看着凯塞琳，再看看镜中的自己。由于发型的缘故，他和她看起来真的很像。
"你真的要它改变那么多吗？"
"是的，我就要这样。大卫，真的，请尝试一点儿小改变。"
他再看了一次镜中的自己，然后走过去，坐下来。理发师看着凯塞琳。
"请动手吧。"她说。

第十章

旅馆老板坐在长屋的阳台上，桌上放着一瓶酒、一副眼镜和一个已经喝完的咖啡杯。他正在读《尼斯尖的童子军》这篇报道时，一辆蓝色的汽车疾驰而来，停在碎石路上。大卫和凯塞琳从车里走出来。其实，他并不希望他们回来得这么早，他几乎快要睡着了，但他还是站了起来，当他们面对他的时候，他说了他脑海中闪现出的第一句话。
"女士、先生，你们把头发都染淡了，很好，很漂亮。"
"谢谢你的赞美，在这8月天人们总是喜欢这样做。"
"非常好。"
"那真的很好，"凯塞琳对大卫说，"我们是你的好客人，好客人做什么都是好的，你是好人。我的上帝，你确实非常好。"一阵微风从海边吹来，顿时使房内非常凉快。
"我喜欢那件蓝色的衬衫，"大卫说，"就穿成这样站在那里。"
"可那是车子的颜色，没有裙子的话，它看起来会更好看的。"凯塞琳说。
"那是因为你看不惯裙子，"他说，"现在我要出去看看那老家伙，看他这会儿乖不乖。"
他们一只手提着一袋冰和由旅馆老板为他们订的一瓶香槟酒——他们不经常喝香槟酒，另外一只手还抓着两个玻璃杯，并将它们放在一个小盘子里面。
"我们要警告他们，这样是不公正的。"他说。
"我们不需要这样做。"凯塞琳说。
"亲爱的，我们只是试试看，十五分钟之后就过去了。"

"别开玩笑了,我们上床吧,让我看看你,感觉你。"她脱掉他的上衣,他站起来,也帮助她。

在她睡着之后,大卫从床上起来,走到浴室里,凝视着镜中的自己。他拿起梳子开始梳理他的头发。但是这头发根本没有其他方法可以梳理,除非用剪刀。如果要剪的话一定会弄乱弄脏的。他让头发直直地披下来,发色和凯塞琳的一样。他推开了门,看了一眼还睡在床上的凯塞琳,又回到浴室,拿起她的小镜子照着。

"剪成一样的,这样一来,成什么样子了呢?"他对自己喃喃自语着,"可是,你已经做了,并且剪成了和你女人相同样式的发型,你有什么样的感觉呢?"他问镜子,"你什么感觉啊?你说啊!"

"你一定会喜欢它的!"他说。

他看着镜子,好像镜子里的他是他看到的另外一个人,可是,事实上,镜子依然只是镜子。

"好吧,相信你会喜欢它的,"他说,"不管它是什么样的鬼,现在把剩下的都做好,别说是别人勾引你的,或者是诱惑你的。"

他看着那张脸,他对那张脸已经不再陌生。但是他看着他的脸说:"你一定会喜欢它的,请记住这点,坚持这点,你不知道你现在看起来怎么样,以及你将来又会是什么样。"

当然,他确实不知道他将来会怎么样。他只是借着镜子,努力构思着以后的样子。

那天晚上,他们在瓦屋前的庭院里用着晚餐,静静地互相注视着沐浴在灯影中的彼此,神情十分兴奋。晚餐之后,凯塞琳告诉将咖啡端过来的侍者:"帮忙拿一瓶香槟到我们的房里,要冰的。"

"还要其他的东西吗?"侍者问。

"不用了,我想这就够了,你呢,大卫?"

"我也不要。"

"那,你还有没有更好的建议呢?"

"没有,我宁愿喝酒。你明天还有工作吗?"

"不知道,再说吧。"

"我们聊一聊吧,今天感觉挺累的。"

到了晚上,天空幽暗,他们在松树林中听到风声呼啸而过。

"亲爱的,我很好。"

"让我摸摸你的头发,女孩。这是谁剪的?是简给你剪的头发吗?剪得如此饱满就像我的发型一样。让我吻吻你吧,女孩。瞧,你的嘴唇多么可爱,女孩,闭上你的眼睛吧。"而他自己却没有闭上双眼,房间里漆黑一片,风在树梢不停地吹动着。

"我知道。"她说。

"不,没人知道的,你是我的女孩,所以我才会告诉你。不是因为你不满足,而是我太容易感到满足和快乐了,对某些事有些人有感觉,有些人则没有感觉,我想人们在这方面常爱说谎。虽然人们会对这点说谎,但拥有你确实是件很美好的事情。我非常快乐,身为我的女孩,就像我爱你那样来爱我吧,不,应该是更爱我一点。"

他们开车下了斜坡,向着坎城的方向驶去。风非常强劲,路边高大的草被风吹得平平的,他们一路将车开到了平地,然后沿着荒凉的海边行驶。在这里开车就像有桥梁在河上一般安全、平稳。他们加快了车速,以便尽快走完去坎城前的最后一段路。大卫拿出在毛巾里包着的水酒,喝了两大口,享受着车行驶的快乐,把工作全都抛在脑后。他今天早晨没有工作。他没盖上瓶盖,又喝了一口之后,指了指酒,示意凯塞琳也喝。

"我不要,"凯塞琳说,"我现在不喝。"

"好吧。"

他们路过了高夫尚和一间小酒吧,后来又穿过松树林,沿着美丽的金色沙滩来到了小半岛那里。车驶过一切之后,他们终于穿过了整个小城,来到了空旷辽阔的乡下。"没有晚多久,"她说,"我这一段开得飞一般地快。"

他们就在斑驳的石墙边那个背着风口的角落里吃起了午餐。这道石墙是一幢残破建筑的一部分,旁边有一条小河流来自山区,流过平原,然后入海,风从破山口之处吹了过来,他们在地上铺了一条毯子,面对着墙紧紧地并坐在一起。从荒芜的村庄看过去,海面平滑无波,这种平坦像是被风吹平的一样。

"没有什么想要去的地方。"凯塞琳说,"我现在根本不知道我们要去哪里?"

他们站了起来,朝山顶的方向望去,旁边是寂静无比的村落,村子后面是一片灰紫色的山脉。风不停地吹动着他们美丽的头发,凯塞琳指出一条她曾经走过的道路。

"那地方我们可能已经去过了。"她说,"它是如此如梦似幻毫无人迹,我讨厌那些嘈杂的令人生厌的村子。"

"那确实是一个好地方,"大卫说,"河流非常美,但我们能不能找到一个更好的地方。"

"我感觉那里已经够好了,不需要再找别的地方了。"

"那里是一个很好的挡风口,我非常喜欢它。我们置身其中时宛如在画中一样。"

他们吃着蛋、烤鹅、泡菜和新鲜的长面包,又把面包切成一片一片的,涂上芥末酱,还喝着玫瑰酒。

"你感觉高兴吗?"凯塞琳问。

"嗯,当然高兴。"

"你不会觉得有什么不妥吧?"

"不会的。"

"我说的每件事都没有什么不妥吧?"大卫喝了一口酒,说道:"不,我不觉得有什么不妥。"

她站了起来,迎风而立。风吹进她的毛衣里,一直吹到她那高挺的乳房和她的淡色发丝上。那张已经晒成棕黑色的脸低下来看着他,微笑着。然后她转过身去,望着那美丽的海面。

"我们到坎城买一份报纸,然后去咖啡馆里一起看报吧。"她说。

"你想要那样做吗?"

"为什么不能呢?这可是我们头一次一块儿出来,难道你就不想那样做吗?"

"不是的,魔鬼,我为什么一定得那样做呢?"

"如果你不要做,那我也不要做了。"

"你说你想要做的。"

"可是我宁愿依你的意思而行,我宁愿更顺从你一些。"

"没有人要求你顺从。"

"好了,现在停止这个话题吧。我希望我们今天能够过得快快乐乐的,为什么要去破坏它呢?"

"那我们把这个地方弄干净就离开吧。"

"离开去哪里?"

"任何地方都可以去,到那上帝诅咒的咖啡馆里去吧。"

他们在坎城买了一本新的法国杂志和一份报纸,以及体育报,然后在露天咖啡座前坐着阅读,喝着饮料,并且和好如初了。

有两个女孩把车停在了街上,然后走进咖啡馆。那是两个非常美丽的女孩,一个喝的是白兰地,另一个喝的是汽水。

"她们是谁?你认识她们吗?"凯塞琳问。

"不认识,可以说我从未见过她们。"

"那一个长得真是俏丽,腿也很漂亮。"大卫说。

"她们两个应该是姐妹,长得真是非常出色。"凯塞琳说。

"确实,真可以说是美人坯子,她们不像是美国人。"

两个女孩正争论不休。凯塞琳对大卫说:"有得吵了。"

"你是怎么知道她们是姐妹的?"

"感觉,我本来以为她们来自尼斯,但是我现在又不确定了,那辆车子上挂了瑞士的车牌照。"

"嗯,那是一部老爱索达。"

"我们要再待一会儿,看看下文吗?我们好久都没有看好戏了。"

"那真是一场意大利山似的争吵。"

"越安静,问题就越严肃。"

"等会儿问题一定会爆开来的。其中一个女孩真是美得令人窒息。"

"嗯,不错。咦,她朝我们走过来了。"大卫站起身来。

"不好意思,"女孩用英语说,"请原谅我。"她对大卫说。

"你请坐啊。"凯塞琳说。

"不必了,我跟我的朋友吵嘴了。但是我告诉她,你一定会谅解我们吵架的原因,你会谅解我吗?"

"亲爱的,我们应该原谅她吗?"凯塞琳对大卫说。

"嗯,原谅她吧。"

"我想,"女孩说,"你们可以告诉我你们的发型是在哪里剪的吗?"她红着脸问,"或者是抄袭哪一本书上的?我的朋友认为问这个问题会显得很冒昧。"

"我会告诉你的。"凯塞琳说。

"真是非常不好意思,"女孩说,"你不会因此生气吧?"

"当然不会了。"凯塞琳说,"你愿意和我们喝一杯吗?"

"但是,还是让我问问我的朋友看看。"

她走回了桌子,做了一次简短而又激烈地交谈。

"很遗憾,我的朋友她不愿意过来。"女孩说,"但是我还是很希望能再见到你。你真是个慷慨大方的人。"女孩走回到她的朋友那里。"你怎么啦?"凯塞琳说。

"我想,她还会再回来问,你的灯笼裤是在哪里做的。"大卫说。

争论仍然在另一张餐桌上继续着。然后,两个人站了起来,一起朝他们走过来。

"我介绍一下我的朋友,她是……"

"我是尼娜。"

"你好,我们姓布恩,"大卫说,"欢迎你们的加入。"

那个比较俏美的女孩红着脸说:"谢谢你们让我们加入,这真的是一件很不礼貌的事情。"

凯塞琳说,"不,我感觉那是很大的一种赞美。他是一个很棒的理发师。"

"我感觉也是。"俏美的女孩说。她说话时好像有点喘不过气来,而且脸又开始红了。"我们在尼斯的时候见过你。"她对凯塞琳说,"那时我就非常想和你说话,嗯,我的意思是向你问好。"

她不能再继续这样脸红了,大卫想,但是,她的脸又开始红了。

"你们是谁要去剪头发?"凯塞琳问。

"是我。"俏美的女孩说。"我也想要,笨蛋。"尼娜说。"可是你说你不想剪的。"

"但是,现在我改变心意了。"

"我是真的要去剪,"俏美的女孩说,"我们必须得走了,你们会经常来这家咖啡馆吗?"

"只是偶尔来一两次。"凯塞琳回答,"但我希望有机会还能再遇到你。""谢谢,再见。"俏美的女孩说。女孩们坐回到属于她们的位子。尼娜叫侍者过去,付完账后,她们就出去了。"她们肯定不是意大利人,"大卫说,"其中一个非常好,但是她脸红得让人跟着紧张。她看起来非常喜欢你。"

"当然了,她在尼斯看到过我。"

"好了,当她在我身边的时候,我会喜欢她的。之前的那个女孩,对我们很友善。"

"那尼娜怎么样?"

"那个人,"大卫说,"她是一只狼,我想,如果她是一只狼的话会令人很愉快。"

"我不认为那样会很有趣,反倒感觉悲哀得很。"凯塞琳说。

"好吧,我也有同感。"

"再来一杯咖啡吧。反正,她们已经出去了。"她说。

"她们肯定是鬼灵精。"

"我知道,"他说,"我也是,其中一个女孩很好,她有一双很漂亮的眼睛,难道你没有发现?

"她非常容易脸红。"

"我比较喜欢她,你呢?"

"我想我也是吧。"

"不会脸红的人根本没有什么意思。"

"尼娜曾经也脸红过一次。"大卫说。

"我可能是对尼娜鲁莽了一些。"

"我想她是不会感觉到的。"

"不,她只是伪装得很好罢了。"

"在我们走以前,你需要再来一杯吗?"

"我不要了,但是,你可以来一杯。"

"我也不想要了。"

"喝一点儿嘛,你晚上通常都是喝两杯酒的。我再要一小杯,我们一起喝。"

"还是不要了,我们回家吧。"

深夜里,他醒来,听到怒吼般的风声从窗外呼啸而去。他转过身去,把床单拉到肩上,又合上眼睛,在她规则均匀的呼吸声中沉沉地睡去。

第十一章

第二天早晨,风势并没有一丝的减弱,他放下了四五天前在旅行中就一直酝酿的故事。他想,最主要的部分,还是前两天他在睡觉时想出的情节。不管介入任何事物都不是很好,但是他对这趟旅行充满了信心,他认为不管是写还是不写,都是会留下一些故事和情节的。

当一个故事酝酿成熟的时候,下笔就很容易了,所以,他跳过了中间的一段情节。他知道必须把那些留到次日再写。如果,在他稍作休息之后,还没有避开它的话,或许他现在应该已经完成了。但是,他不想这样,他希望明天再动笔。

那真是一个棒透了的故事,他记得他那时是多么想把它写出来。过去的几天,他一直都没有去努力想这个故事。他对脑海中的故事,印象十分模糊,当它显现出来的时候,立刻就把它写下来是非常有必要的。现在,他已经知道故事应该怎样去结束了。他一直很清楚这个故事的架构与完整体貌,但是,现在它们都已经不复存在了。当他看到凯塞琳留给他的字条时,他知道她为了不打扰他写作就出去了,但是她说会回来做午餐,他感觉又累又快乐。他走出房间去吃早餐,老板毛瑟·欧拉找他一起谈论天气如何如何,这个时候的风不停地吹着。在这个季节,通常会吹个三天,这种天气是很令人疯狂的。人们如果循着这里的天气记录将会发现,从有战争以来,天气从未正常过。

大卫说,可能是因为他经常去各地旅游的缘故,所以,他一般情况下不会被天气影响。但毫无疑问,现在这里的天气真的很怪。

毛瑟·欧拉说,不单单是天气,每件事情都会发生改变,唯一不会改变的是,委实变得太快了些。当然,每个人几乎都同意这种言论。毛瑟是一个世俗的人,他有这种看法是非常正常的。

无疑地,想要了解事情的始末,就必须再三审视自己的内心。

"你的话真是掷地有声啊。"毛瑟·欧拉说。

等他们聊完的时候,大卫也喝完了他的咖啡。他一边读着体育报纸一边想着凯塞琳。他回到房间找出《天长地久》一书,走到院子里,沐浴在阳光之下,心无旁骛地读了起来。这是凯塞琳专门为他订购的一本毛丽娜书局的书,书已经寄来。他现在觉得自己非常富有。在他的银行户头里,有段日子,法郎和美金的账目已经不完全真实,他从来没有把这些钱当作真正的存款金额,但是,哈德生的书却可以使他觉得自己非常富有。他把这个想法告诉了凯塞琳,凯塞琳听了也非常高兴。

他读了一小时之后,开始沮丧地想着凯塞琳,并要求侍者带些威士忌和白利尔给他,后来又吃了一些东西。午餐之后,他听到了车子上山的声音,心里好受了些。

他听到她们走进来时既兴奋又愉快的说话声,然后,一个女孩的声音首先静了下来。凯塞琳说:"瞧,亲爱的,我带谁来看你了?"

"我知道我不应该来的。"女孩说。那是他们昨天在咖啡屋遇见的两个女孩之中,长得十分俏美,又很爱脸红的那一位。

"你好。"大卫说。她剪短了头发,发型和凯塞琳在坎城剪的一模一样。"你去过那家美容院了。"

女孩的脸又红了,她无助地看着凯塞琳。

"看看她,"大卫说,"把她的头发弄乱一些。"

凯塞琳对大卫说:"如果你想要那么做,当然可以。"

"不要怕,"他说,"你来这里想做什么?"

"其实我也不知道,"她说,"我只是很高兴能来这儿。"

"你们去了哪里?"大卫问凯塞琳。

"当然是圣安娜那里了,然后,我们在那里停下来喝了一杯。我问玛丽塔,想不想要和我们一起吃午餐。然后她就来了。难道你不高兴看到我们吗?"

"当然高兴。你要不要再来一杯?"

"你喜欢喝马丁尼吗?"凯塞琳问,"相信喝一杯是不会要你的命的。"她对那女孩说。

"谢谢,但是不用了,我一会儿还要开车。"

"那你要雪利酒吧?"

"不用,谢谢。"

大卫走到吧台后,拿了酒杯和冰块,然后调了两杯马丁尼。

"如果可以,我可以尝尝看。"女孩对着他说。

"你该不是喜欢上他了吧?"凯塞琳问她。

"当然不是了。"女孩说着脸又红了。

"这酒味道非常好,就是有点儿太烈了。"

"这酒是很烈,"大卫说,"但是,今天的风很大,而我们一向都是依据风的大小来决定酒的烈度的。"

"哦,"女孩说,"你们美国人都是这样喝酒的吗?"

"不是,只有一些老式的家庭罢了,"凯塞琳说,"我们、摩根、伍尔伍兹和杰尔克雪兹,你是知道的。"

"在暴风雪和飓风来的那几个月的时间里,天气真是非一般的恶劣。"大卫说,"有时候我真的怀疑,我们还能不能度过秋分。"

"我真心希望能在我不必开车的时候,来一点儿好天气。"女孩说。

"你不必因为看到我们这样喝,就勉强自己去喝。"凯塞琳说,"不要介意,我们一直在跟你开玩笑。"然后,她看着大卫,"我带她过来,你不会不高兴吧?"

"没事儿,我喜欢你开玩笑,"女孩说,"我也很高兴能来这里玩。"

"欢迎你过来。"大卫说。

他们在餐厅里吃着午餐。"你那位名叫尼娜的朋友呢?她现在好不好?"大卫问。

"她走了。"

"她长得很俏。"大卫说。

"是的。但是我们大吵了一架之后,她就走了。"

"她真是个贱人,"凯塞琳说,"但是我想,几乎每个人都很贱。"

"嗯,其实大部分的人都是这样的。"女孩说,"我真的希望他们不是这样的,但是却常常感到失望。"

"但我认识很多女人,她们并不会犯贱。"大卫说。

"你一定会看见的。"女孩说。

"尼娜快乐吗?"凯塞琳问。

"我希望她能够快乐,"女孩说,"可是,我知道,对聪明的人来说,快乐是件很不容易的事。"

"因为如果你做了错事,你很快就会发现。"女孩说。

"你一个早上很愉快,都很愉快。"凯塞琳说,"我们有一段很好的时光。"

"你不需要告诉我这些,"女孩说,"就我记忆所及的地方,我现在很快乐。"

吃完沙拉不久,大卫问那个女孩:"你是住在离这里很远的海滨吧?"

"是。"

"尼娜为什么离开啊?"他说。然后走到桌子前,空气里弥漫着十分紧张的气氛。那个女孩把睫毛垂了下来,把头转向了凯塞琳紧紧地盯着她,说:"她本来是非常想回到巴黎的,我告诉她,如果欧拉有空房间的话,你何不留下来呢。先过来一起吃个午饭,再看看你是否喜欢这个地方,以及你是否喜欢她。大卫,你喜欢她吗?"大卫说:"我们都非常喜欢你,也确信欧拉还有房间可以让你住下,他会非常喜欢还有别的人住在这里的。"

女孩垂着眼睑,坐在桌子旁边。"我感觉,我还是不住在这里比较好一点儿。"

"可是你还要在这里待几天,"凯塞琳说,"大卫和我都非常希望你能够留下来。当他工作的时候,没有人和我做伴。今天早上我们一起不是还非常快乐吗?大卫,你快告诉她啊。"

"嗯,是的,"他说,"去请毛瑟·欧拉过来。"他告诉侍者。"我们会帮你找到一个可以住下的房间的。"

"你真的不介意吗?"女孩问。

"不介意,我们如果介意的话,就不会和你说那么多话了,"大卫说,"我们都非常喜欢你,你非常会打扮。"

"如果我有时间的话,我一定会经常打扮自己,"女孩说,"我希望我能够知道怎么打扮自己是最好的。"

"就像你刚来这里的时候那样,"大卫告诉她,"那样就可以了。"

"那么,现在,"女孩说,"我想喝一杯马丁尼,因为我一会儿不必去开车了。"

"但是,今晚你只能喝一杯。"凯塞琳说。

"这样真好。现在我们可以去看一下房间了吗?""当然可以。"看完房间后大卫就带她下山,去把她停在坎城咖啡馆前的老爱索达敞篷车开了回来,把行李都带了上来。

在取车的途中,她说:"你太太真的是个非常棒的女人,我非常爱她。"

她就坐在他旁边,但是大卫并没有看她的脸是否又开始红了。

"嗯,她非常好,我也爱她。"他说。

"我也爱你,"她说,"我可以这样说吗?"这时,他的手臂环在她肩上,同时,她也紧紧依偎在他身上。

"我想,我们必须谈一谈。"他说。

"我非常高兴,我个头比较小一点儿。"

"和谁比?"

"凯塞琳。"她说。

"那真的是一种十分可怕的说法。"他说。

"但是我想可能你会比较喜欢像我这种个子的女孩,或者你喜欢高挑一点儿的女孩?"

"可是,凯塞琳并没有多高。"

"当然不高了。我只只是想说,我并不高挑。"

"是的,不错。你也很黑。"

"对啊,我们看起来非常相配。"

"我们?"

"嗯,你和我,以及凯塞琳和我。"

"我们必须如此。"

"你是什么意思?""我的意思是说,我们如果在一起非常般配,这样我们就一定可以给人一种看起来非常好的感觉。"

"现在,我们是要在一起了?"

"不,不是的。"他用一只手开车,头靠在车的后背,看着一眼望不到尽头的七号公路。她把手放在了他膝盖上面,"我们现在只不过是在同一辆车子里而已。"他说。

"但是我可以明确感觉到,你是喜欢我的。"

"是的,但是那并不意味着什么。"

"当然是有所意味的。"

"就算有意味也只是表面而已。"

"它是一件非常美好的事。"她说。但是却没有说出究竟是什么事非常美妙,也没有移开她放在他身上的手,直到他转进了小巷,停在咖啡馆面前的老树下面,她才对他笑了笑,走出了蓝色的小车子。

在松香随风吹送的旅馆之中,凯塞琳安置好了女孩的房间之后,和大卫在房间相视着。

"我想,她一定会感到十分舒适的,"凯塞琳说,"当然了,在我们的住所旁边,最好的那一间是你的工作室。"

"不行,我要保留那间工作室,"大卫说,"我已经累坏了。我不想为一个外人去改变我的工作室。"

"你为什么会这么火爆?"凯塞琳说,"没有人要你挪出工作室。我只是想说,它是最好的一间,你的那两间工作室,能让你的工作进行得更顺心一些吗?"

"这个女孩到底是谁?"

"不要再这样生气啦。她是一个非常好的女孩,而且我也非常喜欢她,对于这件事,我感到非常抱歉,没有事先问过你意见。但是现在这已经成为事实了。我想,当你工作的时候,你会更喜欢有个人陪我出去逛一逛。"

"如果你只需要一个伴,我当然是没有话说的。"

"我不需要其他任何人,我只是想要一个我喜欢,你也可能会喜欢的人。这样,对她来说,在这里住上一阵子,会是一件非常愉快的事。"

"我没有查过她的资料。如果你真的想知道的话,你可以去问她的。"

"估计我调查完,她也可以躲一阵子了。但是,她到底是谁的女人?"

"亲爱的,火气不要那么大。她只是个没有人要的女孩。"

"你干脆就直说吧!"

"好吧,我感觉我是疯了,她同时爱上了我们两个人。"

"你才没有疯。"

"真是又奇怪又好笑的事情。"

大卫说:"今天你要去游泳吗?昨天我们就错过了时间。"

"嗯,去吧。"

我们在去艾斯特路上的时候,突然的一个紧急刹车,让他深刻地体会到了这辆车的引擎在发动的时候是多么需要热一会儿。他们三个人紧紧地坐在一起。凯塞琳说:"我知道有两三个海湾人非常少,如果沙滩上只有两三个人的话,我们可以都脱光衣服再下去游泳。那肯定是让我们一起晒黑的方法。"

"虽然你没有泳衣,但是只要你喜欢的话,还是可以去游泳的。"凯塞琳对那个女孩说,"大卫如果不介意的话,我感觉那一定会非常好玩的。"

"我十分乐意,"女孩说,"你会介意吗?"她问大卫。

"当然不会。"到了晚上,当大卫调着马丁尼的时候,女孩说:"以后的每一件事都会像今天这样美好吗?""不知道,但是今天是非常愉快的一天。"大卫说。凯塞琳现在在他们的房间里面。他和那个女孩坐在吧台前面。

"当我喝酒的时候,我想说一些我从来没有说过的话。"女孩说。

"不要说话。"

"那这样光喝酒有什么意思呢?"

"并不是你说的那样,你只是刚刚喝了一杯而已。"

"我们裸泳的时候,你会不会觉得非常尴尬?"

"当时我有那种尴尬的神情吗?"

"没有。"她说,"我喜欢你那时的样子。"

"那就非常好,"他说,"你感觉马丁尼喝着如何?"

"非常烈,但是我非常喜欢。你跟凯塞琳以前没有和其他人一起游过泳吧?"

"当然,从来没有过。我们为什么要和其他人一起游泳?"

"哦。今天我是真的晒黑了。"

"相信我,你会一直黑下去的。"

"我感觉你还是希望我不是那么黑是吧?"

"我感觉色泽非常好,你如果喜欢,就让全身都晒个透。"

"可是我想,或许你会更喜欢我们两个人当中,比较白的那一个女人。"

"请注意,你并不是我的女人。"

"我是，"她说，"我以前告诉过你的。"

"你的脸已经不再红了。"

"当我们一起去游泳的时候，我就克服它了，我希望我的脸不总是红。那也就是为什么我一定要说出来，为的就是克服它。"

"你穿那件开司米龙毛衣非常好看。"大卫说。

"凯塞琳说，我们可以这样搭着穿。你不会因为我把什么都告诉了你，就不再喜欢我了吧？""我已经忘了你以前说过什么了。"

"我爱你。"

"不要胡说！"

"你不认为这种事应该会发生在人的身上吗？也更不相信它会发生在你、凯塞琳和我身上？"

"不要胡说，"他说，"我相信你只是随口说说罢了。"

"一点儿也没有胡说，它是真的！"

"相信我，只有你会认为那一切都是真的。无聊。"

"好吧，"她说，"就算它非常无聊好了，但是事实上我的确已经在这里了。"

"是的，你现在是在这里。"他说。他看到凯塞琳微笑着朝他们走过来，神情十分愉悦。

"嗨，亲爱的。真是非常可惜我没有亲眼看到玛丽塔喝下她生命里第一杯马丁尼时候的模样。"

"这杯就是。"女孩晃了晃手中的酒杯说道。

"你在酒影里面看到她了吗？"

"这酒使她胡言乱语。"

"让我们一起谈点儿新鲜的话题吧，你不是说想要把酒吧弄成一个新的样子吗？但是到目前为止，这里还没有一面镜子。一个连镜子都没有的酒吧，是没有什么意思的。"

"明天我们就出去买一个回来。"女孩说，"我非常乐意去做这件事。"

"你们都不要让了，"凯塞琳说，"明天我们一起出去买镜子。以后，当我们胡扯时，我们就可以在镜子里看看彼此的样子，知道那时候的我们是有多么疯狂，你是不能欺骗吧台的镜子的。"

"当我看起来非常滑稽的时候，我就知道，我已经迷失了自己。"大卫说。

"你绝对不会迷失的，你有两位美好的女孩相伴，怎么会迷失自己呢？"凯塞琳说。

"我也曾经试着告诉他。"女孩一说完这句话就满脸通红了。那是她今晚的第一次脸红。

"不仅她是你的女孩，我也是你的女孩，"凯塞琳说，"现在，不要再那么拘谨了，对女孩好一些。你难道不喜欢她们的样子吗？我就是那个和你结婚的漂亮女孩。"

"你比和我结婚的时候更黑更俏丽。"

"亲爱的,你也一样。我给你带来一位黑女郎作为礼物,难道你不喜欢你的礼物吗?"

"不,我非常喜欢。"

"非常好,"凯塞琳说,"她不仅漂亮、幽默、多金,而且又热情健康。"

"那么,现在你要如何去铺设你的未来?"

"我对未来还一无所知。"

"你想象出来的未来非常暗淡吗?"女孩问。

"我宁愿它是一个暗淡点儿的礼物,也不愿它是个暗淡的未来。"女孩说。

"她做得到的,"凯塞琳说,"给她一个吻吧,大卫,视她为一件十分贵重的礼物。"

大卫拥吻了她,她回应他的吻。然后,转过头去,随即低下了头,哭泣起来,两手都趴在吧台上,双肩不停地耸动着。"说个笑话来听吧。"大卫对凯塞琳说。

"我非常好,"女孩说,"不要管我,我非常好。"凯塞琳一边拥抱着她,吻着她,一边轻抚着她的头发。"我非常好,"女孩说,"不要这样,我知道,我会非常好的。"

"我感到非常抱歉。"凯塞琳说。

"请让我离开,"女孩说,"我现在必须离开这个房间。"

那个女孩离开了,凯塞琳又回到酒吧间的时候,大卫说:"你?"

"现在什么都不要说,"凯塞琳说,"我非常抱歉,大卫。"

"放心,她会再回来的。"

"你不觉得这是一个骗局吗?"

"如果那是你所说的骗局的话,也都是非常真实的血泪。"

"不要傻了,你一向都是非常聪明的。"

"我非常小心地去吻着她。"

"是的,我知道,吻在唇上。"

"那你希望我是吻在哪里的?"

"你做的是对的,我并没有要责怪你的意思。"

"我非常高兴,我们在海滩的时候,你并没有要我去亲吻她。"

"其实那时候我想过。"凯塞琳说。然后大笑着,好像又重新回到了那些没有外人介入他们往昔一起生活的时光里面,"你认为我会去哪里?"

"我想你应该会在这里,所以我偷偷潜了进来。"

"你做的好事。"他们再度开怀大笑起来。

"好了,我们已经乐够了。"凯塞琳说。

"感谢上帝,"大卫说,"我爱你,魔鬼,我真的不想去亲吻她,也不愿意变成现在这种结果。"

"你不说我也明白。"凯塞琳说。

"我希望她现在已经走了。"

"不要那么无情,"凯塞琳说,"我刚才才帮她打过气。"
"我希望现实不要是那样。"
"我鼓励她和你在一起,现在我要出去找她了。"
"不,亲爱的,等一下。你对自己未免也太有信心了吧。"
"你怎么能那样说呢,大卫?你会使她的整个心都碎了的。"
"我没有。"
"好了,事情现在都已经变成这样了,我这就去把她找回来。"
"但是,我感觉,那是非常多余的,因为她自个儿回来了。"大卫和凯塞琳盯着她,她红着脸说:"我真的非常抱歉。"

她的脸刚刚洗过,头发也梳得光洁怡人,她走到大卫面前,迅速地吻了他一下,并说:"我非常喜欢我的礼物,有人拿了我的酒吗?"

"刚刚我把它倒掉了,"凯塞琳说,"大卫一会儿再拿一杯酒给你。"

"我希望你现在仍然还是喜欢拥有两个女孩,"她说,"因为我是你的,而且我也是凯塞琳的。"

"我不喜欢当女孩。"凯塞琳说。声音听起来非常小,以至于她微弱的声音几乎令她自己与大卫都没有听到。

"你以前不是曾有个女孩吗?"

"我从来没有过女孩。"凯塞琳说。"将来我可以是你的女孩,如果你想要的话,大卫也一样。"

"但是你不觉得那会是一个很大的负担吗?"凯塞琳问。

"那就是我现在来到这里的原因,"女孩说,"我想那也会是你所要的。"

"我真是笨得可以,"女孩说,"我竟然不知道,这是真的吗?你不是在跟我开玩笑吧?"

"当然不是跟你开玩笑了。"

"我真是笨得可以。"女孩说。她的意思是,她不但误解了大卫的意思,也误解了凯塞琳的心意。

夜里,他们躺在床上,凯塞琳说:"我实在不应该让你介入这件事的。"

"我希望我们从来不曾遇见过她。"

"可能有些事是不对劲的,但是完成它比除掉它要来得更好一些。"

"你可以把她赶走。"

"我不认为那是解决这件事的办法。她对你做过什么吗?"

"当然了。"

"我就知道她一定会的。但是我爱你,这些都没什么,你也知道的。"

"我不知道,魔鬼。"

"好了,亲爱的,我们不要再这样正经了。我告诉你,太过正经就会显得非常没有意思。"

第十二章

今天是刮风的第三天了，但是风势已经没有前两天大了。他坐在桌子前面，边看故事边改正着，从一开始写到上次停下来的段落，他已经完全投入其中，对外面的那两个女孩在说些什么置若罔闻，一路不停地看下去。一段时间之后，他走向了窗口，向她们两个招手，她们也回应着他。黑皮肤女孩笑容灿烂，凯塞琳则亲切地将手按在唇上做飞吻状。清晨的时候，笑意盎然的女孩粉颊鲜明光灿，看起来十分耀眼。凯塞琳则靓丽如昔。他听到了车子发动的声音，知道那是布加蒂车。他走了回来继续看书。这是个非常好的故事，在中午到来之前他已经非常快地看完了。

现在再吃早餐的话委实太晚了。工作之后人也非常累了，他实在不想把这辆水箱和刹车功能都不良的老爱索达车开进城，虽然凯塞琳在钥匙旁边放了一张便条，说她们去尼斯玩了，在回来的时候会顺道到咖啡馆里跟他碰头。

他要一大杯冰镇啤酒和一大碗撒有胡椒的肉汤，啤酒在这个地方便宜得很。他愉悦地回忆着巴黎和一些他们曾经一起去过的地方，也为自己今天写了一些东西而感到开心。这是自他们结婚以来完成的第一部作品。完成就是你必须应该去做的，他想如果你不去完成这些，也没有什么好诅咒的。明天，我要去完成它！可是我将如何完成呢？

当他开始想及一些工作之外的事情时，那些被他因工作而排除掉的一桩又一桩的事情都一一浮现在脑海之中。他想到了入夜之前的种种事情，想到了凯塞琳此刻正在跟那个女孩在两天前自己和她曾开车去过的路上奔驰着。她们这会儿一定已经在回家的路上，现在已经是下午了，她们也可能已经在咖啡馆中等着他了。她说过的，凡事都不要太严肃了。但是这样也意味着某些事，可能她自己明确知道她自己正在着手做些什么，她也许知道它是如何形成的，也许她真的都知道，只是他什么都不知道而已。

所以，无论他如何去工作、担忧都没有用，他最好还是努力去写出另一个故事，写一个他所知道的最难写的故事。写吧，假如他想要对她更好，他必须一直这样持续下去。他对她的好有哪些呢？他说道："已经够多了。"够多表示已经足够了。不，还是不够多。明天再写一个新的故事，努力去写吧。假如明天会下地狱，会是什么样子呢？明天就让它下地狱吧，从现在就开始动笔吧。

他把钥匙和便条都放进了口袋，坐下来认真写着早就已构思好但却一直没有动笔的新故事。为使文句显得更加活泼，他以比较简单的叙述句来写故事。开头已经写好了，他所要做的就是继续坚持下去。他思忖道："就是如此简单而已。你看，你做不到的其实就是这么简单而已。"然后，他走到阳台，坐下来弄了一杯威士忌和白利尔。"

老板的年轻侄子拿来了酒、冰块和一个杯子,"先生现在还没有用早餐的吧?"他说。

"嗯,我今天工作非常多。"大卫说。

"哦,现在要其他的吗?还是一份三明治?"男孩问,"在我们这里的储藏室里,你还可以找到一罐马其洛白鱼,但是那不是冰的。"

"没有关系的,拿过来吧。"

他坐下来,一边吃着白鱼,一边喝着威士忌和矿泉水,没有冰过的感觉就是不一样。他边吃边看着报纸。

我们在王家水道港总是会吃到很新鲜的鱼,他想着,可是那些都是很久以前的事了。他开始回忆起王家水道港,然后听到了车子上坡发出的声音。

他对那男孩说道:"把这些都拿走吧。"说着就站起来向吧台走去,他倒了一杯威士忌,在杯子里放了一些冰块,把矿泉水装满杯子。他满嘴都是带酒的煎鱼味儿,因此他喝了很大一口矿泉水。

他听到了她们的声音,她们像昨天一样很快乐地走了进来。他看到凯塞琳带着用桦木做的头饰,仰着可爱又兴奋的脸。另外一个女孩一头秀发被风轻柔地吹拂着,眼睛很明亮,脸上有几分羞意。

凯塞琳说:"我们看到你并不在咖啡馆里,就没有停下车来。"

"我今天工作得非常晚。魔鬼,你还好吗?"

"亲爱的,不要问我这句话。"那女孩问道:"大卫,你今天工作还顺利吗?"凯塞琳道:"一位好妻子应该这么问的,但是我忘了。"

"你们在尼斯做了些什么?"

"我们能不能先喝杯酒再说?"她们分别在他左右坐下,他可以感觉到她们身上的气息。女孩再一次问道:"大卫,你的工作还顺利吗?"凯塞琳说:"他工作当然很顺利了。那是他唯一喜欢的工作方式,你真的好笨哦。"

"大卫,是这样吗?"

"是这样的,谢谢你。"他说着,用手撩弄了一下她的头发。

凯塞琳说:"我们能一起喝一杯吗?今天我们闲得发慌,我们只是采买并做了一些丑事。"

"我们今天并没有做任何丑事。"女孩说。

凯塞琳说:"我才不在乎这些呢。"

大卫好奇道:"什么样的丑事?"

那女孩嘟哝着:"没有什么丑事。"

凯塞琳回答:"我不在意这些,我喜欢这么做就好。"

"在尼斯的时候有人谈论她穿的裤子。"

大卫说:"这并不算是丑事,尼斯是个比较大的城市,到那里去的时候,就得预料到会发生这样的事。"

凯塞琳道:"我穿成这样看起来很奇怪吗?就你看来,我会显得奇怪吗?"

大卫凝视着她:"没有奇怪。"

她的金黄色的头发在肩上散乱着,神情生动充满着叛逆色彩。她说:"那就非常好,因为我一直都在努力尝试着改变自己。"

那女孩说:"你其实并没有做什么改变。"

"有,而且我很喜欢这样做。我还要再喝一杯。"

那女孩把头转向大卫:"她真的没有做什么。"

这时的凯塞琳一脸可爱又叛逆的神情。"今天早晨,我把车子停在了寂静弯这边,我亲吻了她,在回家的路上和刚下车的时候,她也吻了吻我。这非常有趣,我很喜欢这种方式。你也吻她嘛。那男孩(侍者)现在不在这里了。"

大卫把头转向那女孩,就在这个时候,她突然紧紧地抱着他不放,他们吻了好长一会儿才分开。他实在是无意要去吻她的,但是也不知道为什么自己竟然会如此。凯塞琳说:"够了。"大卫向女孩低声说道:"你还好吧?"她再度露出了既害羞又高兴的表情,"我很喜欢你刚才亲吻的方式。"凯塞琳说:"现在每个人都很快乐了,我们这里的每个人都一起分享了罪恶。中午我们一起吃了午餐,包括冰塔韦尔酒、肉卷、菜肉糊、色拉、水飞斗起司。"他们在吃东西的时候,还彼此开着玩笑,没有一个人真的用心吃。

"大卫,晚餐的时候你一定会非常惊讶,她花起钱来就像是一个喝醉酒的印度人一样。"

那女孩问道:"他们现在还好不好?还是他们就是(印度)大君?"

"大卫一会儿会告诉你的,他是从奥克拉荷马来到这里的。"

"我以前还以为他是东非人呢。"

"他是从奥克拉荷马避难来到这里的,他在很小的时候就到东非那里了。"

"那一定非常刺激。"

"在他更年轻的时候,曾经写过一本有关东非的小说。"

"嗯,我知道。"

大卫问她:"你看过那本书?"

她点点头:"嗯,你想问我有关那本书里的内容吗?"

他摇了摇头,"那本书我可是熟得很。"那女孩说:"那本书把我看哭了,你父亲被你写进那部小说里面了吗?"

"有些地方而已。"

"你一定非常爱你父亲吧?"

"是的。"凯塞琳说:"可是你从来没有对我提起过你的父亲。"

"那是因为你从来没有问过我。"

"那你问过我吗?"

他答道:"也没有问过。"

那女孩悠悠地说道:"我真的好喜欢这本书。"

凯塞琳道："不要再把肉麻当作有趣了。"

"我没有。"

"在你吻他的时候。"

"可是那是你要我这样做的。"

凯塞琳的眼神十分凌厉，"当你介入我们中间的时候，我想要说的是，当你吻他的时候，是否想到他是一位作家？而你又如此喜欢那本书。"

大卫闷声不响，倒了一杯塔韦耳，认真地喝了起来。

那女孩说："我不知道，我从来没有想过这个问题。"

凯塞琳道："我真的非常高兴，我真怕这些话又会变成剪报上的内容。"

女孩的脸上充满了困惑。

凯塞琳解释着："我说的是有关第二本书的剪报。你知道，他又写了第二本。"

"我只看了《失和》这本书。"

"第二本写的是关于在战争中的飞行经验的。我感觉这是所有写过有关飞行经验的书中最好的一本了。"

大卫说："你夸得我快要飘飘然了。"

凯塞琳继续说着："你看了之后就知道我所说的话都不是假的。它是一本你必须拼着命去读完的书，而且你也会完全被它折服的。你不要真的以为我从来不关心这本书，只是每次当我吻他的时候，我没有办法去想他是一位作家。"

大卫说："我想我们都应该先歇一会儿了。魔鬼，你应该睡个午觉了，你累了。"

凯塞琳点点头："我话又说多了。午餐真的非常棒，十分抱歉说了这么多话。"

那女孩说："没事儿，我很喜欢听你说关于书的事情，你说得非常令人服气。"

凯塞琳道："我不觉得这些话有令人服气的地方，我真的要累死了。玛丽塔，你曾经看了非常多的书吗？"

那女孩说："我手上现在还有两本，待会儿我可以把它们借给你看看。"

"那待会儿我可以去找你拿书吗？"凯塞琳问道。

那女孩说："当然可以啦，如果你想要去的话。"

这个时候，大卫没有看那女孩，那女孩也没有看他。

凯塞琳道："希望我不会打扰到你。"

那女孩说："不会的，我没有什么重要的事要做。"

外面不停地刮着风，凯塞琳和大卫并肩躺在了床上，和以往睡午觉的情形都不太一样。

"那现在我可以告诉你吗？"

"不要说，我宁愿什么都不知道。"

"我感觉不用我说。今天早晨当我把车子开出去时，忽然感到非常害怕，我努力想要把它开好，我内心觉得非常空虚。有很长一段时间，我可以看到坎城就在山的前面，而滨海公路在我眼前笔直展开，往后看也是一样的，我把车子开进了灌木林里，好像是山艾树林吧，我们两个人当时都坐在车子里，就在那个时候，她吻了我,我也努力回应着她。我心里觉得怪怪的,然后我们开到了尼斯,我不知道人们会怎样去讲我和她之间的事情,但这些我不在乎。我们一起去了好几个地方,买了好几样东西,她简直喜欢透了采买东西。那时候有个家伙对我们说了句很粗鲁的话,但是我们都没有去理会他。然后,在回家的路上我们把车停了下来,她说,'假如我就是她的女朋友那该有多好。'我说,'我不在乎是不是她的女朋友。'我真的感到非常高兴,因为现在的我是个女孩,我不晓得应该拿自己怎么办。以前我从来没有如此茫然过。可是她人真的非常好,我感觉她是想帮助我。不管怎样她人真的是非常好的,我开车的时候不时看着她,她是那样的漂亮,她在这里不管是对你,还是对我们两个人来说,都是没有任何损失的。我对她说她如果非要这样做的话,我不能停车,所以我们就没有做。我只是亲吻了她而已,但是我知道那是真实发生了的,所以我们在路口停留了一会儿才进家里。在进门之前我又吻了吻她,我们都感到非常快乐,而且我很喜欢这么做,现在还是很喜欢。"

大卫努力地酙斟字句:"你都已经这么做了,所以你以后不会再这么做了。"

"可是我想我还要这么做,我感觉我喜欢,我真的还要去做它。"

"不,你不要。"

"我要,我一定要去做,一直做到我不想再做,才会结束。"

"谁说你要结束来着?"

"我说的!可是,大卫,真的,我一定要这么做,我以前从来不晓得我居然会喜欢做这样的事。"

他开始不作声了。

她说:"放心,我很快就会回来,我知道我一定会克服的,大卫,请相信我。"

他还是没有说话。

"她现在正等着我。你方才没有听到我和她的对话吗?如果再不去的话,就会像拦腰折断一件事一样。"

大卫静静地向她说道:"我要去巴黎,以后你可以通过银行联络到我。"

"不行,你不能去,你要在这里帮助我。"

"我想我帮不了你。"

"你可以的,你不能离开这里。如果你离开了,那我会受不了的。我不想整天跟她腻在一起。可是,我又必须去做这件事。难道你不能谅解我吗?请你一定要谅解我的决定,你一直以来都是非常能谅解人的。"

"不是指这一方面。"

"请你努力地试试看。我知道你一向都是非常能谅解人的,我也知道你一定可以的,每一件事对你来说都是可以的,不是吗?"

"但是,那是以前。"

"一开始就只有我们两个人。我发誓当我结束这件事的时候,也将是只有我们两个人。我绝对不会爱上其他人的。"

"那你就不要去做这些事。"

"可是我必须这样做。在我读书的时候我就有机会去做这些事,不少人也希望能够跟我做它,然而我从来没有去做过,可是,我现在必须去做。"他再一次缄默。

"请你一定要谅解。"

他还是没有说话。

"不管怎样,我可以看得出来,她是非常喜欢你的,你可以借着这个机会拥有她。"

"魔鬼,你知不知道自己在说什么疯话?"

"我当然知道我都说了些什么,我很快就会停止这件事的。"

"我想你还是去睡一下吧。只要安静地躺在我的旁边,我们两人就会很快睡着。"

她嘟嚷着:"我是如此地深爱你,我一直都在告诉她,你是我最真诚的伴侣。我跟她说了非常多的关于你的事情,她居然没有一丝厌烦的神情。现在我要平静了,我要过去了。"

"不,不要过去。"

她安抚着他:"要,你等着我,放心,不会太久的。"

当她回来的时候,大卫已经不在了。她注视着他们的床良久,然后打开了浴室的门,盯着镜中的自己,脸上没有任何表情,然后从头到脚地审视了许久之后,把门关上了。

第十三章

黄昏的时候,大卫从坎城开车回来,又开始起风了,他把车子停在了一向所停泊的车位那里,朝庭院里的亮处走去。玛丽塔向他奔跑过来。"凯塞琳看着不太对劲,请对她好一点儿,好吗?"

大卫面无表情地说道:"你们两个全下地狱去吧。"

"是我的错,大卫,她什么也没有做,请你不要这样。"

"你现在不用告诉我应该做什么,或不应该做什么。"

"你不想再眷顾她了吗?"

"是的,我不会再做那种特别地眷顾了。我可不是说着玩的。"

"你说的难道是真的?"她摇摇头,"不要傻了,我告诉你,真的,她非常不对劲。"

"她现在在哪里?"

"在里面的屋里等你。"大卫走了进去,凯塞琳正坐在里面。她语气沉缓,"嗨!"

"嗨，"他说，"魔鬼，抱歉，我今天回来晚了。"他已经被她那副呆滞的神情和单调的声音彻底惊住了。

她缓缓地说道："我还以为你走了呢。"

"可是你没有看到我并没有拿走一样东西吗？"

"我没有注意那些。我以为你不需要带走任何东西也可以离开这里的。"

大卫淡淡地应着："我刚刚没有走，只是进城了。"

她拖长了语音："噢！"说罢往墙上看去。

他回顾了一下左右，说道："风总算要停了，明天肯定会是个很好的天气。"

"我才不要管明天会怎么样呢。"

"你当然不会在乎明天的天气了。"

"我是不会在意的，只要你不要让我担心就是了。"

"我现在想要喝一杯酒。"

"不要喝了，没有用的。"

"一切说不定，反正我是我，你是你。"

他努力调着酒，她静静地注视着他手中的动作，看着他慢慢将酒倒入杯子里。"我感觉放些大蒜和橄榄进去会更好。"她建议道。

他给了她一杯，举杯碰了下她的杯子。"把它喝了吧。"

她把酒都倾泻在了吧台上面，看着酒沿着台面流了下来，然后她捏了一枚橄榄放进嘴里，说道："我们现在什么都不是了，已经什么都不是了。"

大卫从他的口袋里掏出了手帕，把吧台擦拭干净，又调了一杯酒。

她悠悠说着："全都是狗屎。"大卫把酒又递给她，她看了一眼酒，又全部都倒在吧台上。大卫又擦干净，把手帕拧干。然后把手中的马丁尼都喝完，又转身斟了两杯酒过来。

他认真地盯着她："这杯酒给你，你只要把它喝完。"

"只要把它喝完。"她举起杯子说道，"干杯，还有你那该死的手帕。"

她一口气把酒喝光了，然后目不转睛地瞪着杯子看。过了一会儿大卫确定她不会把杯子扔到他的脸上来。然后她放下杯子，拣出里面的橄榄十分小心地吃着，并把核都吐出来给大卫。

她说道："大卫，把这颗宝石放在你衣服的口袋里吧。如果你再调一杯酒给我的话，我还有一颗。"

"可以，但是你要慢慢地喝。"

"放心，我现在已经好很多了，你大概都不会知道，我相信这件事是会发生在任何人身上的。"

"你确定你现在真的好多了吗？"

"确定，真的好了很多了。我只是失去了某些东西而已，现在它们已经远去了。我们都会失去我们所拥有的一些东西，可是我们会得到更多的东西。"

"你现在饿了吧？"

"不,我不饿。我在努力确定每件事情是否都还是好好的?"

"当然。"

"我希望我能够永远记得我们所失去的那些东西。可是,它和这件事没有关系,不是吗? 我记得你说过的,它是无关的。"

"是的,没有关系。"

"那么,我们以后就快乐一点儿,由它去吧!"

他说:"一定有某些事是我们现在忘记了的,我们现在要努力把它们都找回来。"

"我知道有一些事是我们忘记了的,但是现在那些事都已经过去了。"

"你说得可真轻松啊。"

"我相信那不是任何一个人的错。"

"现在不要提及谁对谁错。"

她笑了起来:"现在我终于知道这些都是怎么回事了,但是我没有一点儿信心。真的,大卫,我怎么会变成这样呢? 你是知道的,我不可能这样做,你怎么能用这种态度来说我呢? 为什么你要提到它呢?"

"你难道没有做过吗?"

"我当然没有,我希望你从来没有说过这种话。"

"魔鬼,我是没有说过。"

"但是有人会说的。可是那肯定不是我,我只是做了一些我所说的事情。玛丽塔在哪里?"

"我想应该在她房间里吧。"

"我真的非常高兴我现在已经都好了。我们又开始不分彼此了,不是吗?"大卫默不作声。

"是的。"她唇角的笑意更深了。

"那真是好极了。我现在要去看她,你不会介意这件事吧? 在你回来之前,她一直非常担心我。"

"是吗?"

凯塞琳点点头:"我话好像又说多了,真是的,我的话总是说得太多。她人真的非常好,如果你了解她,你就会相信我说的话的。她对我真的非常好。"

"让她去下地狱去吧。"

"不,你整个都搞错了。我真的不想再那样了,真的让人感觉非常烦。"

"那好吧,你让她进来吧。她一定会非常高兴看到你现在这个样子的。"

"我就知道她一定会的。你一定要对她好一点儿。"

"当然了。她觉得我一直都对她不好吗?"

"当我对自己没有信心的时候,我就觉得十分不好。你知道我过去都不会这样的。大卫,让她来吧。算了,还是我自个儿去找她吧。"

大卫目送着凯塞琳走出房间。她的动作不再迟滞了,声音也变得好多了。当她一脸粲然地再走进房间的时候,声调整个都恢复了。

她说:"她待会儿就会来了。她真是可爱极了,大卫,我真的非常高兴你愿意把她带来这里。"

那女孩进来的时候,大卫招呼她:"我们都在等你。"

她看了他一眼之后很快就移开了视线,然后又移回来挺直身子对他说道:"十分抱歉,我现在才进来。"

大卫说:"现在的你看起来非常潇洒自在嘛。"这话一点儿不假。但是她现在却有一双他以前从未见过的忧郁的眸子。

凯塞琳盯着她:"大卫,给她也来杯酒吧,我都已经喝了两杯了。"

那女孩说:"我真的十分高兴你已经好太多了。"

凯塞琳应道:"是大卫让我重新振作起来的,我把我所做的每一件事都告诉了他,他完全都了解了,而且他是真的同意了。"

那女孩认真地盯着大卫,大卫看到她用牙齿轻咬着上唇,也读出了她眼中所包含的意思。大卫说:"在城里真的是没有什么意思,我现在非常想去游泳。"

凯塞琳说道:"我感觉你压根儿就不知道你真正想做的是什么。你现在想的都是我这辈子想要做的,现在我已经开始做了,并且做得非常愉快。"

那女孩垂下了眼睛,盯着手中的杯子。

"我觉得自身的成长是很美妙的一件事,但是也非常累人。当然那些都是我想要的,而我现在也都已经做到了。我知道我自己现在还只是个见习生,但是我不会一直是这样的。"

大卫适时地接上了话:"见习生倒还是可以容忍的。你们没有谈些什么其他的东西吗?譬如,堕落、沉闷和旧时尚之类的话题。我不知道别人是不是会像我们这样谈这些东西?"

凯塞琳应道:"我以为初次谈这些可能会比较有趣一些。"

大卫说:"当然,还有一块儿去做这些事的人,你赞同吗?女继承人。"

凯塞琳大笑了起来:"你叫她女继承人?真的是滑稽的事情。"

大卫说:"如果要称作女士或阁下,那我真的说不出口。唔,女继承人,你同意我现在的说法吗?"

被唤作女继承人的那个女孩静静地回答道:"我一向都认为这个话题会非常好,但这样有点过分抬举它了。我认为这是一个女孩子实在没有更好的事去做时才会去谈的。"

凯塞琳接上话:"其实,做任何事的第一次经验都是有趣的啊。"

大卫瞥了她一眼:"这话一点儿都没有错。你现在愿意跟我们说说你在史帝波却斯公园初次开车时的感受吗?或者是坐在一架要离开地面的飞机上,独自飞行的感受?"

凯塞琳低下头,"我真的感到非常惭愧。你们看看我,看我惭不惭愧?"

大卫用手揽着她的肩膀:"必须惭愧。你现在只要记得这位女继承人是怎样上机的就好了。想想在这庞大的地球上面,你真正能抚触到的只有她和飞机,而这两者又随时都可能变成碎片。一旦飞机坠机的话,那些身外之物就转眼成空,小命也有可能保不住,她目前所爱的你或我还有上帝也都会全部不见。"大卫转过头看着那女孩,"女继承人,你单独去飞行过吗?"

那女孩说:"从来没有,我感觉我现在不必要一个人去飞行。我现在还想再喝一些酒。大卫,我爱你。"

凯塞琳轻声地对大卫说:"再像以前那样亲吻她吧。"

大卫:"你难道没有看到我现在正在调酒吗?"

凯塞琳扬声道:"我真的非常高兴我们又成为了朋友。"她神采奕奕,声调显得十分轻松。"我忘了女继承人在今天早上的时候采买了一大堆让人大吃一惊的东西,我现在去拿过来。"凯塞琳离开后不久,那女孩就过来抓住大卫的手,紧紧地握住并且亲吻着。他们面对面坐着,相互凝视着,女孩漫不经心地抚摸着他的手。她说:"我们现在什么也不必说。我想你不想要我滔滔不绝地对你说话吧?"

"当然不要。可是,我认为有时候我们还是需要认真地谈一谈。"

"那你是要我现在就走吗?"

"如果你很聪明的话,最好选择离开。"

"你想要亲我吗?好让我知道如果我留下来的话,也是没有关系的。"

凯塞琳和那名年轻的服务生一起走了进来,服务生拿了一罐鱼子酱、一盘吐司、一桶冰块。"你的吻真的是美妙至极啊,"凯塞琳说,"刚才这里的每个人都看到了,这绝对不再是畏惧丑闻之类的事了。"她嘟囔着,"他们现在正在把蛋白打散,然后再加些洋葱进去。"

凯塞琳在那好几片的吐司上面涂上一些新鲜的鱼子酱。"女继承人今天上午特意为你买了一瓶1915年的保林格。你认为我们现在应该打开来喝吗?"

大卫说:"当然可以,我们一定要喝掉它。"

"因为我很有钱,所以你现在不必为任何事担心。女继承人,这不是运气是什么呢?我们一定要一起好好照顾他,不是吗?"

那女孩甜蜜地应道:"我们现在必须努力试着了解他的一些需求,做一些我们今天能为他做的事情。"

第十四章

他整整睡了两个小时,凯塞琳也睡得非常熟,他没有叫醒她。冲了一个澡,然后穿了条短裤,光着脚丫子越过花园走进了属于他的工作室。天空被风洗得一片洁净,尤其在这夏末的清晨,显得格外鲜明。

他开始着手写这个非常不容易写的故事,面对着自己多年来都有意逃避的冲击。他一直写到将近十一点钟的时候,才写完了今天自己要求的必须要写完的字数,于是关上门走了出去。那两个女孩此时正在花园里下棋,她们看起来是如此的年轻、魅力十足,如同被风洗过的天空一样亮丽。

凯塞琳叫着:"她又一次赢了我。大卫,你现在还好吗?"

那女孩羞涩地朝他笑着。

大卫想,眼前这两个女孩没有一个不是他平生所遇见的丽人。今天将会发生什么样的事情呢?

"你们两个今天还好吗?"他招呼着。

那女孩说:"我们都非常好。你今天写的还顺利吗?"

"很累,但是感觉还好。"

"你现在还没有吃过早饭吧?"

大卫说:"现在早就已经过了吃早餐的时间了。"

凯塞琳道:"你不要听他胡说!女继承人,今天你来当太太吧,去做早饭给他吃。"

那女孩问道:"大卫,那你要不要喝点儿咖啡和吃点儿水果?我感觉你一定要吃点儿东西才可以。"

大卫应着:"实在要吃的话,就来点儿不加糖的咖啡好了。"

"嗯,好的,我会很快回来的。"女孩说完,就走进了旅馆。

大卫在凯塞琳的桌旁坐了下来,她把棋子连同棋盘一块儿放在了椅子上面,用手慢慢地撩拨着大卫的头发说道:"你可是有个像我一样的脑袋的,难道你忘了吗?"

"怎么这样说?"

"它会越来越亮的,而我也会越来越美,我的身体也会随之越来越好的。"

"那不是很好的事情吗?"

"当然是很好的事情。"

就在这个时候,那女孩端来了一小碗鱼子酱、半个柠檬和两片吐司,年轻的服务生也给他们拿来了一瓶保林格和几个杯子。

女孩说:"大卫,现在你需要吃下这些东西。这样的话,我们在吃午饭前,可以先去游泳。"

"好的。"游完泳之后,他们三个人并排躺在了沙滩上,吃了一顿十分丰盛的午餐。凯塞琳嚷道:"我真的是非常累了,现在好想睡个觉。"

大卫说:"你今天游得太远了,睡个下午觉休息一下就好了。"

凯塞琳说:"我现在是真的非常想睡觉的。"

那女孩问她:"凯塞琳,你这会儿感觉还好吧?"

"我很好,没事的,只是现在真的困极了。"

大卫说:"放心,我们会把你抱到床上去睡的。"他问那女孩有没有温度计。

凯塞琳嘟囔着:"我保证我现在没有发烧,我只是想好好睡一觉罢了。"

当她躺在床上的时候,那女孩已经把温度计拿过来了。大卫开始认真地量凯塞琳的体温和脉搏。温度很正常,脉搏是104。

他说:"我感觉脉搏有点快,可是我忘了你平常的脉搏跳动是多少了。"

"我自己也忘了,可能是真的有点儿快了吧。"

大卫说:"可是我不认为脉搏和温度是有关系的。如果你真的发烧,我一定会把医生请来的。"

凯塞琳一直不停地摇着头:"我才不要什么医生,我只是想好好睡个觉,现在可以让我睡了吗?"

"是的,可爱的小美人。有事的话记得叫我进来。"

等到她入睡之后,大卫才静静地从房间走了出来。凯塞琳睡姿非常恬静,鼻息均匀。他去拿了两张椅子过来,两个人就在靠近凯塞琳窗口的树荫下坐了下来,越过松树就可以看到一片蓝色的大海。

"你现在在想些什么?"大卫问她。

"我也说不上来。今天早上的时候她还非常高兴的,当你写完小说走出来的时候,你也看到了。"

"那你认为现在呢?"

"还是看看昨天残余的反应吧。大卫,她真的丝毫都不会造作矫情,她现在所有的表现都完全是出自本性的。"他说道:"但她昨天却好像是要某个人去死似的,这是很不对的。"他站起来走到了窗口认真地朝里面看,凯塞琳睡姿依旧。他告诉那女孩:"她目前真的睡得很好,你不想也睡一下吗?"

"嗯,我也要去睡一下了。"

他说道:"我要去我的工作室去写作了,那里有道门是和你的房间相通的,但是两头都拴住了。"他开始沿着石子路走。进了工作室以后,他没有锁上房门,也把那两扇拴住的门把弄松了一些。他站在那里等着,然后听到了门闩被轻轻拨开的声音,接着门就打开了。他们并肩坐在床的边缘,他的手揽在她的腰上,"吻我。"大卫说道。

她告诉他:"我很喜欢吻你,我是如此地喜欢吻你,但是我真的不能够去做其他的事。"

"为什么不能做呢?"

"是的,我什么都不能做。"然后她说,"现在我能为你做什么事吗?非常抱歉,你知道这样的话是会惹来很多麻烦的。"

"你只要躺在我旁边就行了。"

"我很喜欢这样。"

"听你的,你喜欢怎么样那就怎么样吧。"

"真的吗?你简直太容易取悦了,现在让我们尽情狂欢吧!"凯塞琳整个下午都在睡觉,大卫跟那个女孩在酒吧里喝酒。那女孩说道:"他们还是没有拿镜子来这里。"

"你问过欧拉了没有？"

"问过了，他非常高兴。"

"我想我最好还是把那瓶保林格的开瓶费给他。"

"我以前一次性给了艾太太四瓶保林格和两瓶芬酒的开瓶费，我害怕以后太麻烦。"

"你这样做绝对是对的。"

"大卫，我不想给你们增加任何麻烦。"他告诉她："我从来没有认为你是在给我们增加麻烦。"那名年轻的服务生拿来一些冰块，大卫自己调了两份马丁尼，递给了她一杯。那个服务生在他们桌子上面放了一些蒜味的橄榄，然后走回厨房。

那女孩说："我想去看看凯塞琳，希望她不会有什么事情。"大约过了十分钟，他拿起了她的酒杯凑到唇边，感到飘飘然，那种感觉是如此强烈而不可抗拒。他想，这些都是你想要的。而且想要使事情臻于完美，就必须要爱她们两个人。自从去年5月间你发生了某些事之后，无论如何，你以后什么也不再是了。他再一次拿起了酒杯，仍然是同样的感觉。他自言自语着："好吧，一定要记得好好去爱她们两个人，这是你目前的工作，你一定要为这个工作而努力地付出。"

他看见那女孩欢快地走了进来，他能够感觉得出现在自己对她的感觉。那女孩说："她现在感觉非常好，正在穿衣服。这样不是很好吗？"

他嗯了一声，仍然像以往一样地爱凯塞琳。

"我的酒呢？"

他回答："你刚刚喝剩下的我已经替你喝完了。"

她感到既高兴又害羞："大卫，这是真的吗？"

他点点头："这儿有一杯酒，是我刚刚倒的。"

她在杯子的边缘轻轻沾了沾，然后递给他，他照着做，慢慢地品尝着。"你真的非常漂亮，我爱你。"

第十五章

他听到了车子开动的声音，这对于一个长年都听不到马达声的乡镇来说，那真的算是一种惊奇，当然也算是一种侵扰。除了置身于自己所写的情节里面，他完全是孤立的。小说里面最难的那个部分，是他一直以来所害怕的人、市镇、白天、夜晚、天气等情节，现在他要一个接着一个地去面对这些事情。他一直在不停地写着，感觉十分疲倦，似乎是既需要在大大的太阳下步行，又需要在夜里横越沙漠一样，眼前所能看见的尽是那些干涸湖泊的龟裂。他能够感觉得到扛在肩膀上的双管猎枪的沉重,他慢慢地把手放在枪口之上,舐了舐已经粗裂不堪的嘴唇。来自干涸湖泊处所透出的微光,可以看到远处陡坡一角的蓝天。他的前面没有任何人影,后面却站了好几位晚来了三个小时的挑夫。

他脱下了这件已经褪成白色、腋下也已经有严重汗渍的灯芯绒外套,递给了跟他有着同样迟到毛病的康巴族仆人,这个仆人用鼻子闻了闻汗酸了的外套,眉头紧紧皱着摇了摇头。他们身上背着枪,右手都搁在枪口上,枪托的后面是那些来晚了的挑夫们。当他们开始横越那个已经被烈日烤干了的湖泊的时候,有两个像是兄弟的仆人,一把将他汗酸了的外套披在肩头。那天早上站在那里的人,当然不是他,他也没有穿那件灯芯绒外套。

当他在写作的时候,顿时就感觉成了故事里的人物,任何一个人看了之后的感觉也应该是一样的,并且在他们到达陡坡的时候,也会拥有跟他一样的心态。

所有以前你父亲曾经发现了的,无论是善良的、美好的、坏的,或者说是邪恶的,无一不为你现在所发现了,他这样想着。对于一个对苦难和欢乐都极其敏锐的人来说,不能一切都照着他所想的去做,那真的是一件非常遗憾的事情。回忆所有关于他父亲的一切,常常会令他感到十分高兴,他也知道他的父亲一定会非常喜欢这个故事的。

快到中午的时候,他赤足走过内院的石子路,一直走到了旅馆里面。在旅馆大厅那里,工人正努力地把一面大镜子镶嵌在吧台后面的墙上,老板和那名年轻的服务生正在那里和工人说话,他走进厨房里看到了艾太太。

他问她:"现在有啤酒吗?"

"当然有的,布恩先生。"她边说边从冰箱里拿出一瓶冰镇的啤酒给他。

他说:"我想要连着瓶子一起喝。"

她回答:"随你意。你的夫人她们今天开车去尼斯玩了。你的工作还顺利吗?"

"非常顺利。"

"先生每天都工作得这么辛苦,如果不吃点儿早饭的话会对身体很不好的。"

"嗯,现在罐头里还有鱼子酱吗?"

"还有一些。"

"那给我几勺。"艾太太说:"先生你真的好奇怪哦,昨天才配着香槟吃,今天又换成了啤酒。"大卫说,"主要是因为今天是我一个人在吃,我的那辆自行车现在还在吗?"

艾太太答道:"应该还在。"

大卫自己舀了一勺鱼子酱,对艾太太说:"感觉味道很不错,你也来一点儿吧。"

她说:"我不要了,谢谢。"

"来一点儿嘛,这里现在还有吐司、香槟和冰块。"

于是艾太太舀了一勺鱼子酱涂在了吐司上面,又替自己倒了一杯红葡萄酒。

她说:"真的非常棒。"

大卫问道:"你现在觉得舒服吗?我可是还要的哦。"

"哦,先生,你真不应该对我开这种玩笑。"

大卫说:"为什么不能呢? 能跟我开玩笑的伙伴都不在。假如那两位美人儿一会儿回来,麻烦你跟她们说一下我去游泳了。"

"放心,没问题。那小的女孩可真是个美人坯子,但是当然没有我漂亮。嘻嘻!"

大卫说:"是吗? 可我还觉得她长得难看呢。"

"她真的是个美人坯子,非常迷人。"

"如果你真的认为她漂亮的话,那就应该是吧。"

大卫问她:"你们这里好像在重新装潢些什么?"

"你是说吧台的那面镜子吗? 对于一个旅馆来说,这么设计是很吸引人的。"

大卫道:"那这么一来的话,对每个人都会充满吸引力。在我穿鞋的这一小段时间里,你能不能帮我叫那个男孩来看一下我的轮胎,然后再帮我找一顶帽子?"

"先生,夏天的时候你喜欢光着脚出门啊,我也喜欢。"

"那改天我们可以一起光着脚出去走走。"

她拉长了声音:"先生!"然后把每一样吃的东西都放在吐司的旁边。

"我要是这样做的话,欧拉会吃醋吗?"

她说:"你这话是当真的吗? 我想我们一定会跟那两位漂亮的女士一块儿去游泳的。"

大卫说:"不要让欧拉看到这些鱼子酱。那么,待会儿见,亲爱的艾太太。"

"嗯,待会儿见,先生。"

尽管现在也是在大太阳底下,但是空气里仍然充满了松树的味道,微风徐徐地从海上吹来,街上的路面已经被炎热的太阳晒得黑的透亮。他骑着车子穿过了松树林,在上坡的时候,他感觉到了手肘的拉力和自行车踩脚板的推力在相互拉扯着。当经过百余尺的石子路时,他弓起上半身,计程器上的指标不断地上升,他能够感觉到车子均匀的节奏。到达海湾的路通到了海边,他下了自行车,把车扛在肩头,朝海边大步走去。他把他的自行车靠在了散发着浓郁松香的树下面,而他跳到了岩石的背后,脱下衣服,奔入了清凉的大海。海面上波光粼粼;他猛地抬起头来,把耳朵里的水全部甩掉,又往更深的地方游去,他仰着头不停地游着,看到了一片白云徐徐地被微风吹了过来。

过了好一段时间他才游回海湾,爬到了暗红色的岩石边上,斜倚在上面,安静地凝视着下面的碧波。

他一个人在海边自得其乐,十分自豪于已经做完了今天所有的工作。稍后,在工作之后经常有的那种寂寞感再一次出现了。他开始思念起了那两个女孩,没有先想一个再想另一个,而是同时在想。他现在所想的,不是要和她们一起过下去,不是喜不喜欢,不是权利义务,也不是已发生的或者将来可能发生的事情,或是以后会有什么样的结果等问题,只是径直地想着他应该如何去想她们比较好。他在思念她们,思念和其中任何一位在一起相处的时光,思念着彼此相聚到一块儿的情景,他两个人都想要。

在大大的太阳底下,独坐岩石边上,往下注视着这碧波万顷的海面,他知道同时想要她们两个是十分不理智的,但是他已经做了。他努力告诉自己,这样做的话是不会有好结局的,再者说,现在的你也没有这个能力去要两个人。但是,不要去责备你所爱的任何一个人,或是把责备都推卸掉,这些事情到时候自然会由大家共同去承担的。

他一直在看着海,努力地想把目前的情况分析得更清楚一些,但是显然他失败了。这个错误在凯塞琳的身上已经发生了,紧接着,他又开始对另外一位女孩惦念在心。他知道自己是爱着凯塞琳的,但也知道两个都爱是不对的事情,也是不会有好结果的。他不知道事情的结果会糟到什么程度,他只知道这些事情都已经发生了。他努力地告诉自己,这就像不停转动着的三个齿轮,嵌合在了一块,有一个齿轮必然已经在滑落,没有滑落的话那至少也已经严重损坏了。他又一次潜入到清凉的海水里,企图不再去想她们两个人,良久,他浮上来摇了摇头,又纵身游向了更远的地方,然后才游回到了岸边。

游完泳之后他也不在乎身上湿漉的感觉,就把衣服都穿上了,帽子塞进了口袋里面,把自行车推回到平地才骑上去,车子上坡的时候,他隐隐地感觉到两腿开始不听使唤,稍后,他一上一下地踩着自行车的踏板,他感觉自己和自行车好像都已经成了有轮子的东西。然后他索性让车子自动滑行,一路滑过那些已经晒得发亮的路面,穿过松树林,最后停在了旅馆后院的岔路上。

她们都还没有回来,他自己进房间去洗了个澡,换上衣服,走进那间才刚刚装上镜子的酒吧。他召唤服务生拿给他一个柠檬、一把刀子,还有一些冰块儿,然后告诉他如何更好地调出汤姆·柯林斯鸡尾酒。他坐在凳子上面,对着镜子里的自己举了举杯。他想,假如自己在四个月之前看见他(指镜中的自己),他不知道会不会与他一起喝酒。她们到现在还是没有回来,他感到非常失望,也很思念她们,并且开始担心起来。

她们最终还是回来了,凯塞琳看起来很兴奋,那个女孩则在那里缄默着,做出一副做了错事的样子。

凯塞琳对大卫说:"嗨,亲爱的,你看那面镜子,他们真的来这里装了,非常好看啊。我现在要进去给你们准备午餐了,非常抱歉我们今天回来晚了。"

那个女孩对大卫说:"我们一起在城里喝了点儿酒,真的很抱歉让你一个人等到现在。"

大卫说:"喝了几杯酒?"

那个女孩伸出了两根手指头,她仰起头吻了吻他,然后默默地走开。大卫继续看着报纸。

凯塞琳走出来的时候,身上还穿着大卫以前最喜欢的那件深蓝色的连身衣,她说:"亲爱的,我希望你今天没有生气,今天真的不是我们的错。我们遇到简了,我就请他和我们一块儿去喝酒,他去了,他一直都是这样的友善。"

"你说的是那位发型师吗?"

"当然是他啦。在坎城我还认识哪个简呢?他人缘很好,也问到了你。亲爱的,我现在能不能喝一杯马丁尼?只要喝一杯就好。"

"一杯也不行,你赶快去弄午餐吧。"

"亲爱的,只喝一杯就可以。午饭就是我们两个人一起吃的。"

大卫在调酒的时候,那个女孩走了进来。她今天穿了件白色的鲨鱼皮洋装,看起来非常清爽。"大卫,我也可以来一杯酒吗?今天真是热得很啊,你热不热?"

凯塞琳说:"我想你今天应该留在家里照顾他的。"

大卫说:"没事儿,我一个人在家里真的很好啊。海水也很不错。"

凯塞琳说:"你用的形容词真的是有趣,使每件事情都那么可爱。"

"抱歉。"大卫说。

"呵呵,又是一句时髦话。来,向你的新女朋友解释一下,什么叫作时髦。这些可都是美国人常用的词。"凯塞琳说。

"我想我知道,这应该是'帅'的意思。你不要生气,凯塞琳。"女孩说。

"我没有生气。两天前你对着我勾搭的时候,真的是非常帅。但是今天如果我还是觉得非常帅的话,你一定会认为我这个人是非常无知的。"凯塞琳说。

"真的非常抱歉,凯塞琳。"女孩说。

"你看你又来了,好像又是在教育我。"凯塞琳说。

"该去吃午餐了吧。我看你今天已经很累了。"大卫说。

"我现在厌烦你们每个人,"凯塞琳说,"请你们原谅我。"

那女孩说:"没事儿的。"

"对不起,今天我这么闹别扭,我不应该这样的。"

她亲了亲凯塞琳,并说:"那现在就做个乖孩子吧。"

凯塞琳问他们:"我们今天是还没有吃午餐吗?"

"嗯,还没有吃。魔鬼,"大卫说,"现在我们就去吃午餐吧。"

午餐快吃完的时候,对整个事情已经有所知觉的凯塞琳,心不在焉地说道:"今天真的很对不起,我想我应该去睡一下。"

"我陪你去吧。"那女孩说。

"我想我一定是喝太多了。"凯塞琳说。

"嗯,我也是需要睡一下午觉的。"大卫说。

"不要,大卫。等我睡着了你再进来。"凯塞琳急急忙忙地说道。

大约半小时之后,那个女孩说:"放心,她没事的,但是我们还是要小心一些,并且以后要对她特别好。"

大卫进房的时候,凯塞琳已经睡醒了。他坐在了床上。

"我不是病人,"她说,"我今天只是喝多了。真的非常抱歉,我对你撒谎了,大卫。我怎么会变成这样呢?"

"我相信你是无心的。"

"那个,但是我是故意的。你带我回家好吗？我不要再在这里了。"

"不要难过,你其实从未离开过家啊。"

"我现在只要你带我回家,我会做一个真正的女孩,好不好？"

他吻了吻她。

"大卫,好好吻我。"

"哦。"她说,"温柔一点儿。"

大卫计划要带她们到第一天他们去的那个海湾游泳,然后再单独去坎城修理那辆老爱索达的火花塞和刹车。凯塞琳睡醒之后,心情变得愉快多了,她很希望大卫能和她们一起去那个海湾游泳,隔天再单独去坎城修车。玛丽塔很严肃地问大卫:"请你一起来游泳好吗？"他只好载她们去海湾游泳,并在路上不停地向她们解说坏掉的刹车器有多么危险。

他告诉玛丽塔说:"在这种状况下开车,你准是会丧命的。"

"那我需要再买辆新车吗？"她问。

"这个倒不用。只要修一修那个刹车器就可以了。"

凯塞琳说:"我想我们需要一辆大点儿的车。"

"这辆就不错啊,"大卫说,"只是它现在需要翻修一下而已。这辆车对你来说,已经够大的了。"

"他们一定会把它修好的,是吗？"女孩说,"如果他们那里没有你需要的零件呢？"

"那就去别的修车的地方,直到找到需要的。"然后,他们在沙滩上做着日光浴。大卫慵懒地说道:"我们一起游吧。"

凯塞琳说:"先往我的头上倒一些水,我的背包里有个瓶子。"

"哦,感觉真棒,"她说,"再来一点儿吧,脸上也要。"

她穿着白袍子躺在了沙滩上面。大卫跟那个女孩去游泳了。女孩刚开始游在了他的前头,大卫奋力地追上了她,再伸手抓住了她的脚,然后用力地抱住她。当他们彼此踢着水的时候,他吻了她。她感觉在水中亲吻,真的好奇妙。然后,她的头慢慢往下压,而他则开始往后靠。她便大笑着浮了上来,甩着那像海豹子般的光滑的头发。随后,他们又开始并排仰泳,然后再度快乐而又激情地拥吻着对方。

"我现在一点儿也不担心了,"当他们升出水面的时候,她说,"你也不必担心。"

他回答说:"我一点儿也不担心。"他对凯塞琳说道:"魔鬼,我想你最好也去游一下,不然一会儿你会被晒昏过去的。"

"好吧！那我们一起去,"她说,"我来替玛丽塔擦些油,以便让她能够晒得更黑一点儿。"

"我不要太多,"女孩说,"我可不可以也在头上淋一桶水？"

"你的头现在已经够湿了。"凯塞琳说。

"我只是想要那种感觉而已。"女孩回答。

"好吧,大卫你让她凉一下。"凯塞琳说。

他开始把清凉的海水往她的头上倒,然后去跟凯塞琳一起游泳了。

"我假如没有这么疯狂,那不是更好?"

"你并没有很疯狂。"

"我指的并不是今天下午,"她说,"当然也不是目前。我们再往那边游远一点儿,好吗?"

"魔鬼,现在已经够远了。"

"好吧,那我们游回去好了。可惜我感觉最漂亮的水,不是这里。"

"你想要再往下游一点儿吗?"

"嗯,只要一次,"她说,"到我感觉最深的那个地方。"

"好,看我们到底能游多远。"

第十六章

当他醒来的时候,仅仅靠微光,只能看到松树的枝干。他小心翼翼地走下床,唯恐吵醒了凯塞琳。他找到内衣裤穿上之后,感觉像有一股来自石头般的水滴打在身上,湿漉漉的。沿着旅馆缓步走到了门口,猛一开门,一股从海面吹拂过来的凉风扑面而来,似乎是在告诉人们,今天将会是一个什么样的天气。

当他坐下来的时候,虽然太阳还没有升起,但是他依稀觉得已经补回了自己曾经挥霍掉的时光。但是当他再度端详他那双手,手上的那些痕迹,又把他带到了另外一个国度里。他不但失去了以前那个优势,并且又开始面临着同样的问题。太阳已经从海平面升起来很久了,而他目前正在穿越那个灰暗又冷冽的湖面,脚上的短靴上面沾着一大块一大块的土渣子。他感觉到了太阳压迫在他头上、脖子和背脊之上的重量。他的衬衫早就已经湿透了,汗水开始从背脊和大腿之间流了下来。他在那里笔直地站着,缓慢地呼吸着,伸展着他的两臂,最后,他干脆直接将衬衫脱了下来披在肩头。他可以清楚地感觉到汗水已经在阳光之下消失殆尽了,并且可以看到身上一滴滴的汗水,已经变成了白色的盐粉,也明白了自己除了继续往前走之外,没有其他道路。他现在已经走过了这些干涸的湖泊,安然地站在了湖的彼岸了。稍早之前,他的思绪已经飞到目的地了。他们在树丛里面搭着帐篷。树干黄绿夹杂着,树枝的颜色比平常见的树木深些。狒狒径直地吃着旷地上的无花果,地上全部都是狒狒的粪便和被它们剥落的无花果核,空气里散发着一股莫名的恶臭。

当腕表开始指向十点半的时候,他正坐在桌子前面,感受着海面上吹拂而来的微风。这时候他正倚在一株黄灰色的树干上。他的手中拿着一杯已经加了冰块的威士忌,看到服务生正在那里宰杀鳄鱼,那条鳄鱼是他从第一个沼泽地走到这条河的路上射杀的。

我必须要留一些肉给他们吃,他想。所以今晚应该会非常愉快,姑且不说紧接着而来的会是什么可怕的东西。他把铅笔、本子等放进公文包并锁上它,走出大门之后,经过快要被太阳烤干的石子路,来到了那座西班牙式的建筑边上,那个女孩正坐在天井中的一张桌子前面看书。她穿了一件条纹色衬衫和网球裙。当她抬起头看他的时候,大卫认为她的脸又开始红了。她凝视着他说道:"早安,大卫。"

她站起身来吻了他一下说:"我现在感觉非常快乐。凯塞琳今天要去坎城,她有没有告诉你,今天我可以陪着你一起去游泳。"

"她没有要你跟她一起进城吗?"

"没有,她要我留下来陪你。她说你从一大早就开始工作了,或许你在写完了一个段落之后会感觉非常寂寞。要我做点儿早餐来吗?你不能这样老是不吃早餐的。"

说着女孩便走进了厨房。等她出来的时候,手中已经拿着芥末和法国式火腿蛋三明治。

"今天的小说写起来有困难吗?"她问他。

"没有,"他说,"工作的时候总是难免会有高、低潮的出现,现在一切都还很顺利。"

"但愿我能够替你分担劳苦。"

"呵呵,没有人能够帮得上忙的。"他说。

"但是我可以分担一些其他的事情,难道不可以吗?"

他开始告诉她,除了他自己以外,没有任何人可以帮得上忙。

他用手里的汤匙盛起剩下的蛋慢慢地吃着,并在面包上涂了一些芥末,又喝了些茶。"你昨晚睡得还好吧?"他问道。

"非常好,"女孩说,"我希望我是没有对不起任何人的。"

"不,你这样已经很好了。"

"我们能不能不要这么客气呢?"女孩问道,"到现在为止,每件事都是如此单纯而美好。"

"你说的真是对极了,让我们不要再这么惺惺作态了。"他说。

"这样实在是再好不过了,"她站了起来,"你如果一会儿想去游泳的话,我就在房间里。"

他也站了起来。"你不要走。"他说,"我不想再惹人嫌了。""不要因为我停下你的工作。"她说,"哦,大卫,我们怎样才能够合二为一呢?可怜的大卫要怎样美丽的女人才能让你服气。"她玩笑似地敲着他的头,笑着说:"假如你要游泳的话,我会陪着你的。"

"好的,"他说,"我现在也去拿我的东西。"

他们并排躺在岩石的阴影当中,他把他的海滩袍和毛巾都铺了开来。女孩说:"你先下水去,我马上就来。"

他慢慢地站起身来,看着远远近近的尽是一片沙海,海水真的非常冷,他也游得非常深。当他从水中探出头的时候,迎面一阵海风吹来,他不由得打了一个冷战。他又很快潜入到了水中,女孩所在之处的海水拍打着她的腰部,她那黑色的湿漉漉的秀发散发着光泽。女孩就在那里等着他,棕色轻盈的身子在水里不停地跃动着。他紧紧地拥着她,海里的浪花一波又一波地冲击着他们的身体。

他们相互拥吻着。稍后,她说:"我们之间的每一件事情现在都已经被冲进海里了。"

"我们在海水里再紧紧拥抱一会儿再走吧。"

回到旅馆的时候,凯塞琳还没有回来。他们两个一起洗过澡之后,双双坐在酒吧里喝着马丁尼。他们在镜中相互对视着,小心翼翼地端详着对方。大卫的手指从她的鼻下轻轻地摩挲着,她的整个脸都红了。

"我好想再拥有更多类似今天这样的感受,"她说,"而我以后再也不会嫉妒凯塞琳了。"

"可是我是不会抛出太多锚的,"他说,"我怕你到时候会弄坏了缆绳。"

"不,不会的,我自己会找一些事情去做,找些事情来把你拴在我身边。"

"你真是个名副其实的女继承人啊。"他说。

"我很希望我能够把这个名字改掉。"

"名字什么的都滚一边去吧。"他说。

"那么,为什么不让我把这个名字改掉呢?"她说,"你会很介意吗?"

"不,不介意的,哈雅。"

"你再叫一次。"

"哈雅。"

"这名字你感觉好吗?"

"非常好。那这就是我们之间的昵称了。这个名字还没有人叫过。"

"能告诉我哈雅是什么意思吗?"

"形容一个很容易就会脸红,非常容易害羞,又端庄又柔美的女孩子。"

他把她拥得更近抱得更紧些,她把头靠在他的肩上。

"再吻我一次。"她说。

凯塞琳走进了那乱成一片的大房间里面,一脸兴奋和成就了某件事的样子。

她说:"你们两个人今天看起来真的是漂亮得一塌糊涂。虽然你们才刚刚洗过澡,身上的水还没有完全擦干,但是这样一样好看得很。让我好好看看你们。"

"你也是,也让我好好看一看你。"女孩说,"你的头发是怎么啦?"

"这是漂染,"凯塞琳说,"你喜欢它的样子吗?它是简今天的试验作品。"

"嗯,非常漂亮。"女孩说。

这些都使她黑亮的脸显得格外突出。她拿起玛丽塔的酒轻轻喝了一口,在镜中看了看自己的样子,说道:"你们今天游得愉快吗?"

"非常愉快,"女孩说道,"但是游得没有昨天时间长。"

"这酒真的非常棒,大卫,"凯塞琳说,"为什么你调出来的马丁尼比别人的更好喝呢?"

"那是因为我喜欢加上琴酒。"大卫说。

"那能不能请你再为我调一杯酒呢?"

"你今天不能再喝了。魔鬼,我们马上要吃午饭了。"

"可是我要喝,"她说,"我在午饭之后想要睡个午觉。你看看我的头发,经过所有的漂白和染色,今天它总算都完成了。"

"老实说,你的头发现在是什么颜色的?"大卫问道。

"可以说它几乎是白色的。"她说,"我相信你一定会喜欢的,我要一直保持这样,我们要看它怎么一直保持下去。"

"它到底有多白?"大卫又问。

"大概就像肥皂那么白吧,"她说,"你记得肥皂的白吗?"

那天傍晚的时候,凯塞琳的神情和中午的时候完全不一样,那个女孩也没有在她的房间里面休息。大卫自己走进房间。他说:"你知不知道你今天又对你自己做了些什么?魔鬼。"

"我知道,我把以前那些荒唐无稽的东西都洗掉了。"她说,"它把我们的枕头都弄脏了。"

她看起来真的非常可人,头发的层次薄而轻,单一的银白色,使她的脸比以前更加黑俏。

"你真是漂亮,"他说,"但是我还是希望曾经没有任何人整过你的头发。"

"现在说这些都已经太晚了,我要告诉你别的事情吗?"

"当然了。"

"明天我就不再去喝酒了,我要去看一些西班牙方面的书,一再的去看它们。除了思考与自己有关的事情之外,不再胡思乱想其他任何事情了。"

"我的上帝,"大卫说,"你现在真的是想通了。让我去拿一些酒过来,并且去换一件好看的衣服。"

"我会一直在这儿等着你,"凯塞琳说,"穿上你那件蓝黑夹杂的衬衫,也就是那件和我的一样的衬衫好吗?"

大卫花了好长一段时间进行淋浴和更衣。当他回来的时候,两个女孩已经坐在吧台上了。他多么希望自己能够把眼前的景象都画下来。

"我告诉了女继承人,我要重新开始生活。"凯塞琳说,"因此我把她也带了进来。我是多么希望你也能够爱她,她如果想要拥有你的话,你也可以娶她。"

"如果是在非洲的话,是可以的。假如我在那里登记的名字是穆罕默德,那样我就可以拥有三个老婆。"

"我认为假如我们都结婚的话,那真的是再好不过了,"凯塞琳说,"而且再也没有人能够批评我们了。你愿意嫁给他吗,女继承人?"

"我愿意。"女孩说。

"我真的非常高兴。"凯塞琳说,"现在,所有我担心的事情都变得单纯起来。"

"你真的要这样做吗?"大卫问这个黑俏的女孩。他凝视着她的眼睛,她看起来既认真又神采奕奕。他想到她那双迎向太阳时合上的双眸。当他们在沙滩上缠绵过之后,白色的大毛巾紧紧包裹着的既黑又亮丽的美好的发型。"我会这样要求你的,"他说,"但是不是在一个酒吧里面。"

"不是一个酒吧,"凯塞琳说,"这是属于我们的独一无二的酒吧。我们在这里买了这面镜子,我希望我们能在今晚都嫁给你。"

"你不要再说这些鬼话了。"大卫说。

"我没有说鬼话,"凯塞琳说,"我是很认真的。"

"你现在需要喝一杯吗?"大卫问。

"不要,"凯塞琳说,"你看着我。"女孩把眼睛垂了下来,大卫一直注视着凯塞琳,"我现在感觉今天下午所做的这些全都泡汤了,"她说,"我确实一直在做,我有没有告诉过你呢?玛丽塔。"

"有。"女孩说道。

大卫看向她的神情因此罩上了一层阴霾,她们现在已经开始取得他所不知道的某些默契了。

"大卫,我还是你的妻子,"凯塞琳说,"但是我希望从现在开始,玛丽塔也能够成为你的妻子,当我不在的时候能够帮我的忙,做些我原本应该做的事。"

"可是她为什么要继承你呢?"

"很多人不是都喜欢立下遗嘱吗?"她说,"我感觉这事比遗嘱还重要。"

"你感觉怎样?"大卫问女孩。

"你如果要我做的话,我就会去做。"

"好的,"他说,"你们不介意我现在喝一杯吧?"

"你喝吧,"凯塞琳说,"你看,我是不会害你们的,我如果疯了的话,我就无法做这些决定了。我是不会对你们任何一个人把大门关起来的,我决定这样做是有我的道理的。她很爱你,而你也是有些爱她的。我现在可以告诉你的是,你绝对找不到一个像她这样美丽的女孩。当然我才不要你在寂寞无人询问的时候,去找什么臭婊子、烂妓女之类的。"

"来吧,大家干杯,"大卫说,"你真是健康得如同一只山羊。"

"我们现在就着手做这些事情吧,"凯塞琳说,"我们一定要好好地安排每一件事。"

第十七章

  阳光使得整个房间明亮得有点耀眼,又是新的一天了。现在你最好去努力工作,他这样告诉自己。你目前是无法使时光倒流的。只有一个人能使它回头,而她却永远无法知道,她将如何醒来,或者当她醒来的时候,她将置身何处呢。你的感觉对于她们来说并不重要,你现在最好去工作。你最好能够明白这一点,没有人能够帮你的忙。当它一开始的时候,就注定了没有结果。

  最后,当他再一次回到故事中的时候,太阳早就已经升起了,而他也开始忘记那两个女孩。现在需要回想的是,在那个傍晚,父亲背靠着那黄绿色的无花果树干,饮着威士忌的时候的沉思。他的父亲就这么轻易地与邪恶为伍,他对待邪恶,就像对待一个很值得信任的老朋友一样。然而邪恶,在蛊惑他的身心的时候,也从不知道它是不是应该是受斥责的。他的父亲一点儿也不像他所知道的大多数人那样很容易受伤害,好像只有死亡才可以击垮他。最后,他觉得终于还是了解他的父亲了。

  他并没有把这一段情节放进他的故事之中。他只写出了父亲一生的言行还有他自己的感觉,写着写着,他仿佛变成了他的父亲,而他的父亲对裘马所说的话,也渐渐地变成了他所说的话。

  他靠在树上睡了一场好觉,醒来的时候听到了豹子的吼声。过了好大一会儿,他虽然没有听到豹子在帐篷里面的声音,但是他也知道它仍在那个地方。他又开始回到树下睡觉。那儿有足够的肉让它吃,所以他知道不会有任何麻烦的。

  晨光初透的时候,他坐在营火的余烬旁边,一面饮着热茶,一面问莫洛,豹子昨晚是否把肉都吃个精光。"没有,"他说,"我们现在要去的那个地方,肉可是多得很呢。把它们都赶走,我们就可以开始攀登了。"

  第二天,他们一起穿越了悬崖上边浓密的丛林,在美如织锦的乡野之中,歇息了下来。眼前美丽的景致愉悦了他的心,他也对他们目前所走过的路程,倍感快乐。他一定是遗传了他父亲的乐天派,可以非常轻易地忘掉眼前一切烦忧,也不畏惧未知的未来。在这高原之上,他将停留两天一夜。

  现在的他抛开了那个乡野。一直到他锁上了门之后,才走回到大房间和酒吧,他的父亲仍然如影随形地跟着他。

  他告诉侍者,他今天不吃早餐,只给他威士忌、矿泉水和早报就可以了。时已过午,他本来想着去开那辆老爱索达到坎城去修理一下,但是他知道现在停车场已经关门了,而且也实在是太晚了。因此他就待在酒吧里,因为现在,那儿是唯一可以找到他的父亲的地方。他自己刚从乡野里回来,思亲之情难以自己。

外面的天空,和他离开时的天空,几乎并无两样!晴空万里、白云如絮。他在酒吧里等待父亲的出现,直到他瞥见了镜子中的自己之后,他才惊觉到自己原来如此孤单。他很想问他的父亲两件事情。他的父亲,一个活得比他认识的所有人都还要悲惨的人,竟然还能够经常给人一些不可思议的建议。他努力地从他经历过的那些痛苦、错误,和未来可能犯的错误当中,提炼出一些比较中肯的忠告,经常能一针见血,而又很权威地把它都表达出来。

他非常遗憾他的父亲没有能够留下来,但是他给的那些劝告,在此刻,仍然清晰地在耳边缠绕。他忍不住自己微笑了起来。他的父亲应该给他更加明确的劝告才对,而他,大卫,目前已经停笔了,因为他感觉身心俱疲、无法公正地评判他父亲的那些举止。在这样的情况之下,没有任何人可以办得到,真的,也许有的时候连他的父亲也办不到。他到现在才真正明白,他为什么对这一段故事,总是迟迟无法下笔,因为他深知现在根本不能再想它,否则他会自己毁了自己的创作力。

他告诉自己,不管是在你动笔之前或者停笔之后,你都不要再去担忧它。你是很幸运的,拥有现在这个故事,而且也完全不必非要在此刻,急着完成它。你如果自己都不能看重你处理生活的方式,那么至少你现在可以尊重你的职业。毕竟只有你了解你自己的职业。但是,那却是个非常差劲的故事。上帝啊,它真的非常差劲。

他又喝了一口威士忌加矿泉水,凝视着门外面晚夏时节的景致,他感觉像平常一样,逐渐地冷静了下来。他真的不知道女孩子们现在都到哪儿去玩了。她们今天又迟到了。他衷心希望这一次,不会再有什么糟糕的事情。他并不是一个具有悲剧性格的人物,他的父亲和身为一个作家的他自己,都能够使他避免沦入悲剧性的性格当中。当他喝完威士忌加矿泉水之后,他就更加认为如此了。每天早晨一觉醒来,总是感觉满心愉悦,直到白天的风暴,摧残了他的心情为止。他感觉接受这样的事情就像接受他自己所有的事情一样。他已经开始丧失自怨自艾的能力了,只有叫人来亲自尝试才能够震动他的心。他对这一点是深信不疑的。但是那当然是错误的决定,因为他实在不知道,一个人的能力可以改变多少东西,而且别人也是会不断改变的。然而那却真是个令人感到非常自在的想法。他忽略别的任何女孩,并渴望着她们能够尽快回来。在午餐之前去游泳,的确是太晚了些,但是他现在真的很想看到她们。他走到他和凯塞琳的房间里,洗了个澡,并刮了一下胡子。这个时候,他听到了汽车驶近的声音,突然感到一阵噬骨的空虚袭上心头。他听到她们两个人的笑谈声,同时也看到了一套崭新的内衣裤和衬衫。他穿上它们,走了出去。

他们在一起静静地吃着午餐,又喝了几杯塔维耳酒。当他们正吃着奶酪和水果的时候,凯塞琳打破了沉寂。"你感觉我应该告诉他吗?"

"如果你想要说的话。"女孩说完,拿起桌上的酒杯,一饮而尽。

"可是我忘了该怎么跟他说,"凯塞琳说,"我们已经等得太久了。"

"你现在已经记不起来了吗?"女孩说。

"不，是我已经忘了。不过那真是棒透了的事情，我们一定要努力促成它。"大卫又倒了一杯塔维耳。

"你想试试这些，只是为了满足你自己吗？"他问。

"不是，我已经了解什么是真正的满足了，"凯塞琳说，"那就是昨天你先跟我在一起午睡，随后你又到玛丽塔的房间去睡觉。现在我要去打破它，我希望今后我们三人能够一起午睡。"

"不是睡午觉。"大卫听到他自己的声音说道。

"我想也不只是睡午觉，"凯塞琳说，"非常抱歉，我刚刚说错了，我只是说出了我想要说的。"

在房间里，他对凯塞琳说："让她去死吧！"

"不，大卫，她只是想要做我要求她所做的事情。也许她现在可以告诉你。"

"你去做这件事儿吧。"她说，"那都不是问题，你去和她谈谈，大卫，而且如果你想玩弄她的话，那么为我好好地去玩弄她吧。"

"不要说粗话。"

"那可是你说的。我只是把它再丢还给你而已，就像网球一样。"

"好吧，"大卫说，"那她准备告诉我些什么事情呢？"

"我的话，"凯塞琳说，"那些都是我刚刚忘记的话。不要看得这么认真了，否则我就不想让你去了。当你认真的时候，真的非常动人。所以你最好在她没有忘记那些话之前，去她的房间找她。"

"你也应该死。"

"很好。你现在的反应真的好太多了。我喜欢你漫不经心的样子，和我吻别吧，不，我的意思是午安。我感觉你确实早点儿走比较好，否则她真的也会忘记的。你难道不认为我又好又讲理？"

"我不这样认为。"

"但是你还是喜欢我的。"

"当然喜欢你。"

"那你要不要我告诉你一个关于我的秘密？"

"新的秘密吗？"

"不是新的，旧的。"

"好吧。"

"要你堕落真的不难，并且我感觉你也沉迷于某些堕落的享乐。"

"你应该知道这些事情的。"

"那也只是一个玩笑式的秘密罢了，并没有什么要堕落的。我们只是感觉好玩。在她忘记之前，你去问她我今天跟她都说了什么。去吧，要做一个乖孩子，大卫。"

他们的唇再度相合在一起。他感觉到她的身体在紧紧地靠着他，双唇也紧紧地贴着他的唇。她的头左右不停地移动。躺在沙滩之上，大卫凝视着空中不断游移的云层,什么事情也不想。思考现在对他来说并没有什么好处,而且当他躺下的时候,早就已经想了个清楚,只要现在他什么都不想,那么有错的话都会想要远离,女孩子们喜欢叨叨地说个没完,没有耐心去听她们说话,他躺在了那里看着9月的天空。女孩子们悄声地躺下之后,他开始反思了。

凯塞琳说:"我能够猜到你现在在想什么。"

"不,你猜不到的。我现在正在想普拉多。"

"你有去过那个地方吗?"大卫开始问那女孩。

"没有。"

凯塞琳说:"我们今天什么时候走呢,大卫?"

"随时都可以走,"大卫说,"我很希望今天能完成这个故事。"

"你在那个故事上面很费心吗?"

"那正是我现在想要做的。我已经尽我最大的努力了。"

"但是,我并不是说要仓促地去完成它。"

"没有关系。"他说,"如果你们现在在这里已经待烦了,你们可以继续向前走,我过段时间会去找你们的。"

"我不想那么做。"玛丽塔说。

"你们走吧。"

"但是没有你在场,不会有任何的乐趣。"凯塞琳说,"你是知道的,只有我们两人在西班牙的话其实并不好玩。"

"他现在正在工作,凯塞琳。"玛丽塔说。

"他其实可以在西班牙工作,"凯塞琳说,"有很多的西班牙作家,也都喜欢在西班牙进行创作。我可以打赌,我如果是一个作家,我就可以在西班牙写出很多好作品。"

"我是可以在西班牙写作。"大卫说,"你们想在什么时候动身去西班牙呢?"

"凯塞琳,"玛丽塔说,"他的故事现在正写到一半。"

"可是他已经写了六个星期了,我们为什么不能去马德里?"凯塞琳说。

"可以去啊。"大卫说。

"你真的要那么做吗?"女孩问凯塞琳,"你真的要去尝试这么做吗?你难道没有一点儿良心吗?"

"对某些事我还是很有良心的。"

"非常好。我很高兴我能知道这一点。你现在是不是可以保持一点儿礼貌,不再去干涉别人想要努力完成的事情?"

"我现在要去游泳了。"大卫说。

女孩站了起来,跟着大卫走了。当他们在沙滩边缘踩水的时候,她说:"她真的是疯了。"

"所以我们不要去责备她。"

"那你打算做些什么?"

"等我写完这个故事,然后准备再开始另外一篇故事。"
"那你和我呢?"
"做我们能做的事情。"

第十八章

他仅仅花了四天的时间就把那个故事全部都写好了。他在写故事的时候,心理压力非常大。他一方面害怕它可能会没有想象中的好,而另一方面则很冷静地认为它会比想象中的还要好。

"今天写得怎么样了?"那女孩问道。

"我已经都写好了。"

"我可不可以看一看?"

"你如果想看的话,当然是可以的。"

"你介不介意我现在看?"

"它就放在手提箱上的那两个夹层里面。"他把自己房间的钥匙递给她,然后坐在了吧台那里喝了一杯威士忌加冰块,并认真地看着早报。她很快就回来了,静静地坐在了一张离他不是很远的椅子上面看着那个故事。

她一连看了两遍。就在这个时候,他又叫了一杯威士忌加苏打,还端详着她在看稿子时候的模样。当她看完第二遍以后,他问她:"你喜欢我写的这个故事吗?"

"现在不是喜欢与不喜欢的问题,"她说,"这个故事写的就是你的父亲嘛,对不对?"

"当然是啊。"

"你就是从那个时候开始才不爱他的,是不是?"

"不对。我一直都是非常爱他的。我就是从那个时候才开始真正了解他的。"

"这个故事真的是很可怕,当然也非常奇妙。"

"看到你喜欢它,我真的非常高兴。"他说。

"那我现在就把它再放回去,"她说,"我想要回到房间里边去,可是门现在锁着。"

"那我们一起走吧。"大卫说道。

他们两个从海滩那边回来的时候,在花园里遇到了凯塞琳。

"你们已经回来了吗?"她说。

"是啊。"大卫说,"今天我们游得非常高兴。要是你也在那儿的话就更好了。"

"嗯哼,反正我今天没有去就是了。"她说,"如果我去对你非常重要的话,那我就一定会去了。"

"你今天到哪里去了?"大卫问道。

"我到坎城去办点儿私事,"她说,"你们两个现在再吃午餐都已经晚了。"

"真的很对不起,"大卫说,"你要不要在午餐前先吃点儿什么?"

"对不起,凯塞琳,"玛丽塔说,"我一会儿就会回来的。"

"你在午餐之前还是要喝酒吗?"凯塞琳问大卫。

"嗯,"他说,"我觉得运动之后喝点儿酒无妨的。"

"我刚才进来的时候,看到吧台上面有个空的威士忌酒杯。"

"不错,"大卫说,"我今天的确是喝了两杯威士忌。"

"的确,"她模仿着他的语气,"你今天还真像个英国人啊。"

"真的吗?"他说,"我从来不觉得自己像个英国人,倒感觉自己有几分像那种半驴半人的大溪地人。"

"就是你这样的说话方式使我很生气。"她说,"我是说在你的措辞方面。"

"我明白了。"他说,"餐点现在还没有送来,你要不要先喝点儿酒?"

"你真的没有必要当小丑。"

"可是,即使是最好的小丑也是不用讲话的。"他说。

"可没有人说你是最好的小丑。"她说,"好吧,如果你不嫌麻烦的话,我想要喝一点儿酒。"他叫了三杯马丁尼,分别将它们都量好,倒进了一个装着大冰块的瓶子里面,用力地摇了几下。

"另外一杯酒是要给谁喝的?"

"玛丽塔。"

"给你的情妇吗?"

"你说我的什么?"

"你的情妇。"

"你竟然说得出口。"大卫说,"到现在为止我这一辈子从来没有听过这些字。你真是!"

"这句话非常普通嘛。"

"就是嘛。"大卫说,"稍微懂一点儿皮毛的人都可以随便胡扯一通了!真是见鬼,现在倒好了,你怎么就不说'你的那位黑肤情妇'呢?"

凯塞琳端着杯子向别处张望。

"我先前还认为这种玩笑会非常好玩。"她说。

"你想不想变得体面一些?"大卫问,"我们两个都是要体面一些的。"

"不想。"她说,"你的那位怎么都行的了,还是甜美、天真如昔。我得说,我真的非常高兴能够先你一步认识她。亲爱的玛丽塔!你现在能不能告诉我,大卫今天喝酒以前有没有写稿呢?"

"你今天有没有写啊?大卫。"玛丽塔问道。

"我刚刚才写好了一篇。"大卫说。

"我猜玛丽塔都已经看过了,对不对?"

"不错,我都已经看过了。"

"我还没有看过大卫写的小说,这个你是知道的。我没有打扰过他写作,我只是想让他能够尽其所能地写出最好的作品罢了。"

大卫喝了一口酒,然后盯着她。她仍然是那个皮肤黑得出奇的漂亮女孩。她垂落额前的大象牙色的头发,就像一道又一道的疤痕一样。只是眼神变得不一样了,嘴唇也一样,正在嘟哝着他们所讲不出口的那些话。

"我觉得那篇小说写得非常好,"玛丽塔说,"真奇怪,你怎么能说是一篇田园之作呢? 真是太可怕了,我也说不上来这到底是怎么一回事。我觉得这简直是富丽堂皇极了。"

"够了!"凯塞琳说,"你知道我们都是在讲法文吗? 你一定是用读法文的方式去体会那篇小说中的悲欢离合了。"

"我是深深地被那篇小说感动了。"玛丽塔说。

"你感动是因为那是大卫写的,还真的是一流作品?"

"都是。"那个女孩说。

"那么,"凯塞琳说道,"我为什么就不能瞧瞧这部与众不同的小说呢? 是有什么理由吗? 钱可都是我付的呢。"

"你知道你在说什么吗?"大卫问道。

"也许这些事情并不全是这样。你娶我的时候就已经拥有1500元了,而且你的那本书写的全都是些发狂的飞行员的书的版权也都已经全部卖掉了,不是吗? 你并没有告诉我总共有多少钱。可是我的确投资了很大一笔钱,而且不可否认的是,你现在过的生活比跟我结婚之前还要好得多。"

那个女孩一句话也没有说,大卫则看着侍者将桌子在了地毯上面摊平。他看了一下表,比他们平常吃午餐的时间早了二十分钟左右。"我想如果可以的话,我要到房里收拾收拾东西。"

"你不要这么无情、做作、正经八百的嘛,"凯塞琳说,"为什么我就不能看看你写的那篇小说呢?"

"才刚刚用铅笔写好不久,还没有弄好,这个样子你真的要看啊?"

"可是玛丽塔都已经看过了。""那么,就吃过午餐之后再看吧。"

"可是我现在就是想看,大卫。"

"午餐前我暂时还不想拿出来。"

"这真是令人恶心啊。"

"那个故事是以1914年大战之前的非洲作为背景的。写的都是1905年发生在坦干伊喀的土著的暴动活动。"

"可是我真的不知道你写的是一篇历史小说啊。"

"这些都不关你的事。"大卫说,"那是我大约8岁的时候发生在非洲的一小段往事罢了。"

"可是我就是想要看一看啊。"

大卫在吧台的另一头坐着,手中摇着一个皮制的杯子,好像想要把里面的骰子都给摇出来似的。那个女孩坐在凯塞琳身旁的椅子上面,陪着凯塞琳一起看那篇小说,而他则在那里遥遥地凝视着那个女孩。

"开头写得真的非常好,"她说,"虽然你的字有点糟糕,但是还是无关大碍的。那个国家真是令人向往啊,我说的是被玛丽塔误说为田园式的那一段故事。"

她将第一本笔记本放了下来,那个女孩就把它拿过来放在了自己的膝上,眼睛一眨不眨地看着身旁的凯塞琳。

凯塞琳继续认真地看着稿子,没有说一句话。第二部分她已经看了一半左右,突然她把笔记本都撕成了两半,扔在了地板上面。

"真恐怖,"她说,"真是太野蛮了。你父亲就是那样的啊!"

"不是,"大卫说,"他只像其中的很小一部分。你还没有看完呢。"

"我绝对不会想要把它看完。"

"正好,我也一点儿都不想让你看。"

"才不是这样呢。明明是你们两个一起合谋套住我看的。"

"可不可以把钥匙给我?大卫。我想要现在把它锁上。"那女孩问道。她把已经撕成两半并且被扔在地板上的笔记本捡了起来。只是撕开了而已,并没有全部都撕碎。大卫把钥匙递给了她。

"以前那一部写得才令人恐惧呢,"凯塞琳说,"你真是个凶恶的人。"

"那个暴动真的非常古怪。"大卫说。

"你这个人才是真正的古怪呢,居然会把这种事也给写出来。"她说。

"我都叫你不要看的嘛。"

她开始哭了起来。"我恨你。"她说道。

夜这时已经深了,他们并排躺在房间的床上。

"她一定会离开,而你也会把我关起来,或者遗弃。"凯塞琳说道。

"不会,绝对不会的。"

"可是,你居然提议要去瑞士。"

"你如果不放心的话,那么,我们可以去那里找位好一点儿的医生看看。"

"不要!他们一定会把我给关起来的。我知道,在我们眼中的一点儿芝麻小事,在他们看来都是惊天动地的大事。我对那些地方最清楚不过了。"

"开车去是既方便又好玩的。我们不妨从里昂出发,经过埃克斯和圣瑞米之后,直驱罗纳最后再到达日内瓦。我们先去看一下医生,向他请教一些问题,然后再好好地在那里玩一玩。"

"我不去。"

"那个医生真的非常好,非常善解人意!"

"我不去,你到底听到了没有?我不去,我不去,你是非要我喊出来才相信吗?"

"好了。现在我们什么都不要去想了。好好睡吧。"

"我如果一定要不去呢?"

"那样的话,我们就不要去好了。"

"那么我要去睡了。明天早上你还要不要写稿子?"

"要,我感觉我最好还是写。"

"我相信你一定会写得非常好的,"她说,"我知道你一定会的。晚安,亲爱的大卫。你也好好地睡吧。"

他过了好久才睡着。他睡着以后,就梦见了以前的非洲,梦中的景象非常的恬美,但是最后一个噩梦却把他从梦中惊醒了。后来,他就起床干脆把梦境中的内容直接写了下来。等到太阳从海平面升起的时候,他这篇新的小说已经写了不少,他甚至都还没有来得及抬起头来看太阳到底有多红。

在那篇小说里面,他正在那里等着月亮出来,当他轻抚他的狗,要它安静下来的时候,他能够感觉得出狗身上有奇怪的毛在他手掌下面竖了起来。他和狗在那里等着、听着。月亮终于升上来了,在他们身后照出了两道影子。他用他的手臂环抱着狗的脖颈,感觉得出来狗在不停地颤抖。夜晚的天籁全都已经寂静了下来。不能听见大象走动的声音,并且大卫也没有看到那只走动的大象,但是那只狗却把头都偏过去,像是要把自己缩进大卫的怀里似的,大卫这才看到了那只走动的大象。顷刻间,大象庞大的影子就笼罩在他们的身上,然后悄无声息地从他们面前走过。微微的风从山上吹了下来,他们从中闻到了大象散发在风中的那种味道。味道非常浓烈,有一股陈腐的气息。当大象经过他们的时候,大卫看到了大象左边的象牙长得真的好长,简直快要触碰到地面了。

他们在那里等了好一阵子,可是再也没有看到其他的大象在那里出现。于是,他们就一起离开那里,在月光之下奔跑了起来。狗一直紧紧地跟在大卫的身后,只要他一停下来,它就把自己的鼻子顶进他后面的膝弯里面。

大卫很想要再看一下刚才那只大象,于是他们就在到森林边上的时候赶上了刚才那只大象。它那时正在柔和的夜风之中缓缓地朝山里走去。大卫慢慢走近它,近得几乎能够看到它再一次挡住了自己眼前的月光,把它的影子罩在他的身上,闻着它身上那股又老又酸的味道,可惜他看不见它右边的地方,于是他再一次把狗推到一棵树下,试图要它了解他目前的意思。大卫以为狗会乖乖地在那里待着,可是当他再一次走到大象那庞大的身躯近处的时候,又感觉到了狗那湿湿的鼻子正抵在他的膝弯那里。

他们两个后来尾随着那只大象来到了树林里的一片空地上面。它就站在那里不动,不停地扇动着它的两只大耳朵。虽然它巨大的身躯能够站在林荫之下,但是月光仍然在照着它的头。大卫把他的手伸到了身后,轻轻地握住了狗的嘴巴,抚平一下自己的呼吸,然后顺着晚风蹑手蹑脚地来到大象右边。他能够感觉得出夜风在吹着他的两颊,他站在那里一动不动,以免自己所带动的气流使大象警觉到人的走近。他悄悄地前行着,看到它右侧的象牙就和它的大腿一样粗细,也是向下弯的,几乎快要碰到地面了。他和狗都退了回来,在此时微风轻轻地掠过他的颈项,他们循着原路又退出了树林,来到了那片空旷的野地中。他跟踪大象的时候,曾经把两支平时出猎时要用的矛放在了小径旁。现在狗就跪卧在大卫面前,在搁着矛的那个小径旁停了下来。他把矛用皮套套紧,放进了杯状的皮制装马具的袋子里面,然后把它扛在了肩上,手中持着他的矛,沿着小径往村落的方向缓慢走去。月亮高高地挂在枝头,他不知道为什么没有听到从村落里传出来的鼓声。他的父亲如果在那里,那里却没有响起鼓声,那确实太奇怪了。

第十九章

他们目前正躺在三个小海边中最小的那一个滩上面。他们常常单独去那个地方。那女孩说:"她是不会愿意去瑞士的。"

"我感觉她也不应该去马德里。西班牙真的是一个很不值得一提的地方。"

"仿佛就像已经结一辈子婚了一样,除了很麻烦之外,什么都没有得到。"她把他覆在前额的头发慢慢往后拨开,然后亲吻着他。"现在你想要去游泳吗?"

"嗯,很想,我们可以从那块儿高处的岩石上面跳向水里,就是特别高的那一块岩石。"

"你去吧,"她说,"我想要从这里往外海方向游,那时你就可以从我头上跳过去,然后跃入水中。"

"好的,可是我在跳水的时候,你得停下保持不动哦。"

"那得看你能够跳到靠我多近的地方啊。"

她开始抬头往上看着,看到他正笔直地站在那高高的岩石上面。在蔚蓝的天空的映衬之下,他那深棕色的皮肤衬托得十分醒目。他从她的头上跳了下来,在她的近处飞腾出了一个十分优美的弧度,然后在水中激起了一道水柱。他在水中一个利落的转身,在她面前露出头来。"我这个姿势是不是很棒?我们现在一起往外海游,游到警戒线那里再折回来,回到海滩上之后互相擦干身体,然后把衣服都穿上。"

"你真的喜欢我在水中的时候挨你那么近吗?"

"嗯,喜欢。"

他亲吻着她,她因刚刚下过水感到全身既清凉又爽利,身上弥漫着的全是海水的气息。

当凯塞琳走进来的时候,他们正坐在吧台上面。她看来真是又慵懒又安详。

吃饭的时候,她说:"我今天去了尼斯,然后驾着那辆比较小巧的可妮雪,就停在码头边,看着一艘巡洋舰进入了海港。就这样,没过一会儿天就黑了。"

"你今天回来得并不是很晚。"玛丽塔说。

"可是,感觉好奇怪,"凯塞琳说,"那里所有的颜色都太过靓丽了,连灰色也好亮,甚至连橄榄树也在闪闪发光。"

"那就是中午的阳光吧。"大卫说。

"不是的。我觉得这些都不是这样的!"她说,"我停下来去看船,感觉它其实并不漂亮,但是却非常可爱。虽然壮阔宏伟,可是看起来却并不是很大。"

"吃个牛排吧?"大卫说,"你今天几乎是什么都还没有吃嘛。"

"对不起。"她说,"非常好吃,我想我还是喜欢吃酸奶。"

"那你要吃点儿什么东西来代替肉类呢?"

"不要了。我今天要吃色拉。我们可不可以再来一瓶白利尔?"

"当然可以了。"

"那酒总是那么好喝,"她说,"因此我们每次总是能够喝得那么尽兴!"

稍后在房间里面,凯塞琳说:"不要担心了,大卫。真的拜托你!只不过是很快就晚了而已!"

"今天是怎么回事?"他问道,一面轻轻地抚摸着她的额头。

"我也不知道。今天早上的时候,我突然就觉得自己已经老了,连带着也感觉在这节骨眼上不是很对劲儿。后来连颜色也开始变得不对劲儿了。我真的很担心,所以想要好好照顾你。"

"亲爱的,你现在把每个人都照顾得非常好。"

"我想要一直做得那样好,可是我真的非常累,也没有时间去做这些事。如果钱全部都用光必须去借贷的时候,我知道那一定会是非常丢人的。我真的派不上什么用场,也帮不上你们什么忙,只会在那里发发牢骚而已。后来,我就担心起你的那只狗来了。"

"我的狗?"

"是的,就是在你那部非洲小说中出现的那条狗。我走进房间里,想去看看你需不需要什么东西的时候,不经意地看了那部小说。那个时候你正在跟玛丽塔在另一个房间里面讲话,我没有听到你们在讲些什么东西,你把你的钥匙放在你刚刚换下来的运动短裤的口袋里面。"

"我已经写了一半了。"他告诉她。

"嗯,写得真的非常好,"她说,"可是,那些内容把我给吓着了。那头大象怎么可以这么的古怪,你的父亲也是。我好像从来没有喜欢过他。可是,除了你之外,我喜欢里面那条狗甚于喜欢任何人。我真的好为它担心哦。"

"它真的是一条非常特别的狗。你不需要再为它担心了。"

"今天我可不可以去看看那个故事,看看它现在怎么样了?"

"你如果想要看的话,当然是可以的啦!不过,它现在真的非常好,你是不必为它担心的。"

"如果它好好的话,那我就不去看了。你下次再写到它的时候我再去看。奇宝,它这个名字真的好可爱。"

"那听起来真是个山的名字。"

"我真的好喜欢你和奇宝,你们两个,你们真的非常相似。"

"你现在好些了吧,魔鬼。"

"大概好些了吧,"凯塞琳说,"希望真的如此。不过,不会单单只是这样吧。今天早上刚刚开车的时候真的非常开心,后来就突然发觉自己变得很老了,老得实在无法再去计较任何事情了。"

"可是你并不老啊。"

"可是我真的是老了,我感觉我的年纪此时比我母亲的旧衣服还要老。我实在无法比你的狗活得更久一些,即使它只是仅仅活在故事里,我也没有其他办法。"

第二十章

第二天大卫写完时,由于脑子里长时间都在回忆之中,有一种空虚的感觉。于是就逼迫自己停下来。那个时候他认为这样做没有关系的,可能觉得那是整篇小说里面比较不显眼的地方,于是,他一直写到等他们又上路,然后就累了。

有一段时间感觉他的精神和体力都要比其他两个人好得多,他们进行的太慢,还有他的父亲每个小时就会停下来,然后休息一阵子,他觉得很烦。他觉得其实可以超前的,走得比马和他的父亲还要快得多,但是,当他感觉到累了的时候,他们那个时候却还是和以前一样不紧不慢的。中午的时候,他们也就休息了五分钟而已,他觉得裘马好像渐渐地加快了脚步。可能他并没有加快。也可能只是看起来快些罢了,但是路边的象粪感觉是新鲜的,尽管摸起来也不觉得温热。于是他们就走到一堆刚排泄出的象粪前面,那个时候裘马就把猎枪交给他,但是一个小时之后,裘马看了看他,然后又把它拿了回去。记得他们那个时候不停地翻越山的斜坡,但是,觉得现在象的足迹已经往下延伸了,如果从树林的缝隙看的话,能见到前面有一片好像被踩过的非常不平的野地。

"大卫,我觉得难办的其实就是从这里开始。"他的父亲说。

这个时候他才知道,当他把他们带上路以后,他就应该回到村子里面去的。其实裘马早就已经知道这点了。还有他的父亲现在也知道这点,但是现在已经来不及了。难道又是他的错?现在这个时候除了碰运气之外,已经没有其他的办法了。

大卫就那样歪着头看着象踩出的那些平平的圆形脚印,还看到了被踩倒的那些羊齿植物,和一些被踩断以后已经开始枯萎但是还开着花的杂草茎。尽管忍受着烈日的曝晒,但是那个时候还没有干瘪,花瓣还没有开始散落。于是裘马就把它捡起来,然后又看了看太阳,最后就把断裂的杂草茎拿给大卫的父亲,他的父亲就那样把弄了一阵子,那个时候大卫注意到那些白花都已经垂落了,并且也已经开始枯萎了。"我觉得八成是那些母狼干的,"他的父亲说,"那我们就继续走吧。"

大概黄昏的时候,他们还是在那些凹凸不平的野地里走着。其实,他老早的时候就开始困了,他就看着其他的两个人,这才知道原来睡意才是他真正的敌人。那个时候他就跟着他们的脚步,想着能从他行动滞缓的朦胧睡意中挣扎出来。那个时候那两个人每隔一个小时就轮流在前面检查一遍,使对方能够稍微松弛一下精神。走在后面的那位则时不时地回过头来看看,看后面的那位是不是还跟在后面。天黑了以后,他们就在林中扎营了,不一会儿就睡着了。醒来的时候,就看到裘马拿着他那双鹿皮制的凉鞋,正在认真地看着他脚上的那些水泡。他的父亲开始就已经把外套盖在他身上了,现在就坐在他的身边,还有一片虽然已经煮过但现在却冷了的肉和两片饼干,不一会儿又给他一个装了冷茶的水壶。

"大卫,现在你必须得吃点儿东西了。"他的父亲说,"其实你的脚是不碍事的,和裘马的脚是一样结实的。你现在把这些吃了,然后再喝点儿水,最后你就再睡一会儿吧。我觉得我们是不会有事的。"

"真的很抱歉,我实在是太困了。"

"你和奇宝昨天跑了一整个晚上,没道理不困的。如果想吃的话,还是可以再吃一点儿的。"

"我真的不饿。"

"那好吧。我觉得我们的粮食其实还够吃三天。我想明天是可以找到水源的,我觉得山上应该有不少小溪流吧。"

"你觉得它现在往哪里去了?"

"我想裘马他是知道的。"

"你觉得那不是很糟吗?"

"我觉得并不太糟啊,大卫。"

"现在我要再回去好好睡一觉。"大卫说,"我不想盖你的外套了。"

"裘马和我都是没有问题的,"他的父亲说,"你是知道的,我睡觉的时候都是不怕冷的。"

大卫那个时候甚至还没有听到他的父亲向他说晚安,不一会儿就又睡着了。

不久,他又醒过来一次。那个时候月光照在他的脸上,他能够想象到那头大象就站在树林里,扇动着它的两只大耳朵,它的头还因为那两只象牙太重而不得不低垂着。就像大卫记的,那天晚上他想的就是,当他饿醒以后心中有一股空虚的感觉。可是事实不是那样的,三天后他终于找出了答案。

在那篇小说里面,他其实想试着使那头大象再次复活,就像他和奇宝在夜里看见月亮升起来的时候看到的样子。"我觉得我能办到的,"大卫那样想着,"也许我真的可以。"但是当他把那天的稿子收好以后,就走出了房间。当关上门的时候,他在那儿自语道:"不行,你其实是办不到的,那头大象好像已经很老了。就算你的父亲现在不杀它,别人也会杀它的。我觉得你除了将那个时候的情形写出来以外,真的是一点办法也没有的。所以,现在你就尽最大的努力把它写得越来越好吧。现在以你所感觉到的伤痛,去理解当初那种伤痛是为何而来。你必须将你所相信的事情永记在心,我想只要你知道,它们也许永远都在你的作品之中,然而你也不会放弃它们的。我觉得你唯一能有的进步也许就是你写的东西。"

于是他就走到吧台的后面,然后找到矿泉水和半瓶威士忌,于是就替自己调了一杯,然后拿到大厨房里面去找他的妻子了。那个时候他告诉她要去坎城,中午的时候可能不回来吃饭了。记得她还嘟哝着他其实不应该胃里空空的就喝威士忌,记得他还反问她,当胃里空空的时候,那应该用一些冰的东西然后和威士忌调和。于是她就找了一些已经冷了的鸡肉,然后就把它撕成一片一片的,就放在盘子里面了,最后还做了一些菊苣莴苣生菜色拉。于是他就趁着这个时候走进吧台,不一会儿又调了一杯酒,坐在厨房里的桌子前面。

"我觉得吃东西以前还是不要喝那个,先生。"他的妻子说。

"但是我觉得这样很好,"他告诉她,"其实我们在吃饭的时候喝这个,就像是在打仗的时候喝葡萄酒似的。"

"真的,那你从来都没有醉过吧。"

"其实我觉得就像个法国人一样。"他说。于是他们就以法国工人那些饮酒的习惯抬杠。两个人的看法其实差不多。她还揶揄地说,他的情妇已经把他给抛弃了。他那个时候还打哈哈地说,他对她们两个都已经厌烦了,然而她是不是已经准备好一个代替她们的人?"真的不要,"她说,"他得多证明一些他是个男人以后,才能获得那些法国南部女人的青睐。"于是他又打着哈哈说,他要去坎城,就自己一个人在那儿大吃一顿,然后就再像一头狮子似的回来。到那个时候,那些法国南部的女人都得小心了。他们亲密地吻着,不一会儿大卫就回到屋里去梳洗沐浴了。

洗完澡之后他觉得很舒服,跟妻子谈了一些话使他兴奋。"我真的不敢想她如果知道事情是这样以后会怎么说。"他那样想着。其实自从战后,感觉一切都好像变了,其实他们夫妻两个人的时代意识是很浓厚的,当想要随着改变的话,觉得只要是值得但是不狂暴的应该是没问题的。其实俄国人都已经撤退了,英国那个时候也开始衰微了,德国也已经示威,然而解决整个海岸线问题的规则虽然现在已经成立,但是仍然是被忽视的。其实我们算是开发夏季热潮的先驱者,但是却被视为是犯人的行为。那个时候他看着镜子中刮了一半的脸,自语道,你是不必当这种一边不刮的先驱的。过了一会儿,他就挑剔地看着自己几乎是银白色的头发,开始厌恶了。

那个时候,他听到了几声从布加地到斜坡上走路的声响。

不一会儿,凯塞琳就走进房间,头上系着领巾,还戴着一副太阳眼镜。于是她摘下眼镜,然后吻了吻大卫。于是他就紧搂着她问道:"你现在好不好?"

"真的是糟糕透了,"她说,"天气真的太热了。"她向他笑了笑,就把自己的前额抵在他的肩上。"我真的很高兴现在回到家里来了。"

于是,他就走了出去,泡了一杯汤姆·柯林斯,然后就端到刚刚洗过冷水澡的凯塞琳面前。于是她就接过那只高脚杯,将它贴在自己平滑黑亮的小腹上。然后她还用杯子碰了碰自己的乳房,于是深深喝了一口,又一次将冰凉的杯子贴近自己的小腹。"真的很舒服。"她高兴地说道。

于是他吻了她一下。她说:"我觉得这种感觉真的太棒了,其实我把它给忘了一些时候了,但是现在我实在是找不到什么理由来拒绝它。你觉得呢?"

"其实,我也是一样的。"

"那样的话,我是真的还没有忘记,"她说,"我是不会太早就把你转让给别人的,那样的话我觉得就真的是太笨了。"

"现在你把衣服穿好就出去吧。"大卫说。

"真的不要。现在我要像以前那样和你好好地乐一乐。"

"你想怎么个玩法?"

"你是知道的,你是快乐的啊。"

"你想怎么个快乐法?"

"我想这个嘛。"

"你真的要小心点儿。"他说。

"现在我求求你嘛。"

"那就好吧,假如现在你想要的话。"

"就是我们第一次在王家水道港试验过的那种。"

"好吧。"

"真的谢谢你给我这个机会,因为……"

"现在不要说话。"

"那我们就像是在王家水道港一样。但是,可能是在白天做的,所以觉得令人更快乐。好像那个时候我走了,所以我觉得我们会爱得更深。现在我们两个还是慢慢地!"

"那好的,我们就慢慢地!"

"你干吗?"

"真的不错。"

"你现在说的是真的吗?"

"真的不错,假如你现在想要的话。"

"好的,我真的是太想要了。现在请你慢慢地来,还有帮我稳住它。"

"你现在感觉到了吗?"

"哦,我真的感觉到了,现在我真的感觉到了。哦,真的是的,我现在感觉到了,真的感觉到了。那么请让我来,我想你现在能不能……真的拜托!"

于是他们就躺在床单上,那个时候凯塞琳的腿就在他的腿上,脚趾还抚摩着他的脚背。于是她就枕在他的手臂上,一会儿还亲了亲他:"现在我变回来了,你真的高兴吗?"

"唉,你,"他说。"我想你的确是变回来了。"

"但是,我觉得你从来都没有当我变回来了。今天过去了,那么什么事情也都过去了，你真的高兴吗？"

"嗯。"

"那个时候我就想这么黑了，然后现在我觉得自己已经是最黑的白种女孩了。"

"头发应该是最黄的。你这个人就好像是用象牙制成的似的。那个时候我总是这么想，觉得你和象牙一样光滑。"

"我真的好高兴。现在我要像以前那样和你好好地乐一乐。但是，我觉得我的就是我的，现在我不要用我的方法，把你让给她，我什么东西都没有留下来。我现在就是这样想的。"

大卫说："我觉得你确实是好多了，难道不是吗？"

"我想我的确是好多了，"凯塞琳说，"现在我没有一丝的抑郁和病容。"

"现在你真的是甜美可人啊。"

"我觉得每一件事情都是很奇妙的，但是感觉都不一样。我觉得其实我们要轮流更替。"凯塞琳说，"你今天明天都是我的，以后两天就是玛丽塔的。哎哟，我的天啊，现在我快要饿死了。我觉得一个星期以来，这是我第一次觉得肚子空空的。"

大概是黄昏的时候他们回来了，然后开着车子到坎城去买那些从巴黎来的报纸。坐在咖啡馆里面看完报纸，然后又聊了一会儿才回来。当大卫换好衣服以后，就看见玛丽塔坐在吧台看书。他认出来是他写的书，可能是她还没有看过的那一本吧。"你们游的快乐吧？"

"唔，我觉得我们游了很远。"

"那你们是从很高的那些岩石上跳下的吗？"

"那倒不是。"

"我很高兴不是那样的。"她说，"现在凯塞琳好吗？"

"我觉得比我玩得还开心。"

"我觉得她真的很聪明。"

"你现在怎么了？你觉得还好吧？"

"我现在好得很。现在我正在看这本书。"

"你觉得怎么样？"

"我要后天的时候再告诉你。现在我正在慢慢地看，其实我希望一口气就把它看完的。"

"你说这算是什么啊？难道是协议吗？"

"我想是吧。现在我并不为那本书担心的，对你我将会怎样也是不怎么担心的，这点是不会变的。"

"现在不要说这些了。"大卫说，"现在很不妙哦。我今天早上想你想得不得了。"

"那我们还是后天再说吧。"她说，"什么事情都不要伤神。"

第二十一章

  小说中第二天的情况真的是糟糕透了。当还不到中午的时候,他就已经知道一个男孩和男人之间的不同,并且不只是在睡眠方面的不同。前三个小时的时候,他比谁都精神抖擞。他那个时候还要求裘马让他背一支三口径的猎枪,但是裘马没有答应,还笑都不笑一下的。他一直都是大卫的好朋友,还教过大卫怎样打猎。大卫那样想,我今天的体力好像比昨天好多了。他开始的时候的确是这么认为的,但是到了十点的时候,他就觉得今天搞不好比昨天还要更糟的。

  实在是再滑稽不过了,那个时候他竟然会误以为可以和他的父亲一起追猎的,就好像认为自己能打得过他似的。他也明白这不只是因为他们是两个大人而已,更重要的是他们都是职业猎人。那个时候他也许知道这就是裘马为什么不笑的原因了。他们对那头大象的事情是了如指掌的,他们只需要交换一下信号和手势,连话都不必多说。如果遇到追踪发生困难的时候,他的父亲一般都是听裘马的。在河边停下来把水瓶装满水的时候,他的父亲就说:"记住大卫,你要把这一天撑过去。"不久,他们就走完了那片野地,当往高处的森林爬去的时候,大象的足迹好像已经转到右边,那个时候父亲在和裘马私语,等到他赶到他们身边的时候,裘马正转头看他们走来的那段路,然后他就又看了看那一大片野地的中央部分,就好像个孤岛似的,山丘那里全是石头,就好像要比对更远地平线上的那三座绿色山脉来决定该走的方向。

  "下面该怎么做裘马知道。"他的父亲那样解释道,"他只是看看一整天所经过的那片野地而已。我觉得我们现在要走的地方是很不错的,我想我们不得不爬一段山路了。"

  他们一直爬到天黑的时候才扎营。一队整齐个个都很丰盈的鸟群飞得很低,也许它们应该来这里做沙浴的,大卫还用弹弓打中了一只,它抽搐着,拼命地拍打着自己的翅膀。然后另外一只鸟跑过来啄它,大卫顺势抓住了这两只鸟。其他的鸟一会儿就飞得没影了。那个时候裘马正好回过头没有看到。

  当他们来到扎营的地方的时候,他的父亲说:"其实我是从来没有在这么高的地方看见过这种鸟的。真的很不错,现在你一次能够打两只了。"

  裘马就用根棍子把鸟穿在一起,不一会儿就生了一堆火。父子俩人就那样躺着,然后看着裘马把那两只鸟烤熟。他的父亲就用酒壶的盖子喝了杯掺了水的威士忌。不一会儿,裘马就给他们鸟心还有鸟胸脯肉,自己就把剩下的脖子、背肉和腿吃完了。

  "大卫,我觉得现在可好了,"他的父亲说,"我觉得我们不需要愁粮食不够吃了。"

"你觉得我们离它有多远?"大卫问。

"我觉得很接近了,"他的父亲说,"但得等月亮升上来了才走的。我觉得今晚月亮会迟一个小时再升起来的,我想要比你看到的那天晚上再迟两个小时的。"

"但是为什么裘马会知道它往那儿走呢?"

"他在离这儿不远的地方曾经打伤过它,好像还杀了它的同伴。"

"那是什么时候的事?"

"他说好像是五年前,他说那个时候你还是个小娃娃呢。"

"那么从那个时候开始,它一直就是独来独往的吗?"

"他好像是这样说的。后来的时候他也没有再见过它,只听说过它的事情而已。"

"你觉得它有多大呢?"

"我觉得将近有两百磅吧,觉得比我看过的那些大象都大得多。他说还有一只比它还要大,好像也是在这附近吧。"

"现在我最好赶快去睡觉,"大卫说,"我希望明天会好一点儿。"

"你今天已经很不错了"他的父亲说,"我十分为你骄傲,裘马也是一样的。"

当月亮升起来之后,他也醒了。他知道就是下午的时候,他打了两只朱鹭的事情让他们开心,其实觉得他们是不会为他感到骄傲的。在那天晚上,他发现了那只大象,然后跟着它看清了那对象牙。于是就回去找到他们两个人,然后就带着他们去追踪象迹。大卫知道他们对这种事情会感到高兴。但是,等他后来几乎跟不上他们的时候,他就知道他对他们是没有用处的了,可能还会危及到生命,就好像他那天晚上接近大象的时候,奇宝会对他构成威胁一样的。他知道他们一定会因为他没有及时回去而埋怨的。那头大象的象牙每根都有两百磅重的。这头大象也许就是因为它的象牙而被一直追杀的,他们三个就是为了这个原因而猎杀它的。

大卫相信他们一定会杀了它的。可能是因为大卫撑了一天了,在中午的时候难过了一阵子,他们也许会为了这点为他感到骄傲。但是,他觉得他对这次猎杀行动并没有帮上什么忙。他觉得要是没有他的话,他们也许会轻松些,也说不定已经赶到前面的地方去了。在那一天里,他好几次都希望自己没有说出来这头大象的行踪。到了那天下午的时候,他更是希望自己没有看见它。当他在月光下醒过来的时候,他知道事实并不是这样的。

他整个上午都是在写的,他试着要去想那天自己真正的感觉,还有那天发生的事情。最困难的其实就是:怎样把那个时候的感觉真实地写下来,不受到后来感觉的影响。原野的一切就好像是清晨般地清晰。他觉得这段写得非常好。但是,觉得自己对那头大象的感觉还是最难写的。他知道自己的思绪得暂时离开一会儿,等一会儿回来的时候再写,确定那的确是事情发生那天的感觉。他知道这种感觉已经开始在凝聚了,但是他已经累得无法想起来了。

于是他就锁上手提箱,然后走出房间。当来到石板路的时候,脑子中还一直想着这个问题。

那个时候玛丽塔坐在松树下的椅子上,然后面对着大海,认真地看着书。可能是他光着脚,她就没有听到他的脚步声。于是大卫就远远地看着她,觉得看到她就感到高兴。于是他就想起了在非洲时候的荒诞情景,于是就转身回了旅馆,走进他和凯塞琳的房间。他觉得在非洲时期的情景就在眼前似的。一会儿,他就又走到树下去找玛丽塔。

"你早啊。"他说,"刚才有没有看到凯塞琳?"

"我想她出去了吧。"那女孩说,"她要我告诉你她一会儿就会回来的。"突然间觉得事情好像变得真实起来了。

"你现在真的不知道她去哪里了吗?"

"真的不知道。"那女孩说,"她是骑着自行车出去的。"

"哎哟,我的天啊。"大卫说,"我觉得自从我们买了车子以后,她就没有骑过自行车啊。"

"她也是那么说的。但是她说她又要重新开始了!现在你早上写得还顺利吗?"

"这个我真的不知道。我想明天也许就会知道了。"

"你现在要吃早餐吗?"

"我真的不知道。我现在已经很饱了。"

"真的希望你能够多少吃一点儿。"

"现在我要进去洗漱一下了。"他告诉她。

当凯塞琳进来的时候,他已经沐浴完了,正刮着脸。她穿了一条亚麻的运动短裤和一件旧的直条纹衬衫,衬衫都已经湿透了。

"真的太棒了。"她说。

"刚才你骑了很远吗?魔鬼。"

"我觉得有六公里。"她说,"我觉得这没有什么。"

"我觉得这种天气太热了,除非是早晨骑。"大卫说,"但是我为你的重新开始而觉得高兴。"

于是她洗了个澡。当出来以后,她说:"你现在看看我们是有多黑,这简直和计划的是一个样子。"

"我看你比较黑。"

"我觉得你也是一样的,我们一起来看看吧。"

于是他们就站在门上的长镜前面,然后互相看着。

"噢,我觉得你好像很喜欢我们这个样子,"她说,"我觉得好极了,其实我也是一样的。"

那个时候她站得笔直,他就把自己的手放在她的胸部上。

她说:"现在我们的头发是湿淋淋的,什么颜色都没有,你不觉得这很有趣吗?白得就像水草一样。"

于是她就拿起一把梳子,把头发全部往后梳,就好像从海里出来似的。

"我要我的头发就像现在这样,"她说,"就好像是王家水道的春天一样。"

"我是喜欢你额头上有一些刘海的样子的。"

"但是我却对那个样子很讨厌。不过我想,假如你喜欢的话,那我就随着你的意思。你觉得现在我们要不要到城里的咖啡馆去吃早餐呢?"

"你现在还没有吃过早餐吗?"

"我不是想等你一块儿吃的嘛。"

"那好吧,"他说,"那我们现在就进城去吃早餐吧。我也饿了。"

他们的早餐就是奶油蛋卷、草莓果酱、咖啡牛奶和蛋卷火腿,他们吃得很快乐。吃完以后,凯塞琳问他:"现在你要不要陪我一起上美容院?我觉得我今天应该洗头了,我还要把头发修一下的。"

"我觉得我在这里等你就好了。"

"那我请你一起去好不好?你以前都是这样的,这对谁都没有坏处的啊。"

"那是不行的。魔鬼,我是去过一次的,但是就只是那么一次,我就再也不想去了。现在你最好不要让我陪着去。"

"对我来说的话,我是希望我们是一样的。"

"我们是不可能一样的。"

"我想是的,假如你想要让我们一样的话,我觉得我们是可以办得到的。"

"但是我并不想那样。"

"假如我想说那就是我想要的呢?"

"不明白你为什么就不能要其他一些比较有意义的呢?"

"我觉得我当然能。但是我要我们是一样的,虽然你现在几乎已经和我一样了。再说,我觉得这样做一点儿也不麻烦。你不觉得海洋就是这样的吗?"

"那样的话,就和大海一样吧。"

"我今天就要嘛。"

"我想那样的话你会快乐些的。"

"我现在已经很高兴了,可能你已经答应我了,我觉得我会一直高兴下去的。我喜欢我的模样,我想这你是知道的。那现在你就这样想吧。"

"真的很蠢。"

"不是的,才不是的呢。你一点儿都不傻,你只是要让我高兴罢了。"

"假如我不去的话,你说你会有多难过?"

"非常难过。""那就好吧,"他说,"你觉得它对你来说真的很重要吗?"

"我想是的。"她说,"哦,真的谢谢你。我想这次是不会太久的。我跟简说我们要去那里的,我想也许他现在正等着我们光临呢!"

"为什么你对我要做的事情总是那么自信呢?"

"我知道假如你了解我是多么想要的话,你会答应的。"

"我实在是很不想去的,我觉得你不应该提这种要求的。"

"你就不要在意了,没什么大不了的,我想一会儿会很有趣的。你就不要为玛丽塔担心了。"

"她现在怎么了?"

"她说你如果不陪我去的话,她就要问你要不要陪她去呢。"

"你就不要再瞎说了。"

"我真的没有。她今天早上的时候就是这样说的。"

"你现在看看你的样子。"凯塞琳说。

"我真的不想看。"

"你现在就看看玻璃里面的人嘛。"

"我真的不要看。"

"那你现在就看看我吧。你就是我现在这个样子。你现在真的很无聊,你看起来就是那个样子的。"

"我觉得我们本来真的就是无法一样的。"大卫说,"我觉得我不能像你那个样子的。"

"我觉得我们的确已经是一样的了。"凯塞琳说,"我觉得你现在就是,所以现在你最好还是开始喜欢比较好。"

"我们真的不能那样做,魔鬼。"

"我们的确已经那样了,我想这点你是知道的。我觉得你只是一下子瞧不出来罢了。我觉得我们现在真的很像。我觉得我是过去,而你是现在。你就看着我,看看你到底有多喜欢它。"

于是大卫就看着她的那双眼睛,这就是他所爱的。然后他就看着她那黑亮的脸庞还有直直的象牙色的头发,她现在看起来真的很高兴。他开始知道,他是答应了一件多么愚蠢的事情了。

第二十二章

那天早上的时候,他觉得真的无法把那个故事继续写下去了,真的有一段时间他都没有办法动笔。但是,他想这必须得写下去,于是他就接着动笔了。他们正循着那头大象的痕迹走,好像是大象常走的路。那条路好像贯穿树林之间,草木都因被踩踏而纠结在一起,看起来就好像从火山岩浆开始冷却似的。树木丛成为林子以后,大象就一直沿着它走的。

裘马好像很有把握,于是他们就走得快点。他的父亲和裘马好像很有信心,坚信象迹能够找到。于是他们就穿过那些枝叶,阳光照在的林子里。后来,裘马就让他拿那支三口径枪。一会儿他们就找不到路了,只看到一堆新鲜的象粪在那儿还冒着热气，还有一堆乱乱的象脚印，好像有只象从左边的密林里经过似的。那个时候裘马生气地从大卫手中把枪拿了回来。等到他们赶上象群的时候已经是下午了。他们从林间就能看到象群那灰色的庞大身躯：它们的大耳朵来回晃，长长的鼻子卷起来后又放下。他们也有听到树枝落下被折断的声音，还有大象肚子里的声音，还有象粪重重地掉落在地面的声音。

终于，他们找到了大象走过的路。当他们转到另一条小叉路的时候，裘马就看着大卫的父亲，然后露出牙齿笑着，于是他的父亲就向他点了点头。他们看起来就像是有了不可告人的秘密一样，那种表情就和那晚在村落里面找到他们的时候一样。

不久，他就知道那个秘密了。那头象就倒在森林的右边，头骨大约有大卫的胸部那么高，因为日晒雨淋，好像变成白色了，前额好像有个很深的凹痕，鼻梁两边的眼窝也是空空的好像呈现白色似的，两根象牙似乎被拔掉了，还露出空空的两个窟窿，在阳光下就像燃烧起来似的。裘马低着头看着那副头骨，然后就指出要追的那头象刚才站过的地方。他注意到那头象用它的鼻子把那副头骨从以前的地方移了一点儿，它象牙的尖端也碰触了旁边的地方。于是他就让大卫看前额白骨上的一个大凹洞，还有耳洞旁边的头骨上面的四个相似的洞。于是大卫就对他的父亲笑了笑，然后就从口袋里面掏出三口径猎枪的一枚子弹，对着前额骨上的凹洞塞了进去。

"裘马好像是在这里打伤这头象的，"他的父亲说，"是那头象的朋友，也是同伴。于是它就攻击裘马，然后裘马就打倒它，它的生命就结束了。"

裘马还指了指落了一地的骨头，就像那头象在散骨中间走的情形似的。那个时候裘马和他的父亲都为这个新发现非常的高兴。

"你觉得它和它的朋友在一起有多长？"大卫问他的父亲。

"我想这个我就不知道了，"他的父亲说，"我觉得你去问问裘马吧。"

"那就请你去问他嘛。"

于是他的父亲就和裘马说了一会儿，然后裘马就看着大卫笑了笑。

"他说，大约有你年纪的四五倍大吧。"大卫的父亲那样告诉他，"他已经记得不太清楚了，他也是不在意的。"

"我却是很在意的，"大卫那样想着，"我在阳光下看到它的时候，它孤零零的，但是我却有奇宝陪伴。那头象并没有伤害任何人，但是我们现在一路追着它，跟踪它。然后去看它已经去世的老友，还要杀死它。这都是我的错，我觉得是我背叛了它。"

那个时候裘马已经找到了象印，于是就要他的父亲过去，然后他们三个人继续前进。

"我的父亲不需要为了谋生去杀象的，"大卫那样想着，"假如不是我看见了它，我想裘马也许不会找到它的。"他以前有过一次机会，但是只是伤了它，还有杀了它的好友。那个时候我和奇宝发现了它，我不应该告诉他们的，我觉得我应该为它保守秘密的。就让他们在那个村落的啤酒屋里面喝醉好了,裘马醉了我们是叫不醒的。我觉得以后对任何事情都要保守秘密了,再也不想说出任何事情了。如果他们把它给杀了的话,我觉得裘马一定会把他分得的那份象牙卖掉换钱,买一个老婆和好多酒。为什么在你喂那头象的时候,你不去帮助它?你只要第二天不继续跟着他们就行了,但是你是不能阻止他们的。我想裘马会继续跟踪下去的。其实你是不应该告诉他们的。你要永远记住,往后什么事情都不要告诉任何人了,你就再也不要告诉任何人了。

他的父亲就等他跟上来,然后很和蔼地告诉他:"它在这里休息过的,那我们就不再赶路了,我觉得我们随时都赶得上它的。"

"真是操他娘的猎象。"大卫那个时候小声地嘟哝着。

"刚才你说什么?"他的父亲问道。

"真是操他娘的猎象。"于是大卫软弱地应着。

"你要小心,不要捣蛋了。"那个时候他的父亲静静地对他说,眼睛不动地看着他。

我觉得其实就是这么一回事,大卫那样想。他并不傻,现在什么都明白了,他是不会再相信我了。这样是最好的,我也不要他相信我的。我再也不会把任何事情告诉他或者是其他人了,以后什么都不会再说了、真的永远不说、真的永远都不要。

那天上午当他写到狩猎的时候就停了下来。他知道写得不好。他还没有写到他们在树林里面第一次看到那副大头骨的感受;也没有写到大象移动头骨之后,露出的那些昆虫挖掘的一些地穴;也没有写到那些骨头有多长,还有那头象沉重的脚步是怎样在它朋友的残骸处流连的;也没有写到那头象颈的宽度;也没有写到树木和其他那些纵横交错的小径;也没有写到浓密的森林是多么的阴暗。还有一些事情他也不是很清楚,把它们写得就好像当时的情况似的,不是回忆。问题其实不是空间的差距,空间是会改变的,你所回忆的会成为当时的情景。

他对裘马、他的父亲,还有那头象的感觉会改变,可能是因为他太过疲倦了吧。疲倦让他开始有所了解,他写作的时候,就可以了悟到这一点的。但是,在你真正地了悟以后,他更是不能随意地妄加描述。他需要谨记现实的情况,然后将它表达出来。他明天会把事情都搞明白的,然后再继续写。

于是他就把稿件收进自己的手提箱里面,然后上了锁,走出房间。沿着旅馆门前面的小路就朝正在看书的玛丽塔走去了。

"现在你要吃些早点吗?"她问。

"我想喝杯酒。"

"那我们就去吧台喝吧。"她说,"我觉得那儿比较凉快。"

于是他们就坐在椅子上面,那个时候大卫就把海格酒倒在一个杯子里面,然后再加一些冰凉的白利尔。

"现在凯塞琳还好吗？"

"真的不好意思，现在我都不能吻你吗？"

于是他们就互相拥吻着，觉得开始回复到完整的自己了。他并不能确切地觉察出已经分裂得很厉害的了。但是他开始写作的时候，就会有种源自内心的力量一直在支持着他。他是从一个无法分裂的，甚至可以说不能加上痕迹的内心写出来的。他了解这点的，那正是他源源不断的力量所在。

在摆设桌椅的时候，他们坐在酒吧那边。海上吹来的凉风带来秋日的舒服清凉。

"我从来都没想过的。"大卫那样说。

"现在我已经看完了。"于是玛丽塔对他说，"但是我还是搞不清楚，你并没有把你以为该做的事情，明白地表达出来。"

他把她的杯子斟满，然后又注满自己的。

"我直到后来才理解，"他说，"于是我就试着不像以往那样去做。事情发生之后，我先不去衡量是与不是，而是用心去感受，最后一点一滴地思考。也许因为这样，我才觉得这本书写得不是很顺手，可能我并没有比那个时候聪明多少吧。"

"这本书写得很好。飞行的那段写得很好，还有对别人以及飞机本身的感觉也写得很好。"

"我是比较善于理解别人感受的，在机械和思考方面是一样的。"大卫说，"我并没有吹牛。但是，玛丽塔，当一个人陷入困境的时候，那个时候他就会把自己抛到一边，自己的生死是不值得计较的，否则是一定不敢见人的。"

"但是，后来的时候你不是搞清楚了吗？"

"那是当然。"

"现在我可不可以看看那篇故事？"

于是大卫又倒满了杯子。"你说她告诉了你多少？"

"她说她把所有的事情都告诉我了。她真的很有口才。"

"我想这点你应该是知道的，我愿意你没看过那篇稿子。"大卫说。

"真的不错，她说我应该看一下的。"

"她真的是个浑蛋。"

"她没有一点儿恶意的，那个时候她也很担心。"

"所以现在，那么你全部都看过了？"

"真的不错。真是太好了，比书好太多了，那个故事真的令人一生难忘。"

"你觉得马德里那部分怎么样？"他认真地看着她，于是她抬起头看着他，最后湿了嘴唇，然后专注地说："那段文字我是可以背出来的，可能我就是你要写的那个样子吧。"

于是他们就躺在一起，然后玛丽塔说："你说你在和我缠绵的时候有没有想到过她?"

"真的没有,我的小傻瓜。"

"难道你不愿意我也跟她是一个方式吗?我什么都知道的,我觉得我也可以去做的。"

"现在不要说话,用心去感觉。"

"我可以做得比她好的。"

"现在不要说话。"

"我认为你大可不必的!"

"觉得谁都可以大可不必,但是只有我们不可以!"

他们就紧紧拥着。一会儿玛丽塔温柔地说:"我觉得我必须得走了,一会儿还会回来。"

吻了吻他,当她回来的时候,他已经睡着了。他想着等她回来以后再睡的,可是不久就睡着了。于是她就躺在他的身边,然后吻着他。他好像没有醒来的意思,然后她就躺着,看看是不是也能睡着。她不困,然后她又吻了他,最后将自己的胸部贴着他的胸部,然后动作温柔地和他玩。于是他就在睡中勃起了。她就趴在他的上面,然后头抵着他的胸部。下午的时间又长又凉快,大卫沉沉地睡着。醒来他就穿上衣服,然后打开浴室的门去沐浴。洗完之后就朝卵石路走去,但是只有一个侍者正在收拾茶具。他还看到一个女孩在酒吧里面。

第二十三章

那两个女孩都坐在酒吧里面,还有一瓶白利尔放在冰桶里面。那个时候她们两个看起来好像相互怜惜似的。

"就像是遇见前夫似的,"凯塞琳说,"使我心里百感交集。"她没有这么快乐过的。"我说的正中你意。"于是她就以一种探视嘲笑的眼神看着大卫。

"现在你觉得他可好?"玛丽塔说。于是她就看着大卫,一会儿脸红了起来。

"那你现在就可以脸红啦,"凯塞琳说,"你现在看着她,我的大卫。"

"我觉得她看起来很好,"大卫说,"你也是一样的。"

"她看起来大概16岁,"凯塞琳说,"她说她告诉过你,有关看那个故事的事情。"

"你本来就应该问我的。"大卫说。

"我知道我早就应该那样的,"凯塞琳说,"开始的时候我自己看,后来觉得有意思,最后我觉得女继承人也应该看看才对。"

"我本应该拒绝的。"

"我觉得问题就在于,"凯塞琳说,"他是不是曾经拒绝过任何事情。玛丽塔,你就这样下去吧。我觉得没有什么大不了的。"

"真的,我不相信。"玛丽塔说。于是她对着大卫笑着。

"到目前为止,他还没有写那个故事的缘由。""他写的时候,你当然就会知道的。"

"我已经把那个故事写完了。"大卫说。

"那可真是龌龊,"凯塞琳说,"那就觉得我现在的样子,好像也是我们的计划似的。"

"但是你必须得写啊,大卫,"那个女孩说,"你会写吧?"

"她想要成为故事里的角色的,大卫,"凯塞琳说,"当你有一个皮肤黝黑的女孩的时候,故事会更好的。"

于是大卫就斟了一杯香槟,他看到玛丽塔在对他使眼色。然后他就对凯塞琳说:"当我把那个故事写完的时候,我想我还会继续写下去的。你今天打算怎么打发?"

"我过得很充实。我还做个决定,还计划一些事情。"大卫说,"我觉得不是简单的计划。"

凯塞琳说:"其实你不必叹气的。你就做你想做的事情,我就满意了。而且我有权做些计划呀!"

"你做的是哪种计划呢?"大卫问,他的声音听起来好像很乏味似的。

"第一,我们需要着手筹划,然后出版这本书的一切。我要先拿你的原稿去打字,还要筹划一些插图的事情。我需要见见这方面的高手,然后再安排。"

"你一天的生活,真的够忙了,"大卫说,"但是需要等撰稿的人写好了准备好打字以后,才能把它打好的。我觉得这点你是知道的,难道不是吗?"

"我觉得那倒不必。我需要的就是那份初稿,然后拿去给画插图的那些人看。"

"真的,我懂了。假如我现在还不想让它先打字呢?"

"难道你不想出版吗?我那样想,其实是有实际的事物作依据的,觉得好才着手去做的。"

"那么,你想出了哪些高手呢?"

"我觉得由不同的人负责不同的部分吧。有劳伦斯、巴尚、狄昂和毕卡索。"

"原来看在上帝的分儿上啊。"

"我们去尼斯路上,第一次停在卢普的时候,那个时候你难道看不出来,车子里的玛丽塔和我,都是你最好的人选吗?"

"难道没有人曾经那样写过。"

"那你就写吧。觉得一定比部落的那些土著(还有随你怎么称呼),有意思多了。也包括非洲中部的一些疥疮和苍蝇,还有你那闻着发酸、步履蹒跚到处走动的难闻的啤酒味的身体。"

"过去的事情就不要再提了。"大卫说。

"你现在说什么啊?我的大卫。"玛丽塔问道。

"我说很感谢你能够和我一起吃午餐。"大卫回答她。

"那么你为何不谢谢她其他的事情呢?"凯塞琳说,"我觉得她一定做了令你难忘的事情,这才使你像死过去一样睡了一个下午。我觉得至少也应该为这谢谢她吧!"

"真的谢谢你去游泳。"于是大卫对那个女孩说。

"你们真的去游泳了?"凯塞琳说,"其实我很高兴你们去游泳的。"

"我们游得很远,"玛丽塔说,"也吃了一顿好的午餐。你午餐吃得怎样,凯塞琳?"

"我觉得还可以吧,"凯塞琳说,"我真的不记得了。"

"你去哪里了?"玛丽塔温柔地问她。

"好像是圣拉斐尔,"凯塞琳说,"好像我在那里停留过,但是不记得午餐的事情了。我自己用餐的时候,不曾注意。但是,我的确是在那里吃午餐的,是那样打算的。"

"你开车回来的时候愉快吗?"玛丽塔问,"下午好凉快的,也令人快乐。"

"我不知道,"凯塞琳说,"我没注意到。出书的事情,还有着手去做的打算,我们需要马上开始。其实我不知道为什么一切都好的时候,大卫却觉得不好着手。"

"可怜的凯塞琳,"玛丽塔说,"但是现在已经计划好了,应该好受一些了吧。"

"我想是的。"凯塞琳说,"当我进来的时候,心情很好。我觉得我完成了一些比较实际的事情。但是大卫却使我觉得,自己像个白痴似的,又似麻风病人似的。假如我是个既现实又敏感的人的话,我想我早就崩溃了吧。"

"我真的知道,魔鬼。"大卫说,"我只是不想让作品被胡搅一通而已。"

"但是我觉得把它胡搅一通的其实是你啊,"凯塞琳说,"难道你不明白吗?你需要做的,就是把对我们影响最大的故事继续写下去,但是你却试着写一些别的故事。你需要有人告诉你,那些故事是你逃避责任的一些挡箭牌。"

当玛丽塔再次转头看他的时候,其实他也是知道的,知道她想告诉他一些什么。于是大卫说:"我觉得需要去收拾一下了。那你就告诉玛丽塔吧,一会儿我会回来的。"

"我们还有其他的事情要谈呢,"凯塞琳说。"真的很抱歉,我无法为你感到快乐。"

于是大卫就把刚才所说的事情,揽在自己身上,然后进浴室了。他冲了个澡,换上一件毛衣和一条宽松的裤子。夜里是非常凉快的,玛丽塔就坐在酒吧里面看书。

"刚才她去你房间了。"玛丽塔说。

"你觉得她是怎么啦?"

"这个我怎么知道呢?大卫,她是把性抛到一边了。她觉得那是幼稚的。她不知道以往的事情对她有多么的重要。但是假如她要的话,我想她会想着和别的女人一起做的,我觉得多半是有关另一个女人的事情。"

"我的天啊,事情原来是这个样子的。"

"你可别那么说。无论事情怎样,我都会爱你的。你明天就开始动笔写吧。"

于是凯塞琳就走过来说:"你们两个在一块儿看起来很好,我也很高兴的。我觉得你好像是我发明的似的。你觉得他今天好吗?玛丽塔。"

"我们午餐吃得还是很愉快的。"玛丽塔说。

"我知道他一定会是个令人满意的情人的,"凯塞琳说,"他总是那样,就好像他的马丁尼或者游泳、滑雪、飞行的技术。我从没有看过他驾驶飞机。每个人都说他的技术很好。我大概猜想,可能像特技表演一样笨拙。我不追问那回事的。"

"我觉得你肯让我们单独在一起一天。你真的很好,凯塞琳。"玛丽塔说。

"后面你们都可以在一起了,"凯塞琳说,"我觉得你们不互相厌烦就可以了。我不需要你们任何一个人了。"

于是大卫就从镜子里面看着她。那个时候她看起来是平静的、美貌的。他看得出来,玛丽塔是以悲伤的眼神看着她的。

"我真的喜欢看着你。只要你开口的话,我就会听你说话的。"

"你真的很好。"大卫说。

"结局是很完美的,"凯塞琳说,"我真的很好。"

"那你有没有什么新的计划?"大卫问。那个时候他觉得好像是在呼吁一条船一样。

"只有我告诉过你的那些罢了,"于是凯塞琳继续说,"我觉得那大概会使我很忙的吧。"

"那有关另一个女人的那一派胡言呢?"

玛丽塔开始用脚踢着他,那个时候他也回踩她的脚,表示他真的意会到了。

"那不是胡言乱语的,"凯塞琳说,"我想要再试试看的,是不是忘了什么。"

"我们全部都可能犯错的。"大卫说,然后玛丽塔又开始踢他了。

"我想要再试试看的,"凯塞琳说,"我现在对那种事情,已经知道得够多了,我觉得我应该是有能力去分辨的。你就别为你的黑皮肤女孩担心了,她绝不会像我这样的。她是你的,也是你喜欢的那一种,长得非常美,但是不适合我。那种人对我是没有吸引力的。"

"可能我就是个流浪儿。"玛丽塔说。

"那可真的是有道理啊。"

"但是我觉得我比你的凯塞琳更像个女人。"

"你就去吧,我想大卫看看你是哪一种流浪儿。我觉得他会喜欢的。"

"他是知道我是哪一种女人的。"

"真的很精彩,"凯塞琳说,"我真的高兴你们能够谈得来了。我确实很喜欢聊天的。"

"我觉得你不是个女人。"玛丽塔说。

"这个我知道的,"凯塞琳说,"我想跟大卫说这件事的。你说对吧?大卫。"

于是大卫就默默地看着她。

"我真的没有吗?"

"有的。"他说。

"我确实试过了,在马德里的时候,好像把自己搅碎,是为了要做个女孩吧。但是只是把自己搅成碎片罢了。"凯塞琳说,"现在我觉得完了。现在你们一个是女孩,一个是男孩,现在也确实是这样的。所以你们不需要改变,但是我却不是。现在我已经不重要了。我的希望就是,大卫和你都要过得好。这一切都是因我而起。"

玛丽塔说:"这个我知道的,我也会试着让大卫明白的。"

"我知道你有试过了。但是你不需要对我忠实的。最好不要这样。我觉得无论怎样,好像没有人能够做到,你也不是那样的人。我告诉你不需要那样的。是我要你高兴的,那么也会使他高兴的。你真的办到了,但是我却办不到。"

"我觉得你是天底下最好的女孩。"玛丽塔说。

"我觉得不是。我在还没有开始的时候,就已经没有希望了。"

"不是的,我才是那样的,"玛丽塔说,"我真的很愚昧,还没有修养。"

"你不愚昧。你说的都是事实。现在我们就不要再说了,还做朋友吧,怎么样?"

"你觉得会不好吗?"玛丽塔那样问她。

"我真的希望,"凯塞琳说,"不要成为悲剧。有关那本书,就请你争取时间,大卫。你是知道的,我的希望就是,你最好尽全力地写。开始的时候我们就是那样的。无论它是一本什么样的书,我觉得现在我都能够驾驭它了。"

"你只是累了罢了,"大卫说,"我不认为你吃了午餐。"

"可能没有吧,"凯塞琳说,"但是好像有。现在我们能不能把它搁在一边,做个朋友?"

于是就这样,他们就成了朋友;不管朋友的含义是什么,大卫那个时候心想,试着不去想它。那个时候他听着她们互相谈论对方的话,他是知道那些想法,还有对方告诉他的那些话的。她们确实成了朋友,就在这个基础上了解对方,也就在完不信任的情况下信赖对方的,还互相为伴。那个时候他也以她们为荣的,但是今天晚上他已经受够了。

明天他需要回到他的乡间去,就是那个凯塞琳羡慕,还有玛丽塔喜欢的乡间。在故事里面的乡间他曾经愉快过,也是知道好的东西是无法长久的。但是他的思绪,已经从他所关心的事物上,转到一直都在脑海的疯狂状态中了。但是现在,这已经代替了那些夸张的情况。他已经对这些厌烦了,也是厌烦玛丽塔和她的敌人妥协的事情。

他不是以凯塞琳为敌的,就算是她变成一种没有办法发觉,甚至无法理解的时候,也觉得这是爱。然而对她的敌人,也是一样的。她是多么需要敌人,所以她需要接近一个。她就是那个最容易攻击和亲近的人。她知道防卫是有些威力的。然而上次的争执,还是在脑中盘旋着,它所造成的那些纷乱,好像也是我们自己的。

晚餐以后,凯塞琳想和玛丽塔玩西洋双陆棋。她们玩得还很认真,好像还赌钱。凯塞琳去拿棋盘子的时候,玛丽塔就对大卫说:"晚上的时候你就不要到我的房间来了。"

"那我们就此打住吧。"大卫说。写作灵感来的时候,他就会变得冷漠了。

"你不应该和生病的人生气的。"

"生病了就去休息。"大卫说。

"你是知道那不是真的吧。她只是想工作罢了。"

回到卧室里面,打开床头灯,就舒服地看那套《哈德生丛书》中的其中的一本。看它的书名没有联想性吧,但是在他看到这本书的书名以后,觉得里面没有令他厌烦的东西。他很高兴看它的。他好像又回到了过去,还有哈德生以及他的兄弟。在月光下,他们策马扬鞭。当他走出去给自己调了一杯威士忌加白利尔再回来的时候,他看到她们在那儿玩,她们似乎不是真人实物,就像是不可信的戏中人物似的。然而那些戏,好像他一向不参与似的。

他又回到房间里面看书,还慢慢地饮着酒。当他听见凯塞琳走进卧室的声音的时候,他已经脱去衣服了,还熄了灯,也快睡着了。回来之后她就去浴室沐浴了。过了好久才感觉到她上了床。于是他就一动不动地躺着,平稳地呼吸着,期望一会儿能睡着。

"你现在醒着吗?大卫。"她那样问道。

"我觉得是吧。"

"现在不要醒过来,"她说,"真的谢谢你睡在这儿。"

"我以前都是睡在这里的。"

"你不必这样的。"

"现在我要这样。"

"我真的很高兴。晚安吧。"

"那就晚安。"

"你能不能吻我一下?"

"那是当然。"他说。于是他吻了她。在他身边一会儿以后,他觉得她好像和以前一样。

"真的很抱歉,我觉得我又惨败了。"

"现在就不要再提那件事情了。"

"你恨我吗?"

"不恨。"

"现在我们能不能依我的计划,再重新开始。"

"我不这么想。"

"那你为什么来这儿呢?"

"我觉得这是我归属的地方。"

"难道就没有其他的原因吗?"

"我想是的。你可能会寂寞的。"

"我是真的很寂寞。"

"每个人都很寂寞,"大卫说,"两个人睡在一块儿,但是感到寂寞,真的可怕。"

"真的无法理解。"大卫说,"你的计划和那个方案,真的一文不值。"

"那是因为没有给它发挥的机会。"

"那全都是疯狂之举。我讨厌那些疯狂的行为。"

"这个我知道,但是我们能不能再试试看?再试一次就好了,我觉得我办得到。"

"我是讨厌那些的,魔鬼。我全身都讨厌它的。"

"难道你就不能为了她和我俩,再试一次吗?"

"真的没有用的,我讨厌那样的。"

"难道你就不愿意为我俩再试一次吗?我是多么盼望啊?"

"现在你什么都乞求。当你获得以后,你就不理它了。"

"我觉得这次我太自信了,所以才会弄得不可收拾。真的求求你,我们再试一次好吗?"

"你就睡吧,魔鬼,现在不要再提了。"

"现在再吻我,"凯塞琳说,"我会睡的,你会那样做的。你总是照我所希望的去做的,那也是你想要的吧。"

"你就睡吧,魔鬼。"

"我想我会的。但是你能不能再吻我一次?我觉得这样的话我们就不会再寂寞了。"

第二十四章

　　早上的时候,他又到山上那个远远的斜坡上面。那头象已经不像以往那样走了,而是漫无目的地走着,进食很慢。大卫知道,他们正逼近它。他试图回想他的怀抱,但是好像已经没有感情了。他需要谨记这一点。他只感觉到疲倦,也把他的年龄泄露了。尽管还年轻,但他已经知道年纪太大的悲哀。他为奇宝感到寂寞。一想到裘马杀害那象的朋友的事情,就会对裘马反感,然后把那头象当作自己的朋友。他曾经在月光下看到过那头象,还和奇宝一直尾随着它,来到这林中的时候,就是在那时才看清那两只大象牙的。他是知道这件事对他的重要性的,但是他不知道他们是要杀那头象的。当他回到尚巴告诉他们的时候,就已经在出卖那头象了。假如我和奇宝得到了象牙的话,我觉得他们会杀我的,这是事实。现在那头象,看着像是要去找它的出生地似的,他们觉得杀了它才是完美的结局。他们想要在杀它朋友的那个地方,把它杀掉的。那真的是个笑话,但是那会使他们高兴的。现在他们已经来到掩藏地的边缘,然而那头象,好像就在不远处。大卫能够闻到它身上那个味道的。他们也都听见了它攀折树枝的声音。他的父亲把手放在大卫的肩膀上面,让他到后面去,在后面等着。最后,他将手伸入口袋里面的小囊中,抓出一大撮土,抛向空中。当土灰掉下来的时候,是斜落向他们那边的。一会儿,他的父亲就向裘马点了点头,弯着腰,就随着裘马走进浓密的掩护区了。那个时候大卫能够看到他们的背部和臀部,在林中若隐若现,但是听不见他们的走路声。
　　大卫就那样不动地站着听大象进食的声音。他能够闻到它身上的味道。那个味道和那个有月光的晚上,他潜近它身边的时候闻到的一样的浓。他站在那儿,四周一片静寂,他竟然闻不到象的味道了。最后,传来一阵悲鸣声,还有撞击声,还有枪声。一会儿,好像是他父亲的枪的回应声似的。
　　等到一切复归平静以后,他就潜进林子里了。看到裘马吃惊地在那儿站着,血从额头流下,然而他的父亲,好像很生气。然后就冲向裘马,最后就把他撞倒了。他的父亲说:"裘马好像打中了它的头部。"
　　"你说打在它什么地方了?"
　　"头部,"他的父亲说,"你就沿着血迹慢慢地追踪吧。"
　　那头象好像流了好多血似的,有一道和大卫一样高的血柱,就像火山爆发似的,喷向树干、枝叶及藤蔓。颜色是暗红的,好像还发出恶臭似的。
　　"胃和肠子都被击中了,"他的父亲那样说,"我们会发现的,它倒下或者不动地站着! 我就是这样希望的。"他又接着说。

你们会发现它不动地站着，痛苦又绝望地站着。它跌跌撞撞地走着，穿过一条小径。大卫和他的父亲，就是循着那洒了一地的血迹，追着象进了树林里面。那个时候大卫就看到它站在面前，然后灰色的躯体，就倚着一棵树干。大卫只到它的臀部。一会儿，他的父亲就到他的前面，他就尾随着。当他们走到象的身侧的时候，觉得它看起来就好像一艘船似的。当大卫看到血的时候，感觉好像是从他的腰窝流向身体的两侧似的。

　　最后，他的父亲就举起枪射击那头象。那头象就转头来看着他们，还缓慢地站了起来。第二枪的时候，那头象就好像是一棵被砍倒的树一样摇晃着，然后就倒向他们这边。但是它好像还没有死。它就一直一动不动地那样躺着。它没有动弹，但是眼睛却有神地看着大卫。它的睫毛是很长的，还有它的眼睛，是大卫所见过的最有活力的了。

　　"第三枪就射它的耳道。"他的父亲说，"你开枪吧。"

　　"还是你开枪吧。"大卫说。

　　然后就见裘马跟跄地跟了上来，还流着血，他额头上的皮肤，就像是悬在他的左眼上方似的，鼻骨也露了出来，一只耳朵还撞成了碎片，他在那儿不说话。从大卫的手中夺过枪，把枪口推进大象耳道，生气地连开两枪。那头象的眼睛，在第一枪的时候就睁得大大的，最后就呆滞了。

　　两道血从象的耳朵里面水柱般地流了出来，然后流到灰色的兽皮上。那血色好像与平常的血是不一样的。大卫想着，我要把它记在心中，然而现在他也是真的办到了。但是对他来说没有好处。大象的尊严、威风及美感，全都没有了，只剩下那巨大的躯体。

　　"现在好了，我们终于把它解决掉了。大卫，真的谢谢你。"他的父亲那样说，"我觉得我们得生个火，然后再把裘马送回去。你到这里来吧，那些象牙还在呢。"

　　于是裘马就咧着嘴笑着，走向他的父亲。手里还拿着没毛的象尾巴。他的父亲就用史瓦希俚语说："你觉得多远处才有水呢？你觉得你需要走多远才能找到人，把那些象牙搬走呢？现在你觉得怎么样了？你到底哪儿受伤了？"

　　等问清楚以后，他的父亲又说："你和我回到追踪它放背袋的那个地方，把背袋拿回来吧。裘马是能够捡树枝生火的。医药箱就在背袋里面，我们需要在天黑之前找到它。他是不可以受感染的，那好像不是普通的抓伤。我们走吧。"

　　他的父亲理解，知道他对那头象还有那个晚上的感觉。在以后的几天中，他试着不去想童年的事情，直到后来他才知道，他是憎恶猎象的。大卫对他父亲的那些意图，是没有任何陈述的。在故事里面，也没有提到，只讲述了事情发生的始末。还有就是对裘马做的手术，也是暗藏着嘲讽和鄙视，好像是因为没有药物使病情恶化了。

　　大卫把他后来被追加的那些责任，还有不愿意接受的信任，都写在故事里面了,但是没有指出它们的重要性。在象痛苦地躺在血泊中的时候,他曾经试图使它能够残存在树下的。但是那个时候血流了又止,止了又流,它呼吸都很困难。它看着那个要来结束它生命的人的时候,心是怦怦地跳着的。还有那喷出的血,好像要把它给淹没了似的。当大象闻到裘马的体味的时候就开始攻击了,大卫为此还觉得很骄傲。如果他的父亲那个时候不开枪射它的话,估计会要了裘马的命。它只要用它的象鼻,就能把裘马扔进树林里面的。然后一直到它的血流尽,停止呼吸。

那天晚上,大卫坐在火堆旁,他就看着裘马。裘马的脸部用针线缝起来了,还有骨头也断了。那个时候他还试着不动肋骨地去呼吸。大卫的心里也很疑惑,裘马杀象的时候,象好像认出他来似的。那头象已经是他心中的英雄了,就跟他的父亲在他心中的地位是一样。好像它也想要杀裘马吧,好像他没有像想杀他似的看着我。它看起来很悲伤,就跟我感受到的一样。在它死的那天,它曾经去看望它的老朋友。

当他把故事写好以后,她是知道的,那是有关一个小男孩的故事。于是他又把它看了一遍,然后修补好漏洞,那样才能使看它的那些人,都能感觉到这是真人真事。

他记得当象的眼神黯淡的那一刻,象是怎样丧失它的尊严的;记得当他和他的父亲把背袋拿回来的时候,象是怎样的开始肿胀。尽管那天晚上夜凉如水,但是象真的是不在了,只留下那灰色的尸体,还有黄褐色大斑点和那些乳白色的象牙。他们杀它其实就为了象牙啊,象牙已经被干了的血迹所玷污了。于是他就用大拇指刮了一些下来,好像凝固的血就像封蜡似的。他把它放进衬衫的口袋里面。那天晚上,他的父亲就坐在火堆旁边,试着和他交谈。

"它是个凶手,这个你是知道的,我的大卫。"他说,"你有听裘马说吗,没有人能够数得清,它害死了多少人。"

"那些人都想杀它的。难道不是吗?"

"那是当然,"他的父亲说,"就是为了那对象牙。"

"我不明白,为什么说它是凶手呢?"

"你爱怎么想就怎么想吧。"他的父亲说,"让你觉得那么困惑,我真的很抱歉。"

"我是希望它把裘马杀死的。"大卫说。

"那太离谱儿了吧,"他的父亲那样说,"裘马是你的朋友,这个你应该知道的。"

"我觉得不是。"

"不能这么说他。"

"他知道的。"大卫说。

"我想你误解他了。"他的父亲说完的时候,他们就打住了话题。

当他们安全地把象牙带回来以后,已经时过境迁了。象牙好像被挂在那面用柴枝还有泥浆砌成的墙上。象牙又长又大的,摸过它以后,真的不敢相信那确实是真的。没有人能够伸手摸到两尖端相触的、曲弧处的,他的父亲也是的。在那里,裘马、他的父亲和他,都已经是英雄了,奇宝也是狗英雄。他的父亲问他:"你想和解吗?大卫。"

"如果你想的话,那好吧。"

"我真的很高兴。"他的父亲那样说,"这样简单多了,也好多了。"

他们就坐在那个无花果树下那个给老人们坐的凳子上面,喝着土著的酒。杯子好像是一位少女还有她的弟弟带来的。现在也不惹人厌烦了,他们就在英雄的身后。就坐在英雄的狗身旁的那个泥地上面。那位英雄,捧着一只鸡,于是他就想起抓鸡的那个游戏。当大鼓声扬起的时候,当纽马开始建造的时候,他们正坐在那儿高兴地喝酒。

他走出工作室到外头来的时候,心里感到又兴奋,又自豪。玛丽塔好像是在晨光下等着他的。岩下的那些海洋,波平浪静的。海湾的对岸,就像坎城优美的色弧线似的。黑色的山脉,就在它的后面。

"我真的好爱你。"那个女孩站起来的时候说。他用手臂搂着她,吻她。

"那是当然,"他说,"你觉得这还会有问题吗?"

于是他们就搂着,走出来看那个大海。

"你现在好吧?我的女孩。"

"真的很好,还有也很高兴,"玛丽塔说,"你是说下午,还是说早上?"

"当然是指早上啦。"大卫说完,然后又吻她。

"现在我能不能看看那个故事呢?那样的话我才会感同身受,不只是高兴罢了。"

于是他就把钥匙给了她。然后她就拿着笔记本,坐在酒吧里看故事。大卫也坐在她身旁看故事。他以往没有对任何人做过这样的事情,好像也违背了他的信念似的。但是他好像没有想到这一点,搂着那个女孩,然后就看着报纸上写的东西,他想和她一起看,想和人分享。

玛丽塔看完了以后,就紧搂着大卫,深深地吻着他,把他的唇都咬出血来了。于是他就看着她,舔舔他的血,最后笑了,"我的大卫。"她说,"真的请你原谅我。其实我真的是太高兴了,还有比你还骄傲的。"

"真的是吗?"他说,"你现在能闻到尚巴的味道,还有茅屋里面的气息吗?你能够感觉到,给老年人的椅子是有多滑吗?"

"它就是这样的。你在另一本书上写过的。我还有看到,那只奇宝是多么可爱的英雄啊。还有血有没有把你的口袋弄脏啊?"

"真的没有,我一流汗,它就软化了。"

"那我们就进城去庆祝这个日子吧,"玛丽塔说,"我觉得我们今天能做许多事情的。"

然后大卫就在酒吧里,把海格酒倒在杯子里面,再加上冰的白利尔。一会儿,他把酒拿到房里面,喝了半杯,冲了冷水澡。他还换了条宽松的裤子,还有衬衫。他觉得那个故事不错。

凯塞琳在做她喜欢的事情,还有她想做的事情。他就看着外面,感觉到以往不在。这的确是个适合飞翔的日子。他真的希望这儿有一块空地然后再租一架飞机,就载着玛丽塔飞上天玩,让她看看在这种日子里面,他做的事情。想着她一定会高兴的。假如你想要、假如在两个月以前、假如这里能有一片空地,那兴许也能滑雪啊!那就忘了它吧!就算是非常有趣。

我的天啊,如果今天写完的话,还能和她待在那里多好啊!玛丽塔对那个作品,不会见鬼似的嫉妒的。要让她知道你去哪儿,还有去多远就行了。我真的爱她,你是见证人呢。我一直都相信当你心情好的时候,一切还好。这真的很笨,但还挺适合今天的,那就接纳它吧!

"你就来吧,我的女孩。"他在玛丽塔的房门口对她说。

"我真的准备好了,大卫。"她说。她穿了件紧身的毛衣还有宽松的裤子,满脸微笑。她拂了拂她乌黑靓丽的头发,专注地看着他。

"真的很奇妙啊,你居然这么高兴。"

"今天是个好日子,"他说,"我们很幸运。"

"你真的这么想的吗?"他们走向车子的时候她说。"你觉得我们真的很幸运吗?"

"我想是的,"他说,"我觉得那是在今天早上,好像是在夜里才开始转运的。"

第二十五章

他们开车过来的时候,凯塞琳的车子还停在旅馆旁边的碎石道边,于是大卫就把爱索达停在了凯塞琳的车后面,然后和玛丽塔走过蓝色小车的旁边,不说话,就走到人行道上。

"你觉得你今天中午要做什么?"他问。

"这个我真的不知道,"她说,"我会待在这里的。"

于是他就走过旅馆的天井,然后就进入到房间里。这个时候,凯塞琳就在酒吧里面,看巴黎的前锋报。她的身边还有半瓶酒和一杯没有喝完的酒。

她就抬头看着他。"你怎么来了?"她问。

"我们在城里面吃完午饭,就回来了。"大卫说。

"那你的姘妇呢?"

"好像我没有姘妇的。"

"我指的是,就是你为她写故事的那位啊。"

"哪个啊,你说哪些故事呀。"

"有关你的青春期,还有你的父亲那些沉闷的小故事。"

"他不是捏造的。"

"难道他不是欺骗他的妻子还有他的朋友吗?"

"真的不是,他只是在欺骗他自己而已。"

"你在后记、描叙,还有一些逸事中,把他写得很卑劣。"

"那你的意思就是说,就在那个小说里面?"

"难道你称它为故事?"凯塞琳说。

"真的不错。"大卫说。然后就倒了杯冷酒。在这个明亮而又晴朗的日子里,还有在令人舒适的旅馆里面,他应该感到高兴而不是烦闷。于是他轻轻地喝了口酒,但这酒没有使他黯淡的心高兴起来。

"现在要我去找女继承人来吗?"凯塞琳说。

"你不必找她的。"

"我就是要去叫她。她今天照顾你,但是我没有。真的,大卫,尽管我的举止和谈吐像个贱人,但是我不是的。"

大卫好像一边等着凯塞琳回来,一边喝着香槟酒,还看着凯塞琳留在酒吧里面的巴黎版纽约前锋报。他就自己喝着酒,感觉怪怪的,于是到厨房拿软木塞,拴在瓶口,想着拿回冰柜去的。但是酒不多了,于是他就拿起酒瓶,走到西边的窗户下面,看着瓶内的酒。他把酒倒出来喝了,就把瓶子放在地板上了。他喝得很猛,但是没有醉。

真的感谢上帝,他终于突破故事的瓶颈了。故事有一个好的结尾,还有细节的真实性,会使故事更为可信。他只需要记住他选择中间的形式而已,强化它,它就能够被浓缩到发亮光,还有烟升起的那些重点中的。他是知道的,渐渐地把握它了。

凯塞琳为了刺激他,就批评了有关小说的事情,使他想到他的父亲,还有他试着去做的所有的事情。但是他告诉自己,你是需要再成长的,还有你需要面对的事物,还有不要去伤害不知道和不欣赏你写的小说的那些人。去了解和帮助凯塞琳吧,忘了自己。明天是会有一些完美的故事的。

大卫是不想去构思那个故事的。尽管他看重写作更甚于其他的任何事情,但是他也在乎很多事情的。他在做某事的时候,就不会担忧另外的一些事情了。他只要打开黑屋的那个门,想到那两个女孩,还真的拿不定主意,自己是不是应该去找她们,还有看看她们要做什么。今天毕竟是玛丽塔和他的日子,也许她在等他呢。他确实应该去问问她们要做什么。凯塞琳就在旁边笑着。"你真的不进来吗?大卫。"

"我来看看你们要不要去游泳,还有做点儿什么?"大卫说。

"我真的不要去。"凯塞琳说,"玛丽塔在床上睡着了,我要上床陪她了。她还好意地叫我去陪你的。她对你真的很忠实,现在你上不上来。"

"那就不了。"大卫说。

"你就来嘛,我的大卫。"凯塞琳说,"真的是一个可爱的日子。"

"你现在要不要去游泳呢?"大卫问玛丽塔。

"我真的很想去。"女孩在床单里面说。

"你们这两个清教徒。"凯塞琳说,"你就识相点儿吧,现在上床吧,大卫。"

"我现在要去游泳,"玛丽塔说,"现在先出去一下吧,大卫。"

"你觉得为什么他不能看你?"凯塞琳问,"他在海滨看过你的。"

"他会在小海湾再看到我的,"玛丽塔说,"你就出去一下吧,大卫。"

于是大卫关上了门,还听到玛丽塔低声对凯塞琳说话的声音,还有凯塞琳甜美的笑声。他走到旅馆前面的那个平台,抬眼向海望去。他还看到两艘法国的驱逐舰,还有一艘巡洋舰,就像执行公务似的。船在水天相连的彼端,从它们的大小看起来的话,好像是剪影。大卫一直看着那几艘船,没有注意到两个女孩已经悄然地走来了。凯塞琳还带着一个袋子,里面装有毛巾的,罩袍就挂在铁椅上面。

"你也要去游泳吗?"大卫问凯塞琳。

"假如你现在不生我的气的话。"

大卫看着那些船改变着航道,驱逐舰绕了弧线就脱离了队伍。看到它开始冒烟,烟就像一支宽柔的羽毛似的。它是用侧翼前进的。"那是开玩笑的,"凯塞琳说,"我们以前就像这样地开过玩笑的。你和我都有过的。"

"你看他们在干什么?大卫。"玛丽塔问。

"应该是反潜艇演习,"他说,"还有一些潜艇和他们一起演习的。"

"他们来自圣·梅克梅,或者圣·拉斐尔,"凯塞琳说,"我以前见过它们的。"

"我真的不知道那些烟幕是什么?"大卫说,"也许还有我们看不见的船呢。"

"你看那边来了飞机,"玛丽塔说,"你不觉得很可爱吗?它们好像都是小型的海上飞机,好像还有三架在海面上低飞着呢。"

"夏初我们在这里的时候,他们就曾经在包奎纳后面举行实弹射击。演习场面很大,也很恐怖。"凯塞琳说,"还射中了窗户。你觉得他们会用深水炸弹吗?大卫。"

"我不知道。假如他们和潜水艇一起演习的话,我觉得是不会用深水炸弹的。"

"现在我要去游泳了,能吗?大卫。"凯塞琳问,"现在我要走了,你能够游一整天的。"

"是我请你游泳的。"大卫说。

"那就对了,"凯塞琳说,"那么我们就一块儿游泳吧,感觉友谊还有快乐。假如飞机靠近我们的话,他们能够看见我们在小海湾的海滩上面,会使他们高兴一下的。"

大卫和玛丽塔游离沙滩很远,凯塞琳还在海滩上面做日光浴的时候,飞机好像没有靠近小海湾。飞机很快地越过他们,三架飞机好像有三个梯队,声音很大,最后渐渐地远去了,他们好像要飞去圣·梅克梅。

大卫和玛丽塔就游回沙滩了,然后就坐在凯塞琳的身边。

"他们看都不看我一眼的,"凯塞琳说,"他们是很严肃的男孩。"

"那你期待什么?难道空照吗?"大卫问她。

他们离开旅馆到这里后,玛丽塔就很少开口了,对这个事也不说话。

"大卫和我住在一起的时候,那真的是太好玩了。"凯塞琳对她说,"我还记得大卫做得让我高兴的事情呢。你需要试着去喜欢他的事情。他是不是留下了什么?"

"那你以前留下了什么吗?大卫。"玛丽塔问。

"在那些故事里面,他卖掉了他拥有的全部,"凯塞琳说,"他过去有很多事情的。我真的希望你能喜欢那些故事。"

"我想我会喜欢的。"玛丽塔说。她没有看着大卫。但是她坐着看无涯的碧波的时候,大卫就看着她那黝黑的脸庞,被海水湿了的头发,还有那可爱的皮肤,以及漂亮的胴体。

"真的很好啊,"凯塞琳懒懒地说,于是就伸了个懒腰,掀开自己的罩袍,然后把它铺在沙上。"其实那就是你要的。他也常做很多好的事情的。他也有个好的生活,但是现在,他能够想到的,就是非洲和他那个醉鬼父亲了,还有他的剪报。他以前让你看过他的剪报吗?"

"好像没有。"玛丽塔说。

"他会的,"凯塞琳说,"他在王家水道港,把它们给我看的。有好几百张,每张都有他的照片,但是每张照片都一样的。我觉得他经常自己看它们的。他身边总会有个字纸篓的。他经常说对于一个作家来说,字纸篓是最重要的一件事情!"

"现在我们去游泳吧,凯塞琳,"玛丽塔说,"我快要感冒了。"

"我的意思是说,对于一个作家来说,字纸篓可能是最重要的一件事情,"凯塞琳说,"我以前常想的,我觉得替他找个适合他的字纸篓吧,但是他没有把他写坏的东西丢进去。他是写在小孩子用的那些笔记本上的,还从不丢弃。我觉得整件事情都很荒谬,他拼的法文都有错。这个你知道吗?玛丽塔,他不懂法文的。"

"真是个可怜的大卫。"玛丽塔说。

"他真的很糟,"凯塞琳说,"你没有看过他用法文写的吧,其实他在对话里面伪装得很好,好像对他使用的那些俚语也很骄傲。但是其实他知道的俚语根本是有限的。"

"真的很糟糕。"大卫说。

"我觉得他真的很聪明,"凯塞琳说,"等到我发现的时候,他还不能正确地写出一张简单便条来,但是你还是能够依据他的程度,用法文写给他的。"

"我觉得你说得太主观了吧。"大卫笑了笑说。

"其实他对某些事还是很在行的,"凯塞琳说,"他是知道那些俚语会被广泛引用的,好像他讲的相当成语化的那些法语,他是一点儿也写不出来的。我觉得他什么都不知道,玛丽塔,但是你需要去面对这个事实。他的字真的很可怕,我觉得他是写不出好的字的,也不能像别人那样表达一些看法。他是没有自己的表现方式的。"

"真是可怜的大卫。"玛丽塔说。

"现在我不能说我给了他我生命中最好的那几年,"凯塞琳说,"尽管我从3月开始和他生活在一起,但是我觉得我给了他我生命中最好的那几个月。也带来了快乐。我真的希望这种快乐不会走。但是你是怎么想的?假如你觉得这个人无知得可以,天天就只是做一些整理字纸篓里的文字剪辑的工作,任何一个女人都会失望的,我放弃了。"

"你现在就把稿子去烧了吧,"大卫说,"这样最好了。你现在要进屋里面还是去游泳呢?"

凯塞琳就低下头看着他,然后脸色红了红。

"你是怎么知道我做了呢?"她问。

"你都做了什么?"

"我烧了那些稿子。"

"你真的那么做了? 凯塞琳。"玛丽塔问。

"我当然是做了。"凯塞琳说。

大卫站了起来,看着她,感觉整个心都被掏空了似的。好像到了小径的前面,但是路不在那里。玛丽塔也站了起来,然后凯塞琳就那样看着他们,好像她的脸色是平静的。"现在我们就去游泳吧。"玛丽塔说,"那我们游到标的物就回来吧。"

"我真的很高兴最后你还是笑了起来,"凯塞琳说,"现在我也要去游泳。"

第二十六章

他们在沙滩上面穿好自己的衣服，然后就往小径走了。大卫拿着装着沙滩用具的那些袋子回到松林边的车子里面，就在暮色中将车子开回了旅馆。路上的时候，凯塞琳非常的安静，中午的事情在他们心头回荡着。车子经过路边的时候，战舰好像已经不在他们眼前出现了。

当到旅馆门口的时候，大卫就要把装着沙滩用具的袋子放进储藏室，于是就把袋子放下来。

"现在让我来拿吧，"凯塞琳说，"应该把里面的东西晾干的。"

"好吧，"大卫说。于是他就打开储藏室的门走了出去，最后就来到房间，扒箱的时候发现，好像最上面的一大叠稿件没有了，还有好像剪报也没有了，但是叙述句写的那一叠稿件还有。于是他就关上并锁住手提箱，然后就把抽屉还有整个房间都搜寻了一遍。他不认为那些文稿被拿走了，他也不认为凯塞琳会做出这件事的。在沙滩上他觉得她可能会做这件事，但是没想到是真的。他们路上都很安静的，几乎不谈这个问题，就像是紧急事故似的，但是觉得不像已经发生了的。

然而现在他知道问题真的发生了，但是他觉得这可能是一个恶作剧。心里很空虚的，于是他就重新打开自己的手提箱，又看了一下，然后锁上，就再一次看了一会儿这个房间。

现在没有危险也没有紧急事故，好像只是一个灾难似的。那只是可能罢了。好像她一定会把那些东西藏起来的，也可能在储藏室，还有在他们的房间里面，还在玛丽塔的房间里面。也许她没有毁掉那些东西，没有人会那样做的。其实他只是无法相信，她做了这个事情。他关上并锁住门的时候，心里很茫然。

那两个女孩就在酒吧里面，大卫进来的时候，好像玛丽塔还抬起头看着他，其实很想知道有什么事情。凯塞琳透过镜子，从镜中看他走进来的样子。

"现在你把它们藏到哪里去了？魔鬼。"大卫问。

于是她就从镜子里转过来，然后看着他。"就不告诉你，"她说，"其实会收拾得很好的。"

"我觉得你最好告诉我，"大卫说，"我真的不能没有它们的。"

"不，你真的不需要它们的，"她说，"其实它们没有什么价值的，我恨它们。"

"有关奇宝的那篇应该不会吧，"大卫说，"你真的爱奇宝的，难道你都不记得了吗？"

"它也只好就不要了，其实我打算把它撕下来留下的，但是没有找出来。你就以为它已经死了吧。"

大卫看到玛丽塔看着凯塞琳好一会儿目光才离开,然而不到一会儿,又看向凯塞琳了。"你说你在哪里烧掉它们的,凯塞琳?"

"玛丽塔,其实你也是那里面的一部分。"凯塞琳对玛丽塔说。

"难道你把那些剪报也都烧掉了吗?"大卫问。

"这个我是不会告诉你的。"凯塞琳说。"我觉得你讲话的那个语气,就好像警察似的。"

"现在告诉我,魔鬼,我真的只是想知道。"

"那是我花了钱买的,"凯塞琳说,"那是我花了钱然后才得到那些东西的。"

"这个我是知道的,"大卫说,"真的谢谢你那样做,我问你在哪里把它们烧掉的,魔鬼?"

"我真的不想告诉她。"于是凯塞琳瞥了玛丽塔一眼。

"真的没有问题的,现在你只需要告诉我就行了。"

"那你就让她走开吧。"

"现在无论怎么样,其实我都应该走开的,"玛丽塔说,"我们一会儿见,凯塞琳。"

"好的,"凯塞琳说,"真的不是你的错。"

大卫就坐在旁边的凳子上面,然后她看着镜子,就从镜子里面看到玛塔走出房间了。

"你说在哪里烧掉的?魔鬼?"大卫问,"你想让我打你吗?"

"你,"凯塞琳说,"那就是我要她离开的缘故。"

"我了解,"大卫说,"你说在哪里把它们烧掉的,魔鬼?现在你应该告诉我了吧?"

"是在那个桶里,就是经常被用来烧垃圾的那个桶。"凯塞琳说。

"难道所有的都烧掉了吗?"

"真的,好像我拿了汽油进去的,就用汽油引起大火,然后东西都烧掉了。其实我那样做是为了你好的,也是为了我们两个人好的。"

"现在我相信你是做了,"大卫说,"每样东西都烧掉了吗"

"是的,假如你们还是不相信的话,其实是可以看看的。好像已经没有什么意思了吧,纸张全部被烧黑了,我还用一根木棒搅动了好久。"

"现在我要去看看。"大卫说。

"你还会回来吗?"凯塞琳问。

"那是当然的。"大卫说。

看得出来在垃圾桶里面已经燃烧了。烧东西的大桶是一个五十加仑,还是老式的汽油桶,桶上还有许多的洞。那个用来搅动灰烬的木棒,有一端看来还有点黑的,好像原来是根旧的扫把吧。好像桶子里面还有一些分辨不出来的绿皮的笔记本烧焦碎块。于是当大卫看到那些烧过的印刷品碎片,还有两叠已经焚毁的粉红色纸片,这些纸片好像是罗梅克剪报里面用过的纸片,他是能够认出有一页是《天意》的出版日期纪要。好像灰烬已经被再三地搅动过似的,但是假如用心地去看的话,会发现没被烧到和烧坏的物件。他撕开好几页那个粉红色的纸片,里面好像还印着《天意》,于是他就把这些纸片撕成更小的了,然后就把它们铺在那个老式的汽油桶上面,然后这个汽油桶就被他直直地竖起来了。于是他就把扫帚柄放在石棚里面,就在这个时候发现了他的礼物!好像那辆跑车还在石棚里面,好像那辆跑车的轮胎必须打气了。他再一次走进旅馆的咖啡厅的时候,咖啡厅里已经没有人了,于是他就朝沙龙走去了,然后就看到他的妻子正在酒吧里面。

"现在是不是就像我说的那样的?"凯塞琳问。

"我想是的。"大卫说。他在高脚凳上坐了下来,然后把手肘搁在吧台上面。

"我觉得应该把那些剪报都烧光的,"凯塞琳说,"我想过应该彻底地打扫一下才行。"

"你已经在做了,那就好了吧。"大卫说。

"现在你是可以去写叙述文的,也不会有任何事情来打扰你了。你也能够在早晨的时候去写的。"

"我觉得是。"大卫说。

"我真的很高兴你这么理性地去面对这件事,"凯塞琳说,"也许你不知道,那些东西是没有价值的,我需要让你明白。"

"难道你就不能把奇宝那一篇留下来吗?那可是你喜欢的啊。"

"我告诉过你的,我以前找过的,但是你想重写的话,我是能够把内容告诉你的。"

"那将是很好笑的。"

"你会知道的,那是真的,难道要我告诉你吗?假如你要,我能够那么做的。"

"不,"大卫说,"就算你想写它的话,我觉得也不是现在。"

"我不写东西的,大卫,这个你是知道的。我是能够告诉你它的事情的,假如你想要的话,任何时候都可以的,难道你不喜欢其他的文章吗?还有你是这样认为的吗?难道你觉得他们是一点价值都没有的。"

"你为什么要这么做呢?"

"是为了帮助你。你更成熟的时候,你是能够到非洲去的,然后再把它们写下来的,那样会好些的。你说过那里的乡间好像和非洲是一样的,在那里,还有你那有教养的语言,真的会让你得到好处的。"

大卫就倒了杯威士忌,然后就拿了瓶梨子酒,将它打开,倒入玻璃杯里面了。他记得两个人经过的地方。他走了几步就停下来了,装了瓶梨子酒,还有其他的东西。

"那就不要再说写作的事情了。"他对凯塞琳那样说。

"我喜欢说嘛,"凯塞琳说,"它有建设性还有正当的用途的时候,那个时候为什么不能说啊?在你开始写那个故事的时候,好像写得很顺利的。最坏的败笔是尘土等等,似乎你好像总向它们屈服。在火山口的那场屠杀,还有你那个心脏衰竭的父亲。"

"现在我们能不能不要再说它们了?"大卫问。

"现在我要说,"凯塞琳说。"我真的要你知道,为什么需要烧掉它们的。"

"那就去把它写下来吧。"大卫说,"现在我不要听到它们的。"

"我不会写的,大卫。"

"你真的可以。"大卫说。

"不行,我会对能够写它们的人说的。"凯塞琳说,"假如你够意思的话,那么你就为我写下来吧。假如你是真的爱我的话,我想你会做的。"

"我想做的就是把你杀了,"大卫说,"我不想做的原因是,你可能已经疯了。"

"你怎么能这样和我讲话,大卫?"

"难道不能?"

"不能,你真的不能,你真的不能,你现在有没有听到我说的话啊。"

"我真的听到了。"

"那么,你就听我说吧。你是不能说那样的话的,我觉得你不能说那样的话。"

"我真的听到了。"大卫说。

"你是不能那样说话的。我不能接受你这样的态度的,现在我要和你离婚。"

"当然可以了,非常欢迎。"

"我还要保有这种婚姻关系的,就不跟你离婚了。"

"那也很好。"

"我要按照我的意思来对付你。"

"你已经做了。"

"我真的要杀了你。"

"你真是他妈该死。"大卫说。"现在你就不能像个绅士似的说话吗?"

"假如是一个绅士的话,那么在这个时候,你觉得应该怎么说?"

"他应该说,他真的也很遗憾的。"

"那就好吧,"大卫说,"我真的很遗憾我以前认识你,我真的很遗憾我以前娶了你。"

"我也是一样的。"

"那就闭上你的嘴吧。你能够去对任何一个能把它写出来的人说的。我真的很遗憾你的母亲以前认识你的父亲,还有把你生了下来。我真的很遗憾你被生了下来,还有越长越大。我真的很遗憾我们以前做过的事情。"

"你真的胡说。"

"我觉得不是,"他说,"我会闭口的。我并不想做一场演讲的。"

"你只是为你自己感到遗憾罢了。"

"也许吧,"大卫说,"你说你为什么要把它们都烧掉呢?还有那些故事啊。"

"我必须那么做的,大卫,"她说,"假如你还不知道的话,真的很遗憾的。"

在他问她这句话以前,他确实已经了解了,但是这句话他得承认,真的是很空泛的话。他是不喜欢修辞的,还有不信任那些喜欢用修辞来浮夸的人。其实他也不愿意的,还有耻于这样去做。他慢慢地喝着威士忌还有梨子酒,那个时候他想着,这是多么的不真实啊。其实每件事都会被了解、谅解的。但是他却要求对自我的训练就要像以前一样的有素,就像用他的技术去修理飞机、引擎、枪炮似的。他觉得他是需要的,他已经很坦白地、没有修饰地对凯塞琳说了他要杀了她的那些话。其实那次他是很不自然的,但是一些事情已经发生了,假如他失去了控制的话,其实还是会一样的。于是他就倒了杯威士忌,在杯子里又注了一些梨子酒,然后小泡沫渐渐地消失。

"我真的很抱歉,我的脾气就是这样的坏,"他说,"我真的很抱歉。"

"我真的很高兴你那么说的,"大卫对她说,"明天早上我要离开这里的。"

"那你去哪里啊?"

"好像去漠诺瓦,最后转赴巴黎去看艺术品吧,还有为了这本书吧。"

"你说真的?"

"真的,我会这样做的。其实我们浪费了不少的时间,我需要继续下一个行程了。"

"那你要怎么去呢?"

"那就开金龟车去吧。"

"我觉得你不能一个人开车去的。"

"我觉得可以。"

"你真的不能,魔鬼,我想真的。我觉得我不能让你这么做的。"

"我就坐火车去吧。好像有一班车是去拜扬的,可以在那里租一辆车的。"

"我觉得我们就明天早上再说吧。"

"我现在要说。"

"你不应该去的,魔鬼。"

"我真的要去,"她说,"你是没有办法阻止我的。"

"现在我在想出一个最好的办法啊。"

"不是的,你不是的,你只是在阻止我罢了。"

"假如你能够再待一段时间的话,我觉得我们就可以一起起程的。"

"我不想一起去的,我要明天就走,还要开金龟车去。假如你不同意的话,那我就改搭火车去。你是不能阻止任何人去搭火车的,我已经成年了,钱尽管给你,但是你不能让我像个奴隶还有你的动产似的。我觉得我要一个人去,还有你不能阻止我的。"

"你会回来吗?"

"我打算回来的。"

"那我就明白了。"

"你是不明白的,但是已经没有差别了。这是个有理由的、平等的计划。这些事情是不需要抛硬币来决定的。"

"那就丢进字纸篓里面吧。"大卫说。于是他就想起了以前的训练,然后就喝了一口威士忌。

"你要去看你在巴黎的那个律师吗?"他问。

"假如我那些计划里面有他的业务的话,我会去看他的。如果是因为你没有律师的话,那么你现在需要我的律师为你服务吗?"

"不需要。"大卫说。

"你的钱还够吧?"

"我觉得刚好够用的。"

"说真的,大卫?你的故事不是很值钱的吗?我知道我的责任的,但是我很担心,我会弄清楚我应该做的事情的。"

"你要做什么事情?"

"我觉得我会让它们定出价钱来的,还有我会付两倍的钱然后寄到你的银行里面的。"

"这个听起来很大方的,"大卫说,"你好像一向都很大方的。"

"我只要公平,大卫,我觉得那些东西应该被人欣赏,还有更多的一些评价,我这样说的话是非常有可能的。"

"还有谁去欣赏那些东西呢?"

"我想总会有一些人的吧,其实我觉得任何东西都会有人去欣赏的。"

"你说哪些人?"

"真的不知道,大卫。但是我可以想象的,就好像《大西洋周刊》、《哈泼杂志》等的编辑部。"

"我要出去一下了,"大卫说,"现在你还好吧?"

"我想除了这件事,我可能已经对你做了一件很大的错事了,还有这个错误我会把它弥补的。"凯塞琳说,"这就是我为什么会去巴黎的缘故。其实我是不想告诉你的。"

"我们就不要再扯下去了,"大卫说,"现在你要搭火车去?"

"不是的,我要开车去的。"

"那就好吧,你就开车去吧。但是要小心驾驶啊,你就别在山路上超车了。"

"我想我会按照你教我的方法去开车的,还有其实我会假装你在我的身旁陪着我的,路上的时候还会跟你聊天的,说我们的许多事情,也会编一些故事的。我常常编那些故事的。你陪着的话旅途会很短的,还不累,车速好像也不快。我会有一段快乐的时光。"

"那就好吧,"大卫说,"你就去轻松些吧。还有你早一点儿出发,要不你就睡在宁姆斯吧,帝王大饭店的人我们都认识的。"

"我想,我觉得我会开到加卡硕奈的。"

"不行的,魔鬼,真的不要这样啊。"

"那就早一点儿出发了,尽量赶到加卡硕奈吧。我能够过阿列斯和孟贝里耶的。"

"假如你晚些再走,就在宁姆斯停下车来休息一会儿吧。"

"你把我看得很幼稚啊。"她说。

"我和你一道开车吧,"他说,"我觉得我应该这么做的。"

"不行的,就不要这样了,就让我来吧,这对我来说是很重要的。真的不需要帮忙的。"

"那就好吧,"他说,"觉得我应该和你一起去的。"

"不行的,你就别这样了,你应该对我有信心才对的。我会很小心地开车的,并把它开得很好。"

"你还是最好不要一个人走,魔鬼,现在天色暗得很快的。"

"你就不要担心了,其实你让我走才对的,"凯塞琳说。"还有你不是常常顺着我吗?假如我做了不应该的做的事情,我真的希望你能够原谅我的。我会很想念你的,现在我已经在想你了。那么我们下回就再一起开车吧。"

"你好像已经忙了一整天了,"大卫说,"你真的累了,最起码让我陪着你开着这辆车子进城去检查一下。"

"好吧。"

第二十七章

他在玛丽塔的门前说:"现在你觉得要不要去逛一下呢?""好啊。"她说。"现在就来吧。"他告诉她。

大卫上了车,玛丽塔就坐在他的旁边。他就把车子朝那些风沙直吹的路上开了,减速倒回然后再开。路况是漆黑难辨的,在他左前方的好像是纸草,右边好像是旷渺的海滩似的。大卫又把车子开上了马路,一直到他看到那座漆成白色的桥,出现在眼前。在算过行程以后,他就减速行驶了,然后脚从离合器上拿开,轻踩着刹车器。每踩一次,车子就好像失去动力似的,但是走得很平稳。最后他就把车子停在那座桥的前面,等换了挡以后,就再一次沿着六号公路,往坎城的方向去了。

"她把它们全烧了。"他说。

"真的,大卫。"玛丽塔那个时候无限地感叹。他们开进了灯火通明的坎城,大卫就把车子停在一家咖啡馆前面的树下。那是他们第一次邂逅的地方。

"难道你不愿意到别处去吗?"玛丽塔问道。

"我真的不在乎,"大卫说,"其实没有什么差别的。"

"可能你想一直往前开的。"玛丽塔说。

"不是的,我想它熄火的,"大卫说,"想看看当车子在她开的时候,是不是好的。"

"她现在要走了吗?"

"她是这么说的。"

他们坐在树影斑驳的桌子旁边。侍者就为玛丽塔送来了一杯帝欧只,给大卫送来了一杯威士忌加白利尔。

"你愿意让我陪她去吗?"

"难道你真的以为她没事吗?"

"我想是的,大卫。我觉得她已经自食其果了。"

"可能吧,"大卫说。"她把做爱的那些全都烧了,只有故事。"

"我觉得那个故事棒极了。"玛丽塔说。

"你就不要再安慰我了,"大卫说,"我把它都写出来了,但是她却把它都烧掉了。你就别再跟我说那些场面上的话了!"

"你是能够重新再写的。"

"那是不行的,"大卫告诉她,"真理一旦写出来的话,就不会再滞留脑中。每当你再次重读它的时候,心中都会激起一股排山倒海似的令人难以置信的惊讶。自己竟能写出这样的东西,你简直不敢相信。它无法再重来一次,一旦写成了。在你一生中,每件事都只能做一次,并且就只能做这么多了。"

"但是,你一定要记得起来啊。而且你也必须要记起来。"

"我办不到,你也办不到,任何人都办不到。它们已经消失得无影无踪了。从它们被我写下来的那一刻开始,它们就消失了。"

"她对你真的很邪恶。"

"不是这样的。"大卫说。

"是什么啊?"

"是草率,"大卫说,"今天所发生的这一切,全因为她实在是太草率了。"

"我希望你能像宽容她那样地对待我。"

"你现在就留在我身边吧。她会怎么做你知道的,不是吗?她会使我不至于有什么损失,她会为那些稿件付赔偿费。"

"应该不会吧。"

"她应该会的。她会付我双倍的赔偿费,通过她的律师估价。"

"真的吗?大卫,她似乎并没有那么说过吧。"

"要不要双倍的估价,那要看是不是合她的心意。"

"你是不能让她一个人开车的,大卫。"

"这个我知道的。"

"你打算怎么办呢?"

"就先这样吧。""那我们就在这里先坐一会儿吧。"大卫说,"其实现在这个点,我想和你一块睡的。醒来的时候,就发现那些东西都在那里,还没有消失,然后再继续写作。"

"你们就先去卧室吧。你醒来的时候,就会像今天早上那样好好地写的。"

"那就这样吧!"大卫说,"晚上你来这里的时候,会牵扯上事情的,难道不是吗?"

"那你就不要把我置之度外吧,"玛丽塔说,"我早就知道我牵扯上什么了。"

"那是当然,"大卫说,"这个你我都是知道的。那么你要不要现在再来一杯呢?"

"假如你也想的话。"玛丽塔回答说,她又说,"我来的时候,其实不知道你们在吵架。"

"我真的也不知道。"

"和你在一起的时候,确实让我忘了时间。"

"不是时间,是凯塞琳。"

"那只是因为她的时间和我们的不一样而已。这令她好惊慌。今天晚上你说过的,今天一直都是在赶时间的。那个尽管不真,但是觉得很值得深思。长久以来,你对时间好像一直都控制得很好。"

过了很久以后,他把侍者叫来,付了酒钱,还有一笔可观的小费。然后就发动车子,打亮灯,松开了离合器。就在这个时候,已经发生的事情,又在脑中重新播了一次。他小心翼翼地开着车,在空寂的那个夜晚,穿过那些城镇,沿着港口的马路开去了。他感觉得到的,玛丽塔的肩膀还挨着他的。还有听到她说:"我真的知道,大卫。它也使我受创的。"

"千万不要让它打击到你。"

"我真的很高兴它是的。尽管于事无补,但是我们还是要做它的。"

"真的好极了。"

"我觉得我们确确实实要做它。只有你和我。"

第二十八章

大卫和玛丽塔走进旅馆的大厅的时候,艾太太拿着一封信,从厨房走出来。"夫人搭火车去比亚里茨了,"她说,"她留了这封信给您。"

"知道什么时候走的吗?"大卫问道。

"在您们离开后一会儿,"艾太太说,"她差了一位仆役去车站买票,订了一张卧铺的。"然后大卫就开始看那封信。

"现在您们想吃点儿什么呢?"艾太太问。

"就吃一些冷冻鸡肉还有色拉,好不好?""不如先吃点煎蛋卷开胃吧。假如先生喜欢的话,也有羔羊肉的。那么他想吃什么呀?夫人。"

玛丽塔和艾太太谈着话,大卫就把信看完,然后放进口袋里面。最后对艾太太说:"我觉得我们一定会好好地照顾她的。"

"真的是的,先生。"她煎蛋卷的时候,她就开始哭了。大卫就用手搂着她,还有吻她。"那就去和你的夫人谈谈吧,"她说,"现在我来摆桌子吧。艾先生和仆人好像在纳波尔。大卫,你觉得我们来瓶酒好吗?"

"我来拿吧。你就把酒瓶打开吧。"于是就关上水库的门,拿着一瓶冰凉的酒,小心翼翼地拔出软木塞。艾太太端着酒,就在一堆火的旁边。

他们举杯共饮。大卫大口地喝酒,好像是要庆贺什么似的。然后就开口说:"现在祝你快乐。"于是他们就喝酒同饮,一会儿艾太太就把煎蛋卷端了上来,默默地喝着酒。

"只要吃一点儿就好了,"玛丽塔说,"这样对你是有好处的。"艾太太看看玛丽塔,然后摇了摇头。"不吃的话对事情是没有什么帮助的。"

"那是当然。"大卫慢慢地吃着,还喝着起泡的那个香槟酒。

"她把车子停在哪儿了?"他问道。

"好像在车站,"艾太太说,"那个仆役是和她一起去的,就把钥匙带了回来,就在你的房间里面。"

"现在卧车很挤吗?"

"真的不挤。他送她上车的时候,乘客很少的,我想她会有位子的。"

"好像这班火车还是不错的。"大卫说。

"那就吃点儿鸡肉,"艾太太说,"多喝点酒吧。再开一瓶吧,你的女人好像渴了。"

"我真的不渴。"玛丽塔说。

"这才怪的,你真的渴了。"艾太太说,"那就全喝了吧,然后就再拿一瓶去喝。我对这种酒最清楚了。喝好酒对他是有好处的。"

"我不想喝得太多的。"大卫对艾太太说,"明天会很难受,我也不想不舒服的。"

"你不会的,这个我知道。你现在吃点东西吧。"

过了一会儿,艾太太就说了声抱歉,然后就离开了。

于是大卫就把他的鸡肉还有沙拉都吃光了,当她回来的时候她们又喝了一杯。大卫和玛丽塔有礼貌地说了声晚安,就一块去外面的草地,欣赏漫天的星光。大卫把那瓶已经开了的酒,冰在冰桶。一会儿,大卫就提起冰桶子放在火炉旁边,就搂着玛丽塔吻了起来。就那样,他们默默地拥着对方,就进入她的房间了。

现在已经换成双人床了。大卫把冰桶放在地板上说:"好像是艾太太做的。"

玛丽塔说:"那是当然啦。"

他们就并躺着,看着那皎洁的月光洒了一身,还有从海上面吹来的清爽的微风,如同梦境一般,。玛丽塔说:"我爱你,大卫,但觉得好像不能像以前那么确定了。"

的确,大卫的心里想。的确,没有什么事情是确定的。

"在这以前,"她说道,"我一直希望能够与你睡的。我觉得你不喜欢睡不着觉的太太的。"

"你是哪一种太太呢?"

"这个你会知道的。"

过了一会儿,他才睡着。他醒来的时候,看到光了,当见到玛丽塔就在他身边的时候,心里就很快乐,但是这喜悦马上被他想起的事情扫空了。他不去吵醒她。但是在他下床以前,吻了吻她。她感觉到以后就醒了,于是她就笑着道声:"早安啊,大卫。"

"再睡一会儿吧,我最亲爱的宝贝。"

她说:"好的。"就好像精灵的小动物一样,她很快地翻身,然后再躺着睡着了。乌黑油亮的头发就在额前。她那浓密的长睫毛,闪闪地衬托着她的皮肤。大卫就看着,感叹着她的美,想着,她睡的时候,她真的很可爱,还有她的肤色以及那令人难以相信的柔肌。最后的时候,他还摇摇头呢,就把衣服放在左臂上面,然后迎着晨光,赤足走在那些石头上。他就在他和凯塞琳的那个房间冲了个澡,然后刮了脸,找到件没穿过的衬衫还有一条运动短裤。于是他就看着空荡荡的房间,这是第一个他在但是凯塞琳不在的清晨。于是他就走到没有人的厨房,拿个罐头,还有瓶冰凉的突伯啤酒,然后就绕到酒吧去了。

他用右手的拇指还有食指的第一节,拨起啤酒瓶子的上端,最后再往内压,一直到把它们贴在一起,然后再把它放进他的口袋里面。他找不到装酒的杯子了,于是举起瓶子,感觉到瓶子还是冰凉的,他的手指,被水珠沾湿了。他好像闻到了那罐上的香料似的!他喝了一大口的冰啤酒,然后就把它放在吧台上面,最后从臀后的口袋里面,拿出凯塞琳的那封信,又看了一次。

大卫,其实我突然想到,你一定已经知道了,事情是很可怕的。我觉得开车撞到人已经够倒霉的了,没想到更糟的是撞到了小孩。事情就这样发生了。于是那个法国女人就喊撞到人了,尽管是那个孩子的错。祸真的是我闯的,事情已经发生了。真的很可怕,确实发生了。

那么我就说吧。我会回来的,要使事情得到很好的解决。你就不要担心了。我要做一些事情。所以的话,假如你写好了,我觉得我会试着去做这一件事情的。我需要把其他的都烧掉,还觉得这件事情是对的。但是我不一定非得告诉你。我不乞求你的原谅,那就祝福你,我觉得我会尽全力去做好每一件事情的。

女继承人对你还有我都很好的,我不恨她的。我想停笔的,但是不行,听起来令人难以置信的。但是,不管怎样,我都要说出来。我们两个都知道我一直是鲁莽的,最近又变得很虚矫。但是我真的爱你,而且会永远爱你的。我真的很抱歉。凯塞琳。

凯塞琳没有写信给他过,他们在巴黎的克里容酒吧邂逅以后,还有在奥什大街美国教堂结婚以后,他们每天都见面的。他第三次读这封信的时候,还很感动。于是他就把信放在口袋里面,然后慢慢地吃鲭鱼,把冰凉的啤酒都喝完了。于是就到厨房里面拿了面包,喝完酒以后,又拿瓶新的啤酒。

现在好了,布恩,他一边喝着第二瓶啤酒,还一边想着:不要因为你自知情况不好,就去花时间去想事情有多坏。你有三种选择的:第一,就试着回想已经忘了的事情,然后再重新把它写下来吧;第二,就再写一个新的故事吧;第三,就把那个浑蛋的故事写出来吧。现在你就聪明点,选条最好的路走吧!你能赌自己的时候,你是孤注一掷的。不要赌任何会说话的那些事物,除了你自己之外,你的父亲说过的,你也说过的。大卫,他好像想说的冷漠,但是他那张善于说谎的嘴巴,把它变得亲切起来了。可能那就是他的意思吧。你就不要再借突伯啤酒,骗你自己了。

第二十九章

那天,他决定放弃写作的时候,已经是下午了。他一进工作室,劈头就写了一句,但是接着好像什么也写不出来了。于是他就把它画掉,然后再写一句。尽管知道下一句应该写什么……但是写不出来。两个小时已经过去了,但是情况没变。除了那一句以外,他什么也没有写。十个钟头以后,才知道这种解决方法没用的。他好像承认这个事情,但是不服气。然后他就把笔记本抛在一旁,出去找那个女孩了。

她是在阳光普照的草地上看书的。抬头看到他的时候,她问:"现在没写吗?"

"是真的。"

"我们就去喝杯酒吧。"玛丽塔说。

"好的。"

他们就在酒吧里面,好像艳阳也随着他们进来似的。天气和前天一样好的,还会更好的。夏天早已经过去了,暖和的时光,算是额外的恩赐。我们不应该虚度时光的,大卫想着。如果可能的话,应该好好地珍惜它的。

"你今天早上试着去做是对的。"玛丽塔说,"但是我们现在就不要再去想它了。"

"好的。"他说。

他就伸手拿了那瓶戈登酒还有搅拌的那个水壶,然后就从冰里倒出水来了,用他的空酒杯,又调出两杯酒。

"天气真的很好,"他说,"我们应该做些什么事情呢?"

"那么我们去游泳吧,"玛丽塔说,"这样我们就不会白白浪费一天的时间了。"

"好的。"大卫说。

他们就开车沿着马路驶去了。绕过海岬,穿过树林,把车子停在树荫下了。然后就提着午餐还有海滩用具,沿着小径的方向向小海湾走去了。他们穿过树林的时候,还有一阵海风吹来。当他们走到水边的时候,清澈的水,好像映着黄褐色的沙似的。他们就把篮子还有包放在大块岩石的阴影下了。一会儿就脱去衣服了,于是大卫就光着身子沐浴在阳光下面。

"好像比以前凉多了。"

"真的。"他说道。

她就边看着他,然后向水里前进着。水能够淹住她的腹部,接着就是胸了。他就伸直了身子,然后踮起脚尖,就好像要慢慢地悬身似的,但是不想跳下,最后就"唰"的一声跳下去了。在水中跃出水面的时候,再一次轻巧地潜入那个漩涡里面,好像她就在那一圈圈的水波里似的。那个时候大卫突然从她身边浮出水面了,把她紧搂上来了,把他那带有盐味的嘴巴贴向她的。

"凯塞琳就好像海中的女娇娃似的,"他说,"我觉得你也是。"

他就向海湾外面游去了。水比以前好像更冷了,但是最上面的被阳光晒得有点暖和。玛丽塔就浮在水面,背部高高地弯起来了,然后就趴在水里面了。大卫就游在她的身旁,把手臂放在她的头下,吻着她左边的胸,接着就是另一边。

"它们的味道真的就像大海。"他说道。
"我们就在这儿睡觉吧。"
"你觉得能吗?"
"要我的背部一直都弯着实在太难了。"
"我们就游出去吧,最后再游进来吧。"
"现在睁眼。"

他们就向外面游去了。比他们以往游过的还要远呢,经过了隔壁的海峡,就继续向外面游去了,一直到他们看到树林背后。于是他们就躺在水中,观赏着嶙峋的海岸,最后再慢慢地游向小海湾。山脉退出视野以后,他们就停下来休息了。当海岬看不见的时候,他们又再一次休息,最后奋力地往海湾内游来了。在经过小海湾的入口处,才累的脱离大海,最后踏上了海滩。

"你觉得累不累?"大卫问道。
"真的很累。"玛丽塔说,她从未游过那么远吧。
"现在你的心脏还一直怦怦地跳吗?"
"噢,其实我好了。"

大卫就走上了海滩,然后就朝着岩石走去,找出一瓶塔韦尔酒,还有两条毛巾。
"你看起来真的像只海豹似的。"大卫说着,然后就在她的身旁的沙地上面坐下来了。

他把那瓶塔韦尔递给她了,然后她就着瓶口喝了一口以后,就又递给他了。他喝了一大口,放在沙地上面,就在阳光下面伸展开四肢。午餐篮就摆在他们的身旁。瓶子里面的酒,冰凉爽口。玛丽塔说:"凯塞琳不会累吧。"
"她从来没游过那么远吧。"
"那是真的吗?"
"我们游了很远,女孩。我以往从来没有看到女孩游这么远呢。"
"今天我们对她已经无能为力了,现在就不要想它了。大卫。"
"好吧。"
"现在你仍然爱我吗?"
"这个是的,真的很爱。"
"可能我对你犯下了大错,但是你却对我这么的亲切。"
"你没有做错什么的,我对你也不算怎么亲切吧。"
"现在就拿起一根萝卜慢慢地吃吧,然后再喝了这些酒。萝卜又嫩又脆又辣的。"
"你就不要担心写作了,"她说,"我觉得情况会好起来的。"
"那是当然了。"大卫说。
"难道是把中间的菜心切开,然后再把芥末酱放在里面,然后搅和着吃吗?"玛丽塔说。

"应该是的。"于是她痛快地喝了一口酒以后,然后就斜倚着篮子说:"准备的午餐真的很丰盛。"

"真的是一顿丰盛的午餐。"

"好像她和他大吵了一顿。"

"好像是年龄上的差异,如果她无礼的话,他就有权打她的,她是这么说的。她还传信息给你的。"

"什么信息?"

"爱情的信息。"

"她真的喜欢你。"大卫说。

"我觉得才不是的。你真的很笨,她只不过是站在我这边而已。"

"再也不会有这边还有那边的区别了。"大卫说。

"不是的,"玛丽塔说,"我们没有刻意去分的,但是事情好像发生了。"

"发生得好。"大卫就把衣物还有装着切好的菊芋菜心的那个瓶子递给她,也把第二瓶塔韦尔找出来了。酒仍然是冰凉的。他就喝了一大口。"我们已经很累了,"他说,"真是个疯狂的女人。"

"你说我们是芸芸众生吗?"

"当然是了。要把它写在纸上的话,还得费劲。但是我们就是那样的啊!现在你要不要我把它写出来呢?我觉得我是有这份能力的。"

"你不需要把它写出来的。"

"我就把它写在沙上面了。"大卫说。

他们睡得很好,还睡到黄昏。太阳快下山的时候,她看着他的胸膛、身躯,还有垂放在两侧的手臂。于是在浴室里面,她就那样看着长镜中的自己笑起来了。穿好衣服以后,她就到厨房里面去找艾太太了!过了好一会儿,大卫还睡着,她就静静地坐在他的身边。在暮色中,他的头发还衬托着他呢。

他们坐在酒吧里面的时候,还喝着海格酒加白利尔。玛丽塔是小口地喝着酒的。她说:"我觉得你应该进城去的。买份报纸再喝杯酒,然后就一个人专心地阅读。"我觉得,假如你在每天不写作的时候,能够离开我一段时间的话,会比较好的。你和女孩混过头了,我希望能看到你交些同性朋友的。凯塞琳以前的做法,太坏了。"

"她不是故意的,好像过错在我。"

"可能吧,但是你觉得我们会交到朋友吗?我是指好朋友。"

"我们每个人都已经交了一个了。"

"你说我们能够交到其他人吗?"

"可能吧。"

"你觉得她们会由于知道得比我还多,然后再把你抢走吗?"

"我觉得她们不会知道得比你多的。"

"你会不会因为她们年轻、新奇,就对我厌烦呢?"

"她们不会,我也不会的。"

"假如她们那样的话,那么我就把她们给杀了。我是不会像她那样把你送给别人的。"

"那就好啊。"

"我要你结交一些同性朋友,还有战时的朋友,然后就和他们一块儿到俱乐部射击、玩纸牌。但是你不一定得和女性朋友交往的,难道不是吗?我是指新奇、清新,然后会和你谈情说爱的,还有真正了解你的那些女人。"

"我不和女人打交道的,这个你是知道的。"玛丽塔说:"她们是永远新鲜的,每天都有新的面孔出现的。没有人会在事先得到警告的,尤其是你。"

大卫说:"觉得你也是我的好伴侣的。但是,你不要紧张啊,和我在一块儿就好了。"

"我就在你身边。"

"这个我知道的,还有我喜欢看你的。知道你就在这里的,我们会一起睡觉的,就非常快乐的。"

夜里的时候,好像玛丽塔就在他的身旁。他能够感觉得出的,她的胸还是紧贴着他的胸膛的,还有手臂就在他的脑后,好像手还爱抚着他似的,唇也是紧贴着他的。

"我是你的女孩,"她在黑暗中说着,"你的女孩。不管发生任何事情,我都是你的女孩,还是那个爱你的好女孩。"

"是的,你是我最亲爱的爱人。那就好好睡觉吧!"

"你先睡吧,"玛丽塔说,"我很快就会回来的。"

不久,她就回来了。她就钻进被子里面,躺在他的身边。他侧身睡着的,呼吸是和缓均匀的。

第三十章

第一道晨光从窗户外面射进来的时候,大卫就醒了。外面的天色还很昏暗的。他一直枕着右手臂睡觉的,觉得手臂是僵硬的。他完全醒过来的时候,才发现他其实是睡在一张陌生的床上的,玛丽塔就在身边躺着的。他好像想起了每一件事情。他还含情脉脉地看着她呢,然后将她的被子盖好,轻轻地吻着她。他穿上晨衣,走在清晨的小路中,将她的一颦一笑藏进心房中。然后他就冲了个冷水澡、刮了脸,穿上衬衫和运动短裤,就走向他的工作室了。他再一次停在玛丽塔的卧房门口的时候,就小心翼翼地打开了门,看着她的睡姿,慢慢地把门关上了,然后就走进他的工作室了。他拿出铅笔还有一本新的笔记本。把五支铅笔削好后,就开始写他的父亲还有裘马在当年的那些故事了。他觉得还是从横渡伤心湖的那次艰难的行程下笔吧,于是他就开始执笔写起来了。太阳升起的时候,也使他警觉他们应该在夜里完成的事情才做了一半的时候,他已经把第一天艰难的行程写完了。

　　他觉得他对他的父亲还是很了解的,比他第一回写这个故事的时候要深很多。还有他是知道其实他有办法借着使他父亲触觉更敏锐的琐碎事物,检测自己是不是进步了,是不是比以前写得更深。他真的很庆幸,自己在重写这个故事的时候,父亲不是个凡夫俗子。

　　大卫就稳稳地顺畅地写着,还有想着他先前构想的那些句子,觉得一个又一个,真的是完整清晰地出现在他脑海里面了。他就把它们一一地写下来了,然后顺利地增删着,感觉就好像对待证据一般地小心翼翼,一个句子都没有漏掉。在他写下的句子中,有许多都是他重新想起又原封不动地写下来的。他在两个钟头之内,就将他原本需要五天才能写完的东西都写好了,还润饰完毕了。他又继续写了一会儿,还是会有毫无迹象地停下回想被尘封的那些记忆的时候。

非洲的青山

第一部 狩猎与会话

第一章

我们正坐在旺德偌波①的盐沼地边猎人们用树枝搭建的狩猎处,忽然间好像听见有卡车驶来的声音。开始距离我们并不是太远,谁也说不清到底是什么声音。这时候声音突然停了下来,我们都希望那只是风声而已。然而它又响了起来并且缓慢地接近我们,声音越来越大。最后发出——声声洪亮的、噼噼啪啪的爆裂声音折磨着我们的双耳,紧贴着我们身后驶过去,继续向前走。两个追猎手中比较爱表现的那一个站了起来。

"完了。"他非常不满地说道。

我"嘘"了一声,用手示意他不要出声。

"这下真的完了。"他摊开双臂又说。我一直不喜欢他,现在就更不喜欢了。

我对他小声说让他再等一会儿。姆科拉摇摇头。我凝视着他黑亮的光头,他给我了一个侧脸,我看到他留着稀疏的"中国式"胡须。

"根本没用的。"他用斯瓦西里语说。

我仍然要求他再等一会儿。姆科拉又一次低下了头,这样不会让我们暴露在枯树枝做的掩护之外。我们待在原地,藏在有树木枝叶遮盖的土坑中。后来天色渐渐暗淡下来,我已经看不清楚来复枪上的准星了,但是依然没有看见任何动物。那个爱表现的捕猎手变得不耐烦了,开始坐立不安。

在最后一缕阳光消逝之前,他小声地对姆科拉说,天现在太黑,没办法开枪了。

姆科拉让我闭嘴——"就算你看不见猎物了,凭感觉也能开枪。"

另一个曾受过教育的追猎者,用一根又小又尖的树枝在腿部那乌黑的皮肤上写下了自己的名字——阿布杜拉,这又一次证明他是受过教育的。我只是看着他,没有说什么赞赏的话。姆科拉则面无表情地盯着那几个字。过了一会儿,阿布杜拉抹掉了腿上的字。

接着,我趁着余晖最后一次举枪瞄准,但是我发现尽管把准星调到最大也无济于事,周围一片模糊。

姆科拉仍在四处观望。

"看不清了。"我叹了一口气。

"你是对的,"他用斯瓦西里语回应道,"现在回营地吗?"

---

① 旺德偌波(Wanderobo),肯尼亚北部的一个狩猎部落,依靠狩猎与采集为生。

"嗯。"

我们站了起来，一步步踩着沙土走出狩猎处，在张牙舞爪的树枝间摸索着穿越树林，回到大路。汽车距我们现在地方有一英里。我们沿着路回到车上，司机卡姆打开了车灯。

那辆卡车让事情变得很糟糕。那天下午我们将车停的离大路很远，如履薄冰地向盐沼地驶去。虽然昨天下了一场雨，但雨水是不会没过盐沼的。这块盐沼是一块林间土地下陷形成的一个又一个深深的泥塘，边缘部因为动物的舔食而形成了很多凹处，这些动物都是为了获取盐分。除了许多小羚羊刚留下的足迹之外，我们还能观察到前一天有四头它们的同类在这儿留下的一大串心形印记。根据脚印的形状和粪便的成分来看，应该还有一头犀牛每晚都光顾这里。狩猎处和盐沼地大概有十步之遥。我们身体后仰坐在半灰半土的坑里，把双膝抬高，低下脑袋透过枯树叶和细树枝观察四周。

我曾看见一只较小的羚羊从灌木丛中出来，站到盐沼地所在的空地边缘。它有粗壮的脖子和灰色调的毛皮，在阳光的照耀下螺旋形的双角非常漂亮。我瞄准它的胸脯，但又害怕惊动傍晚出现的大羚羊，所以又不忍开枪。但是在我们之前，卡车声惊动了大羚羊，它们已经逃进了树林。而其他正在前往盐沼地的动物们，包括在平地上的，树丛里的还有正穿过树林从小山上下来的，都因为这一下类似爆炸的声音而停止了脚步。虽然说在伸手不见五指的夜色中它们还会回来，但那毕竟太晚了。

现在我们行驶在沙石路面，车灯和栖在路旁沙地上的夜莺的眼睛相遇。当车子和这些鸟儿擦身而过时，它们才慌乱地飞起。汽车经过旅行者们的篝火堆。这些旅行者们一路向西，穿过这些贫瘠之地。我把枪托靠在脚上，枪管倚在左臂弯里，拿了一瓶威士忌夹在双膝间。在黑暗中我把装满酒的锡杯递给后面的姆科拉，让他从水壶里往里兑点水。我一边喝着今天第一杯，也是最好的一杯酒，一边注视着我们在黑夜中正在穿越的茂密的灌木丛，沐浴着夜晚的凉风，呼吸着非洲令人心旷神怡的气息，这一切让我深深迷恋。

不久之后，我们看见前方有一大堆火。当我们靠近时，我终于看清有一辆卡车停在那儿，随后我叫卡姆倒车回去。等退回到火光照映处时，有一个身材矮小而且长着罗圈腿的男人，他头戴狄偌尔帽①，身穿皮短裤和开襟衬衫，站在卡车前，卡车的引擎盖开着，四周围着一群土著人。

我问他："我们能为你做点儿什么吗？"

"恐怕不能，除非你是机械师。这东西和我没默契，任何发动机都和我没有缘分。"

"你是否认为发动机定时器有问题？之前你从我们旁边经过时，我似乎听到定时器的爆裂声。"

---

① 狄偌尔帽：北欧一个地区流行的一种窄边缘的绒帽。

"我认为从声音判断,问题要严重得多。"

"如果你能到我们营地的话就有办法了,那里有一位机械师。"

"离这里有多远?"

"大约二十英里吧。"

"如果是白天的话,我倒可以试一下。但现在我不敢再把这东西往前开了,它那声音吓死人。它不喜欢我。哼!我也不喜欢它。但是如果我死了,不会给它带来任何麻烦。"

"要来杯酒吗?"我把酒瓶递过去,"我是海明威。"

他欠了一下身说:"我叫康迪斯基,我听说过海明威这个姓,可是在哪儿呢?我在哪儿听到过呢?噢,想起来了,是个诗人。你知道有个叫海明威的诗人吗?"

"那你是在哪里读过他的诗?"

"在《横断面》上。"

我很高兴地说道:"那就是我。《横断面》是本德国杂志。因为有一段时间我的作品在美国没有市场,所以我为它写过一些不登大雅之堂的诗和一个长篇故事。"

"这太奇妙了",戴狄俉尔帽的人大声说,"那你能不能告诉我你对雷格尔纳茨有什么看法?"

"他是个伟人。"

"原来你喜欢雷格尔纳茨的诗啊,很好。那亨利希·曼①呢?"

"他不行。"

"你可以肯定吗?"

"我只知道他的作品,但我没有读过。"

"他根本不行。我觉得我们是同道中人。你来这里干吗?"

"打猎。"

"但愿你不是为了象牙。"

"当然不是。是打羚羊。"

"为什么要打羚羊呢?你是一个有才华的诗人,居然打羚羊。"

"可是我还没有打到呢,"我反驳道,"我们千辛万苦地追了十天,今天要不是你的卡车响,我们一定可以猎到一只的。"

"这倒霉的卡车。你应该追猎一年,这样你什么都能捕到,但那时估计你会感到后悔。只猎杀一种动物是很愚蠢的行为。你为什么要这样做呢?"

"我愿意。"

"既然如此,那我无话可说。那能告诉我你对瑞尔克②的真实看法吗?"

"我只读过他的一部作品。"

---

① 亨利希·曼(1871—1950),德国小说家,代表作有《亨利四世》等。
② 赖内·马利亚·瑞尔克(1875—1926),德裔奥地利诗人,象征主义诗歌代表。

"哪一部?"

"《旗手》。"

"你喜欢吗?"

"喜欢。"

"我认为它比较势利,没耐心读它。我喜欢瓦莱瑞①。我欣赏他作品的内容,虽然他的作品也有同样的毛病。还好,至少你没有猎杀过大象。"

"我会杀一头够大的。"

"多大?"

"七十磅。或许会小一点儿吧。"

"看来我们对一些事情的看法还是不同的。但很高兴认识伟大的老派杂志《横断面》的一位作者。请告诉我,乔伊斯是怎样的人?我买不起他的书。辛克莱·刘易斯在我看来不值一提。我买过他的书。算了,还是明天再说吧。你介意我就在你附近安营吗?你和朋友一起来的?你雇了个白人猎手?"

"我们很高兴你能来,我是和我妻子一起来的,并且雇了七个白人猎手。"

"那些猎手怎么没有和你一起出来呢?"

"他认为我一个人能打到羚羊。"

"最好不要猎杀它们。那猎手是从英国来的吗?"

"是的,你猜对了。"

"英国佬总是很血腥。"

"不。他很善良。我认为你会喜欢他的。"

"避免耽误你,我应该走了。明天我可能会去找你。我们能相遇真是件稀罕事儿。"

我对此表示同意:"我明天叫人来看看你的车,我们会尽力帮助你的。"

"晚安,"他说,"旅途愉快!"

"晚安。"我们继续赶路,我看见他朝火堆走去,同时向土著人挥着胳膊。我没有问他为什么跟二十个内陆的土著人在一起,也没有问他要去哪儿。现在想想,我对他一无所知。我不喜欢打探别人的事,因为在我长大的地方,这是很不礼貌的。但是从离开芭芭提一路向南的两个星期中我们就没有见过。在这条路上我们通常只能遇到逃离贫瘠土地的土著人和很少的印度商人,可现在竟能遇见一个白人,一个看起来像漫画里身穿狄偌尔服装的本奇利的人。他不仅知道你的姓氏,称你是诗人,读过《横断面》杂志,竟然还是是乔基姆·雷格尔纳茨②的崇拜者,还想要和你谈论瑞尔克,这才真正让人难以置信。就在这时,路上三个高高的圆锥形的东西在车灯下显现出轮廓,它们冒着烟。我示意卡姆停车,踩下刹车后,由于汽车的惯性,直到那三堆东西面前才停下。它们高两三英尺,我摸着其中一个,感觉很热乎。

---

① 保罗·瓦莱瑞(1871—1945),法国诗人,作家。
② 雷格尔纳茨(1883—1934),德国作家。

姆科拉用斯瓦西里语说那是大象。

原来那是大象在过路的时候留下的粪便,在寒冷的夜晚中可以看到它们冒着热气。不一会儿,我们就到了营地。第二天早上,天刚蒙蒙亮,我们就起身去了另一块盐沼地。到达目的地需要穿过树林,我们在那看见一头公羚羊正在舔盐。它发出像狗一样的声音,但音调更高,尖锐嘶哑。然后它一声不响地离开了那里。当它远远离开进入灌木丛后,我们只能听到哗哗的声音,但是见不到它的身影。我们无法靠近这片盐沼地。土地周围密密麻麻长满了树,但中间十分空旷,好像猎物埋伏在狩猎处,我们必须穿过空地才能接近它们。唯一可行的方法是一个人独自匍匐前行。然而,如果距离不是在二十米以内的话,我们是不可能透过纵横交错的树木做任何近距离射杀的。当然,一旦进入屏障似的树丛,我们就占据了非常有利的位置,因为任何来这里获取盐分的动物都必须走到没有任何遮蔽物的空旷处,那里距离我们不到二十五米。然而十一点之前,没有任何动物出现。我们用双脚小心翼翼地抹平尘土,这样在下次来的时候我们就可以轻松地发现新的痕迹了。由于人们的捕猎,动物吸取了教训,在深夜到来,天不亮就离开。那天早上有一头公羚羊没有来得及离开,但我们吓跑了它,现在捕猎变得更加困难了。

今天是我们追猎大羚羊的第十天,可到现在我甚至还没有见过一头成熟的公羚羊。最多只剩下三天时间了,因为雨季正从罗德西亚一天天向我们靠近。除非我们打算在这里等着雨季过去,否则的话我们必须在它来临之前到达汉德尼。2月27日是我们安全离开的最后期限。现在每天早晨,天空总是布满乌云,总要推迟一小时或更长时间才能变得晴朗,你能感觉到雨季的脚步声慢慢在接近。它一步一步向北移,你甚至能在地图上看到它的足迹。

追猎一头你长期以来一直渴望得到的猎物是很令人愉快的,虽然每天总是被它算计、中它圈套,最后失败,但是你可以坚持出猎,每天告诉自己迟早有一天你会时来运转,捕猎到它。但令人不愉快的是,你必须在规定时间内捕捉到羚羊,否则你很有可能再也见不到它。

打猎不应该是这样的。这太像过去那些被送到巴黎学习的小伙子了,在两年的时间里要成为作家或画家。如果两年后没有做到,他们可以回家,到父亲的公司上班。打猎的精髓在于,只要猎物还在,你就必须坚持下去。和绘画是一个道理,只要你有颜料和画布,就得画下去。写作也是如此,只要你活着,有纸笔和墨水或者任何可用来写作的工具,有你想要写的东西,你就得写下去,否则就会觉得自己是个傻瓜。如果你不继续下去的话,那就真的是一个傻瓜了。但是,这会儿我们受时间、季节、经费短缺的限制,必须在非常短的时间内完成这件事,其实每天不管捕猎是否成功,都应该感到非常有趣儿,然而我们却过着剑拔弩张的生活。所以,那天离天亮还有两个小时,我们就起床出发,中午回到营地,只要一想到仅剩三天时间,我就感到焦虑,而在用餐帐篷外的餐桌旁,穿着狄偌尔短裤的康迪斯基正在喋喋不休,我几乎把他给忘了。

他向我打招呼:"你好,狩猎有结果吗?羚羊在哪儿呢?"

"它叫了声,跑掉了。"我回应他。

他笑了一下,我知道他也很着急。从天亮开始他们俩就等着,去听是否有枪声响起,就连客人来了也在听,写信时在听,看书时在听,康迪斯基过来和他们交谈时也在听。

"你没有开枪射击吗?"

"没有,没看见它。"我看见非常着急的还有点金行的老爹。显然,他们已经谈了很多。

他只是对我说了一句:"来杯啤酒,上校。"

我向他们叙述我们的经历:"我们吓跑了一头,那里脚印太多没机会开枪,后来一只猎物也没有出现。四周刮着风。问问那些土著人吧。"

康迪斯基挪了一下皮短裤包着的臀部,把一条结实的、毛茸茸的光小腿搭在另一条腿上说:"我刚才还在跟菲利普上校说呢,雨季即将到来了,你们不能再这里待太久。雨季来临的话,这儿往前十二英里的一段路你们是不可能走出去的。"

"他一直这样对我说,"老爹说,"顺便告诉你,我们用军衔做绰号,所以我是准尉。如果你真是上尉,不要对此表示惊讶。"然后他接着告诉我,"如果不是这该死的盐沼地,你们肯定会打到一头羚羊的。"

我表示同意:"它们把事情搞砸了,我坚信我们会在盐沼地打到一只羚羊。"

"那把小山也搜一遍吧。"

"我会按你说的去做,老爹。"

"猎杀到羚羊究竟意味着什么呢?"康迪斯基很是疑惑,"你们不必这样认真。一年之内你们至少能猎到二十只。"

"不过这最好不要让动物保护部门知道。"老爹说。

康迪斯基说:"我不是这个意思,我的意思是一个男人一年里能捕杀二十头。当然没有人希望真的发生这样的事。"

"确实如此。"老爹说,"如果生活在产羚羊的地区,这件事并不难。在这个灌木丛生的地区,羚羊作为羚类中最普通的大型动物在你想猎杀它们时,你却找不到。"

康迪斯基对我们说:"你们应该知道我不杀生,为什么你们不对土著人更感兴趣呢?"

"我们是感兴趣的。"我的妻子肯定地说。

"他们真的很有意思。让我慢慢告诉你……"康迪斯基开始对她打开话匣。

"不幸的是,"我对老爹说,"我在山里时知道那些畜生就在山下的盐沼地里。母羚羊在山里,但我不信那时候公羚羊跟它们在一起。傍晚时你会发现盐沼地里的脚印。它们确实到过这该死的盐沼地。我认为它们会不定期的来。"

"也许吧。"

"我认为我们在那儿遇到的是另一种公羚羊。它们也许每隔几天才到盐沼地来一次。因为卡尔开枪肯定惊吓了其他的羚羊。如果当时干净利落地打死它就好了,现在就不用在这该死的山野里追赶它了。上帝啊,但愿卡尔能干净利落地干掉所有猎物,这样别的动物还会出现。我们只需要守株待兔就行了。当然,它们不会知道捕猎的存在。可是卡尔已把这儿的动物都吓跑完了。"

"卡尔兴奋极了,"老爹说,"但你知道他是个好小伙,他射那头豹子用的枪可真漂亮。估计你再也看不到比那更利落的捕杀了。让这件事随风而去吧。"

"我没有责怪他的意思。"

"在捕猎的地方待了一天,有什么感受?"

"烈风旋转着,把我们的气味扩散到十里八乡。我们躲在那里,气味却四处蔓延,有什么用啊。若是没有那该死的风就好了,今天阿布杜拉带了个罐子来盛灰。"

"我见到了。"

"我们潜进盐沼地时风平浪静,光线充足。他一路上用灰测试风向。我和阿布杜拉小心翼翼地前进,其他人紧随其后。我穿的靴子是绗布底,沙土地松软得像棉花一样。那公羚羊在五十米开外就被吓跑了。"

"你看见它的耳朵了吗?"

"我看见耳朵了吗?如果我看见它的耳朵,我一定会打中它的。"

"这真是群畜生。"老爹说,"我讨厌在盐沼地打猎。在那儿你正好撞到枪口上,它们虽然不像我们想象的那么精明。但是它们把自己的精明发挥得淋漓尽致。自从有了盐沼地,它们就一直在那儿遭到猎杀。"

我认为这很有趣:"这事儿我乐意连续做一个月。我喜欢守株待兔。不用消耗体力,没有风险地守在那里,还可以捉些苍蝇喂给沙土里的蚁狮。但时间怎么办?"

"这就是问题所在。"

此时,康迪斯基正在对我妻子说:"你们应该去看的是达恩歌梅鼓[①],货真价实盛大的土著人舞蹈节。"

"听着,"我继续对老爹说,"昨晚我去过的另一块盐沼地,除了离大路太近之外,是个不可多得的狩猎的好地方。"

"可追猎手们说那里只有小羚羊,而且来回有八十里呢。"

"这我知道。但是可以肯定那里有四只大公羚羊的脚印。昨晚如果不是卡车的声音把它吓走,我们肯定捕杀到了。今晚去那里守一夜好不好,这样我就可以空出来一整晚和一个清晨的时间。那里不是有一只脚印很大的犀牛嘛。"

老爹同意我们捕杀那头犀牛,事实上除了我们追猎的,他讨厌我们捕杀别的任何猎物。不喜欢额外的捕杀,不喜欢为了捕杀而捕杀。他认为当你宁愿去捕杀猎物而没有放过他们的愿望时,并且你是捕猎同行中的杰出者时,才可以去捕杀。所以我意识到,他同意捕杀犀牛只是为了让我高兴。

我也作出了保证:"除非它非常吸引人,否则我不会杀它。"

"把它杀了吧。"老爹顺水推舟地说。

---

① 东非的一种伴奏舞蹈的鼓。

我答应了。

"杀死它,你会享受到独自猎杀的乐趣。你可以把你不想要的牛角卖掉,你的许可证上还有一个名额。"

"原来如此,"康迪斯基恍然大悟,"你们已经计划好如何杀死这些可怜的动物啦?"

"是的。"我点了点头,"卡车情况怎样?"

这奥地利人说:"卡车不能用了,在某种意义上我倒高兴了。它代表性太强了,总让我想起 shamba。现在一切都没了,就不用想那么多了。"

"什么是 shamba?"我妻子 POM① 问,"什么是 shamba?这几个月我常听到这个词。但是我不是太敢问。"

"农场。"他说,"农场只有卡车。我用卡车给一个非常有钱的印度人的农场拉劳动力,让他们种植剑麻。我给他当经理。印度人能从剑麻农场获利。"

"他们可以从任何东西上获利。"老爹说。

"是的。我们倾家荡产,挨饿受冻,他却能赚钱。不过这个印度人在重用我这一点上真是聪明。我有欧洲人的组织能力。我花时间来这儿组织招募土著。给人留下好印象。在我离家的三个月,组织工作有条不紊。你也能在一周内轻易完成这项工作,但用你的方法不会留下好印象。"

"你妻子在哪儿?"我妻子问。

"她和我女儿待在家里。"

"她一定很爱你吧?"我妻子问。

"她很爱我,否则她早走了。"

"你女儿多大?"

"今年 13 岁。"

"有个女儿多好。"

"你不知道有个女儿多好,她就像是另一个妻子。现在,我妻子理解我的思维和话语,理解我的信仰,知道我能做什么,也知道我做不成什么,成不了什么样的人。我也理解我妻子,完全了解。但是现在总是有个你们两个互不了解的人,对你们夫妻二人都是陌生人却深爱着你们。一个非常有吸引力,属于你,又不完全属于你的人,这就使得交谈更加——该怎么表达呢,对了,就像每天往食物上抹的亨氏番茄酱。"

"这个比喻非常贴切。"我说。

"我们有很多书。"他说,"现在买不起新书了,但我们始终能交流。思想的交流是非常有趣的。我们无所不谈,精神生活非常富足。以前在农场的时候,我们订阅《横断面》。那让你感觉到自己融入到杰出人士中。使你见到自己想见到的那一类人,产生归属感。你认识他们所有的人吧?你一定认识他们。"

---

① POM 的全拼为 Poor Old Mama,意思是"可怜的老妈妈",大家对海明威的妻子的爱称。

"我只认识一部分,"我说,"有些在巴黎,有些在柏林。"

我不想让这个人美好的憧憬破灭,所以没有详细谈论这些所谓的杰出人物。

"他们太伟大了。"我口是心非地说。

"你认识他们真让我羡慕。"他说,"告诉我,谁是美国最伟大的作家?"

"我丈夫。"我妻子回答。

"不,这个问题跟你的家庭荣誉没有关系。我是问谁是真正的伟人?当然不是厄普顿·辛克莱,不是辛克莱·刘易斯。谁是你们的托马斯·曼?谁是你们的瓦莱利?"

"我们根本就没有伟大的作家。"我说,"我们的好作家总会在某个阶段出问题。我需要很长时间把这个问题解释清楚,但你会厌烦的。"

"请仔细说说吧。"他坚持道,"精神生活在我看来是生活中最好的一部分,这正是我想听的。猎杀羚羊不能和这相提并论。"

"你还没听我说呢。"我说。

"是啊,但我知道马上就能听到。你该多来点儿啤酒放松一下。"

我告诉他:"我口风一直都太松了。但是你一点酒都没有喝。"

"是的,我从不喝酒。喝酒伤害大脑。但是请一定要告诉我,请告诉我。"

"好吧。"我说,"在美国我们有技巧高超的作家,爱伦·坡就是一个很好的例子。他的作品技巧娴熟、结构巧妙,但是死板无趣。我们有辞藻优美的作家,他们从别人的记述和航海经历中发现了解真实的事物是什么样,比如鲸鱼。而这些知识被厚厚的修辞手法所包围,就像葡萄干被裹在布丁里一样。没有布丁的葡萄干可能会更好。这是对梅尔维尔的看法。人们赞美这些作品,赞美它们的修辞,但这些都不重要,他们完全本末倒置了。"

"是的,"他说,"我明白。大脑的高速运转,产生了修辞。修辞是发电机擦出的蓝色火花。"

"有时候是。而有时候它仅仅是蓝色火花,发动机应该驱动的是什么呢?"

"说下去。"

"我忘了要说什么了。"

"不,你在装糊涂。"

"你有没有在天亮之前起过床?"

"每个早晨都是,"他说,"继续刚才的话题。"

"好吧。美国还有一些人,他们从一个没有归属感的英格兰,来到一个新的正在被塑造的英格兰,像被流放的英国殖民者一样写作,他们是优秀的文人,不仅有着独神论派的谦逊、含蓄而卓越的智慧,还有着幽默感的贵格派教徒。""这些人都有谁?""爱默生、霍桑、惠蒂埃,还有他们的同伴,早期的文豪们。他们不了解一位新生的优秀作家应该与他之前的文豪完全不同。他可以借用任何比他好的作品,盗用任何非经典作品。所有的所谓的文豪都是这样做的。有的作家天生只是帮别的作家造一个句子。但是这个句子不能源于以前的经典作品或者与其有类似的地方。这些人还都是光明磊落的,或希望成为君子。他们都很令人尊敬。他们不使用人们使用频率高的词汇,不使用一直在流传的词语。你也不会认为他们有躯体。他们有头脑,也许有。好用的、无趣的、整洁的头脑。这都让人感到厌烦,不是你问我,我一点都不愿谈起。"

"请继续。"

"我认为当时有一位作家很不错。因为我还没看过,所以我没办法给你介绍他的作品。但这说明不了什么问题,因为除非自然主义作家的描写精确并且不带有任何文学色彩,否则我没法看他们的作品。自然主义作家应该独立写作,然后由别人发现。作家应该首先独立创作,然后再作品完成之后见面,而且不能太频繁。否则他们就跟纽约的作家没有什么区别了。像瓶子里的蚯蚓一样通过彼此的接触来从瓶子里吸取知识和养分。瓶子的表现形态可能是艺术学,可能是经济学,有时是与经济相关的宗教学。但是一旦他们被关进了瓶子就不会再出来了。因为在瓶子外面,他们是孤独的。可是他们不愿意孤独并且他们在害怕,害怕因自己的信仰而孤独,没有一个女人会深爱这样的人,深到他们的孤独感被彻底消除,或者把彼此的孤独感结合起来,又或者跟她产生点什么,使其他的东西变得无足轻重。"

"那个梭罗怎样?"

"你应该读读他的作品。或许我以后也会读,我想我以后几乎可以做任何事情。"

"爸爸,再给我一点儿啤酒吧。"

"好的。"

"还有什么好作家吗?"

"好作家包括亨利·詹姆斯、斯蒂芬·克兰和马克·吐温。这不是他们的排名,好作家是没有排名的。"

"马克·吐温是位幽默作家,但我不了解其他两位。"

"现代美国文学都是仿照自马克·吐温著的一本名叫《哈克贝利·费恩历险记》的书。如果你读这本书,当你读到黑孩子吉姆被从孩子们那里劫走时,你就该停下了,我认为故事应该到此为止。后面的内容全是骗人的。不过它是我们最好的书。所有美国文学都来源于此。马克·吐温的文学前无古人,后无来者。"

"其他两位呢?"

"克兰写过《海上扁舟》和《蓝色旅馆》这两篇文章,后一篇更好。"

"他结局怎样?"

"他死了。事情很简单,他一开始就是垂死的状态。"

"另外两个的结局呢?"

"他们俩都寿终正寝,但是并没有因为年龄增长而变得更加智慧。我搞不清楚他们到底要干什么。你看,我们把我们的作家塑造成了十足的怪物。"

"我不明白。"

"我们从很多方面毁了他们。首先在经济上,他们因写作而获利。作家只该碰巧赚到钱,尽管好书最终总是能赚钱的,但我认为作家只应该碰巧赚钱。而当我们的作家赚了点儿钱,生活水平提高了之后,他们便被约束了起来。为了他们的家业、妻儿,等等,他们必须写作,然而这时候写出来的都是垃圾。这种垃圾不是故意为之,而是因为写的太匆忙。因为当他们没有灵感无话可说时仍然要写。因为他们有好胜心。一旦出卖了灵魂,他们就会为此辩护,你就会读到更多的垃圾。或者他们也读评论文章。那些评论说他们的作品伟大时,他们完全相信,那么当评论认为他们的作品是垃圾时,他们也必须相信。所以这时他们会丧失自信。现在我们有两位杰出作家就因为看了负面评论,失去信心而写不出东西。其实如果他们写的话,可能会写得很好,也可能不怎么好,或者相当糟糕,但一旦写得好就会被出版。但是他们看了评论,就认为必须写出所谓的杰作。就是评论家们认为他们曾写出的那种杰作。那些当然不是杰作,只是相当不错的好作品。所以,现在他们根本就没法写作了。评论家们让他们无所适从了。"

"这些作家都有谁啊?"

"他们的名字对你没有任何意义。而且现在他们可能发表作品,也可能焦虑不安,已经丧失写作能力了。"

"但这些美国作家到底是怎么了?"

"我没有生活在那个时期,无法对此发表评论。不过现在什么事儿都会发生。到一定年龄之后男作家们都变成了哈伯德老大妈,女作家们都变成了打仗之前的的圣女贞德。他们成了领袖。至于谁是领导无所谓的。如果没有追随者,他们就创造追随者。那些被选中的追随者反抗是没用的,他们会被称为背叛者。哦,见鬼!他们出了太多的事情。这只是九牛一毛。有些人试图用自己的作品来拯救自己的灵魂,这是一条捷径。有些人因第一次获利,第一次被赞扬,第一次受攻击,第一次发现自己没法写作,或第一次没法做其他事情,或因害怕而加入了组织,这些组织替他们思考,同时也把他们毁了。或者他们不清楚自己想要的东西。亨利·詹姆斯想要赚钱。当然,他从没赚到过。"

"你自己呢?"

"我对其他的事情更感兴趣。我的生活无比美好,但是我必须写作,我无法度过没有一定数量作品的余生。"

"那你想要什么?"

"竭尽全力写出好的作品,一边写作一边学习。同时,我拥有我所享受的生活,好得无所比拟。"

"包括猎杀羚羊吗?"

"是的。猎羚羊和许多其他事情。"

"其他事情是什么?"

"许多,许多。"

"那你真的知道自己想要什么吗?"

"知道啊。"

"你喜欢做的事情真的就是你正在做的猎羚羊这件傻事吗?"

"是的,我也同样喜欢去普拉多博物馆。"

"二者之间更喜欢哪件呢?"

"二者都必不可少。除此之外还有别的事情呢。"

"这个是必须的。但是这种事情对你真的有意义吗?"

"有。"

"你真的知道自己想要什么吗?"

"绝对知道,而且我总能得到我想要的。"

"但这得花钱呀。"

"我总能挣到钱,而且我一直很幸运。"

"这么说你很幸福?"

"除了我想到其他人之外。"

"你还会想到其他人?"

"哦,是的。"

"但是你并没有做什么来改变这个状况吧?"

"嗯,没有。"

"任何事情都没做吗?"

"也许有那么一点点。"

"你认为你的以写作为目的写作是值得做的事情吗?"

"恩,是的。"

"你肯定吗?"

"非常肯定。"

"那这是一件快乐的事。"

"没错,"我说,"这是一件完全让人愉悦的事情。"

"你们谈得越来越认真了。"我妻子说。

"这个话题非常严肃。"

"看,他对某件事儿还的确很认真。"康迪斯基说,"我早就猜到他一定对除了猎羚羊之外的其他什么事认真的。"

"现在每个人都试图否认它的重要性而回避这个问题,让人觉得对它的尝试是没用的,原因是这样做太难了,需要很多必然条件同时达到才可能做到。"

"现在问题是什么呢?"

"那种可以写成的作品。如果有人足够认真,又有运气,那他的文章可以写得面面俱到,会很棒的。"

"你相信吗?"

"我很清楚这个道理。"

"如果一个作家能做到呢?"

"其他一切都无所谓了。这个的重要性超过他能做的任何事情。当然,他也可能失败,但是至少他有成功的机会。"

"但是,你谈论的是诗歌。"

"不。这比诗歌的难度更大。这是一种从来没人写过的文字。但它可以不用弄虚作假,也不用欺骗,就可以完成的东西,百利而无一害。"

"那为什么还没有人完成它?"

"因为需要太多条件。首先,作者必须才华横溢,像吉卜林那样。还要有福楼拜那样的自律。其次,对于这种文字的类型一定要心中有数。并且要有亘古不变的像巴黎标准米尺那样的绝对良知,杜绝造假。再次,作者还必须有天赋,最重要的是他必须活着。可是没法把这些因素全部集中在一个人身上,让他摆脱强加在作家身上的所有桎梏。因为时间短暂,所以最困难的事情是活着把作品写完。我真希望我们有这样一位作家,让我们能读到他的作品。你的看法呢?我们是不是该换一个话题?"

"你说得很有趣,虽然我不是完全同意。"

"当然。"

"来杯鸡尾酒如何?"老爹说,"你不觉得来点鸡尾酒会大有益处吗?"

"你得先告诉我一些具体的对作家有害的事情。"

这次交谈正变成采访,这让我厌倦。所以我索性按采访的过程走,好让它尽快结束。在饭前,要把这么多无法言语的东西用句子表达出来,真是费劲。

"政治、美女、美酒、金钱、抱负,还有缺少政治、美女、美酒、金钱、抱负。"我深刻地说道。

"他现在表现得轻松多了。"老爹说。

"但我并不理解美酒这一方面。我认为饮酒是一种愚蠢的行为,是一种缺点。"

"饮酒是结束一天的一种好方法。你从不想改变你的看法吗?"

"姆汶蒂!让我们来一杯吧。"老爹说。

老爹只会在弄错时间的情况下才会在午餐前喝酒,所以我意识到他是想给我解围。

"我们干杯吧。"我说。

"我从不喝酒。"康迪斯基说,"我要去吃卡车上的新鲜的黄油午餐。黄油是从坎多拉带来的,无盐的优质产品。今晚我们分享一道别致的维也纳甜食吧。我的厨子做得很好。"

他离开后我妻子对我说:"你变得真是深刻啊。那么女人是怎么回事?"

"什么女人?"

"就是你刚才谈到的女人。"

"让她们见鬼去。"我说,"她们是你喝醉时纠缠你的人。"

"你做过什么事情啊?"

"不,没有!"

"我喝醉时不和别人斗嘴。"

"行了,行了。"老爹说,"我们没人喝醉过。老天,那个人嘴太厉害了。"

"等老板一开口,他一句话也说不上。"

"我刚才犯了话唠了。"我说。

"他的卡车怎么样了?可以把它拖来但是又不损毁我们车子吗?"

"我想没问题吧。"老爹说,"等我们的车从汉德尼回来再说吧。"

在用餐帐篷的绿色门帘下我们吃了午餐。刚好在一棵大树的树荫下,微风习习。新鲜的黄油备受欢迎,还有格兰特瞪羚排、土豆泥、嫩玉米和当甜点的什锦水果沙拉也好评如潮。席间,康迪斯基告诉我们东印度人要接管这个地区的原因。

"你们知道,大战期间派度军队到这里打仗。因为害怕再出现叛乱,所以让他们离开了。他们跟阿迦汗达成了以下协定:因为印度人在非洲打过仗,以后可以在这里自由往来、定居、做生意。他们不能违背契约。现在印度人已经接管了这个地区。他们省吃俭用,把钱寄回印度。在他们赚到足以回家的钱时就会离开。然后再让他们的穷亲戚来接班,继续盘剥这个地区。"

老爹只是沉默。他不愿意在用餐时和客人争论。

"那是阿迦汗。"康迪斯基认为我是美国人,对此事的前因后果一无所知。

"你跟随过冯·莱托吗?"老爹问他。

"一战从始至终都跟着他。"康迪斯基回答说。

"他是个伟大的战士,"老爹说,"我非常崇敬他。"

"你打过仗?"

"打过。"

"我不喜欢莱托。"康迪斯基说,"是的,没人比他更能打仗了。当我们需要奎宁时,他会下令缴获一批,并通过这种方式来提供补给。但事后他对他的部下毫不关心。战后我在德国询问我的财产补偿问题。他们说我是奥地利人,必须通过奥地利方面的渠道。因此我返回奥地利。"他们问我:"你为什么去参战呢?你不能让我们负责。假如你去中国打仗那又该怎么办呢?那是你自己的事情。我们爱莫能助。"

我傻乎乎地回答地说:"我是以爱国者的身份去的,因为我是奥地利人,我明白自己的职责,所以我可以在任何地方战斗。"他们说:"是啊,非常好。但是你不能让我们为你的高尚情操埋单啊。"结果他们把我踢来踢去,没有结果。我仍然热爱这个让我失去了一切的地方。但是我在欧洲比任何人都富有。对我来说这一直都很有意思。我用了许多笔记本来记录这里的土著人和语言。再说,我是这里事实上的国王。这让人高兴。每天早上醒来,当我伸出一只脚的时候,那个土著小伙子就替我穿上袜子。然后我把另一只脚伸出去,他又为我做同样的事情。在蚊帐下我把腿伸进为我撑开的底裤。你难道不认为这非常美妙吗？"

"的确如此。"

"等你下次来，我们一定要组织一个专门研究土著人的考察队来。不猎杀任何动物，或只猎杀可食用的。接下来让我来为你们唱歌跳舞吧。"

他低头，屈膝，双肘上下摆动，围着桌子又唱又跳。确实非常精彩。

"这只是上千种之一。"他说，"现在我得离开让你们睡个好觉。"

"别着急。再待会儿吧。"

"不了，你们到睡觉时间，我也一样。我要把这黄油带到阴凉的地方储存。"

"那就晚饭时见。"老爹说。

"再见。"

他离开后，老爹说："你应该明白我不会完全相信关于阿迦汗的事。"

"听起来是个好消息。"

"他当然感到难过，"老爹说，"谁不会呢？冯·莱托人很不错。"

我妻子认为他很聪明："他关于土著人的谈话多精彩啊。但是他对美国妇女却吹毛求疵。"

老爹表示同意："他是个好人。你应该休息一下，我们三点半就要出发了。"

"让他们叫我。"

莫罗用棍子撑起来帐篷的后部，让风吹进来，让人觉得凉爽舒适。我进去躺下看书，准备睡觉。

醒来时就到了出发时间。天气很热，天空乌云密布。他们已经用一个放酒的箱子装好了一些罐头水果、一块五磅的烤肉、面包、茶叶、茶壶、几罐牛奶和四瓶啤酒，还有一只帆布水袋和一块作帐篷用的地布。姆科拉正把那支大枪扛出来往车上放。

老爹让我们不用着急，他说："我们看见你时会来找你的。"

"好的。"

"我们会用卡车把那个已经打发他的手下先去的爱冒险的人送到汉德尼去的。"

"你肯定这卡车能送做到吗？可别因为他是我朋友就冒这个险。"

"总得把他送走，卡车今晚就能返回。"

"夫人还在睡觉。"我说，"也许她醒了之后可以出去散散步，也可以打几只珍珠鸡什么的。"

她说："别为我们担心了。哦，真希望你们能打到猎物。"

"不到后天就不要派人顺着大路来找我们。"我说，"我们可能会守在那里。"

"祝你好运！"

"也祝你好运，亲爱的。再见啦，老爹先生。"

第二章

　　我们从营地的阴凉处走出,顺着一条路边长满密密麻麻的灌木丛的沙土大路,向着西方温暖的太阳驶去,大路的后面紧凑地树立着一些小山,一路上我们遇见一行向西前进的人群。有些人浑身上下除了一块满是油渍的布之外再没有什么遮身蔽体的东西了,他们把那块布在一只肩膀上打个结,肩上还有弓和带盖的箭囊。其他人则扛着长矛。富人们肩上有打褶的摆布,带着锅碗瓢盆的女眷们跟在后面。走在前面的土著人头上顶着一捆捆、一担担的兽皮,他们决意地抛弃了贫瘠的土地。天气十分炙热,为了避开发动机冒出的热浪,我把双脚从汽车一边伸出去,随手把帽子拉低盖住眼睛来挡住阳光,在帽子下面我注视着大路、人群和有可能会栖息在灌木丛中惊吓出来的猎物的所有卒隙。我们保持这样的状态向西驶去。

　　在周围长有高低不同灌木丛的一片空地上,我们发现了三只小小的母羚羊。灰色的皮毛,大大的肚子,长长的脖子上是小小的头,可是却有大大的耳朵。它们看见我们就一头扎进树丛里消失不见了,我们急忙下车追赶,但是我们并没有发现任何公羚羊的脚印。

　　再往前一点儿,有一群珍珠鸡像所有的快步动物一样用特有的动作迅速穿过马路,头也不回地向前飞奔,它们向上弹跳,双腿紧贴着笨重的身体,扑扑地拍打着翅膀。伴随着咯咯的叫声,它们越过了前方的树林。其中两只被我击落重重地摔下来,然后只能躺在那里胡乱地拍打着翅膀,阿布杜拉割下了它们的头,这样即使我们食用也不会犯法。他将我们的战利品放进卡车,姆科拉正坐在车中开怀大笑,他这种健康的老年人的笑,像在取笑我,又好像只是关于射鸟这件事的笑——是从一次公开场合我一直射击失败开始的,当时他快笑疯了。现在我射中一次,他就会笑我一次,看起来我好像射中一头鬣狗。没有比这更好笑的了。鸟儿坠落他会笑,我射不中的时候,他只会笑得更厉害,并且连连摇头。

　　有一次我想让老爹问他:"到底笑些什么?"

　　姆科拉说他在笑老板,但随即摇摇头:"也笑那些小鸟。"

　　"他对你很感兴趣。"老爹说。

　　"滚吧,我是很有趣,但是让他去死吧。"

　　"他认为你非常有趣,"老爹说,"我保证我和夫人以后再也不笑了。"

　　"你真应该自己试一下。"

　　"不,你是射鸟大王。只不过是自封的。"夫人说。

　　于是射鸟就成了一个经久不衰的笑话。如果我射中了,小鸟就会被姆科拉摇头嘲笑,他会一圈圈地挥着双手,模仿小鸟在空中翻滚。但如果我失败了,我就成了笑柄,他会看着我笑得前仰后合。不过打鬣狗的笑话更加有趣。在晴朗的白天鬣狗那种可憎的跳跃的样子十分滑稽,在平原上,他们把肚皮紧贴着大地慢慢移动,当你从后方袭击的时候,他会不要命地快速向前跑,但是肯定会栽倒,这实在是搞笑,它如果跑出射程就会停在一个碱性湖泊前向后张望,如果它胸部中弹,就会四脚朝天,仰面倒下。最让人开心的事一定是看到那三角头的鬣狗在很近的地方中了弹,却突然带着臭气从陡岸干沟旁高高的草丛里蹿出来,然后匆忙地在原地打转,圈出越来越小的三个圈子,它跑得越来越快,好像要追赶自己的尾巴,最终力竭而死。

姆科拉认为观看一头鬣狗在近距离中弹是非常好玩的。随着子弹啪的一声钻进鬣狗的身体,它发现死神到来时表现出的狂躁不安的惊讶,都令人发笑。相比之下,更有趣的是看见一头鬣狗在远处被击中,太阳炙烤着平原,在大地散发出的一阵阵热浪中,它会仰面倒下,接着近乎疯狂地在原地打转,好像用它那风驰电掣的速度可以追上自己体内的子弹一样。但是最让人感到可笑的事是姆科拉在自己脸前挥舞着双手,然后转过身去,甚至为鬣狗感到羞耻的事情摇头大笑。而关于鬣狗本身的最好笑的事儿,乃是在奔跑时被击中了下身,它开始会疯狂地转圈,咬住自己不放直到咬出了自己的肠子,然后它就会站在那把肠子拉出来,津津有味地吃下去。

姆科拉居然会因为有一种不可理喻的畜生既有点开心又有点伤心地摇摇头,然后用斯瓦西里语说,普通鬣狗是雌雄同体的动物,他们喜欢自己吃自己,并吞食死尸,追杀怀着牛犊的母牛,爱咬断人的后腿腱,它们会趁你夜间睡着时咬破你的脸让你发出悲惨的叫声,他们散发着臭气,颚能咬碎狮子留下的骨头,在褐色平原上肚子贴地跳跃着前行,当它回头张望时脸上会露出杂种狗的狡黠神情。被曼利希尔短筒步枪啪的击中后就开始它那可怕的转圈。"

"姆科拉摇着他那颗乌黑的秃脑袋哈哈大笑,为它感到羞耻。"鬣狗怎么愚蠢到自己吃掉自己呢。"

关于鬣狗的笑话是脏的,但是射鸟的笑话都是干净的。而关于我的威士忌的笑话是干净的。这个笑话有很多不同的版本。我们以后再谈这些吧。伊斯兰教徒和所有的宗教都是笑话。所有相信宗教的人都是笑话。

另一个扛枪者名叫卡罗,他身材短小精悍,不苟言笑,虔诚信仰宗教。整个斋月里,他不会在日落之前喝一口水,在太阳即将落山时,我会看见他紧张地注视着,这时他会用手指摸弄随身带着的装着某种茶水的瓶子,我注意到姆科拉也看着他,但他假装并没有看见。这对他没有任何乐趣可讲。他不能对此放肆地笑,但是他感到优越,并且由衷地认为这种行为十分荒唐。信伊斯兰教在当时非常流行,那些土著的年轻人中有较高社会地位的都是伊斯兰教教徒。这种事能让人获得某种地位上的信仰,这很时髦,神要求人们每年都为他吃一点点苦,这样你就会感到比别人优越一点,并且养成很麻烦的吃东西习惯。我能够理解这些东西,但是姆科拉既不理解也不关心,他注视着土人卡罗凝望太阳落山,但脸上是一副茫然的表情,他对于一切与他无关的事情总是这副神情。卡罗快渴死了，但仍旧保持着虔诚，而太阳下山的速度是非常慢的。我看着红彤彤地挂在树梢上的太阳，用胳膊捅了他一下，他咧嘴对我笑了笑。姆科拉一本正经地把水瓶递给我，我选择摇头。卡罗又咧嘴一笑，姆科拉此时又是一脸茫然。太阳终于下山了，卡罗一口气把一瓶水喝了个底朝天，喉结上下剧烈地滑动，姆科拉看了看他，就将目光移开了。

原来，在我们成为好朋友之前，我们之间没有丝毫的信任。当有什么事发生时，他就是这样一副茫然的神情。所以那时候我更喜欢卡罗，因为我能理解他的宗教信仰，而卡罗佩服我的枪法。当我们捕杀到什么好东西时，他总会和我们握手并微笑。这样做非常令人高兴。姆科拉认为捕猎的成功只是一连串的侥幸。我们只是被看作在射猎而已。我们当时的确还没有射到任何有价值的东西，他当时也不是我的同伴。他是杰克逊·菲利普先生的扛枪者，只是暂时为我服务。我对他没有任何意义。他不喜欢我，也不讨厌我。他对卡尔的礼貌的本质是对他的蔑视。他喜欢的人是妈妈。

那天晚上，我们杀死了第一头狮子，赶回营地时天已经全黑了。猎狮子的场面一片混乱，令人难以满意。本来我们说好由 POM 开第一枪，但是因为我们都是第一次开枪打狮子，天色晚了，光线很暗，无法与狮子周旋，所以一旦它被击中了，我们就要与它混战，任何人都可以置其于死地。由于当时太阳快要下山了，这个计划是可以成功的。如果它带伤逃进藏身的地方，光线太暗，我们会大费周折。

我记得看见的是一头黄毛狮子，在热带稀树旷野里一棵看来矮小的树的衬托下显得非常壮硕，于是 POM 跪下来准备开枪，我本来想让她坐下瞄准了再开枪，可是，接着就听见那支曼利希尔短筒步枪砰地响了，那头狮子向左边逃窜，它的姿势非常奇怪，肩膀沉重、脚步摇晃，就像是猫一样。我用斯普林菲尔德步枪击中了它，它栽了下去，转过身来，我迅速地补了一枪，尘土布满了它的周围。只见它四肢摊开趴在那里，太阳正挂树梢，野草碧绿，我们像一个地方团队或一帮爱尔兰王室警吏团似的端着枪向它走去，还不清楚它是死了还是昏过去了。等我们走近了，姆科拉朝它的肋腹扔了一块石头，从它的反应判断，它已经死了。我肯定 POM 早射中了它，但奇怪的是它身上只有后部有一个弹孔，就在脊椎下面，向前穿到胸部，隔着皮肤可以感受到子弹的位置。姆科拉就在那里割了个口子，把子弹掏出来。结果证明是由斯普林菲尔德步枪射出的 220 格令的实心铅弹穿进肺部和心脏击中了它。

我们本来想像演戏一样大干一场，做出一番英勇的搏斗，谁知它中弹后就翻身倒地死了，我对此深感惊讶，所以我的沮丧多过兴奋。这是我们猎到的第一头狮子，但是这可不是我们掏钱想看到的啊。卡罗和姆科拉都跟 POM 握了手，然后卡罗跑来跟我握手。

"干得漂亮，老板。"他用斯瓦西里语说。

"你开枪了吗,卡尔?"我问。

"没有。我这样想的时候你已经开枪了。"

"老爹,你也没有开枪吗?"

"没有。不然你会听见响声的。"他打开枪膛,取出那两颗450口径的二号大子弹。

"我肯定你没有打中它。"POM说。

"我一直以为是你打中了它。"我说。

"是妈妈。"姆科拉说。

"打中了哪里?"卡罗问。

"正中要害。"姆科拉说。

"是你把它击倒的,"老爹对我说。"天哪,我无法相信它像只兔子似的倒下了。"

"妈妈打中了狮子,"姆科拉说。那天晚上,我们回营时看见了前面黑暗中的篝火,姆科拉突然用瓦坎巴语尖声、急促,好像在歌唱一样大声说出一串话来,只听到最后那个词儿是"狮子"。而且营地里竟然有人回应了他。

"妈妈!"姆科拉接着喊出一长串话。又是"妈妈! 妈妈!"

在黑暗中,所有的人,包括脚夫、那个厨子、剥皮师傅、土人小伙们以及那头人都跑了出来。

姆科拉喊道:"妈妈打中了狮子。"

小伙们跑过来,他们载歌载舞,蜂拥而上,打着节拍,从胸膛深处发出吟唱之声,开始听起来像是咳嗽声,接着听起来像是"嗨! 妈妈,嗨! 妈妈,嗨! 妈妈。"

那眼睛骨碌碌转的剥皮师傅把POM举至头顶,大块头厨子和小伙们抱着她,其他人拥上来要把她举起来,举不上去就摸摸她,抱抱她也好,他们在黑暗中围着营火载歌载舞,一路走向我们的帐篷。

"嗨! 妈妈,嗨! 嗨! 嗨! 妈妈,嗨! 嗨! 嗨!"他们唱着狮子舞曲,歌声里附带着那种低沉的、狮子害气喘病似的声音。他们将她放到帐篷前,每个人都非常羞怯地握手道别,小伙们说了声:"好样的,妈妈。"于是姆科拉和脚夫们都说:"好样的,妈妈。""妈妈"两字因倾注了充沛的感情而被重读。

过了一会儿,老爹在火堆前的椅子上,边喝酒边说,"我肯定是你打中了它。谁敢说不是你打中的,姆科拉会杀死它。"

"我觉得也是我打中了它,"POM说,"如果真的是这样的话,我恐怕会难以承受这个惊喜,我可能会骄傲的。胜利是不是妙不可言?"

"好样的,老妈妈,"卡尔说。

"我相信是你打中它的。"我表示赞同。

"哦,我们别谈这事了,"POM说,"即便是只有别人以为我杀了它,这种感觉也非常美妙,在国内的时候可从没有人把我举到头顶啊。"

"美国人太不文明,不知道事情怎么做才是最好的。"老爹说。

"我的老妈妈,我们要把你一直抬到基韦斯特,"卡尔说。

POM 不想再继续谈论这件事,他说。"我对此非常满意。也许该犒劳一下大家吧?"

"他们这样干可不是为了受禄,"老爹说:"不过也未尝不可。"

"哦,我要给他们每人一大笔钱,"POM 说,"胜利简直是妙不可言,不是吗?"

"好样的,老妈妈,"我说,"你杀死了狮子。"

"不要哄我。让我自欺欺人地得到一些快乐就行了。"

无论如何,姆科拉在很长一段时间内并不信任我。在 POM 的许可证过期之前,她一直是他宠爱的人,而我们在他看来只是一帮碍手碍脚地阻止妈妈狩猎成功的人。一旦她的许可证到了期,她不再狩猎就恢复了非战斗员的身份,变得跟他一样了,因此等我们开始捕羚羊的时候,老爹留在营地里,只派我们和那些追猎手一起,卡尔和卡罗一队,姆科拉和我一队,姆科拉对老爹就有了一些看法。当然这只是暂时的。他是老爹雇用的人,我相信他那套评价标准只适合于日常生活,在不间断地发生的一系列事情中,这套评价体系才有明确的意义。但是我和他之间有了芥蒂。

第二部　狩猎的记忆

第一章

　　事情要追溯到和垂眼皮在一起的时候了。我痊愈之后,从内罗回来和他一起在森林里徒步追猎犀牛。垂眼皮是个真正的野蛮人,眼皮几乎可以盖住眼睛,他长相英俊,气宇轩昂。同时是个出色的捕猎和追猎手。我感觉他年龄应该在 35 岁左右,全身上下只靠一块在肩膀上打了结的布蔽体,头戴一顶别的猎人送给他的土耳其毡帽。他总是随身携带一根长矛。姆科拉穿着一件旧的衣扣完整的美军卡其布束腰短上衣,本来这件衣服是带给垂眼皮的,但不巧当时他不在,就没有拿到。老爹两次把它拿出来准备给垂眼皮,最后姆科拉说:"请给我吧。"

　　老爹把衣服给了姆科拉之后姆科拉就一直穿着它。当这件衣服被换洗时,他就戴着顶绒毛羊毛帽,穿着军用针织衫和短裤。在我把猎鸟时穿的外套送给他之前,我只见过他这身衣服。鞋子是他用旧车胎做的一双凉鞋。他的腿又长又美,脚踝和大个子鲁斯[①]一样灵活。我至今都不会忘记他第一次脱去束腰短上衣,当我注意到他的上身多么苍老时,我感到非常吃惊。像是在杰弗里斯和夏基[②]三十年后的照片上看到的衰老,有着老年人一样难看的二头肌和松弛的胸肌。

　　我问老爹:"姆科拉多大了?"

　　"起码有 50 多岁了,"老爹说,"他在土著保护区里的孩子已经成年了。"

　　"那些孩子们怎么样?"

　　"毫无可取之处,他管不了他的孩子。我们曾让其中一个来试着做做脚夫,但他无法胜任。"

　　姆科拉并不嫉妒垂眼皮。他很明白垂眼皮比他优秀。垂眼皮不仅是个好猎手,还是个速度更快、更干净利落的追猎者,他做每件事都有自己独特的风格。姆科拉像我们一样钦佩垂眼皮。和垂眼皮一起出去的时候,他意识到自己穿的束腰短上衣原本是属于垂眼皮的,自己在成为扛枪手之前只是一个脚夫而已,因此他放下了倚老卖老的架子,开始和我们一起打猎。他和我搭档,垂眼皮负责指挥全局。

　　那场狩猎非常精彩。我们从营地出发进入狩猎区,已经是下午了,沿着一条犀牛踩出的小径走了约四英里。小径好像是工程师设计好的一样平顺,它穿过长满草的一座座小山向下,山上有树丛被遗弃,看起来像是果园。小径凹进地面一英

[①] 美国职业棒球手。
[②] 二位均为拳击运动员。

尺,被踩踏得很平,中途路面向下倾斜,穿过山坳间一道像是已经干涸了的灌溉渠的地方。离开了小径之后,我们爬上右边一座陡峭的小山,汗流浃背地背对山顶坐下,用望远镜观察这片土地。这片土地苍翠而美丽,山脉的一侧茂密的森林覆盖着山峦。流淌下来的几道溪流将山坡分割形成山谷。向下延伸到森林的边缘有些斜坡的顶端。我们翘首以盼着犀牛的出现。除了大山和森林之外,你还可以顺着那些溪流和峻峭的山坡往下看到平原,那里被晒得干枯的草是棕黄色的。再往前越过一条狭长的地带,就可以见到褐色的东非大裂谷和波光粼粼的马尼亚拉湖。

我们都躺在小山坡上,密切注视着那片区域,等待着犀牛的出现。垂眼皮蹲坐在山顶的另一侧,姆科拉则位于我们下方。凉风习习,山坡上的草随风摇摆,天空中大块大块的白云飘过,山坡上森林里高大的树木密密实实,这些树木枝叶茂盛,看起来似乎人可以在树丛上行走一般。在这大山后面隔着一道沟壑,接着又是一座大山,远处的山上由于森林的存在,呈现着一种深暗蓝色。

五点之前,我们没有见到任何动物的影子。后来,我放下望远镜时,看见一个东西正在翻越一座山谷,向森林移动。用望远镜一看,正是一头犀牛,虽然距离很远,但看得很清楚,那头犀牛在阳光下呈红色,正以水蜢般快速的动作翻越那座小山。又有三头犀牛紧随其后从森林里出来,因为它们在阴暗处,所以看得很模糊,其中两头在打架,从望远镜里看它们在一丛灌木前互相抵着头对峙。就在我们观察着它们时,光线又一次暗了下来。天黑了,我们无法下山,要想开枪捕获它们,只能越过山谷,爬上对面山腰那狭窄的斜坡。所以我们只好摸黑返回营地,我们穿着鞋侧身往下挪动,直到感觉到脚下的小径平坦了,才顺着那条在深色山峦间凹进地面的蜿蜒小径行走,终于看到了森林里的火光。

那晚,我们对发现了三头犀牛这件事感到无比兴奋。第二天早上,我们正在吃早餐,还没有来得及出发。垂眼皮通知我们,在离营地不到两英里的森林边,有一群水牛在吃草。我们飞速到达,一大早嘴里还品味着咖啡和熏鲱鱼,心里无比兴奋。刚才被垂眼皮留在那里监视水牛的土著人指出水牛的位置,它们在一条深水沟后面森林的一块空地中。

他说,在这十几头水牛中有两头大公牛。我们在猎物踩出的小路上跟随它们,悄悄前进,拨开藤蔓我们看见了脚印和大量新鲜粪便。但是,尽管我们继续在无法开枪的密林深处前进,可是绕了一大圈,却还是没见到水牛的影子,也听不到它们的声音。我们只听到食虱鸟①鸣叫,看见它们飞过。树林里有许多犀牛的足迹和一堆堆含草的粪便,但是我们看不到除了绿色的斑尾林鸽和一些猴子之外的任何动物。走出树林时,太阳已经很高了,我们腰部以下都被露水打湿。还没有起风,空气闷热,我们知道出来的犀牛和野牛都会为了逃离酷热返回到森林深处。

除了我和垂眼皮之外,其他人跟老爹和姆科拉开始返回营地。我想跟垂眼皮兜一圈再回去,看能不能打到一只动物,营地里没有食物了。我感到从痢疾中康复

---

① 一种停留在大型动物身上依靠寄生虫为生的鸟。

的身体又强壮起来。在这缓坡地随意散散步是件惬意的事,又能打猎,虽然并不知道会看见什么猎物,但我们可以自由猎杀任何我们想要的动物。另一方面,我喜欢和垂眼皮待在一起,喜欢看他走路的样子。他微微抬脚,松散地迈着大步。我喜欢观察他,喜欢我软底鞋下的草地给我的感觉和来复枪令人舒适的重量。我只握着枪头,把枪管放在肩上。阳光炙烤着大地,蒸发掉了草上的露水,让人大汗淋漓。微风乍起,走过这片像新英格兰被遗弃的果园一样的土地,我感觉自己的枪法又精进了,想打漂亮的一枪让垂眼皮印象深刻。

在一处高地顶上,我们看见两只黄色的羚羊在大约一英里外的一个小山坡上。我示意垂眼皮去追赶。我们拔腿下山,惊起了深谷里一只公羚羊和两只母羚羊。羚羊是我们可以捕杀的一种猎物,但我知道它不是食物的最佳选择。而且我已经射杀过一只有着更漂亮的头和角的羚羊了。我把瞄准器对准了飞奔逃跑的公羚羊,突然想起它的肉并不好吃,而且我已有了一颗羚羊头,就没有开枪。

垂眼皮用斯瓦西里语问:"你不打水羚羊吗?那可是一只不错的公羚羊呢。"

我没法告诉他我已猎杀过一只更好的,而且水羚羊的肉不好吃。

他笑了一下。

"Piga kongoni m´uzuri."

"Piga"是个好词,听上去好像是下令开枪或宣布射中发出的声音。"m´uzuri"的意思是"好、不错、更好",很长一段时间我感觉它像一个州的名字。过去,我常在走路时用斯瓦西里语、阿肯色州名和m´uzuri造句。但现在它似乎很常见,不必再用斜体字印刷,就像所有词一样,渐渐变得合适、自然。撑长的耳朵,部落的标志,或手持长矛的男人也都没有任何奇怪之处了。部落的标记和文身看起来是常规、漂亮的装饰,我为自己没有这些而感到遗憾。我自己的疤痕都有些不规则,杂乱蔓延,有些只是一条条隆起的伤痕而已。我前额上有道现在还引起大家议论的疤痕,他们问我的头是不是被撞裂过。而垂眼皮颧骨两侧及其他地方有些漂亮的疤痕,胸口和腹部的疤痕也有些对称且富有装饰性。我们吓跑那两只小羚羊时,我脑子里正想着我右脚掌上那块像浮雕圣诞树的不错的疤痕,但它只会磨破我的袜子。两只小羚羊逃到了树林里,然后站在了六十米开外,我开枪打中了那头精瘦、体态优雅的正在回头张望的公羚羊,我打中它肩膀后面一点儿时它跳了一下,随即倒在了地上。

"打中了。"垂眼皮笑了,我们俩都听见子弹射中目标的声音。

"死了。"我用斯瓦西里语告诉他。

当我们到达侧躺着的公羚羊旁边时,它的心脏却还在有力地跳动,尽管从所有的表象看它已经死了。垂眼皮没有剥皮刀,而我只有一把折叠式小刀可以用来解决它。我用手找到它位于前腿后面的心脏,感觉到它在跳动。我把刀子捅进去,但刀子太短把心脏挪到了一边。我的指尖热乎乎的,能感觉到心脏富有弹性,感觉到刀子把它推开。我摸了一圈,然后割断大动脉来放血,热血喷到我手上。接着,我开始用小刀对羚羊开膛破肚,我想在垂眼皮面前大显身手,所以我干净利落地取出它的内脏,掏出肝脏,割掉苦胆,将肝脏放到一个青草覆盖的小土包上,把肾脏放在它旁边。

垂眼皮问我要刀,看来他要给我露一手了。他熟练地翻开羚羊的胃,把肚囊向外,清空里面的草,抖干净之后放进肝脏和肾脏,用刀从公羚羊倒下的那棵树上砍下一根树枝,用柔软的枝条把胃捆扎成一个袋子,用来装其他美味。接着,他又砍下一根树枝,系上肚囊在树枝的一端挂着袋子,他就像我们小时候见过的蓝鸟牌鸡眼膏广告上的流浪汉一样把东西挑在肩上,流浪汉们将自己的家当包在方巾里,挂在棍端挑在肩上。我承认这是个好办法,我还想着等我回到怀俄明州时怎样向约翰·施泰布炫耀。我猜得出他会露出他那聋人的微笑(这时如果你听见公鹿叫,一定要用小卵石砸它,让它停止),而且我知道约翰会说什么,他一定会带着德国口音说:"天啊,欧内斯特,你太聪明了。"

垂眼皮把棍子递给我,用他仅有的一件衣服拧成一根绳,把那只公羚羊背在背上,我用手势示意他可以砍一根粗树枝把公羚羊挂上,我可以帮他一起抬,但他坚持要一个人背。我们开始返回营地,我肩上扛着挂着羚羊肚口袋的棍和来复枪,前面垂眼皮背着摇晃的羚羊稳步前进,他已经大汗淋漓。我想让他把羚羊挂在树上,先放在这儿,等我们回去之后派两个脚夫来抬回去,所以我们就把它放在一个树杈上。但当垂眼皮察觉出来我是想回营地,把羊留在这里,而不仅仅是让它排干血时,他又一次把它从树杈上取下来扛在肩头继续朝营地走去。当我们回到营地,围在灶火旁的土著小伙子们见到我们肩上的羚羊非常高兴。

这是我偏爱的一种打猎方式。不驾车,不是在平原而是在起伏的山地,我感到非常兴奋。病魔远离了我,现在我的身体一天比一天强健。我体重很轻,可我不仅能吃肉,还能吃下所有我想吃的而不会觉得饱胀。每天晚上坐在火堆旁,任何喝的东西都会让我出一身汗,白天天热的时间,我就躺在阴凉处乘凉、看书,丝毫没有写作的义务和压力,四点钟外出打猎这件事让我感到高兴。除了给我的孩子们之外,我甚至连一封信也不用写。我唯一关心的人和我在一起,而我并不想跟那些在远方的人们分享这种生活,我只想好好享受它。在这里,我有完全的快乐,完全的疲惫。我对自己的枪法感到舒畅和自信,有这些感受远比听人诉说令人高兴得多。

我们刚过三点就出发了,这样在四点之前我们就可以到达山顶。但是直到接近五点时才看到第一头犀牛用它的短腿奔跑着越过山脊,跟昨晚我们看见的犀牛几乎出现在了同一个地方。它跑到森林边缘,就在那两头犀牛打架的地方附近,我们看见它顺着那条能把我们引下山的路,越过山底那道长满植被的沟谷,经过一道陡坡后到了一棵开着黄花的荆棘树旁,我们昨天看到的犀牛就是到了这个方向。

我径直爬上山坡,在那里我们能看见那棵荆棘树,一阵风袭来,我用最慢的速度行走,为了防止汗水流到我的眼镜上,我把一块手帕塞进帽子的防汗带里。我希望随时能开枪,为了让我的心不要怦怦地跳,我尽量放慢脚步。在射猎大型动物时,如果你视线清晰、没有阻挡、又会开枪、知道该往哪里打,就不会射不中,唯一的原因可能是奔跑或爬山而手抖心跳,或没有用布或纸把雾气模糊的眼镜擦干净,又或者眼镜碎了。眼镜非常碍事，我一般带着四块手帕，每打湿一块就把湿的放进右边口袋，从左边口袋拿出一块换掉。

我们像由狗引领着走向一窝鹌鹑一样小心翼翼地靠近那棵开满黄花的树，但是没有发现犀牛。我们沿着到处是脚印和新鲜粪便的森林的边缘走了一遍，还是没有看见犀牛。太阳西沉，光线就要黑得无法开枪了，但我们只能在山腰的森林里追踪，希望能在林中空地里看见犀牛。当天色暗得几乎无法开枪时，垂眼皮停下脚步蹲了下来，且低头示意我们跟着他。猫腰跟上去后，我们看见在隔着一个小山谷的齐胸高的灌木丛中，一大一小两头犀牛正站在我们的对面。

"母犀牛和牛犊子，"老爹轻声说，"先别开枪，让我看看他们的牛角。"他从姆科拉手里拿过望远镜。

"它能看见我们吗？"POM问。

"看不见。"

"它们离我们有多远？"

"得接近五百米吧。"

"我的天啊，那它们得有多大啊。"我低语道。

"是头大母犀牛，"老爹说，"不知道那公犀牛在哪里？"他看到猎物既高兴又兴奋，"天太黑了，如果它们不靠近我们的话我们根本没办法开枪。"

两头犀牛转身开始吃草。它们要么奔跑要么一动不动，好像从来不会慢慢走动。

"它们颜色怎么这么红啊？"POM问。

"因为它们经常在泥土里打滚，"老爹回答，"趁还有光线，我们最好跟着它们。"

我们离开森林，朝山坡下望去，当看见我们曾用望远镜观察过的小山时，太阳已落山了。我们本应返回去，越过冲沟到达我们来时的那条小径，可是我们决定直接越过森林边缘下方的山坡，这是一个愚蠢的决定。于是我们沿着这条理想的路线，在夜色中进入深谷。在你还没有身临其境之前，那里好像只是一片长满树木的土地。我们抓着藤蔓往下滑行、跌倒、再攀登、再滑行、往下、再往下，然后是峭壁，在夜间出没的动物的塞率声和一只捕捉狒狒的猎豹的呼哧声中艰难地前行。我害怕蛇，黑暗中触摸着树根和树枝，心中满是对蛇的恐惧。

攀爬时必须一脚靠向另一脚，一脚前一脚后，一次迈一大步，身体前倾，以平衡坡度和高度，这样才能在需四肢着地爬行的深谷里爬下爬上，才能在月光下登上那道狭长的非常陡峭的山肩。我们累得要死，难以负荷枪的重量。月光下，我们排成纵队跨过斜坡，继续往山顶上爬。那里路况相对好一些。月光下，大地起伏向前，穿过小山峦。虽然疲惫至极，但此时火光引导着我们继续前行，回到营地。

然后我们裹着衣服抵御夜晚的寒风，坐在火堆边，喝着加了苏打水的威士忌，等着有人来通知帆布浴缸已放好了四分之一缸的热水。

"洗澡吧，老板。"

"该死,我可能真的猎不到羊了。"我说。

"我从来就猎不到,全是你们逼的。"POM 说。

"你比我们任何人都会爬山。"

"你认为我们还能再猎到羊吗,老爹?"

"我不知道,"老爹说,"我想只能看天意了。"

"都是那该死的车把我们毁了。"

"如果每天晚上都这么走一回,三天后回来我们不会再知道累是什么感觉了。"

"是啊。即便我们天天晚上这样走,走上一年,我还是那样怕蛇。"

"你会战胜它的。"

我当即否认:"它们吓死我了,你还记得那次我们在树后面两手相碰的事吗?"

"非常清楚,"老爹说,"你吓得跳开两米远。你真的怕蛇,还是说说而已?"

"蛇让我恶心,令我害怕。"我说。

POM 说:"怎么回事,男子汉们?今晚为什么没听见你们谈论战争?"

"我们精疲力尽,你参加过战争吗,老爹?"

"我可没有,"老爹说,"管威士忌的那个土著小伙子在哪儿啊?"尔后他用那种微弱的、小丑似的假嗓音喊道:"凯迪……凯迪呀!"

"洗澡。"莫罗也不停地轻声说。

"我很累。"

"夫人,去洗澡吧。"莫罗满怀希望说。

"我会去洗的,"POM 说,"但是你们俩快把酒喝了,我饿了。"

"快去洗澡。"凯迪严肃地对老爹说。

"你自己去洗吧,"老爹说,"别欺负我。"

凯迪转过身,在火光下,可以看见他笑了一下。

"好吧,好吧。"老爹说,然后他问我:"想来一杯吗?"

"就一杯,"我回答道,"然后都去洗澡。"

"洗澡,姆孔巴老板。"莫罗说。POM 穿着蓝色晨衣和防蚊靴朝火堆走来。

"去吧,"她说,"洗完再喝。洗澡水很热,但是有点混浊。"

"他们欺负我们。"老爹说。

威士忌一下子把我的思绪带回了怀俄明州,我问她:"你还记得那一回我们去打羊的时候,你的帽子被风吹掉了,差点落在公羊的头上吗?"

"去洗你的澡吧,"POM 说,"我想喝杯鸡尾酒。"

第二天清晨,我们在天亮之前就起床了,吃完早饭,在太阳升起前就到垂眼皮曾见到过水牛的深谷和森林边缘去搜索。但找不到水牛。那次搜索时间很长,后来我们决定返回营地开卡车出去雇些脚夫,然后跟着徒步游猎队一起去一条从山上流下来的估计有水的溪流。前一天晚上犀牛就是在这座大山的另一边出现的。如果在那里扎营,我们能沿着更接近大山的森林的边缘开辟一个新的区域狩猎。

卡尔跟着那些卡车从他猎羚羊的营地来了,在那里他感到越来越懊恼或沮丧,或者两者皆有。到这里,第二天他就可以到达大裂谷,尝试着猎一只大羚羊。如果我们发现好的犀牛,会通知他的。除了射击犀牛之外,我们不想因为途中开枪惊吓到它们。但我们迫切需要食物。犀牛好像很容易受惊,而在怀俄明州的经验告诉我,猎物在一两声枪响后都会迅速逃离一小片区域,逃离人们能够搜索到的任何地方,一片地、一条山谷或一道山脉。我们计划好一切,老爹和垂眼皮进行了商议,然后派丹跟车去雇脚夫。

那天傍晚,他们和卡尔带着四十个姆布罗人一起回来了,都是长相英俊的野蛮人和一个高傲自大的头人,他是唯一穿着一条短裤的。卡尔不仅变瘦了,而且皮肤蜡黄,眼中透着疲惫,似乎还带有绝望。他在山间的猎羚羊营地努力搜索了八天,在此期间身边没有一个说英语的人,可他们只见到了两只母羚羊,却惊动了一只在射程外的公羚羊。向导们说他们还见到过另一只公羚羊,但卡尔认为那是只大羚羊,所以他没开枪。他抱怨在这支队伍里团队合作很难。

"我不相信那是只公羚羊是因为自始至终我没见到它的角。"他说,猎羚羊现在对他来说是个敏感的话题,我们都不去提它。

"他在山下捕到一只大羚羊之后心里就会舒服了,这事儿让他有点心烦。"老爹说。

卡尔同意我们搬到一个新的地方的计划,也同意让他去寻找食物的计划。

"听你的,"他说,"都听你的。"

"这会让他有机会开枪,然后他心里会舒坦些。"老爹说。

"我们会打到猎物,你也一样。谁第一个打到谁就可以下山去捕杀大羚羊。无论怎样,明天觅食时也许就能猎到一只大羚羊。"

"听你的。"卡尔说。他的脑子里痛苦地回忆着那一无所获的八天,在炎炎烈日下爬山,天亮前出发,天黑后回营地,只是为了追猎一头他根本想不起来它名字的动物。和自己不信任的追猎手搭档,独自在营地吃饭,没有一个可说话的人,分别已三个月的妻子在九千英里以外,他的狗怎样了?他的工作怎样了?真见鬼,它们在哪里?如果他开枪失败了怎么办?他不会的,在关键时刻你从未失手,他确信这一点,这是他的信条之一。但是如果他因激动而失手呢?他怎么一封信也没有收到?那次向导说大羚羊如何如何的话,他们都说了,卡尔知道他们都说了。但他丝毫没有提及这些,只是带着点绝望地说:"听你的。"

"来吧,振作起来。"我说。

"我很乐观,你怎么回事?"

"喝一杯吧。"

"我不要酒,我想要羚羊。"

过了一会儿,老爹说:"我认为在没人催逼他或唠叨他的情况下,他会自己好起来的。他这样一个好小伙儿不会有事的。"

"他想要有人告诉他现在该做点什么,但我们最好不要去管他。"我说,"对他来说,当着大家的面开枪是痛苦的,他跟我不一样,我是个爱炫耀的人。"

"他朝那猎豹开的那一枪非常漂亮。"老爹说。

"两枪,"我说,"第二枪和第一枪一样漂亮。天啊,他能开枪的。在射击场上他会把我们打得落花流水,但是他担心这件事。我跟他说这么多,就是想让他快点好起来。"

"有时候你对他过于严厉。"老爹说。

"怎么可能,他知道我对他的看法,但是他不介意。"

"我还是觉得他会自己卸下包袱,"老爹说:"这关乎信心,他是一个名副其实的好射手。"

"是啊,他得到了最好的水牛,最好的水羚羊,现在又有了最好的狮子。"我说,"他真的没有什么好担心的。"

"别搞错了,是夫人打到了最好的狮子。"

"这我知道,但卡尔确实打到过一头很好的狮子和一头很大的猎豹。他打的每样东西都让人羡慕。我们有很多的时间,他没什么可担心的,真不知道他在郁闷些什么。"

"我们一大早出发,这样能在天气变得对夫人来说太热之前结束。"

"夫人的状态最好。"

"她像只小猎狗一样了不起。"

那天下午我们离开营地爬上山,用望远镜观察了那片地区,可是什么也没发现。晚餐后我们一直待在帐篷里没有出去。POM 非常不喜欢别人把她比作小猎狗,如果非要说她像什么狗的话,她很不希望是这种狗,她希望是狼狗,或者是聪明活泼、可观赏的长腿狗。她的勇气是由内而外的、单纯的状态,所以她从未想到过危险。退一步说,危险由老爹应付处理,她绝对、完全、毫不保留地信任和崇拜老爹。老爹是她理想的男人的形象,勇敢、温柔、幽默,从不发脾气,从不自夸,除了开玩笑时从不抱怨,而且宽容、理解、智慧,像好男人理所应当的那样稍有点贪杯,而且,在她看来,老爹非常英俊。

"难道你不觉得老爹英俊吗?"

"不,"我说,"垂眼皮才算英俊。"

"垂眼皮那是漂亮,但你真的不认为老爹英俊吗?"

"说实话,真不觉得。我像喜欢我认识的其他人一样喜欢他,但我绝不认为他英俊。"

"我觉得相貌很可爱,但是你知道我对他是什么想法,不是吗?"

"当然,我自己也欣赏这个家伙。"

"但是,你真的不认为他英俊吗?"

"真的不。"

然后,等了一会儿。

"嗯,那在你看来谁英俊呢?"

"贝尔蒙特、老爹,还有你。"

"别用爱国主义那一套,"我说,"那么谁是漂亮女人呢?"

"嘉宝。"

"她现在并不漂亮,漂亮的是约西,还有玛戈。"

"对,她们都漂亮,就我不漂亮。"

"你很可爱。"

"让我们来说说杰·菲先生吧,我不喜欢你叫他老爹。这让他很没面子。"

"这一点我们两个是一样的。"

"是啊,但是我尊重他。难道你不认为他很了不起吗?"

"了不起,但他大可不必看某个女人写的书。他帮忙出版的那本书里写到他如何的胆小。"

"那个女人怀有嫉妒和怨恨的心态,有些人永远不会感激你帮助她。"

"不过很遗憾,所有的才能都用在怨恨、胡闹和自夸上是一个莫大的遗憾。更加遗憾的是她完蛋以前你从不知道她会完蛋。你知不知道她从来不会写对话,这太可怕了。她把从我写的东西里学习到的写对话的用在那本书中。因为她以前从来没有尝试过,导致她现在不能原谅自己学了这些,她害怕人们知道她是学来的,知道她是从什么地方学来的,所以她不得不攻击我。这真可笑。但我发誓她在变得利欲熏心之前,那时候你一定会喜欢她的,不骗你。"

"我可不这么想,"POM说,"不过我们过得很开心,是不是?不用管那些人。"

"要是我们玩得不高兴,那才叫奇怪呢。从我能记得的日子起,我们一年比一年过得好。"

"但杰·菲先生不是很了不起吗?"

"没错,他了不起。"

"哦,你这样说太好了,但卡尔就可怜了。"

"为什么这么说?"

"妻子不在身边。"

"是啊,"我说,"可怜的卡尔。"

第二章

又是一个早晨,我们像往常一样比脚夫们先出发,一路下坡,越过山丘和一条森林茂密的山谷,然后又往上,越过一道草木深深、让人很难走的长山坡,继续向前,往上,穿越,间或在树荫下休息一下,然后继续重复地向前,往上,穿越,这里到处都是高草,你不得不杀出一条血路,而阳光炙热无比。我们五个人排成纵队,垂眼皮和姆科拉每个人背着一支长枪,肩上还挂着行囊、水瓶和照相机,太阳的照射下我们全都汗流浃背,老爹和我背着枪,夫人想要像垂眼皮那样行走,她把斯泰森帽[①]斜戴在一边,她不仅为能徒步旅行而欣喜,也为自己穿着这么舒服的靴子而高

---

① 一种很流行的美国牛仔帽。

兴，后来我们到达一个密密的荆棘树丛，下面是一条冲沟，这条冲沟从一道山脊边上一直往下延伸到河边，我们走进浓荫，把枪倚在树上，然后躺了下去。POM 从一只行囊里拿出几本书，她和老爹两个人开始看书。这时我沿着冲沟往下，到达从山坡流下的小溪边，在一人高的草丛里发现一连串新鲜的狮子脚印和许多犀牛踩出的凹沟。从沙石地的冲沟里往上爬回原地的过程相当痛苦，那实在是太热了，回去之后我怀着高兴的心情靠在大树上，开始看托尔斯泰的《塞瓦斯托波尔》。这是本朝气蓬勃的书，书中对战争的描写相当精彩，当时法国军队占领了整个棱堡，因此我想到对于托尔斯泰这样一个作家来讲，具有战争经历是一个多么大的优势啊。

战争是重大的主题之一，最困难的就是真实地描写它，而那些没有战争经历的作家总是非常嫉妒别人的这一点，试图把它说成不重要，或者不正常，认为它是一种病态的主题，而事实上，这恰恰是他们将永远错过的主题。接着，塞瓦斯托波尔又使我想起了巴黎的塞瓦斯托波尔林荫大道；想起了雨天骑着自行车从斯特拉斯堡顺着大道回家；想起了有轨电车那光滑无比的轨道；想起了在雨天交通繁忙时骑行在溜滑的沥青路上和卵石路上的感觉；想起了我们当时差点住进去的圣殿林荫大道。我还记得那套房间的模样，它的摆设和装潢，结果我们却住进了院子里有家锯木厂（想起圆锯突然的噪声、锯末和高出屋顶的栗子树的气味，楼下有一个疯女人）的乡村圣母院路上那楼房的楼上，还记得那一年我们经济非常拮据（所有的短篇小说都被拒稿，退稿信从锯木厂门上一道狭缝里塞进来，上面从来不称我的作品为短篇小说，总说是逸事、速写、故事等。

他们不需要我的作品，所以我们只能靠吃韭葱，喝兑水的卡奥尔葡萄酒和水过日子。不管天文台广场的喷泉多么美丽（水光闪烁在青铜铸就的马鬃、胸脯和肩膀上，那些铜雕在喷泉的涓涓细流的映射下呈现出绿色），不管在抄近路穿过卢森堡花园去苏夫洛路时，人们在安放福楼拜的胸像时是怎样的场景（这是一位我们信任而从不吹毛求疵的作家，现在像一个偶像应该成为的那样，变成了凝重的石像）。他虽然没经历过战争，但是他见证过一场革命和一个公社的兴衰，而且如果你不盲从其他人所说的话的话，一场革命是极好的经历。就像内战对于作家是最好的战争一样，是非常完美的一件事。

司汤达见过一场战争，而拿破仑教会了他写作。当时他正在教其他所有的人，但是那些人没有一个人学会。陀思妥耶夫斯基成为作家的主要原因是因为被流放到西伯利亚。作家们在不公正待遇中得到锻炼，就跟宝剑锋从磨砺出是一个道理。我不知道如果把汤姆·沃尔夫送到西伯利亚或德赖托图格斯群岛去，给他以必要的打击来让他删去连篇的废话，并给他以分寸感，他会不会也能成为一个作家？也许会，也许不会吧。他看上去很忧郁，事实上也的确如此，像卡内拉那样。托尔斯泰个子矮小，乔伊斯中等身材，却把眼睛用坏了。

最后一个晚上，我跟乔伊斯在一起喝醉了，他一直重复背诵着埃德加·基内一行诗："精神饱满，容光焕发，一如在打仗的日子里。"我知道我记得并不准确。等你再一次见到他时，他可以接着和你聊三年前中断的话题，能与一位我们同时代的大作家见面真是件令人高兴的事。

我现在必须工作,我并不十分在乎结局怎样。我不再认真对待我自己的生活,我会认真对待任何人的生活,但我的除外。别人都想要某种我不想要的东西,如果我工作,即使我不想要我也会有。工作是唯一的好事,只有工作才能让你一直保持良好的感受,这就是我自己该死的生活,至于地点在哪儿,方式是什么,我可以随心所欲。我对我现在所生活的地方就十分满意。这里有比意大利更好的天空。别讲鬼话了,最好的天空是在意大利、西班牙、秋天的密歇根州北部以及秋天的古巴北边的墨西哥湾流。这里的天空当然不是最好的,但这片土地美丽得无与伦比。

我现在唯一想做的就是回非洲去。当时我还没有离开,但现在每次我午夜梦回时,就很明白我在想念它。

那时,我们透过冲沟上面的树丛间的缝隙瞭望天空,白云在风的吹拂下流过我们的头顶,我热爱这片土地。在这土地上我充满喜悦,和你在与你真心喜爱的女人做爱后的那份喜悦一样,在那个瞬间,被掏空的你感觉到欲念又重新高涨起来,它就在那里,好像你永远无法完全拥有,但是就目前来讲你可以得到,而你需要的比此时更多,你想拥有它,实践它,生活在它里面,甚至下辈子也拥有它,那种长久的、戛然而止的一辈子可以使时间暂停,有时候停止得非常彻底,以致事后你等着它往前走,可它迟迟不再动弹。但你并非孤身一人,因为如果你曾经爱她是真正快乐而非痛苦,她就会永远爱你。不管她爱的是谁,不管她到什么地方,她只会更加爱你。所以,如果你爱过一个女人和一块土地,你就是非常幸运的,即便是有一天你死了也无所谓。这时,身处非洲的我渴望得到更多,诸如四季的变换,不必出门赶路的雨天,你花钱买来的吃苦受累,了解树木、小动物和所有鸟儿的名称,学会这里的语言,有时间深入挖掘,并且慢慢地有所作为。终我一生,我都会热爱故乡,乡土永远比人民好。我一次只能关心极少数的人。

POM 睡着了。她睡熟时看上去非常可爱,她睡得安稳,像只动物一样紧紧地蜷缩着,跟卡尔睡着时那副死人样子完全不同。老爹睡得也安稳,你可以看见他的心灵被他的躯体禁锢着。他的躯体再也不能完全地容纳他。身体已经每况愈下今非昔比了,有些地方变胖,失去了线条,有些地方略显臃肿,然而骨子里他还像在瓦米河南面平原上追赶狮子时那样年轻、细长、硬朗,但他眼睛下面的眼袋已经非常明显,所以我现在看到的他睡觉的样子跟 POM 看到的一样。姆科拉睡觉的样子像个老人,没有什么故事也没有秘密。垂眼皮没有睡觉,他跪坐在那里等候游猎队回来。

我们老远就看见他们来了。先是露出高高的茅草顶上的一些箱子,然后是一行人头,接着他们走进了一片洼地,这时可以看见阳光下一支长矛的尖端,随后他们开始爬坡,我才看见一列纵队朝我们走来。他们朝左走过了,垂眼皮就向他们挥手示意让他们朝我们这个方向来。他们扎了营寨,老爹告诫他们要安静一点,我们在就餐帐篷下舒服地坐在椅子上聊天。那天晚上我们又一次外出打猎,但什么也没发现。第二天早晨我们出猎,还是什么也没看到,而第二天晚上又是如此,这虽然有趣但毫无结果。来自东面的风很是强劲,这里地势崎岖,到处是紧贴着森林边缘的一道道短小的山脊,如果你想要到上面的森林里去,风一定会在你之前把你的气味送上去,使所有的动物产生警觉。

傍晚,你不可能直面太阳,也不可能站在浓荫笼罩的山坡上向西看,而此时山的另一边太阳正在西下,犀牛将要从森林里出来,因此,在傍晚,我们无法在西边的整片地区采取措施,而我们在可以射猎的区域里没有任何发现。我们派出去的一些脚夫从卡尔的营地里运来食用肉,还有很多夸特面包,格兰特瞪羚和沾满灰尘的野兽肉,肉已经晒成了干,脚夫们蹲在火堆旁,高兴地用枝条叉着肉在火上烤。老爹不明白犀牛为什么踪迹全无。我们一天比一天少见它们,我们讨论说也许是因为满月当空,它们趁着夜色出来吃草,在天亮前回到森林里,或者是因为它们闻到了我们的气味,要不就是因为听见了土著人的声音,害怕得一直躲在树林里,不然的话还会是什么原因呢?我提出一条条假设,老爹用他的智慧来断定。有时候出于礼貌,有时候则是凭他的感觉,比如关于月亮的那条假设。

我们早早地就上床睡觉,晚上下了点来自山里的一场阵雨,不是长脚雨。到了早晨,我们又一次天没亮就起了床,爬上对面陡峭的溪岸,从那里我们可以观察到所有的山坡和森林边缘。此时天还没亮,有几只野鹅从头顶飞过,天色依然是灰蒙蒙的,森林边缘无法在望远镜中显现出来。我们在三个不同的在山顶上放哨,等待着天色大亮,他们放出信号时,我们就可以看清楚。

随后老爹说了声:"瞧那人养的。"并朝着姆科拉大喊大叫,要他把步枪背上来。姆科拉跳下山。这时有一头犀牛正在小溪对面正对着我们的地方,迈着小快步跑动着。我们看着它,它加快速度,飞奔着往下越过溪岸。它是暗红色的,而且它的角清晰可见,从它迅速、明确的动作中看不出丝毫的笨态,看到它我感到非常兴奋。

"它会跨过小溪的,"老爹说,"我们可以射中它。"

姆科拉把斯普林菲尔德递到我手里,我打开弹膛确认里面装有实心子弹。这时犀牛已经跑出了视线,但是我可以看见高高的草在晃动着。

"你看离我们有多远?"

"至少三百米吧。"

"我来崩了它。"

我注视着它,下意识地像关上阀门一样凝神屏气,让激动的心情平静下来进入射击前的超然状态。

它露面了,小跑着进了布满石块的浅溪。我只注意到这一点,这意味着击中它是完全有可能的,但是我必须保证我的射击应该提前,一定要往它的前面瞄,我瞄准了它,然后加大提前量,扣动扳机。随着子弹的一声响,本来小跑着的犀牛突然像离弦的箭一样向前冲去。它不断地喷着鼻息,疯狂地向前飞奔,它的周围水花四溅,我又补了一枪,打在它的身后。"打中了,"姆科拉叫道,"打中了!"

垂眼皮也应和了一声。

"你真的打中它了吗?"老爹问。

"绝对打中了。"我说。

垂眼皮向前跑了过去,我重新装上子弹,跟着他跑过去。几乎半个营地的人蜂拥而至,在山上挥手,叫喊。从他们脚下蹿出一头受伤的犀牛,一直跑到山谷,朝着森林往下延伸进山谷顶端的地方跑去。

老爹和POM跑了上来。老爹拿着长枪,姆科拉拿着我的枪。

"垂眼皮会找到它的痕迹的,"老爹说,"姆科拉发誓说你打中了它。"

"打中了!"姆科拉说。

"它喷鼻息像蒸汽机一样,"POM说,"它往那儿跑的姿势真了不起,不是吗?"

"它是在外面玩过了火,回去晚了,"老爹说,"你肯定你打中它了吗?这是个距离很大的远程射击。"

"我非常肯定我打死了它。"

"就算这样也别对其他人说,"老爹说,"没有证据人家绝对不会相信。瞧!垂眼皮发现血迹了。"

在我们的下边高高的草丛里,垂眼皮举起一枚草叶给我们看。然后他弯下腰去,快速地循着血迹追去。

"打中了,"姆科拉说,"打得太棒了!"

"我们要守住这个制高点,万一它跑出来的话我们可以看见,"老爹说,"快看垂眼皮。"

垂眼皮已经把摘下的菲斯帽握在手里。

"这是他唯一必备的预防措施,"老爹说,"我们带来了两支重型枪,而垂眼皮追踪它时身上要少一样穿戴。"

在我们下面,垂眼皮和跟他一起追踪的伙伴停了下来,并向我们举起一只手。

"他们找到它的踪迹了,"老爹说,"走吧。"

我们和垂眼皮迎面走来,他在跟老爹说话。

"它就在那里,"老爹轻声说,"他们可以听见食虱鸟的声音。有个土人小伙说他也听见了那头犀牛的声音。我们必须逆风而行,你跟垂眼皮先走前面,让夫人跟在我后面。带上长枪,就这样。"

那犀牛躲在一些灌木丛后面的高草丛里。在我们向前走的过程中,听见一阵低沉的呜咽似的呻吟。垂眼皮扭头朝我咧嘴一笑,呻吟声又响了一声,这回结束时好像被血呛住了喉咙,发出一声叹息。垂眼皮笑得更开心了。"犀牛。"他一边轻声说话,一边把张开的手掌按放在脑袋一边,做出入睡的姿势。接着我们看见一小群尖嘴巴食虱鸟快速地跃起,飞走了。我们知道犀牛在哪里了,我们小心地分开高高的草,慢慢地向前走去,结果真的看见了它。它侧躺在那里,已经死了。

"保险起见,最好再打一枪。"老爹说。姆科拉把他携带的斯普林菲尔德递给我。我发现它的击铁扳起着,便瞪了姆科拉一眼,我单膝跪下,对着犀牛的心口窝处开了一枪。它依旧一动不动,垂眼皮和姆科拉都握了握我的手。

我对老爹说："他把该死的斯普林菲尔德的枪机打开了,他打开枪机,对着我的后背,使我勃然大怒。"

姆科拉却并不在意。他摸着犀牛的角,显得很是高兴,张开手指量着尺寸,寻找子弹。

"在它下半个身子。"我说。

"你真该看看他是怎么把枪机打开,来保护妈妈的,"老爹说,"他能打枪吗?应该不。"

"但是他会打的,"我说,"这异想天开的杂种快把我吓死了。"我们把犀牛翻过来假装它是跪着的,然后割掉周围的草,这样拍照的话就会比较方便。那弹孔在背部偏上的地方,具体位置应该在肺部稍后。

老爹说:"这一枪打得糟透了,别对任何人说是你打的。""你得给我做证,不然的话所有人都会认为我们在说谎。而且,犀牛是一种怪兽对不对?"眼前的犀牛身躯庞大,胁腹厚实,面貌像是史前动物,看上去有些透明的毛皮像经过硫化的橡胶,犀牛角因为被鸟啄伤而结出很难看的疤痕,它有粗圆的尾巴,尖尖的头颅,扁扁的身子,上面有很多虱子,它的耳朵边上长着一圈毛,眼睛像猪的一样小,根部长有毛的角从鼻子前部向上长。姆科拉一边观察它,一边像拨浪鼓一样摇头,我和他一样觉得这个动物长的实在奇怪。

"它的角情况怎么样?"

"就那样吧,没什么特别之处。可是老弟,你这一枪打得的确不成功。"老爹说。

"姆科拉却对此感到高兴。"我说。

"你自己也应该高兴。"POM 说。

我回答说:"我的确高兴得手舞足蹈,可是现在我不想再提它,估计我每个不眠之夜都会想它的,所以请不要担心我对这件事的看法。"

"你是个不错的追猎者,与此同时,还是个了不起的射鸟大王,请告诉我们这些事的细枝末节吧。"老爹说。

"饶了我吧,我只是有一次在喝醉酒后不小心说了出来。"

POM 说:"只有一次吗,他不是每天晚上都跟我们说的吗?"

"天哪,我真的是个射鸟大王吗?"

老爹说:"这太让我吃惊了,真让我难以想象,我哪里想得到啊,你还做过些什么?"

"嘿,别这么说。"

"如果让他明白他那一枪打得有多么糟糕,他一定会变得让人抓狂的,所以千万不能让这个情况出现。"老爹对 POM 说。

"我和姆科拉都知道。"我说。

姆科拉走上前来说:"打得漂亮! 老板,太好了。"

"他以为你是故意这样干的。"老爹说。

"别穿帮了。"

"打得太棒了。"姆科拉说。

"我相信在这件事上你们两个有相同的感受。"老爹说。

"我们俩是伙伴嘛。"

"你知道我明白这一点的。"老爹说。

在回营地的途中,我们遇到了一头小羚羊。它大概在二十米开外,我抬手一枪对着它来了一个漂亮的射击,从颅骨根部打穿了它的脖子。姆科拉和垂眼皮对此十分高兴。

"说实话,我们得阻止他。你本来瞄准的是哪个地方?"老爹对 POM 说。

我撒了个谎说是脖子,其实我当时瞄的是它肩膀的正中央。

"太棒了。"POM 说,那颗子弹像棒球棒打在快速飞行的球上射中目标,发出啪的一声,那只羚羊随即扑倒在地,一动不动。

"我认为他在吹牛皮。"老爹说。

"没有任何一个神枪手会被人赞颂,等我们死后或许有转机。"

"打中犀牛的那一枪让他忘了自己是谁,他想要的赞赏就是让我们把它举过头顶,抬在肩上。"

"好吧,我一直认为我打得很好,接下来,你只管睁大眼睛看着吧。"

老爹在取笑我:"我好像记得有头格兰特瞪羚什么的。"我当然没有忘记。那是一个大热天,我在小心翼翼地追赶一个猎物,时间持续了一个上午,打了一枪又一枪,都没打中,反而让它逃出了我力所能及的范围,然后我爬上一座蚁冢,本打算在蚁冢上休息一会儿,射一头并不太好的猎物,有一头公羊在五十米开外,我打了一枪,没打中。可是那头羊鼻子翘着站在我的对面,一动不动,我就朝着它的胸脯打了一枪,它随即向后倒下。可等我走近时,它突然站起来,摇摇晃晃地走了。我没有去追,只是坐下来,等着它停下,当它停下来像被钉在地上的时候,我用弹弓打它的脖子,但是打了八次竟然一次都没有成功,这让我非常恼火。我非常固执,没有做任何调整,接着用同样的方式打同样的地方。扛枪的人都哈哈大笑,和我的同伴们一起上山来的卡车中的更多的黑人也被逗乐了。POM 和老爹沉默不语,我只是冷冷地坐在那里,心里着急上火,很不服气,下定决心一定要拧断它的脖子,为了避免惊动它从热浪滚滚的平原上跑开,我没有走上前去。谁也没有说话。我伸出手向姆科拉再要些石弹,又十分谨慎地打了一发,又失败了,一直到第十发的时候我才打断了它的脖子,然后我一眼都没看,转身走了。

"可怜的爸爸。"POM 说。

"打不中因为光线和风的关系,从激起的尘土上看,石弹是打在了同一个地方。"老爹说,当时我们彼此还不太了解。

"我这个傻瓜,真是顽固不化。"我说。

不管怎么说,现在我擅长打枪了。直到现在为止,好运一直伴随着我。

我们到营地之后开始大声吆喝,可是没有人出来。最后卡尔从他的帐篷出来,他一看见我们就立刻进去,停了一会儿才出来。

我叫了他一声,他给我打了招呼,再次返回帐篷。再次出来后朝我们走来,看得出来他很激动,他刚刚洗掉手上的血。

"那是什么?"

"犀牛。"他说。

"它给你们惹事了吗?"

"还好吧,它现在在哪里呢?"

"那棵树后面。"

我们走过去的时候发现那里有一个新割下的一头地道的犀牛的头。它比我杀死的那头几乎大一倍。那双小眼睛中的一只的眼角上有一滴像眼泪一样的鲜血。这只犀牛头非常大,它的牛角向后弯起上翘,形成漂亮的曲线。犀牛头后面的皮像披肩一样垂了下来,看起来有一英寸厚,导致那些被割开的口子像切开的椰子一样。

"它尺寸有多大?有三十英寸吗?"

"不,没有三十英寸。"老爹说。

丹说:"不过杰克逊先生,它挺不错的。"

"对,我同意你的看法。"老爹说。

"你在哪里猎到的?"

"就在营地外面。"

"我们听见它的呼噜声,它当时站在一个灌木丛里。"

"刚开始,我以为是一头水牛呢。"卡尔说。

"它是头非常棒的犀牛。"丹又说了一遍。

"我真为你感到高兴。"我说。

我们三个站在那里,打算祝贺,想要在这头犀牛面前做输得起的人,它小的那个角比我打到的那头的大角还要长。这头眼角流泪的神奇的犀牛如此庞大,毫无疑问这头死去的、头被割下的犀牛是完美的,可是我们感到羞愧,却又无可奈何。在说话时,我们像是即将晕船的或者是遭遇了重大经济损失的人。我想说一些高兴的、赞美的话,结果到了嘴边说出的却是:"你打了它几枪?"

"我们没数过,应该有五六枪吧。"

"我认为是五枪。"丹说。

卡尔在我们这三个愁眉苦脸的来客面前,感觉自己猎到这头犀牛的快乐正在一点一点地溜走。

"我们也捕到了一头犀牛。"POM 说。

"太好了,比这头大吗?"卡尔说。

"根本没有,它又矮小又难看。"

"对不起。"卡尔说,看得出他说的是真心话,言简意赅,令人可信。

"没什么好对不起的,你打到了一头这么漂亮的犀牛,我去拿照相机来给它拍几张照。"

POM 抓住了我的臂膀跟我一块儿去取照相机。

"尽力表现得正常一点儿,"她说,"你让卡尔感到十分难受。"

"我明白,请相信我已经努力去做了。"

老爹来了。他摇着头说:"我从没感到自己想法会如此邪恶,我是应该高兴,可这就像是肚子上被人踢了一脚一样难受。"

我对此表示感同身受:"我宁愿他打败我,这你是知道的,但是他为什么就不能打一头只是稍微好一点儿的呢?长度加上两三英寸不就可以了吗?他为什么要打到一头这么完美的,让我打到的那头显得如此可笑呢?我们那头跟这个相比显得微不足道。"

"那一枪会让你永远印象深刻。"

"别提那一枪了,只不过是侥幸而已,那头犀牛多漂亮啊。"

"行啦,我们应该振作起来,尽量像白人应该的样子对待他吧。"

"我们真的太逊色了。"POM 说。

我说:"我明白,我也一直在努力显得兴致勃勃。你知道我是真心为他打到这头犀牛而高兴。"

"我知道,你们俩是一样的心情。"POM 说。

"但是你到现在为止看见姆科拉了吗?"老爹问。姆科拉满怀沮丧地看了看犀牛就摇头走开了。

"这只犀牛的确很了不起,我们必须表现得体,不让卡尔难受。"POM 说。

但是已经太迟了。我们不仅不能让卡尔感到高兴,连我们自己心里也很难受。脚夫们把东西搬进来,我们可以看见我们所有的人走到放犀牛头的阴凉处。除了剥皮工看见这头犀牛非常兴奋之外,其他人都一声不吭。

"太漂亮了,"他移动着手,比量角的长度。"长极了!"

"是啊,真的漂亮。"我附和说。

"是卡尔老板打的吗?"

"对。"

"棒极了。"

"对,"我又一次附和说:"太漂亮了。"

我们这群人中唯一的绅士只有剥皮工,我们都尽力在狩猎活动中避免竞争。每当出现一只猎物,卡尔和我都彼此相让。我打心底喜欢他,他毫无私心,而且勇于自我牺牲。我明白我的枪法比他的准,我奔跑的速度比他快,可是每次他捕获的猎物都会让我的战利品相形见绌。我没有见过以前他射击失败的时候,但是在我们一起出猎时,有两次他打得很糟糕,一次是打那头格兰特瞪羚,还有一次是打平原上的一只鸨,但在我们能向外人说的那些事上他都胜过了我。我们曾经认为这是一个笑话,那是因为我知道会扯平的,但结果并未如我所愿。今天,在这次捕猎犀牛的过程中,我是这个地区第一次开枪打中猎物的人,我们去了一个新的地区,派卡尔去找一些吃的。我们对他不算坏,但也不是太好。但是最后他仍然战胜了我,而且这一点是毋庸置疑的。他使我的犀牛看上去这么差劲,让我无法把它保存在我们居住的同一个地方。他毁了我的猎物。

没有什么会把我打中犀牛的那一枪从我的记忆中消除,我会一直记得。只是这一枪打得实在太莫名其妙,导致我一直在郁闷这究竟是不是一次侥幸的成功,尽管我的自信有些不大光彩。老卡尔用那头犀牛令我们大家对他刮目相看。这时他正在用餐帐篷的帆布外顶下面写信,老爹和我讨论着我们到底该怎么办。

"他好歹捕到了他的犀牛,这节省了我们很多时间,当然你是无法接受的。"老爹说。

"是的。"

但是这个地区已经出了问题,我们不可能再有什么收获。垂眼皮坚持说他知道有个好地方,我们需要坐三个小时卡车,再跟脚夫们往里走一个小时左右。今天下午我们可以带些细软先行出发,然后把卡车派回来,让卡尔和丹可以下山到穆图翁布去,他可以去捕杀他的大羚羊。"

"好。"我表示同意。

"他还可以在今天晚上或者明天早上用那头犀牛的尸体做诱饵,说不定可以捕到一头豹子呢。丹说他们听见过一头豹子的动静,我们要尽力在垂眼皮说的那个地区打到一头犀牛,然后你再跟他们一起打羚羊。我们要给他们留下足够的时间。"

"好。"

"即便你没捕到大羚羊也没关系,说不定你在什么地方就见到了。"

"我不是太在意有没有羚羊,将来还有机会,不过我倒是想要一头羚羊。"

"放心,你会遇到的。"

"哪怕什么都没有,只要一头漂亮的羚羊就够了。至于这些犀牛,除了追猎它们时的乐趣外,其他的并不引起我的兴趣。不过我倒是想猎到一头跟卡尔的那头漂亮的犀牛不相上下的。"

"千真万确。"

我们把这个打算告诉了卡尔,他说:"我同意你们的决定,祝你们打到一头比这大一倍的。"他是真心地在祝愿我们。看得出来他现在好受些了,我们也都一样。

第三章

我们坐在像笼子一样闷热的卡车里。在当天下午,穿过布满灌木的红土山丘后,我们到达了垂眼皮说的那个地方。它的位置在带状地区的边缘,那里所有的树的树皮都被剥去一圈以消灭舌蝇[1],看起来很可怕。

营地对面有一个土著人的村子,那个村子满是肮脏的尘土,受到侵蚀的红色泥土好像是水土流失造成的。大风中,我们把营地建在山坡上几棵枯树的稀疏阴影

---

[1] 一种生活在树林和灌木丛中,以人类、家畜及野生猎物的血液为食的一种蝇。

下。从山坡上向下可以看见远处的一条小河和更远处一个遍地泥浆的村子。我们跟着垂眼皮和两个当地的向导在天黑之前往上走,我们爬了很久,经过那个充满泥泞的村子之后到达满是杂石的山脊上方,从鸟瞰的角度看完全就是一个峡谷,对面是山脊的另一侧。山谷里有密密麻麻的林子,谷间的山脊俄坡上布满青草,上面是大山中丛生的竹林。峡谷向下延伸到大裂谷,远处的石壁穿过山谷,看起来似乎更窄。在更远的地方,有一片布满森林的山丘,它位于青草覆盖的山脊和山坡之上,看起来是打猎的极佳选择。

"如果有猎物在你对面出现,你必须径直下到峡谷底部,然后跨过那该死的冲沟,爬上一片有林木的地方。如果你一直紧紧盯着猎物不放,你很可能在攀爬时摔死。那山坡很陡,就像那晚我们回营地时走过的看似毫无危险的冲沟一样。"

"看上去非常糟糕。"老爹也这么认为。

"我曾经在怀俄明州林溪地的南坡打过鹿,那里跟这里几乎完全一样。那里山坡陡峭,地势崎岖,情况非常糟糕,明天我们就会受到惩罚。"

POM 没有言语,老爹既然可以把我们带过来,就一定会带我们出去。POM 避免把注意力放在她的脚上面,她只担心她的脚现在有一点儿疼痛的感觉。

我一直盘算着这个地方显现出来的各种困难。当我们在夜色中返回营地时,所有人都表现出对垂眼皮的不满,他们感到很悲观。在风的助长之下,火堆烧得很旺,伴随着鬣狗的号叫,我们看着月亮升起。几杯酒下肚之后,感觉这个地方不再那么糟糕了。

"垂眼皮发誓说这是个好地方,不过他说这里不是他之前想要去的地方,那个地方再往前一点,但他说这绝对是个好地方。"老爹说。

POM 说:"我对垂眼皮有绝对的信心。"

垂眼皮走到火堆边,身后跟着两个拿长矛的土著人。

"他听见了什么?"我问。

土著人说了两句话,老爹说:"一位猎人说今天有一头巨大的犀牛在追赶他,当然,在遭到追赶时,他会觉得所有的犀牛都是巨大的。"

"问一下他见到的犀牛的角有多长。"

土著人表示犀牛角和他的手臂一样长,垂眼皮咧嘴笑了一下。

"让他离开吧。"老爹说。

"这事儿是在哪儿发生的?"

"哦,大致方位是在那边,那边过去一点的地方经常会发生这种事。"老爹说。

"太不可思议了,正是我们的目的地。"

"幸好垂眼皮没有丝毫的气馁,"老爹对 POM 说,"他好像对自己满怀信心,毕竟这是一个展现自己的好机会。"

"是啊,可是我们必须爬过去。"

"他都让我感到灰心丧气了,想办法让他振作起来,好吗?"老爹对 POM 说。

"我们要不要赞美一下他的枪法?"

"时间还早,现在才是傍晚。我不是悲观,只是此前见过这样的地方。我肯定这会对我们大有裨益,会让你的肚子变小,长官。"

第二天,我发现我看错了这个地区。为了在太阳升起前出发,我们在天亮前就吃了早饭,排成一列爬上村子外那座小山。一名当地向导手持长矛走在前面,后面是垂眼皮,他挎着水壶背着我那杆重型枪。紧跟着的是带着斯普林菲尔德枪的我和背着曼利希尔枪的老爹。POM 依旧什么也没带,她为此感到高兴。姆科拉背着老爹的重型枪和另外一只水壶,两个当地人拿着长矛、挎着水袋、抬着装着午餐的箱子走在最后。我们打算中午炎热时就地休息,等天黑再返回营地。在清早凉爽的氛围中爬山真舒服,虽然是同一条小路,但感觉和前一天傍晚日落时分攀爬的感觉完全不同,当时白天的暑气都被岩石和泥土反射回空中。

牛群经常走这条小路,干成了粉末的泥土现在因露水稍有湿润。随着有许多鬣狗的脚印的小路往上延伸到一道灰色的岩石山脊,从岸边向下看可以见到一道险峻的河谷,然后沿着峡谷边缘往前,我们在岩石下方一块满是尘土的地上,看见一道新鲜的犀牛脚印。

老爹说:"它们晚上一定在这附近逗留,刚刚离开这里向前走。"

下面是峡谷谷底,我们能看见高大树木的树冠,包括树冠缝隙间闪烁的水光。我们昨晚已观测过的陡坡和冲沟就在对面。垂眼皮在低声和那个被犀牛追逐过的当地向导说话。接着他们开始顺着一条沿着峡谷一边的长斜坡往下延伸的非常陡峭的小路前行。

我们不知为何停了下来。我没有注意到 POM 走起路来已经一瘸一拐了。突然之间,我们发泄着彼此的不满,互相低声地各执一词吵了起来。过去,我们曾为不合适的的鞋子、靴子争吵过,现在又为把脚弄疼的鞋子吵架,把套在普通袜子外面的厚羊毛短袜的脚趾部分剪掉可以减轻疼痛,要想穿上靴子只能把袜子全部脱掉。

山上的路又陡又直,让人感觉西班牙打猎靴的脚趾部分显得过短,而我们一直怀疑这种靴子的长度和鞋匠为弥补这个缺陷而加高后跟的办法是否有用。我站在鞋匠一边刚开始只是个无心的解说者,最后心悦诚服地接受了他的理论,觉得是有道理的。但现在我的脚的疼痛更加证明了这一点。尽管说男人的新靴子总要适应几周才会变得舒适,但现在这个理论对我们毫无意义。我们脱掉了厚袜子,试着走几步习惯一下脚趾上鞋面皮革的压力,争论结束了,POM 不想受罪,只想跟上大伙的速度,让杰·菲先生高兴。而我因为靴子的事成了个低俗的粗人,不仅如此,我还为对疼痛理所当然而觉得羞耻,为自己这样假正经而感到羞耻,为一直都这样道貌岸然而感到耻辱。

我们停下来嘀咕这事,感觉刚才彼此的话语都很好笑。现在一切都好了,靴子在脱掉了厚袜子之后感觉好多了。我现在憎恨所有道貌岸然的家伙,特别是一位千里之外的美国朋友,我自己刚刚脱离这个队伍,再也不会假装正经了。我们跟随着走在前面的垂眼皮,沿着这一长段斜着的小路往峡谷底部走去,因为有严密高大的树林,所以俯瞰下去,峡谷就像一条狭长的裂缝,也像是通向树林对岸的一条小河。

现在我们站在树荫下,这棵大树有着光滑而粗大的树干,底部缠绕着圆形脊状突起的树根,像动脉一样攀缘在树干上。这些树干呈黄绿色,就像冬季某天雨后见到的法国森林。但这些树枝繁叶茂,枝干四处伸展。在树下小河的河床中,纸莎草一样的芦苇足有十二尺高,而且长得像麦田一样茂盛。沿着小河穿过草丛有一条动物经常经过的小路。垂眼皮弯腰观察小径上的情况,姆科拉走过去瞧了一眼,他们俩腰弯得贴近地面,顺着小径往前走了一段,然后回到我们面前。

"水牛。"姆科拉和垂眼皮低声对老爹说。老爹用他那喝过威士忌似的嘶哑嗓音轻柔地说:"是水牛,到河里去了,它们还没上岸。"

"我们跟上它们吧,我宁愿再打一头水牛也不愿打犀牛了。"我说。

"这也是个打犀牛的好机会。"老爹说。

"天啊,这个地方真神奇。"我说。

"谁也没想到这个地方这么棒。"老爹说。

"这里的树林就像安德烈的画,"POM 说,"简直无与伦比。看那片碧绿,完全就是马松的作品。那些优秀的画家怎么没来这里呢?"

"你的靴子情况怎么样?"

"很好。"

我们在追踪水牛时行进得很慢,尽量保持安静。四下里没有风,若是起风的话,风会从东边吹来,经过峡谷迎面而来,我们顺着那条动物行走的小径往下朝河床走去,草越往前走越高。有两次我们必须伏下身子匍匐前进,身处如此茂密的芦苇之中,两英尺外就看不见东西了。垂眼皮还发现了一串刚在稀泥地里留下的犀牛脚印。我开始思考如果一头犀牛顺着这条道冲过来谁会采取行动。那一定很刺激,但我不喜欢,因为这像是在一个陷阱里,我们要考虑 POM 的安全。这时小拐弯了,我们经过高高的草丛来到河岸。我明显地闻到猎物的气味。在国内打猎时,有几次在发现发情期的驼鹿之前,我先闻到了它们的气味。我能清楚地通过气味分辨一头老公驼鹿卧在森林里的什么地方,公麋鹿有一种浓烈而好闻的的麝香味。我很熟悉这个味道,但眼下这个气味我不熟悉。

我告诉老爹我能闻见它们,老爹会相信的。

"是什么味道?"

"我不知道,但是很浓。你闻不到吗?"

"闻不到。"

"垂眼皮呢?"

垂眼皮点点头,咧嘴笑了。

老爹说:"土著人用鼻烟,我不知道他们是否闻得出气味。"

我们继续向前,进入另一片一人多高的芦苇,轻轻地一步一步地走动,踏下一只脚再抬起另一只脚,就像在梦里或慢动作镜头一样悄悄地向前走。不管那到底是什么气味,现在我都能时刻清晰地闻到,一会儿浓,一会儿淡。我对这种香味丝毫没有好感。现在已经接近河岸了,小径笔直地伸进长长一片满是芦苇的泥沼滩,芦苇比我们刚才经过的地方长得还要高。

"我能闻到它们,该死的就在附近。这是真的,我没开玩笑。"我小声对老爹说。

"我相信你,"老爹说,"我们是不是绕开这段路,就从这儿爬上岸?我们会赶到它们的上方。"

"好的,"在我们上岸后我对老爹说,"那些高高的东西让我害怕,我不想在那里面打猎。"

"你觉得在那里捕猎大象怎么样?"老爹轻声问。

"我感觉我不会这样干。"

"你真的在那样的草丛里捕获过大象吗?"POM问。

老爹回答:"真的,我是骑在别人的肩膀上开的枪。"

我想,比我有本事的人才会那样做,我做不到。

我们在右岸行走,绕过一个其间长着高高的干芦苇的芦苇滩,来到一块空地。对岸远处是茂密的树林,峡谷的峭壁屹立在后方,望不见小河。我们上面的右边是一些覆盖了片片灌木丛的山丘,两岸间的距离在我们前方的芦苇滩尽头处开始变窄,河面几乎被大树的枝叶完全覆盖。垂眼皮突然一把抓住我,让我蹲下。他把长枪递给我,自己拿起那把斯普林菲尔德。顺着他手指的方向,在河岸的一个拐角处我看见了一个长着令人叫绝的牛角的犀牛头。犀牛头在晃,我看见了前面晃动着的耳朵,看见了猪一样的小眼睛。我松开保险栓,并示意垂眼皮蹲低点。接着我听见姆科拉一边喊着:"牛犊!牛犊!"一边抓住我的手臂。垂眼皮轻声用着急促的语气说:"母牛!母牛!母牛!"他和姆科拉都焦急万分,生怕我立马开枪。那是一头母犀牛和一头牛犊,我放下了枪。这时母犀牛喷了一下鼻息,在芦苇丛中横冲直撞地逃走了。我没有看见牛犊,只见到两头犀牛跑动的地方芦苇在摇晃,随后一切归于平静,好像什么也没有发生。

老爹小声说:"太遗憾了,它有一只漂亮的角。"

"我准备得很充足,想要打死它的,可我没看出来它是母的。"我说。

"姆科拉看见了那头牛犊。"姆科拉和老爹在小声嘀咕,老爹在一个劲儿地点头。

"他说那里还有一头犀牛,他能听到鼻息。"老爹说。

"我们应该爬高点儿,这样如果它们停下来的话,我们就能瞄准开枪。"我说。

老爹很赞同地说:"也许那头公的犀牛就在那个地方。"

我们在岸上又往上爬了一点,从那里可以看见那一大片高高的芦苇。老爹已经举起他的长枪准备射击,我也松开了保险栓,姆科拉朝他听见犀牛鼻息声的芦苇丛里扔了根棍子。但是除了听见呼哧呼哧的鼻息声之外没有动静,芦苇也没有晃动。随后从远一些的地方传来哗啦一声,我们看见芦苇晃动起来,有东西穿过去跑向对岸,但是不知道到底是什么。紧接着,我看见了黑色的背,两只分得很开、尖角往上翘的牛角,那时一头水牛在快速地向对岸奔跑,它的头托着那对重重的牛角,脖子向上、向前伸,肩膀隆成圆形,摆出斗牛的姿势,蹬着有力的四肢快速往上爬。当我瞄准了它的脖子和肩隆的结合处的时候,老爹却拦住了我。

"它不是一头大水牛,如果你不是想吃它的肉的话最好不要打它。"他轻声说。

对我来说它看起来已经相当大了,这时它停了下来头转向我们,站在那里,昂着头,侧着身。

"我的许可证上还有三个名额,而我们马上就要离开这里了。"我说。

"它的肉会很好吃,你动手吧,把它击毙之后要马上准备好对付犀牛。"老爹低声说。

我坐下来,感觉手里的长枪很沉,不太顺手。我瞄准水牛的肩膀,扣动扳机,我被后坐力向后推了一步,子弹却没有打出去。如果是轻松、干脆地扣动斯普林菲尔德的扳机的话,子弹就会平滑地、没有差错地飞向目标,而这支枪的扳机在扣下后,金属之间的摩擦就像是在噩梦里打枪一样。我扳不动它,只能重新摆好姿势,屏住呼吸,扣动扳机。我拉了一下,随着长枪发出砰的一声爆响,我回过神来,那头水牛依然站在那里,然后朝左边山上奔跑,即将要跑出我们的视线。见状我又射出了第二枪,在它身后激起一些岩石灰和泥土。我还没有给470的双管枪重新装好子弹,它就跑到了射程范围以外,而这时另一头犀牛的鼻息声和冲撞声传来,它从芦苇丛低矮的那头儿跑了出去,在我们这边茂密的树林里向前奔跑,只在芦苇丛中露了一下它庞大的身躯。

"这头公水牛已经顺着小河跑了。"老爹说。

"对,是公的!是公的!"垂眼皮不停地重复着。

"我打中了那头该死的水牛,"我说,"可是不知道打在哪个部位了。用这些笨重的枪,真该死,妨碍了我射击。"

"你该用斯普林菲尔德去打它。"老爹说。

"对啊,那样我至少知道打中它什么地方。我原以为用470只会打死它,或者打不中。"我说,"现在却把它打伤了。"

"它会活下来的,而且会活很长时间。"老爹说。

"我恐怕是打中了它的肚子。"

"这可说不准,像它那样快速奔跑的话,在一百米之内就会丧命。"

"那该死的470,扣那扳机就像开沙丁鱼罐头时的最后一转,我根本用不了。"我说。

老爹说:"算了,我们已经不知道让多少只犀牛散落在这个地区了。"

"可是那头水牛怎么办?"

"我们有很多时间对付它,但重点是必须要让它四肢僵硬,心情烦躁。"

"如果当初它们从芦苇丛里出来时,我们刚好在下面就好了。"

"是啊。"老爹说。

这些话都是轻声说的,我看了看像一位在欣赏一出精彩音乐剧的观众POM。

"你知道打中它哪里了吗?"

她低声说:"我不确定,你觉得里面还会有更多的猎物吗?"

"还有几千头吧,老爹,我们现在该怎么办?"我说。

"走吧,那头公的也许就在小河的弯道那里。"老爹说。

我们带着高度紧张的精神,沿着河岸往前走。走到芦苇滩狭窄的尽头时,在高高的芦苇秆之间有一个笨重的家伙在奔跑,我举起了枪,出现什么,我就射杀什么,但只能看见芦苇在晃动。姆科拉用手示意我不要开枪。

"又是该死的牛犊,应该是两头,可是那头该死的公牛在哪里?"老爹说。

"你到底怎么看出那是牛犊的?"

"从它们体形的大小来看。"

我们正站在岸上,俯视着河床,盯着那些大树树枝下的阴暗处,望着小河消失的地方,这时姆科拉向我们指了指右边的小山。

"犀牛。"他轻轻地说,并把望远镜给我。

山坡上站着另一头身形宽大、通体乌黑的犀牛。它的头朝前,正朝着我们这边看。它扇动着耳朵,晃动着向上抬起头,用鼻子嗅着风。从望远镜里看上去它个头儿巨大,老爹用他的双筒望远镜观察着它。

"它和你打到的那头差不多。"他轻声地说。

"我可以刚好打到它的屠刀插入的地方,杀死它。"我小声说。

"你只有一个空额了,应该打个好的。"老爹低声说。

我把望远镜递给了POM。

"它那么大,不用望远镜我也能看见。"POM 说。

"它也许会冲过来,那样的话你就必须要射击。"老爹说。

我们正观察着这个的时候,另一头犀牛从一棵枝叶繁茂、树冠如云的树后走出来。它的个头要小得多。

老爹很惊讶:"这是头牛犊,那是头母牛。幸亏你没开枪,不然它就算死也会疯狂地冲向你。"

"是刚刚遇到的那头母牛吗?"我低声问。

"不是,之前那头犀牛的牛角很漂亮。"

那是因为突然一下子出现了过多的猎物,多得让人傻眼,让我们都像哈哈大笑的醉汉一样兴奋。当你突然发现任何一种原本罕见的猎物或鱼类多得让你难以置信时,就会产生类似的感觉。

"看,它知道情况不太对。但它看不见我们,也嗅不到我们的气味。"

"它听到了刚才的枪声。"

"它知道我们在这儿,但不知道具体在哪儿。"

那头犀牛看上去那么壮硕,那么好笑,但又非常漂亮,我瞄准了它的胸脯。

"这枪会很漂亮。"

"绝对的。"老爹说。

"我们接下来怎么办?"讲求实际的 POM 问。

"我们绕着它走。"老爹说。

"我们始终在低处,如果可以绕过它的话,我们的气味就不会传到上面去。"

"这不一定,而且弄不好它会向我们冲过来。"老爹说。

它没有这样做,而是终于低下了头,带着它几乎已经成年的牛犊往山上爬去。

老爹说:"现在,我们让垂眼皮先出发去寻找公牛的脚印,我们先坐下来歇歇吧。"

我们坐到树荫下,垂眼皮和当地向导一起从小河的一边往上爬。他们回来之后,说公犀牛往下面去了。

"有没有人看见它的角怎么样?"我问。

"垂眼皮说不错。"

蹲下来向我们招手的姆科拉已往山丘上爬了一小段路。

"有水牛。"他把一只手遮在嘴边说。

"哪里?"老爹问他,姆科拉蹲得更低,用手指了指。我们爬了过去,他把望远镜递给我。它们在峡谷远端那些陡峭的山腰中一处凸起的山脊上。先是出现了六头,接着是八头,黑色的水牛站在山脊的顶端,有着粗壮的脖子和发亮的牛角。有些在吃草,有些站着仰着头在放哨。

"有一头公的。"老爹用望远镜看着说。

"哪一头?"

"从右边数第二个。"

"我看着都像公的。"

"它们离我们太远,那头公的太漂亮了。现在我们得越过小河,往下游向前走到它们的上游。"

"它们会一直在那儿吗?"

"不会,等温度高了,它们有可能会下山来到这一道河床。"

"我们出发吧。"

然后我们踩着一根木桩过了河,到了对岸在半山腰看见有一条纵向的很深的小道,在枝繁叶茂的树枝下沿着河岸往上延伸。我们小心翼翼地顺着小路快速前进。在我们下方,河床被树叶严严实实地掩饰住。此刻虽然还是清晨,但已经起了微风,树叶在我们头顶上轻轻摆动。我们越过一条从山上伸到河边的冲沟,进入了茂盛的灌木丛,为了不被水牛发现,我们弯着腰从一小块空地上的树林后面跨过冲沟,紧接着我们以冲沟的坡缘做掩护,往上爬到山腰,这样就能到达比水牛高的位置,然后再往下靠近它们。有了山脊的掩护我们停下来休息,大汗淋漓的我把手帕垫进帽子的防汗檐里,让垂眼皮到前面去探探情况,他回来时说没有见到水牛。我们从上面看不到它们的身影,于是我们横跨过冲沟,越过山坡,希望能在它们往下到河床去的半路截住它们。山脚下有块地方的灌木因为这个山坡曾经着过火已经被烧得面目全非。

值得高兴的是,在灰烬处有水牛下山走进河床边的茂密丛林时留下的脚印。这里植被繁茂,藤蔓遍地,跟踪的难度很大。看见它们下到河边的脚印,我们判断它们下山到了我们刚才走过的小径时俯瞰到的那段河床上。老爹说:"在那里我们无法射击,那里树木过于茂盛,如果惊动了它们却分不清楚哪个是哪个,根本无法开枪的。"他说,"你能看见的只有一片快速奔跑的黑影,单个的老公牛看上去可能是灰色的,但一大群就可能像母牛那样黑了。惊动它们的话,我们得不到任何好处。"

这时已经十点了,太阳像是被定住了,野外极其炎热,我们行走时,还有微风扬起被焚烧过的坡面上的灰烬,现在所有的动物都可能躲进了密林。我们决定找一处阴凉的地方躺下,看书,吃午饭,度过白天这段难熬的炎热的时间。

经过那片被烧毁的地方,我们朝小河走去,在几棵大树的树荫下停住,一个个都大汗淋漓。我们把从行囊里取出的皮衣和雨衣铺在树根前的草地上,靠着树干休息。POM 拿出书,姆科拉生起一小堆火,准备烧水沏茶。

起风了,高高的树枝间的风声传了出来。树荫下很阴凉,但如果在阳光下活动,或由于太阳位置的改变,让身体的任何部位暴露在阳光下,就会感到阳光的毒辣。垂眼皮到小河下面勘查情况去了,我们躺在那里看书时能感觉到滚滚袭来的热浪,露水已经蒸发,树叶草叶上冒着热气,火辣辣的阳光覆盖着小河。

POM 在读乔治·伯明翰的《西班牙黄金》,她认为这本书写得不好。我依旧带着托尔斯泰的《塞瓦斯托波尔》,在上次看的一卷中,有一个精彩的短篇故事《哥萨克人》。故事中写到炎热的夏日、蚊子、在不同季节中人们对森林的感受,以及入侵入鞑靼时曾跨过的那条河流。我好像在俄罗斯,有身临其境的感觉。

我想,在我们内战时期真实再现了俄罗斯那个时期的情景,任何地方都很像,比如说在密歇根州,或在那北面的大草原和环绕着埃文斯猎场的树林。通过屠格涅夫的作品,我可以清楚地知道我曾在哪里生活,就像我曾经生活在布登勃罗克家中,曾从《红与黑》主人公家的窗户爬进爬出,就像某天早晨我们进入巴黎城门,在沙滩广场上看见被五马分尸的萨尔赛德。我看见了所有的这一切。而且那一次因为他们在杀害科科纳斯和我时,我对刽子手很客气,所以我没有被他们放上刑架分尸。我还记得我们如何追捕胡格诺派教徒的圣巴托罗缪节之夜。还有他们把我困在她的家里,而最为真切的感觉就是发现关着门的卢浮宫,或低头看见他从桅杆上摔进水中的尸体。意大利的一切在我的记忆中比任何一本书都清楚。躺在米兰大教堂的栗树林中,在秋天的薄雾中穿过城市到总医院,鞋底的钉子踩在鹅卵石路上,你会难以忍受春天山里突如其来的阵雨和大队人马的气息。在酷热中,加尔达湖到了,火车停靠在德森扎诺,那些部队是捷克军团。雨一直下,天黑了,后来我从别的地方坐着卡车经过加尔达湖,在黑暗中从西勒米奥纳拱门走向它。因为我们在书里书外都曾去过那里——如果我们还有什么优点的话,那你们也可以像我们一样去我们去过的地方。

一个国家,土地最终会被销蚀,尘埃会被吹散,人民会死亡,而这些人中没有一个存在永恒的价值,除了那些从事艺术的人,而现在这些人希望停下他们的工作,因为这工作不仅艰难孤独,而且也已经落伍。一千年的时间可使经济学变得不可理喻,而一件艺术品则可以变得永恒,但它难以完成,况且现在它已不再风靡。人们再也不愿意接触艺术,因为艺术不合潮流,那些文字寄生虫不会赞颂他们,而且从事艺术非常艰难。可那又如何?那我就继续看我的书,关于人侵入鞑靼时所跨越的那条河,关于那个喝醉酒的老猎人和那个女孩,以及关于森林在不同季节里会是怎样的情况。

老爹在读《理查德·卡威尔》,我们在内罗毕时尽可能多买书,现在它们快被我们看完了。

"我以前看过这本书,故事不错。"老爹说。

"我只是对它有印象,当时确实觉得它是个好故事。"

"这个故事这么精彩,以至于我真希望以前没有看过。"

"我认为我这本书糟透了,简直没法儿看。"POM 说。

"你想看看这本书吗?"

"别装了,我把这本书先看完。"她说。

"行了,给你吧。"

"我马上就还你。"

"嗨,姆科拉,有啤酒吗?"我说。

"有。"他大声回答,从一个土著人顶在头上的食物箱里拿出一瓶啤酒,那是一瓶套着麦秆套的德国啤酒,丹从国贸易站买了六十四瓶,这是其中的一瓶。锡箔包着瓶颈,一个身穿盔甲的骑士印在黄黑两色的商标上。因为夜晚气温低,所以啤酒依然很凉。用开瓶器将瓶盖打开后,酒倒进三个杯子之后看着像是奶油,有丰富的泡沫和浓郁的酒香。

"我不喝,对肝脏不好。"老爹说。

"来喝一杯吧。"

"好的。"

我们都开始喝,当姆科拉打开第二瓶时,老爹坚决不再喝了。

"接着喝吧,这对你的好处很多。"

"老妈妈呢?"

"再喝一点儿。"

"都给我倒上吧。"我说,姆科拉笑着摇了摇头。我头朝后靠在树干上,看着云被风吹过头顶,拿着瓶子一口一口地喝着酒。这样喝感觉更凉爽,啤酒真好。过了一会儿,老爹和 POM 都睡着了,我重新开始读《塞瓦斯托波尔》里面的那篇《哥萨克人》。这个故事真精彩。

等他们醒来后,我们吃了午餐,包括冷里脊肉片、面包、芥末酱,还有一听罐装李子。我们喝了第三瓶也是最后的一瓶啤酒。然后我们又接着看书,看着看着就睡着了。我醒来时很想喝水,正在拧瓶盖时,听见了一头犀牛的喷鼻声和它在河床的灌木丛里行走的声音。老爹醒了,也听见了它的声音,我们没有说话拿起枪,朝着有声音的地方走去。姆科拉发现了脚印。犀牛已到距离我们约三十米的小河边,但显然已经嗅到了我们的气味,就往上游去了。我们不能跟着脚印追踪它,那样它就知道我们的位置了,爬到犀牛的上方我们就要经过小河边,就要回到被大火焚烧过的那块地的边缘。逆着风,顺着小河仔细地搜寻整个茂密的灌木丛,但是没有发现它。最后,垂眼皮发现了它爬上对岸进入山丘间的地方。从脚印来判断,它不像是一头特别大的家伙。

我们离营地距离应该很远,根据我们来时的情况看,至少有四小时的行程,而回程中会有很长的上坡路,当然还会有爬出峡谷的那一段。应该还会有一头受伤的水牛要对付。当我们返回被焚烧过的那片土地边缘时,我们一致同意叫醒 POM 动身返回营地。虽然天气还是很热,但太阳已经开始西沉了,幸运的是我们可以沿着动物们踏出的小径行走,那条路上有密密麻麻的浓郁树荫。我们找到 POM 时,她因为我们抛下她一人离开而在假装生气,其实她只是在跟我们开玩笑而已。

我们往回走,垂眼皮和手里拿着长矛的土著人走在前面,走在林荫小径,阳光透过树缝照射下来,形成斑驳的树影。此刻,有一股令人作呕的像是猫屎的臭味取代了清晨森林里凉爽清新的气息。

"这么臭的是什么东西?"我悄悄问老爹。

"狒狒。"他回答。

一大群狒狒刚在我们之前经过,它们把屎拉得到处都是。我们走到犀牛和水牛在芦苇丛里出现过的地方,我找到了原来我开枪时自以为是水牛所在地的方位。像猎犬一样的姆科拉和垂眼皮四处搜索,当垂眼皮拿起一片树叶时,我认为他们至少比河岸高五十米。

老爹说他们找到血迹了,我们连忙向他们走去。草地上有大量已经变干变黑的血,地上有便于追踪的足迹。垂眼皮和姆科拉分别走在两边,那道足迹被夹在中间,他们认真地用一根长茅草指出每一处血迹。我认为最好由一个人慢慢地寻找,另一个人去前方搜索。但低着头,用手中的草茎指出每一处干的血迹是他们追踪的方法,偶尔当他们失而复得又发现踪迹时,便弯下腰扯下一片带有黑色血渍的草叶或树叶。后面是带着斯普林菲尔德的我,我后面是老爹,老爹后面是 POM。我的长枪被垂眼皮背着,老爹背着他自己的枪,姆科拉背着 POM 的曼利希尔。我们每个人都好像把说话这件事看得十分严重。血迹在一片高草丛里又被发现,是在小径两边相当高的草叶上,水牛就是经过这里穿过了草丛的,这就说明它的身体被射穿了。这时候血液的颜色已经不能被分辨出来了,但有那么一瞬间我希望我把它的肺部打穿了。再往前一点儿,我们发现岩石上有一些带血的粪便。接着有一段,它一路走一路拉着带血的粪便。看来子弹应该是打中了它的肠子或者是肚子,我越来越觉得不好意思了。

"如果它出现,不要考虑垂眼皮或其他人。他们会避开它的,你就把它打倒。"老爹低声说。

"对准它的鼻子开枪。"我说。

"别有那么多奇怪的想法。"老爹说,那道足迹开始时一直向上,然后原地转了两圈,看起来像是漫无目的地在岩石堆里徘徊。足迹一度往下延伸到小河,越过一条支流,接着又爬上这边的河岸,穿过树林往上走。

"我想等我们找到时,它应该已经死了。"我低声对老爹说,我从那次无目标的返程中明白,这步伐缓慢、受了重伤的水牛就要死去了。"这样最好。"老爹说。但是足迹一直延伸到一小片草地上,追踪变得更为缓慢、更加艰难。现在地上的足迹已经模糊,只能根据石头上一处已经干掉的黑得发亮的血迹才有可能判断出它会走的路线。有几次完全失去了方向,我们三人便分头寻找,如果有人发现了踪迹就小声说"血",我们就跟着他继续追踪。最后,这道血迹从带有一抹余晖的满是岩石的山坡向下延伸到河床,在那里有一长段宽宽的充满高高的芦苇的河床,我们之前见过这个河床。它们甚至比早晨水牛蹚出来的那个泥潭里的芦苇更高、更密。还有几道向里延伸的猎物行走的小径。

"带着小夫人进去估计不行。"老爹说。

"就让她和姆科拉留在原地吧。"我说。

"这对小夫人可不好,我都不知道我们为什么让她跟着来了。"老爹又说了一次。

"她可以在这里等着。垂眼皮想继续追下去。"

"你说得对,我们应该继续追。"

"你跟姆科拉在这儿等我们。"我回头小声说。

然后我们跟着垂眼皮进入了高出我们五英尺的密密的芦苇丛,悄悄地走在小径上,我们尽量把身子向前倾,呼吸时尽量不出声。我在回想着我们看见三只水牛的时候我们的样子。我回想着那头公牛跑出灌木丛是怎样的跌跌撞撞,我能看见它耷拉得很低的疣突的角,口鼻前突,一双小眼睛,毛发稀疏、灰色鳞状皮肤的脖子上有一圈脂肪和肌肉,蕴含着雄厚的力量和怒气,我既欣赏它又敬佩它。但它动作太过迟钝,我们开枪时它好像被锁定了,所以我们那次得手了。但这次不同,当它摇摇晃晃地走到空地上时,我们没有快速、连续地开枪。它现在出来的话,我必须镇定地瞄准它的鼻子,因为它出来时头一定会朝外的,也会像任何公牛一样低下头用尖角抵我们,这样那个会溅湿土著小伙子关节的地方就会暴露出来,我会射进去一颗子弹,然后必须闪躲到一旁的芦苇丛中,接下来就看老爹了,除非我跳起来还能拿稳来复枪。我确信只要我能等到它低头,我就能将那颗子弹射中那里然后离开。我知道我能让那一枪要了它的命,但还要等多久是一个关键问题。现在,只确定它在这里,我一边往前走,一边为即将展开的行动而感到兴奋。这次行动你可以做出点什么事,你可以杀了它,脱身出来做你初生牛犊不怕虎的事情,不用担心任何人,也不用承担任何责任,除了去做那些你确信一定可以完成的事情。于是我轻松地向前走,看着垂眼皮的背影,想着怎样避免汗水弄湿我的眼镜。突然,一些声响从后方传来,回头看去,原来是跟上来的 POM 和姆科拉。

"看在上帝的分儿上。"火冒三丈的老爹说。

为了让她爬上河岸我们把她送到芦苇丛外,希望她明白她必须待在那里。之前她并不知道这件事,她当时以为是要她跟在姆科拉后面。

"我被她吓坏了。"我对老爹说。

"她真像只小猎狗,但这样不好。"他说。

我们眺望着芦苇丛那边。

我说:"垂眼皮想继续往前走,他走多远我就走多远。一直等到他说不走了我们再出来。毕竟我已经打穿了那狗东西的肠子。""千万别犯傻,如果我能再朝那狗东西开一枪,肯定能杀死它。如果它出现的话,我一定有机会开枪。"

POM 让我们为她受了惊吓,我为此大声抱怨。

"走吧。"老爹说,我们跟在垂眼皮后面返回芦苇丛,情况变得越来越糟糕,不知道老爹那儿状况怎么样,但我大约走到半路的时候就换了长枪,把保险栓打开,手握扳机,在我神经紧绷的那一刻,垂眼皮停了下来摇摇头,低声说:"这里没有。"芦苇丛很是茂密,可见度不到一英尺,小径曲曲折折。真是糟透了,而此刻已经日上三竿。让我和老爹欣慰的是,垂眼皮主动打了退堂鼓,让我也松了口气。我们跟他进入芦苇丛之后让我觉得我计划之中的高难度射击显得很愚蠢,我意识到即将发生在芦苇丛里的一幕是:等我用糟糕的 470 的设计失败之后,老爹用 450 二号将猎物击毙。我对 470 除了那巨大的声响之外的一切都不再抱有希望。

我们往回走的路上听见脚夫们在山腰上喊叫,于是我们在芦苇丛中拔腿就跑,想要跑到一个比较高的地方,希望在看清猎物之后开枪。他们挥舞着手臂,大喊大叫,说水牛从他们身边跑出了芦苇丛。姆科拉和垂眼皮用手指了一下,老爹抓住我的衣袖把我拽到能看见水牛的地方。阳光下,我在背靠岩石的山腰上看见的两头水牛。它们在阳光的照耀下黑得发亮,其中一头比另一头大很多。我记得我当时的想法是,这应该是我们的那头公牛,在它找到母牛之后,母牛决定了它们前进的速度,让它一直往前走。垂眼皮递给我斯普林菲尔德,我一只胳膊伸进枪带,然后举枪瞄准,我可以清楚地看见这头公牛,屏息凝神,把枪对着它的肩头,正当我要扣动扳机时,它突然撒腿跑了,我把枪移动到它的前方,开了一枪。我看见公牛低下头,跑离陡坡,像猛然蹬起后蹄跳跃的马一样,我把弹壳退出,往前一推枪栓,又开了一枪,打在了它后面,落空了。公牛跑出了我的视线,但我确定第一枪已经打中了它。垂眼皮和我朝那边跑去的同时听见了一声低吼,我停下脚步,朝老爹喊道:"听见了吗?这证明我打中了!"

"是的,你打中了。"老爹说。

"该死的家伙,你听见它咆哮了吗?我终于宰了它了!"

"没有。"

"听啊!"我们站在那里听到清晰、悠长,充满痛苦的咆哮声。

"天啊!这个声音多么悲伤。"老爹说。

姆科拉拉着我的手,垂眼皮轻拍我的背,我们相视而笑,而后开始奔跑攀爬,大汗淋漓地向前冲,为了跑到山脊上,我穿过树林,跃过岩石,途中不得不停下来喘口气,感觉心脏怦怦跳,我把脸上的汗水抹去,并擦干净眼镜。

"死了!真的死了。"姆科拉说。

"死了!"垂眼皮笑着说。

"死了!"姆科拉重复着。我们又握了握彼此的手,然后继续向上爬,终于在我们的前方看见了它,它的喉部完全外凸,仰面躺在地上,一棵树钳在两只角中间,角承受着身体的全部重量。子弹打到了水牛肩部的中央,姆科拉把手指伸进弹孔里,高兴地晃着脑袋。

老爹和 POM 到了,脚夫跟在他们后面。

"天啊,这头公牛比我们想象的还要好。"我说。

"不是之前的那头,这头公牛货真价实,它应该跟我们之前开枪打的那头是一起的。"

"我原以为跟它在一起的是一头母牛,因为距离太远了,我看不清。"

"肯定有四百米呢。天啊,你能打中这么小的目标!"

"当我看见它拱起后背,把头低下伸到前腿中间时,我就知道我已经完美地打中了。"

"我知道你打中了,我也知道这不是之前的那头。所以我以为我们要对付两头受伤的水牛,我没有听见那第一声咆哮。"

"我们听见它咆哮时非常兴奋,那声音如此悲伤,就像在森林里听见的号角声。"POM 说。

老爹说:"我倒觉得那声音听起来非常欢快,天啊,我们应该为此干一杯。多么漂亮的一枪。你为什么没告诉我们你会打枪呢?"

"不想跟你说话。"

"你知道他不仅是个杰出的追猎手,还是个什么射鸟大王来着?"他问 POM。

"这只公牛真漂亮,不是吗?"POM 问。

"是头好牛,它虽然年龄不大,但头颅很漂亮。"

我们想要拍点照片,但是随身只带了一部快门被卡住了的小镜头方箱照相机。随着光线越来越暗,我们争执着快门的事情。为了快门,我变得紧张、焦虑不安、义愤填膺、刚愎自用,我很有可能因为没法拍照而挨骂。我不能靠芦苇丛中感受到的那种得意的感觉为生,尽管杀死了一头水牛让内心感觉到了一点儿平静。杀戮不是理应要和别人分享的感受。我喝了一口水,向 POM 道了歉。相机的事情我的表现让人难以忍受。她表示并不在意,我们便又和好如初了,我们看着姆科拉剥下那头水牛的头皮,而后我们紧紧地站在一起,感受着彼此的爱,谅解了包括相机和其他的所有的事情。我喝了一口威士忌,感到很无味,也没有从中感受到兴奋。

"让我再来一口。"我说,第二口感觉正常了。

我们的向导是那个曾被犀牛追逐过的持长矛的土著人,他领着我们开始往营地走。垂眼皮将会剥制那个牛头,他们知道如何收拾水牛,将牛肉储藏在树上,以免让鬣狗吃到。他们害怕走夜路,我告诉垂眼皮他可以拿着我的长枪,他说他知道开枪的方法,于是我把子弹匣子退出,挂上保险栓,递给他枪,让他试一下。他把枪举到肩上,闭上另一只眼,一次又一次使劲儿地扣上扳机。后来我向他展示了保险栓,并教他如何反复地开、关保险栓。

当垂眼皮没有开保险栓就想开枪时,姆科拉的态度变得十分傲慢,而垂眼皮好像变得更渺小了。我交给他枪和两颗子弹,他们在暮色中忙着屠宰水牛,我们则跟随着持长矛的土著人,沿着比较小的、没有血迹的水牛足印从山顶往营地走。我们绕着山谷的顶部爬过冲沟,上上下下地在沟壑间穿梭,最终爬上了又黑又冷的主山脊,月亮还没升起,我们脚步沉重,感觉很累。黑夜里,姆科拉背着老爹的重型枪和我的水瓶、双筒望远镜还有一只装书的行囊前行,他大声地喊出一串听上去像在骂那个大步朝前走的向导的话。

"他说的是什么意思?"我问老爹。

"他在告诉向导不要炫耀他的速度,队伍里有个老人呢。"

"他指的是你还是他自己?"

"两者皆是。"

我们朦朦胧胧地看见泛着红色的月亮升起,它挂在褐色的山丘之上。我们在那村子里露出的一道道灯光中,一路下山。那些土屋被关得严严实实,扑面而来的是山羊和绵羊的气味。而后我们经过了一条小溪,爬上光秃秃的山坡,来到我们帐篷前的营火旁。这个夜晚非常寒冷,风也很大。

早晨,我们去搜寻猎物的时候在一处泉眼边发现了一串脚印,于是我们开始追踪一头犀牛,越过高耸的山野,跟着它一直追到下面一个笔直延伸至峡谷的山谷。天气很热,前一天嫌紧的靴子磨痛了 POM 的脚。她虽然没有抱怨,但我能看得出来靴子把她弄疼了。我们虽然都感到疲惫,但是内心却充实而平静。

我对老爹说:"让它们见鬼去吧,我不想再捕杀任何一头不是大个头的犀牛了。我们可能要花一个礼拜的时间才能猎杀到一头比较像样的。我们就对已经捕到的那头知足吧。从这里出去和卡尔会合之后我们可以到山下捕杀大羚羊,弄一些斑马皮,还可以追猎羚羊。"

在山顶的一棵树下,我们可以看见整个山野和那道延伸至大裂谷和马尼亚拉湖的峡谷。

"带上脚夫,抛下辎重,穿过下方那个山谷走到湖边,在猎物的前方等着猎杀它们是一件趣事。"老爹说。

"那真是太好了,卡车可以绕过去接应我们,那个地方叫什么名字?"

"马吉—莫托。"

"我们完全可以这样做不是吗?"POM 问。

"得向垂眼皮了解一下那个山谷的情况。"

垂眼皮也不太清楚,但持长矛的土著人说那里非常陡峭,溪水顺着裂谷壁流下来的地方非常难走,他认为我们带这么多东西根本就过不去,看来我们只好放弃了。

"不过这倒值得试一试,而且脚夫的费用比汽油便宜。"老爹说。

"我们像回来那样走不行吗?"POM 问。

老爹回答:"当然可以,但你只有登上肯尼亚山,才会得到一头你想要的大犀牛。你可以在那里捕到一头真正的犀牛。羚羊在这里很稀有。在肯尼只有卡拉尔才能捕猎到羚羊。如果我们可以捕到它们,我们将有时间一直走到汉德尼一带去捕杀貂羚了。"

"我们走吧。"我虽然说了,但并没有动。

这么久以来,我们觉得卡尔打到的那头犀牛非常棒。我们为卡尔打到了它而感到高兴,我们的心态回归正常了,也许现在一只大羚羊已经被他捕获了,真希望如此。卡尔是个好伙伴,他能打到这些额外的猎物就再好不过了。

"可怜的老妈妈,你觉得怎么样?"

"我感觉很好,如果我们出发的话,休息一会儿会让我感到很高兴,倒是这样的打猎让我真心喜欢。"

"我们回去吃个饭,然后把营地撤了,今天晚上就开始往那边赶。"

那天晚上,我们回到了在穆图翁布离大路不远的几棵大树下的老营地。这是我们在非洲驻扎的第一个营地。这里依旧像我们初次见到的一样,那几棵树还是那样高耸入云,苍翠欲滴;那条小河还是那样奔流见底,湍流不息;营地也还是那样让人感到美好。唯一的不同是晚上越来越热的天气,路上的灰尘几乎可以淹没车轮,而我们已经领略了非洲的各种景色风貌。

第四章

我们沿着一条红色沙路,跨过一片广阔的高原,向下走到大裂谷,然后上下穿行在热带稀疏旷野的山丘里,为了爬到裂谷壁的顶上,我们又绕过一片有林木的斜坡,在那里,广袤的平原,茂盛的谷壁森林尽收眼底,我们可以看见那长的四周已干涸的马尼亚拉湖,在阳光下湖水波光粼粼,红鹳在湖泊一端聚集着,像五十万个小红点,它们把湖水染成一片玫瑰色。一直延伸至森林的大路从那里沿着裂谷壁的正面陡然下斜,到达平坦的谷底,紧接着是一块块土地,上面种着绿色玉米、香蕉及我不认识的树木,四周布满了密集的林木,又经过一个印度人开的贸易中转站和许多草屋,跨过两座下面有湍急清流的桥,穿过更多更密的森林,这时来到林中的一个空地,树木开始变得稀疏起来,拐上一条尘土飞扬的通往一条车辙很深、填满尘土的小道的岔路,穿过灌木丛,终于到达穆图翁布营地的阴凉处。

那天晚饭后,红鹳在黑暗里飞翔的声音传来,就像是在天亮前飞过上空时翅膀弄出的声音一样,只不过上千头的声音汇合在一起显得速度比较慢,节奏比较平稳。老爹和我有点醉了,POM 则非常疲惫。

卡尔的心情又开始沮丧。我们曾浇灭了他捕到犀牛的得意劲儿,现在这件事已经过去了,但现在他捕猎到大羚羊的可能性变得非常小。何况他们发现的不仅仅是一头豹子,而是一头了不起的体型巨大、有着黑色鬃毛的狮子,等第二天早晨他们面对着犀牛的尸体,它还不肯离去,但因为它是在某种森林的保留地里,所以他们不能开枪。

"真糟糕。"我说,竭力想让自己感到难受一点儿,但是却压抑不住内心的兴奋,顾不上去照顾别人闷闷不乐的情绪,于是老爹和我坐在那里边喝兑苏打水的威士忌边说着话。

我们从内而外感到疲惫。

第二天,我们在有着干燥尘土的大裂谷里追捕大羚羊,终于发现了一群羚羊。在对面山坡上有马萨伊人居住的村庄上方,在那片林木繁茂的山丘远端的边缘,它们长得像一群马萨伊的驴子,只不过它们向两边笔直翘起的黑角长得非常漂亮,它们的头全都很漂亮。仔细看看,你会发现其中有两三头明显地比其他的更棒,于是我坐在地上,挑选了我认为是最好的一头,等它们一行一行地向外跑的时候,我就瞄准了它,随着子弹啪的一声响,只见那头大羚羊离开了羊群,开始越来越快地兜圈子,我知道打中了就没有再开枪。

我不知道卡尔是否也看中了这头羚羊,所以为了保证这次打到的是最好的,就十分自私地先开了枪,但是他打中了另外一头不错的大羚羊,其余的羚羊就在被风吹起的漫天灰色沙尘中跑开了。除了惊奇它们的角之外,打这些羚羊并没有比打驴子更让人兴奋,于是等卡姆把车开过来,姆科拉和卡罗把两只羊头的皮剥下,割碎羊肉,我们便上了卡车将羊肉带回去,一路上飞扬的尘土把我们的脸都变得灰蒙蒙的,那山谷成了一道充满阵阵热浪的海市蜃楼。

因为我们曾答应过国内的朋友给他们带一些斑马皮,而剥皮者需要在这件事上花些时间,所以我们在营地又多待了两天。捕捉斑马这件事并不好玩,眼下草已干枯了,现在单调乏味的平原比山区有着更炙热的天气和漫天的灰尘,而留在记忆中的场景是,我们背对一座蚁冢坐着,远处有群斑马奔跑在灰蒙蒙的热浪里,身后尘土飞扬,而在那黄色的平原上,绕着一块白色空地旋转的一群鸟儿,再过去还有一群,在远处另外一个地方还有一群,而回头一看,只见那载着剥皮者和为村民们分肉的人的卡车拖着一道尘雾驶来。那些义务的剥皮者请我为他们射杀一头格兰特瞪羚食用,我却在热浪中三四次射击失败,最后在它跑动中打伤了它,然后冒着酷暑在平原上追赶,直到将近中午时才将距离缩短到射程之内,把它打死。

但是那天下午我们顺着大路穿过居民点经过那印度人开的杂货店的拐角时,他在那里带着那种巴结的、经营不善者的、兄弟般和善地向我们微笑,带有一种希望客人上门的姿态,但我们将车向左拐上一条通往森林深处的两边都是灌木的小道,穿越密林之后,跨过小溪上一座用并不坚固的原木和木杆搭成的桥,一直到出了森林,驶上热带林木稀疏草原,一个四周是芦苇、河床已干涸的湖在草原的前边,从远处可以见到水光潋艳的湖面和那群浅玫瑰红色的红鹳。那几棵硕果仅存的树的树荫下搭着几间渔民草房,前面草丛中有风吹过,有一片灰白布在干涸的湖床上,我们的卡车惊吓了许多小动物,它们奔跑在被晒干的湖面上,在远处走动着的小苇羚,看上去笨笨的,很怪异,但是等它们站在你的面前时,又变得既利落又优美。我们将车子驶出密密的矮草丛,开上干涸的湖床,而在我们的周围,左右两边有一条溪水流进湖里,形成一片延伸到已经缩小的湖面的芦苇荡,被一条水道所截断的芦苇,有野鸭在其上飞翔,大群大群的野鹅布满了沼泽地中凸起的一个个草岗上。我们把车子开到干涸的坚实的湖床上,停在了前面看上去又潮湿又松软的地方。卡尔跟卡罗在一块儿,我、姆科拉带着子弹和囤子,分别在沼泽的一边活动,我们决定让囤子不停地游动,然后动手射猎,而老爹则和POM一起去左边湖岸的高高的芦苇丛的边缘去,我们认为有野鸭会飞到有一条小溪形成的一片深水沼泽中。

我们看着一个穿着已经褪色的灯芯绒上装的胖乎乎的大个子和另一个穿着长裤、灰色卡其夹克、靴子,头戴一顶大帽子的小个子跨过开阔地。接着,在我们动身之前,他们在蹲在一小片芦苇前之后就没了影儿。但是等我们经过湖床朝溪边走去时,我们很快发现我们的计划很失败。即便你多么小心地寻找十分坚硬的落脚处,还是会陷进直到膝盖的冰冷的泥沼里,而且在前面的地方,地面不像先前那么潮湿,有更多地方的圆丘被水包围着,我竟然有几次一直被陷到齐腰处。野鸭和野鹅高高地飞出了射程之外,等到第一群朝其他飞禽藏匿的芦苇丛振翅飞去时,我们看见两声尖锐的枪响从POM的28口径双筒猎枪中发出,野鸭盘旋着飞向湖中。这时从芦苇丛出来的其他四散的鸭群和野鹅都游向了开阔的水面,一群深色的鹦鹉从卡尔所在的小溪旁的沼泽里飞来,它们那下斜的喙,真像是巨大的鹬,它们盘旋在我们头顶的高空,然后飞回芦苇丛。沼泽里到处都是半蹼鹬和黑白两色的塍鹬,由于我们之间的距离超出了射程,我最终只好动手来射半蹼鹬,这使姆科拉很不高兴。我们顺着沼泽往前走,然后我又跨过一条水没到肩膀的小溪,枪和口袋里装着子弹的猎枪被我们举在头上,最后一次尝试着最后的努力,艰难地走向POM和老爹待着的地方,发现有短颈野鸭在上空飞翔在一条流动着的深溪,便打死了三只。这时天快黑了,我发现老爹和POM在这条小溪对面靠近那干涸的湖床的边缘的岸上。溪水太深,而且溪底很软,无法蹚过去,但我最后还是发现了一条直通溪中的被河马踩出的深深的小径,我们取道于此,脚底下相当坚实,我们在溪水里走的时候,溪水直漫到我的腋下。等我蹚着水走出小溪,踩上青草地,站在岸上时,在我头顶上飞过一群短颈野鸭,我便蹲在暮色中,与老爹同时开枪,我们打下了三只,它们呈一条很长的斜线,重重地摔在前面的高草丛里。我们认真地寻找,三只全找到了。由于它们飞得太快,所以它们的落地处远得出人意料,这时天色几乎全黑了,我们跨过泥土干裂的灰色湖床,走向车子,我浑身湿得像一只落水狗,靴子里的水咯吱咯吱地向外淌。POM见了鸭子挺高兴,这是我们自从在塞伦盖蒂平原打鸭子以来的第一次战利品,我们不会忘记它们鲜美的味道,这时前面的那辆卡车显得很小,再过去是一片被晒干了的很平坦的泥土地,再过去就是稀树草原和那森林了。

第二天我们打完斑马回来,路上跨过平原时,由于顶着风,我们被汽车和风扬起的尘土弄得灰头灰脸,汗水和尘土凝成了块。POM和老爹出去也没事可干,所以没必要叫他们去吃灰,而卡尔和我则去平原饱受烈日的炙烤和灰沙的侵袭,并且我们经常吵嘴,这种口角往往以此开头:"怎么回事?""距离太远了。""开始并不远嘛。""它们太远了,不骗你。""如果你不动手它们就难对付了。""你来开枪。""我已经够了,我们一共只要十二张皮。你来吧。"接着我们其中一个,会满脸怒气,一口气打了一通,表现出是有人要他这么一口气打的,只见他从蚁冢后面站起来,非常不高兴地转过身去,朝他的同伴走去,拍档得意扬扬地说:"这些斑马是怎么回事?"

"真该死,跟你们说,距离实在是太远了。"说得气急败坏。

得意扬扬的那位用沾沾自喜的语气说:"瞧它们。"

有匹斑马因为看见了载着剥皮工的卡车驶近就想赶快溜走,它兜了个圈子,正侧身站在那里,而且完全在射程之内。

那个人只是无声地看着,这时火气太大,无法开枪。然后他说:"动手开枪啊。"

得意扬扬的那位这时更加理直气壮了,却一口拒绝:"还是你来吧。"

"我不干!"对方说,他知道自己现在情绪不稳定,无法开枪,但他感觉受到了侮辱。总会有什么事来愚弄他,像是被迫做不合理的事,或者根据不严谨的、不特别说明细节的命令做事,再不然就是背着别人或匆匆忙忙地做事。

"我们已经弄到十一张了。"得意扬扬的那位有一些愧疚,他知道自己应该由他去而不应该催他,催促他加快速度反而只会使他更加烦闷,而自己就会变成一个得意扬扬、理直气壮的浑蛋。"我们可以随时弄到另外那一张,走吧,老兄,是时候回去了。"

"不,我们要打最后一匹,你来打。"

"不,我们还是回去吧。"

随后卡车来了,当你坐在在漫天尘土里行驶的车里时,那份怨恨就消失了,而只剩下时间苦短的感觉。

"你在想什么?是不是在想我有多过分?"你问。

"今天下午怎么样。"他说,他笑了一下,脸上黏结的尘土出现了一条裂缝。

"我也是。"你说。

下午终于来了,你们出发了。

这回你穿上了陷下去后拔出来较轻便的低帮帆布靴,你走过一个又一个圆丘,小心翼翼地穿过沼泽,艰难地蹚过一条条水沟,有像以前那样飞到湖里的野鸭,但你却要在右面转一大圈才能进入湖本身,我们发现湖底很坚实,我们可以在齐膝深的湖水里走到大群野鸭的外侧。随着一声枪响,你和姆科拉低着头蹲下来,这时野鸭满天都是,你们打下两只,又打下两只,接着把高高的头顶上的一只击中了,然后在射击低空快速径直飞向右边的一只鸭的时候失手,然后它们嗖嗖地快速飞回来,你来不及装上子弹射击,只能胡乱地朝一群野鸭射击,把它们的腿打瘸,然后专挑有挑战性的打,因为你明白所需要的或者是能带走的数量。你试着去打高高的头顶上的那只,身子几乎朝后仰,这是漂亮的一枪,于是在姆科拉的身旁落下了一只黑色的大野鸭,他哈哈大笑,随后,那四只瘸腿鸭子开始向外游,你感觉还是把它们打死比较好。

为了赶到子弹可以打到最后一只瘸腿鸭子的地方,你不得不在齐膝深的水里奔跑,可是你脚下一滑,俯身倒下,终于弄得浑身都湿透了,可你还是乐呵呵地站起来,冰凉的泥浆浸透了屁股,你把眼镜擦干净,然后倒出枪筒里的水,不知道你能不能在纸弹壳的猎枪弹受潮膨胀之前射出子弹,而姆科拉却乐不可支地看着你摔跤。你蹲下身,就在你着手把一颗受潮的子弹压进枪膛的时候,一群在射程之内的野鹅从头顶飞过。

你装进了一颗子弹,开了枪,但是目标已经太远了,子弹落在了后面。而随着这一声枪响,那群在阳光下飞起来的红鹳,把湖面的整个水平线染成一片粉红色,接着它们停了下来。但是从那以后,你每次开枪之后,转身直朝水面上的阳光时,就能看见那片令人难以置信的红云飞速升起,接着又慢慢落下。

"姆科拉。"你叫道,并用手一指。

"太棒了!"他注视着它们,又递给你一些子弹。

我们的射猎成绩都说得过去,但是最好的收获是在湖上的那次。于是我们在旅途中连续三天吃的是冷的短颈野鸭肉,鸭肉又肥又嫩,十分美味,和番盐牌泡菜一起冷吃,加上我们在芭芭提①买的红葡萄酒,那是最好吃的鸭子。我们就在路旁坐在芭芭提那家小客栈阴凉的门廊上等卡车开来,卡车到了半夜才开过来,当时高山上一位朋友的朋友出门在外,因此我们住在他的家里。夜晚很冷,我们穿着外衣坐在桌子旁等那辆老爷车等了好久,其间,我们一起喝了很多的酒,但肚子非常饿,POM 和卡尔随着唱机跟咖啡种植园的经理跳舞,我在注射了大量的依米丁之后头疼依旧很剧烈。我和老爹坐在门廊上,硬是靠着兑苏打水的威士忌压制头疼。当时走廊黑漆漆的,风刮得紧,后来热气腾腾的短颈野鸭被端上了桌子,还配上了许多新鲜蔬菜。珍珠母鸡味道很好,我在汽车尾部的午饭盒里藏了一只,打算今天晚上吃。

我们从芭芭提驶过小山间,来到一片树木茂盛的平原的边缘,那里有一长条绵延的林中空地,一边有个小村庄,村庄里有个在山脚下的小布道所。我们曾在这里有一个猎羚羊的营地。那些羚羊据说会出现在树木繁茂的山丘里以及平地上的森林里,这些平地向前一直延伸到那片大平原的边缘。

第五章

这个地区很炎热,我们在几棵树下安营扎寨。这些被剥了皮的树已经死了,舌蝇就会被迫飞走。在这些山势陡峭、灌木丛生的山丘间打猎很艰难,山路凹凸不平,需要艰难地攀爬才能进入其间。但在草木繁盛的平地上捕猎就轻松多了,在其间就像在鹿苑里穿行一样闲庭信步。但到处都有舌蝇飞舞在你的周边,凶狠地咬

---

① 非洲地名,位于坦桑尼亚北。

你的脖子,透过衬衣咬你的胳膊和耳背。在我们行走时我带了一根有叶子的树枝去挥赶后颈窝的舌蝇。我们从早到晚打了五天的猎,天黑后回营时累得要死,但心里很高兴,因为夜里不仅凉快,而且黑暗可以阻止舌蝇叮咬我们。

我们在山里和平地上轮流着打猎,尽管卡尔猎杀了一只很棒的沙毛羚羊,但他越来越沉默。他对羚羊有一种非常复杂的情感,每当他感到困惑时,就去怪罪别人。不是怪向导,就怪选错了狩猎区,怪山丘,它们统统都有错。他在山里的日子很不好过,但他又不喜欢平地。我每天都希望他能打只羚羊,让周围的气氛可以轻松些,但是每天他对羚羊的情绪都使捕猎变得更难。他不善于爬山使他在山里的日子更难过。我尽量担任上山打猎的活儿,好让他轻松一点儿。但是即使这样,他依旧看起来很累,他觉得羚羊在山里的可能性比较大,而他已经错过了机会。

在这五天里,一只年轻的公羚羊和一群母羚羊出现过。通体灰色、腹部有条纹的母羚羊体形较大,还长着可笑的小脑袋、大耳朵,拖着大肚子,步伐轻快地在树林里穿行。那只刚开始长出螺旋形角的年轻的公羚羊,两只角又短又粗。暮色中它穿过林中空地的尽头跑过我的身边,在六只连串的母羚羊中排在第三。它看起来很小,成年发情的公羚羊一般个头比较大、脖子粗,有黑色的鬃毛和漂亮的双角以及黄褐色的皮。它更像是有着一只小角的幼羚羊。还有一次,我们在太阳落山时沿着山上一条陡峭的山谷往营地里走,在阳光下向导们指着山顶上的两只有白色条纹的、正在行走的灰色动物,告诉我们说这就是公羚羊。我们只能从树干间看到它们的侧面,看不见它们的角。我们在太阳下山后到达山顶,没有在岩石地面上找到它们的脚印。但从刚才看的一眼中,我们发现它们有着比母羚羊更长的腿,因此它们极有可能是公羚羊。我们搜遍了整个山脊,直到天黑也没发现它们的身影,第二天我们派卡尔去找,还是没有找到。

我们有很多次惊动了许多水羚羊。有一次,我们在一道下方是深沟的山脊中搜寻,撞见一只已听见我们声音的水羚羊,但它没有嗅到我们的气味。我们屏气凝神地站在那里,我的一只手被姆科拉抓着,我们注视着十几英尺开外的水羚羊,它乌黑漂亮,粗壮的脖子上面有道深色的颈毛,它的双角上翘,全身颤抖,张大鼻孔努力地嗅着周围的气息。姆科拉的手紧紧抓着我的手腕,咧嘴笑了。我们注视着这只大公羚羊,它因无法确定的危险而发抖。接着,随着远处土著人的黑火药枪发出的砰的一声巨响,水羚羊几乎从我们头顶跃过,飞奔到了山脊上。

还有一天,POM 和我们一起搜遍了树木茂盛的平地,来到只有灌木丛和虎尾兰的大平原的边缘。突然,传来了低沉而沙哑的吼叫声,我看了看姆科拉。

"狮子。"他说,但表面上并不兴奋。

"在哪儿?"我小声地问。

他指了指。

我悄悄地对 POM 说:"可能就是我们今天早上听见的那头狮子,你应该回到树林里去。"

就在天亮前,我们起床时传来了一头狮子的吼声。

"我希望能够和你们在一起。"

"这样对老爹不公平,你回到那边等着我们吧。"我说。

"好吧,万事小心。"

"我只会站着开枪,不干别的。而且,我只会在有把握击毙它的时候开枪。"

"好吧。"

"去吧。"我对姆科拉说。

他的表情很严肃,看起来很讨厌捕猎狮子。

"狮子在哪儿?"我小声地问。

"这里。"他指着那一道道破碎的、被茂盛的绿色针尖似的植物覆盖着的屏障,沮丧地说。我示意一名向导带 POM 回去,并目送他们往回走了两百米,到达森林的边缘。

"走吧。"我说,跟着我的姆科拉摇摇头,没有笑。我们缓慢地向前走,望向虎尾兰,希望透过它能看见对面的情况。但是我们没有发现任何东西。就在这时,吼叫声又一次传来,就在前面不远处靠右边的地方。

"不,别这样做。"姆科拉低声说。

"来吧。"我说,我拇指向下弯曲,用食指指着自己的脖子,小声地说:"Kufa。"(表示我会开枪射击狮子的脖子,杀死它。)姆科拉满头大汗,面色凝重地摇着头,低声说:"不!"

我们经过一座蚁冢,爬上有一道深沟的黏土堆,从顶上望向四周。我原以为我们可以看见那头狮子,但令人难过的是,我们不能通过这绿色的仙人掌似的屏障看到任何东西。从蚁冢上下来,我们走了约两百米,进入支离破碎的仙人掌似的屏障里,又一次听见我们前方的吼叫声,这次在前面稍远一点。我们听见了一声十分低沉的咆哮,叫声令人非常难忘。自从上过蚁冢之后,狮子不再吸引我的全部注意力了。此前我一直确信我可以在近处开漂亮的一枪,也知道即使老爹不在我身边,我也能单独地捕杀一头狮子,并因此高兴了很长一段时间。我下定决心,当我有把握杀死它的时候,我一定要开枪。我曾打死过三头,知道那是什么样的状况。但是这头让我感到非常兴奋,这是整个旅程中前所未有的。我也觉得我需要一个机会来说明我要打它,这活儿归我了,这对老爹来说非常公平。但我们现在面临着很糟糕的情况。我们前进时狮子一直在以很慢的速度走。显然它并不想动弹,可能它吃饱后才发出我们早晨听见的吼声,现在它想找地方休息。姆科拉讨厌这种情况,我不知道这是因为他感到要对我和老爹负责,还是他本人在这场危险游戏中非常痛苦。但他的感受的确如此。最终他的脸几乎凑到我的脸上,把手搭在我的肩上,猛烈地摇了几下头。

"不!不!不!老板!"他既哀伤又诚恳地抗议道。

说到底,我没有权利把他带到我不应该开枪的地方。因此让大家都彻底解脱的方法就是原路返回。

"好吧。"我说,我们转身穿过开阔的草原循着来时的路往回走。来到那片树林,POM 在那里等着。

"你发现狮子了吗?"

我对她说:"没有,我们只听见三四次它的吼叫声。"

"害怕吗?"

我说:"最后吓得尿都撒不出来了,但我就想在那里射杀它,而不愿意去打其他任何的猎物。"

"天啊,你能回来真是太幸运了。"她说,我从兜里掏出词典,希望可以用蹩脚的斯瓦西里语造句。我的目的是找"喜欢"一词。

"姆科拉喜欢狮子?"

此时姆科拉一咧嘴牵动了他嘴角的"中国式"胡子。

"Hapana!"他说,在脸前挥着自己的手,"Hapana!"

"Hapana"是个表示否定的词。

"那打羚羊呢?"我提出疑问。

"那再好不过了。"姆科拉用斯瓦西里语诚恳地回答。

"好的。"

但是,我没有在这个营地见过任何一只公羚羊,我们在两天后就离开这儿去了芭芭提,然后去了孔多瓦,再闯过荒野朝汉德尼和沿海一带进发。我对那个营地、那些向导和那个地区没有丝毫的好感。那里会让人感觉猎物已经被挑选过并且杀光了。我们知道羚羊在哪里,威尔士王子曾在那个营地猎杀到羚羊。但是那个时候三队人马,而且还有在捕猎的土著人,声称要避免狒狒损害庄稼。我们遇见一个携带铜火枪的土著人,奇怪的是他会从自家田里追踪狒狒一直追到有羚羊出没的山里,追了十公里,然后向它们开一枪。于是我决定要离开这里的态度十分坚决,想要去我们谁也没有去过的汉德尼那边的新天地去试试。

"那我们就去吧。"老爹说。

这个新地方好像天赐的礼物。羚羊会自己出现在空地上,你只要在那里等着体形较大的羚羊出现,选择一只合适的,把它打倒就好了。而且那里还有貂羚出没,我们一致决定,只要有人打到第一只羚羊我们就转移到貂羚区。我开始有极其兴奋的感觉,卡尔也对在这个神奇的新地方打猎的前景感到兴高采烈。这里的羚羊没有遭到过猎人的袭击,猎杀它们其实没有任何挑战性。

天刚蒙蒙亮,我们就在大队人马出发前离开,他们必须拆掉营地,然后再坐两辆卡车追上我们。我们在芭芭提停下,住进了可以眺望湖景一个小旅店,又买了一些泡菜,喝着冰啤酒。然后我们沿着很平坦的开普敦向南前进,这条路是从枝繁叶茂的山丘间精心开辟出来的,而从小山丘上,可以俯瞰马萨伊大草原上一长段黄褐色的平地。我们一路向南,穿过耕作区,那里的玉米地里有乳房干瘪的老妇人和瘦骨嶙峋的老汉在劳作。穿过这一段沙尘漫天飞的几英里土地,我们进入一座被太阳炙烤、被风雨销蚀的山谷,放眼看去,被吹起的泥土呈现出一团团的形状,我们进入掩映在树木之下被刷得雪白的、漂亮的德国模范要塞城镇。

我们让姆科拉留在十字路口等着那两辆卡车,我们自己先停在阴凉的地方,然后去军人墓地参观。我们本来打算去拜访执勤的长官,但是我们不想打扰他们吃午饭,这个墓地既舒适又整洁,比其他墓地有过之而无不及。参观完墓地我们就在树荫下喝了点儿啤酒。经过炽热的阳光的炙烤,你都能感到你脖子和肩膀上阳光的分量,相比之下,树荫下显得格外凉爽。随后我们驾车驶离墓地,去接十字路口的那两辆卡车,然后一直向东开到那个新的狩猎区。

第六章

我们对这个地区完全不熟悉,它还带有那些最古老地区的烙印。在坚实的岩石架之上有一条小道,是被很多旅行者和畜群的脚踩出来的。它高耸在那里,圆石布满了路面,根本不像路的样子,它穿过双排树木,一直延伸到山中。这个地区跟阿拉贡①太像了,使我几乎以为这就是在西班牙,不过我们遇上的不是背挂鞍囊的骡子,而是十来个光腿、光头,身穿肩部打结的白色棉布衫的土人,他们的衣服像古罗马人穿的宽外袍。但是等他们经过之后,那些岩石上的小路旁的高大树木看来更像是西班牙的。而且有一回,我曾经不管三七二十一地沿着这同一条路一直向前,我当时紧跟在一匹马的后面,看到过驼蝇围绕着它屁股飞舞的吓人场面。那和在这里的狮子身上发现驼蝇一样。在西班牙,如果你的衬衫里钻进了一只驼蝇,你必须得把衬衫脱下来把它打死。不然它会在钻进领圈之后,顺着后背往下,爬过手臂的周围或者下方,爬向肚脐和腰带。它很聪明,速度也很快,如果你不找到它的话,它扁扁的身子会一直爬,而你无法将它捏死,这样你就只能脱光衣服把它打死。

那天我们看见了一只钻到马尾巴下面的驼蝇,我自己身上也沾上过,使我感到前所未有的恐怖。有一次,我因右臂在胳膊肘和肩膀之间断裂而住院,一只手的手背贴着后背,犀利的断骨刺破了裹着二头肌的皮肤,而后肌肉开始腐烂、肿、皲裂,进而化脓。到了第五周的晚上,我孤孤单单的一个人睡不着觉,但在疼痛中突然想到,如果一头被你打伤了肩膀的公麋鹿逃走之后,它会有什么样的感觉?那天晚上,我思绪万千,我感受到了从子弹的冲击直到生命的终结的整个过程。我感到有些头晕目眩,心想也许这是每一个猎人都必须经受的惩罚。接着,脑子清醒了,就认定如果真是惩罚的话我也从中明白了我在做些什么。我的报应到了我自己身上。我中过子弹,被打瘸过,也逃走过。我随时准备着在任何一种情况下死去,而现在,说真的,我已经不再介意了。既然我还是喜欢打猎,我便决定在我能确定可以干净利落地捕杀动物时才开枪,而一旦我没有了这种能力,我便只能放弃。

如果服役的是社会、民主和其他相当新鲜的事情,并拒绝进一步服役,其他事只对你自己负责,你就等于用战友们的使你高兴宽慰的体臭去换取某种只有你身体力行才能感受到的东西。我还无法界定这到底是什么。但是这个时候,你就会有这种感觉:当你知道你在精彩而真实地描写某件事情时,而那些掏钱来读它并写

---

① 阿拉贡自治区位于西班牙东北部,面积 47720 平方公里,与法国接壤。

下关于它的报道的人并不喜欢这题材,所以他们说你的东西是虚假的,然而只有你完全知道它的价值;或者当你做了一件别人认为是旁门左道的事情,而你实实在在地认为它与任何时髦的事情一样重要,而且一直都是这样。还有,当你一个人在海上,并且知道这条你生活于其间的熟悉的、研究过并热爱的墨西哥湾流在有人类之前就像今天在流动一样,并且在哥伦布见到那个长形、美丽而不幸的岛屿。而之前,湾流就有了它自己的海岸线,而你关于它的所有发现,以及一直生活在那里的人们都是具有永恒价值的,因为湾流永远会像它以前一样流淌,哪怕在印第安人、西班牙人、英国人、美国人、所有的古巴人和所有的政府体制以及富饶或者贫困的殉道者的行为、牺牲典礼、腐败现象和残酷暴行这一切统统消逝之后,就像装载着高高的垃圾的色彩艳丽的平底驳船一样,上面布满白色斑点,臭气熏天,这会儿正在把它装载的东西倾倒进蓝色的海水里。当这些东西在水面上散开时,将四五英寻①深的海水变成淡绿色,那些容易下沉的东西会沉下去,而那些漂浮物如棕榈叶、软木塞、瓶子和用过的电灯泡等,与偶尔出现过的一只安全套或一件半漂浮状态的妇女紧身褡、学生作业簿上撕下来的纸页、一只饱胀着气的狗、偶尔出现的一只耗子、不再显得高贵的猫连成一片。这一切都被那些捡垃圾的人的小船妥善处理了,他们就像历史学家那样专心、聪颖、精确地用长木杆打捞战利品。他们有自己的看法,当哈瓦那港内的一切顺利进行的时候,沿海十英里之内的海水就像之前那样清澈湛蓝、没有污染,这条一天能有五船这样的垃圾的湾流看上去风平浪静,而棕榈叶象征着我们的胜利,象征着我们的发明的旧灯泡和我们的大情圣们的空安全套。这湾流,漂浮着,毫无意义地逆着我们这唯一持久的东西流淌。

于是,我们在前排座位上坐着,思考着大海和这片土地。不一会儿我们就驶出了像阿拉贡一样的地方,往南驶到一条沙河边。那里有金色沙子的河面有半英里宽,岸边绿树成荫,其间点缀着林岛,而在这条河里,河水流淌在沙子之上。晚上,猎物下到河边,在沙子上用尖锐的蹄子刨着,它们就能喝到涌进来的河水。我们在快要下午的时候跨过这条河,一路上遇见许多正逃离前面发生饥荒的地区的人。这时路旁出现矮小的树木和茂密的灌木丛,接着是一段上坡路,我们进入一些蓝色的山丘,那个山丘古老、被腐蚀、树木成林,那些树像是山毛榉树,还有一簇簇炊烟袅袅的茅草屋,还有一群群绵羊和被往家赶的山羊,还有一块块玉米地,我就对POM说:"这里真像加利西亚。"

"像极了,今天我们经过了三个西班牙的省份。"她说。

"是吗?"老爹问。

我说:"各方面都非常像,只是建筑有所不同。垂眼皮所在的地区像是纳瓦拉。有同样露出地表的石灰岩,地形有同样的情况,连沿着水道生长的树木以及泉眼也都一样。"

"很奇怪,你居然会这样喜欢一个国家。"老爹说。

---

① 英寻,海洋测量中的深度单位,1英寻=1.852米。

"你们两个都是有内涵的人,但是我们该到哪里安营呢?"POM 说。

"只要有水就可以在这里了,这里跟其他地方一样好。"老爹说。

我们在靠近几棵树的三口大井下设营,土著妇女们常到这里来打水,于是在抽签决定地段后,卡尔和我在暮色中穿过土人村庄上面的道路,分别去那两座小山周围打猎。

"这里全是羚羊区,你们随时都可以撞上一头。"老爹说。

但是我们只在树林里看见了几头马萨伊牛,什么也没看见。不过,在坐了一天的车之后,能走走路也挺让人高兴的,等到在夜色里赶回来的时候他们已经搭好了帐篷,在火堆前老爹和 POM 穿着睡衣裤坐着,但卡尔还没回来。

后来他不知为何怒气冲冲地来了,大概是因为没有捕到羚羊吧,他看上去苍白而憔悴,不愿意跟任何人说话。

后来,在火堆旁,他问我去了哪儿,我就说我们在那座小山周围打猎,直到他们被我们的向导听见了,于是我们就抄近路上了山顶,然后下山,经过那些山村回到了营地。

"你说听见了我们是什么意思?"

"他说他听见了你们,姆科拉可以做证。"

"我想我们是抽签决定打猎的地方的。"

我说:"没错,但是我们直到听见了你们的声音才知道跑到了你的猎区。"

"你听见我们的声音了吗?"

"我听见了一些声音。"我说,当我在耳朵上支起手的时候,向导对姆科拉说了几句话,姆科拉就说:"是老板。"我问他:"哪个老板?"他说:"卡波尔老板。"那是指你。因此我们判断我们已经走到了交界的地方,于是就从山顶上回来了。

他没有说话,看上去气呼呼的。

"别为这件事恼火啊。"我说。

"没有,我只是累了。"他说。我相信这句话,因为卡尔是我们所有人中最温和、最通情达理、最能自我牺牲的人,但是羚羊已成为他的一块心病。他变得无精打采的,一点儿都不像原来的他了。

等他走进自己的帐篷洗澡时,POM 说:"他最好能尽快打到一只羚羊。"

"你有没有闯进他的地区?"老爹问我。

"我真没有。"我说。

"在我们的目的地他会打到一只的,也许能打到一头角长五十英寸的。"老爹说。

"那再好不过了,"我说,"但是,老天保佑,我也想打到一只啊。"

"你会的,老伙计,我对此十分确定。"老爹说。

"算了吧,我们还有十天时间呢。"

"一旦运气降临,我们也会打到貂羚的,你等着瞧吧。"

"你曾在一个好的猎区里花费多少时间来打它们?"

"三个星期,可直到离开的时候也没看见一头。但是在第一天我就让他们去打,现在还在像你在国内时搜寻一头大公羚羊那样搜寻。"

"我喜欢,"我说,"但是我不想被这家伙打败。老爹,他已经打到了最好的水牛、最好的犀牛和最好的水羚了。"

"你在大羚羊上打败了他。"老爹说。

"大羚羊算什么?"

"你把它带回了家,至少在视觉上给人一种美感。"

"我只是在开玩笑。"

"你在黑斑羚上、在大角斑羚上也击败了他。你打到了一头最好的南非林羚。你打到的豹子跟他的一样棒。但是说到运气你就差他一大截了。他的运气好得邪乎,而且他是个好小伙。我觉得他是有点垂头丧气。"

"你知道我很欣赏他,我像喜欢任何人那样喜欢他,但是我希望他天天快乐。如果我们像这样打猎,就失去了它本身的乐趣。"

"你等着瞧吧,他会在下一个营地打到一只羚羊,然后情绪就会高涨的。"

"我的脾气实在是太坏了。"我说。

"你的确如此,干一杯吧。"老爹说。

"好的。"我说。

卡尔走了出来,态度再次变得平静友好、温和并且通情达理。

"等我们到了新的地方一切就都好了。"他说。

"那太好了。"我说。

"告诉我那里是什么状况吧,菲利普先生。"他对老爹说。

老爹说:"我也说不准,但是听说在那里打猎是一件很愉快的事。据说动物就在那边的空地上觅食,那位老荷兰人说那里的猎物很出色。"

"小伙子,我希望你能打到一只六十英寸的。"卡尔对我说。

"你也一定可以的。"

卡尔说:"别取笑我了,我打到任何羚羊都会感到高兴的。"

"你也许会打到一只特大的。"老爹说。

"别取笑我,"卡尔说,"我知道我的运气一向不好,能打到任何一只公羚羊我都会高兴的。"

他态度温和极了,他能看出你的想法,并表示原谅和理解。

"好样的,老卡尔。"我被威士忌、理解和温情弄得热情洋溢。

"我们的日子挺愉快的,不是吗?"卡尔说,"可怜的老妈妈在哪里?"

"我在这里啊,我是那些安静的人中的一个。"POM 在黑暗中说。

"你要不是就怪了,等这老头儿话一多你就可以及时打断他。"老爹说。

"所以女人才到处招人喜欢嘛,"POM 对他说,"再夸我一句吧,杰先生。"

"老天做证,你像条小狼狗一样勇敢。"看来,老爹和我都喝多了。

"说得真好听。"仰靠在椅子里的 POM 说,她的双手紧抱着防蚊靴。我注视着她,透出火光可以看见她穿的蓝色薄棉罩袍,光芒映在她的黑发上。你们都进入了扯小狼狗的阶段,我很高兴。我突然意识到大战快要爆发了,便问道:"你们这两位绅士有谁碰巧参加过哪场大战吗?"

老爹说:"谁会说没有呢,我们是有史以来的两个最勇敢的人,而你丈夫不仅是个特别优秀的射鸟大王,还是一个杰出的追猎手。"

"现在他醉了,我们才可以听到大实话。"我说。

"我们吃东西吧,我可是饿坏了。"POM 说。

天亮时,我们坐车来到大路上,驶过一个村子,经过一片茂盛的灌木丛,到了一片平原的边缘,这时周围依旧迷雾蒙蒙,太阳尚未升起,我们能看见远处正在吃草的大角斑羚,在晨曦中看上去是头灰色的庞然大物。我们把车停在灌木丛旁,下了车,坐在地上,在望远镜中看见在我们与那大角斑羚之间有一群麋羚,其中有一头公的大羚羊,看起来像头肥胖的紫红色的马萨伊驴,两只又黑又直的角长得惊人,角往后翘起,它吃草时每次一抬头,就会把角露出来。

"你打算追捕它吗?"我问卡尔。

"不,你去吧。"

我知道他讨厌一声不响地追踪猎物,不喜欢在别人面前开枪。因此,我答应了他。再说打枪,我承认我是自私的,而卡尔则是无私的。我们太需要肉食了。

我尽量显得漫不经心地沿着大路走,并看向那些猎物,步枪笔直地躺在我的左肩上,不去瞄准猎物。它们的心思似乎并不在我身上,而是专注地吃草。我知道如果我走向它们的话,它们马上就会逃出我的射程之外,因此,当我用眼角余光瞥见那大羚羊第二次低下头吃草时,打中的希望就会很大,我就坐下来,把手臂从枪的背带中抽出来,就在它抬起头观察四周伺机逃跑时,我瞄准它的后背的上部扣动了扳机。虽然没有子弹打中猎物的生硬传来,但是在它往右挪动的过程中子弹啪的一声,整个平原像一道背景,动起来了。只见所有的动物纷纷奔跑在旭日之下,奇形怪状的长脚羚羊跑得很慢,像木马似的。大角斑羚开始是笨拙的,不久,摇摇晃晃的小跑慢慢成为快跑,还有一头我原先没有发现的大羚羊也跟着这些羚羊一起跑。

我想要的那头公羚羊的背后是这片突如其来的动态和恐慌,只见它这时在四分之三英里之外正一路小跑,两角翘得高高的。我起立,准备在跑动过程中射击,我瞄准它,将它整个身体收进我的瞄准镜的目镜中,瞄准了它的肩膀上方,它轻快地迂回直向前跑,扣动扳机,它踢着腿倒了下去,然后传来了子弹击中骨头时的脆裂声。这一枪距离特长,非常幸运的是我打断了它一条后腿。

我朝它奔去,而后放慢脚步,悄悄地走上去,以防它跳起来逃跑时撞到我,然而它是完全倒下了。它倒下得那么突然,子弹打到它身上时发出了巨响,我真担心自己打中了它的角,但是等我走到它跟前,看见我那第一枪击中了它肩膀后面背脊的上部时,它就已经死了,我还看见把它打倒在地的是击中了它下面的腿部的那一枪。大家都过来了,卡罗扎了它一刀,把它变成合法的食用肉。

"你第二枪瞄的是哪个地方?"卡尔问。

"哪儿也没瞄,只是把枪向上举了一点儿,加了很多提前量,而且我跟着它跑了一段路。"

"打得太棒了。"丹说。

老爹说:"等到了晚上他就会对我们说他是故意打断那条腿的,你们知道,他最喜欢这种打法。你们曾听他解释过吗?"

姆科拉在剥羊头,卡罗在割肉,这时走上来一个身高体瘦、手持长矛的马萨伊人,道了早安,只用一只脚站在那里看剥皮。他跟我啰里啰唆地说了一大通话,我把老爹叫来,这个马萨伊人向他重复了那番话。

"他想知道你们是不是还要去打其他的东西。"老爹说,"他想要几张皮,但不是一般的那种羚羊皮。他说,它们没什么价值。他想知道你们是否会打两只麋羚或一头大角斑羚。他喜欢它们的皮。"

"告诉他,我们在回程中会打的。"

老爹很严肃地告诉了他。马萨伊人握了握我的手。

"告诉他,他可以在任何时候去哈利的纽约酒吧找我。"我说。

马萨伊人用一只脚擦着另一只脚,又说了些什么。

"他说你为什么要打它两枪?"老爹问。

"告诉他,我习惯于在早上开两枪。后来,在大白天只开一枪。到了傍晚,我们自己常常被射得半死。"

"他问你们打算怎么处理那些羊角?"

"告诉他,在我们族里,我们把角送给最富庶的朋友。"

老爹向这个马萨伊人说了几句话,我们在友好的基础上又握了手。透过迷雾我向平远望去,只见大路上又走来了一些马萨伊人,他们有着土褐色的皮肤,大步前行,在晨光中长矛显得非常细。

回到车子里,那羚羊头被一个粗麻袋包着,羊肉被扎在挡泥板里面,上面的血已经干涸了,肉的上面粘满了尘土。这时脚下是红沙路,平原被抛在了后面,大路边依旧是很多的灌木,我们往上驶进山里,穿过一个叫基巴亚的有一家白墙客栈、一家杂货店和好多农田的小村庄。曾经在这里,有一次丹在一个干草垛上,等着一头羚羊到一块玉米地来吃草,当丹坐下的时候,一只狮子慢慢地追踪而来,差点把他吃掉。这使我们对这座基巴亚村庄充满了一种强烈的历史感,而由于天气依然凉爽,太阳尚未晒干草上的露水,我想喝一瓶酒,就是那种锡纸包着瓶颈、贴着黄黑两色的标签、上面印着一个全副盔甲的骑士的德国啤酒,那样我们对这个地方的记忆就会更加深刻,甚至会更好地欣赏这个地方。喝酒之后,满怀着对基巴亚的深刻历史意义的崇敬之心,我们得知前面的路况挺好的,就让卡车往东跟上,我们就径直开往海岸和有羚羊的地区。

在车子行驶的过程中,太阳升了起来,天气变得很燥热,我们向南驶去,我曾问老爹那边的状况怎样,他描述说:"像是非洲的上百万英里的土地一样,那些坚硬的、矮树丛似的下层灌木一直长到难以通行的大路边。"

老爹说:"那里有很大的大象,但就是没法猎取。所以它们的体形才会长得那么大,对不对?"

穿过这上百万英里地区中的很长一段,渐渐地进入一片草原。那里干涸、多沙、四面长满灌木,显然已经干涸成一片典型的荒漠地区,有水的地方只有偶尔出现的几丛灌木,老爹说它很像肯尼亚北部边境的那个省份。我们寻找长颈的叉角羚,它们的姿势就像举起双臂在祈祷的螳螂,我们还寻找个头小的羚羊,知道它们一定生活在这种沙漠灌木丛里,但是这时已经日上三竿了,我们什么也没发现。最后,道路开始慢慢地上坡又进入山区,眼下那些山很低,长满了树木,其间有一连串的热带旷野上稍微茂密一点的稀疏的灌木,而前方有两座足以称得上是大山的山,高大的森林覆盖在道路的两边,我们坐在车里往上行驶的时候,红土路开始变窄了,前面有一群由几个索马里牛商赶着往沿海地区走的数以百计的牛,那个大买主走在前方,他戴着白色头巾,穿着海滨人的服装,身材高大,相貌堂堂,撑着一把象征身份的伞。我们好不容易穿过了牛群,终于行走在了令人赏心悦目的灌木之间,往上走到了两座大山之间的开阔地带,接着继续向前走了半英里,到了一个坐落在这山的另一面的低地上的一块空地上的由烂泥打墙的茅草屋组成的村子。回头望去,有两座看上去非常美的山,山坡被森林覆盖着,森林上方是露出地表的石灰岩、林中空地和草坪。

"我们到了吗?"

丹说:"到了,我们接下来要找设营的地方。"

一个年纪很大、疲惫憔悴的黑人农夫从一座烂泥筑成的屋子后走出,胡须是白色的,披着块肮脏的、曾经是白色的布,在肩上打了一个结,像古罗马托加袍那样,他带我们沿着原路迂回,然后往左拐,来到一个很好的扎营的地方。这个老头的长相非常倒霉,老爹和丹跟他说了几句话之后,他就走了,似乎比原来更垂头丧气了。他需要去找几名向导来,丹把他们的名字写在了一张纸上,那些人是一年前来过这里的一位丹的挚友荷兰猎人推荐的。

在一棵大树的浓荫下,我们把车上的座位搬出来,当作桌椅,铺上外套就成了坐垫,坐下来吃午餐的时候喝了点儿啤酒,然后睡觉或看书,坐着等卡车回来。卡车没来,那个老头儿倒又来了,身后跟着一个旺德偌波人中最瘦、最饿,最有倒霉相的人,他用一腿站立,搔着后脑勺,身上带着一张弓、一筒箭和一支长矛。我们问老头儿:"这人真的是我们指名要的向导吗?"老头承认不是,然后转身去找我们要的那个向导了,神情比刚才更加沮丧。

等我们睡醒的时候,那老头已经站在我的面前,身边有两个从村里找来的正式的向导,他们一本正经地穿着卡其裤,另外还有两个几乎赤身裸体的人。我们交谈了好久,穿卡其裤的两个向导中领头的那个人拿出了他的由"敬启者"开头的证明信,说明持信者对这个地区非常熟悉,是个可靠的小伙子,也是个能干的追猎者。署名者是一个职业猎手。穿卡其裤的向导称这位职业猎手为辛巴老板,这个名字令我们都很生气。

"这个家伙曾经打死过一头狮子。"老爹说。

"告诉他,我是杀鬣狗的费西老板。"我对丹说,"费西老板赤手空拳的就能掐死他们。"

丹却对他们讲别的事情。

"问他们是不是想见癞蛤蟆老板,他发明了癞蛤蟆,还有所有蝗虫的主人茨奇妈妈。"

丹用这句话回应我。看来他们是在谈价钱。知道了他们一贯的日工资之后,老爹对他们说如果我们两位猎手中任何一个人打到一头羚羊,向导可以得到十五先令的奖励。

"你是说一镑?"领头的向导说。

老爹说:"看来他们知道自己在干什么,我得说,不管那个辛巴老板说什么,我对这个运动家并不中意。"

顺便说一下,我们后来才知道,这个辛巴老板真是个出色的猎手,在沿海一带有着很高的声誉。

"我们来把他们分成两拨,由你抽签挑选,"老爹建议道,"每一拨里都会包括一个赤身裸体的和一个穿裤子的。就我自己来说,我是完全同意用赤身裸体的土人作向导的。"

我们向那两个拥有证明信的穿裤子的向导提出建议,要他们挑一个不穿衣服的拍档时,发现这个建议根本不行。那个懂得理财、现在变得爱演戏的臭嘴巴,正指手画脚地卖弄着辛巴老板杀死最后一头羚羊的经过。只停了一会儿,声明他只愿跟阿布杜拉一起打猎。阿布杜拉就是那个个子矮、有大大的鼻子的、受过教育的追猎手。他们总是在一起打猎。他本人不会追猎。他又表演起那幕哑剧——就是关于辛巴老板和另一位叫医生老板的角色以及那些有角的畜生。

"我们就将这两个土人分到一队,这两位牛津大学学生作为另一队吧。"老爹说。

"我讨厌那个爱卖弄的家伙。"我说。

老爹没有疑虑地说:"他说不定很了不起呢!不管怎么说,你要明白你是个追猎者,那老头说另外那两个都很好的。"

"谢谢你,见鬼去吧。你来管抽签好吗?"

老爹的拳头里握着两根草茎,"长的一根代表戴维·加利克和他的拍档,"他继续解释说,"短的代表那两个裸体主义运动家。""你要先来吗?""你先来吧。"卡尔说。我抽到了戴维·加利克和阿布杜拉。我抽到了这两个天杀的的悲剧演员。"他们也许会很好呢,"卡尔说,"你想换一下吗?""不,他可能是个奇才呢。""现在我们来抽签决定狩猎区域吧,抽到长的优先选择。"老爹解释说。

"你先抽吧。"

卡尔抽到了短的。

"两个区域在什么地方？"我问老爹。

我们谈了很长时间，我们的戴维在模仿用不同的方法杀死五六只羚羊的情景，包括伏击、突然袭击、在空地里悄悄跟踪以及在灌木丛里突然惊吓它们。

最后老爹说："那里应该有那么一种盐碱地，动物因为到那里去舔盐，所以会被成千上万地猎杀。另外，有时候你仅仅是绕着小山兜兜圈子，也能在空地里随手枪击那些可怜的东西。如果你感觉体力充沛的话，你就爬上山去追赶它们。等它们到悬崖上觅食时，再将它们打翻。"

"我就选那盐碱地吧。"

"你要牢记，只能打那些最大的。"老爹说。

"我们什么时候出发？"卡尔问。

"盐碱地在明天早上才有戏可看，"老爹对我们说，"但是不妨今天晚上就让老海姆去看一下。先沿着这条路过去大约五英里，然后开始步行。他可以先坐车去，等太阳再下去一点儿后，你们可以随时回到山里来。"

我问："夫人怎么办，要不要她跟我一起去？"

老爹认真地说："我看这样不合适，追踪羚羊的时候人越少越好。"

那个演戏专家、姆科拉、阿布杜拉和我那天很晚才冒着严寒回到营地，走到火堆前时我们都很高兴。盐碱地里的尘土有被踩烂的地方，印上了包括几个大公羚羊的脚印的深深的新鲜的羚羊脚印。那个埋伏处是个不可多得的伏击场所，我对明天早晨射中羚羊胸有成竹，就像在一个条件很好的埋伏处射野鸭一样，天气很是凉快，一定会有一群鸟飞来。

"这件事没有悬念，连傻子也能干。甚至可以说是极不光彩的事。他的名字叫什么？布斯、巴雷特、麦科洛——你知道我说的是谁。"

"查尔斯·劳顿。"老爹叼着烟斗说。

"他就是弗莱·阿斯坦。属于这个世界社交界的舞星。他是个杰出的人，发现了那个伏地，知道盐碱地的地方，只要撒一把尘土就知道风向，他是个奇才。辛巴老板培训了他们。老爹，我们将他们装在容器里，不要让肉变质是个重要的问题，并且我需要选一些更健壮的标本。明天在盐碱地里我会杀了你们两个，我感觉好极了。"

"你刚才喝了什么？"

"什么也没喝，真的。告诉他加利克，我给他一个角色，让他去拍电影。回来的路上我想起了这件小事。这计划有可能不会成功，但是我喜欢那情节。那个奥赛罗或者叫威尼斯的摩尔人，你喜欢吗？这个戏的意义无比奇妙。你知道我们叫他奥赛罗的这个黑佬爱上了这个涉世未深的姑娘，所以我们把她叫作苔丝·德蒙娜，喜欢吗？人家找了我几年，要我为他们写这个剧本，但我是有种族界限的，我对他们说：让他通过参加比赛赢得声誉。哈利·威尔斯，见鬼去吧。被波林诺打败了，夏基打败了他，登普西打败了夏基，卡内拉把夏基击倒。如果没人见证这有力的一拳又如何呢？当时我们在什么鬼地方呀，老爹？"

老爹说:"我们当时刚刚到纽约,人家在朝你身上扔东西,我们当时并不知道原因。"

POM 说:"我记得。你当初为什么不让他划清种族界限呢,杰·菲先生?"

"我当时筋疲力尽。"老爹说。

"不过你现在看上去非常不错了,"POM 说,"我们该拿这个疯子怎么办呢?"

"给他灌一瓶酒,看他会不会消停。"

"我现在已经安静了,"我说,"但是,上天做证,我对明天的感觉好极了。"

偏偏在这时,老卡尔带着他那两个赤身裸体的土人以及他那侏儒似的笃信伊斯兰教的扛枪者卡罗进了营地。火光下,老卡尔脱下斯泰森毡帽,脸色白里透黄。

"嗨,你打到什么了吗?"他问。

"没有。但是它们是在那里的,你都干了些什么?"

"顺着一条该死的路走,在一条除了牛群、草屋和人之外什么都没有的路上,怎么会有希望发现羚羊呢?"

他看上去和往常不同,我想他应该是病了。但是我们正在开玩笑时,他闯进来,看起来像个骷髅头似的,弄得我的气不打一处来,就说:"你知道,我们是抽签决定的。"

他悻悻地说,"那当然,我们顺着一条路追猎,还能指望发现什么呢?你觉得这样猎羚羊对吗?"

"但是等天亮了你一定可以在盐碱地里打到一头的。"POM 十分欢快地对他说。

我喝干了杯子里兑苏打水的威士忌,用十分愉悦的声音说:"到了早晨你一定能在盐碱地里打到一头的。"

"到了早晨轮到你去打了。"卡尔说。

"不,你明天早上去,我今天晚上去。我们换一换,早就达成默契了,是不,老爹?"

"对啊。"老爹说,大家都看着别人。

"喝杯兑苏打水的威士忌吧,卡尔。"POM 说。

"好的。"卡尔说。

我们安静地吃了一顿饭,在帐篷里上床之后,我说:"你这是怎么了,竟对他说早上要让他去盐碱地?"

"我不知道,我想我本意并非如此。我糊涂了,我们别谈这个话题了。"

"我去那该死的盐碱地的权利是靠抽签赢的,抽签决定的事是不能耍赖的。只有这样运气才会对任何人都一碗水端平,永远如此。""不要说了。"

"我看他现在心情不好,和过去不一样。这些倒霉的事情使他很是憋屈,以他现在的心情,他会认为那片盐碱地无比美好。"

"求求你别说了。"

"我会住嘴的。"

"好。"
"嗯,反正我们把他哄高兴了。"
"我看未必,求求你别再说了。"
"我会的。"
"好,晚安。"她说。
"见鬼去吧,"我说,"晚安。"
"晚安。"

第七章

清晨,卡尔和他的人马起身去盐碱地,而加利克、阿布杜拉、姆科拉和我经过大路,拐到村子后面,沿着一条干涸的河道往上走,开始在薄雾中爬山。我们穿行在满是卵石和大圆石的河床里,两边长满了藤蔓和灌木,只能弯着腰往上爬,像行走在一条藤蔓和枝叶编织成的陡峭通道上。我大汗淋漓,衬衣和内衣都湿透了,等我们经过藤蔓通道来到山间,站在那里鸟瞰笼罩在我们脚下整个山谷的云海时,晨风让我觉得有些凉意,我只好穿上雨衣,用望远镜查看这整个地区。

我全身都已大汗淋漓了,无法坐下来,就让加利克继续往前走。我们在山的一边兜了个圈,按原路返回,翻过了一个更高的斜坡,从阳光下走出来,太阳正在晒干我的衬衣,随后我们沿着那些长满草的连绵的山脊向前走,在一个山谷停下来,用望远镜仔细搜索一番。最后,我们来到一个碗状的山谷,那是一个像露天圆形竞技场的地方,草很绿,山谷中央和树林中有一条小溪穿过,顺着山谷另一边的边缘流去。我们在一个没有风的阴凉处,靠着岩石坐下,升起的太阳照亮了对面的山坡。我们用望远镜搜寻猎物,只见树林里有两只母羚羊和一只小羚羊出来觅食,它们不停地移动着,并且在快速地吃草,还不时抬起头来,久久地凝视着,表现出森林里所有食草动物都有的警惕性。平原上的动物因为可以看到很远的地方,所以它们很自信,吃起草来的样子跟森林里的动物完全不同。我们能看清它们灰色肚腹上的白色条纹,一大早就能在这高高的山上发现它们,让我们感到很满足。接下来,就在我们观察它们的时候,只听见像岩石滚落似的轰的一声巨响,我最初以为滚下来了一块大石头,但姆科拉小声地说:"是卡尔老板在开枪!"我们等着听下一声枪响,但是没有。于是我断定卡尔射中了羚羊。我们正观察着的那两只母羚羊因为听见了枪声,一动不动地站着,警觉地向四处观望了一会儿,又继续吃起草来。但是它们吃着吃着就进了树林。我想起了流传于营地的一句印度俗语:"一声枪响有肉吃。两声枪响看运气。三声枪响没得吃。"我掏出词典,给姆科拉翻译这句话。这话翻译出来好像让他觉得很好笑,他摇着头,哈哈大笑。直到太阳照射到我们的时候,我们一直用望远镜观察着山谷,然后开始仔细寻找山的另一边。我们在另一个美丽的山谷见到了那个地方,就是另外一个老板猎杀到一只非常漂亮的公羚羊的地方,听起来好像还是那个医生老板。但是正当我们用望远镜查看那个地方时,山谷中央有一个马萨伊人在向下走,等我假装要朝他开枪时,加利克像是在演戏似的,不停地说那是一个人,一个人,一个人。

"不能朝人开枪吗?"我问他。

"不能!不能!不能!"他把手放在头顶上回答。我很不情愿地放下枪,和姆科拉说笑,他咧着嘴。这时天气热得要命,我们穿过一片齐膝高的草地,长着细长的、如薄纱般粉红色翅膀的蝗虫像云团似的成群地飞来,围绕着我们,发出的嗡嗡声像是割草机一样。我们翻过几座小山头,经过一道又长又陡的山坡,向营地走去,蝗虫布满了山谷的上空,而卡尔已经带着那只羚羊回到了营地。

走过剥皮匠的帐篷时,他给我们展示了那只羚羊的头,它既没身子也没脖子,在脊柱上头颅根部被割断的地方,皮肉松散,湿漉漉、沉甸甸地耷拉着,这只羚羊奇怪而不幸。带有白色细斑点的从眼睛到鼻孔的灰色皮肤很光洁,两只优雅的耳朵很漂亮。双眼已经布满灰尘,有苍蝇嗡嗡地在周围飞来飞去,那两只不是螺旋形向上翘,而是转向两边的鹿角沉重而粗糙,斜着径直长出去。这是一颗畸形的羚羊头,笨重且难看。

老爹坐在用餐帐篷下抽烟,他正在看书。

"卡尔去哪儿了?"我问。

"我想应该是在他自己的帐篷里吧。你情况怎么样?"

"在山里转悠,发现了两只母羚羊。"

"真高兴你打到了羚羊,"我在卡尔帐篷门口对他说,"怎么做到的?"

"我们在埋伏处等着,他们示意我低下头,等我抬头看时,那只很高大的羚羊就在我们旁边了。"

"我们听见你开枪的声音了,你打中了它哪里?"

"应该是先打中了它的腿,然后我们一路追着他,我又打中了两枪,逮到了它。"

"我只听见一声枪响啊。"

"应该三四声吧。"卡尔说。

"我估计这是因为在山的另一边追猎就会阻挡一部分枪声,那只羚羊腰圆臀肥,角距很大。"

"谢谢!"卡尔说,"我希望你打到一只更好的,听说那里还有一只,但是我没有发现。"

我回到用餐帐篷,老爹和 POM 都在。他们似乎对那只羚羊并不感到怎么高兴。

"你们怎么了?"我问。

"你看见那个头了吗?"POM 问。

"当然。"

"太难看了。"她说。

"可那是只羚羊啊,他还想再打一只。"

"卡罗和追猎者说还有一只跟这只在一起的大公羚羊,那个有一颗漂亮的头。"

"那好啊,我去打。"

"但愿它还会出现。"

"他打到一只羚羊真是太好了。"POM 说。

"现在我敢打赌他会打到人们从未见过的最大的羚羊。"我说。

"我要把他和丹一起送到山下貂羚区去,这是事先规定的,第一个打到羚羊的人可以第一个去貂羚区。"老爹说。

"不错。"

"等我打到羚羊后,我们也到那里去。"

"好。"

第三部 狩猎与失败

第一章

　　这仿佛都过去一年了。现在,在这个下午我坐在驶往二十八英里盐碱地的汽车里,太阳照在我们脸上,最近只猎到了一只珍珠鸡,在过去的五天里,我在卡尔打到那头羚羊的盐碱地里感受到了完败。在山里,不论是在大山和小山里都经历了失败,在平地上依旧如此,而前一晚由于那个奥地利人的卡车的声音而在这片盐碱地上失去了一次机会,我知道我们打猎的时间只剩下两天,过后就必须离开了。姆科拉也十分清楚这一点,现在我们在一起打猎,彼此都没有了高人一等的感觉,只感到时间苦短,也烦恼着我们对这个地区的不熟悉,再加上这些可笑的人来作向导,真是难以形容的苦闷。

　　司机卡姆是个35岁左右的吉库尤人,他沉默寡言,总是身穿一件某位猎手遗弃的褐色粗花呢旧上装,膝盖处打满补丁的裤子,还有一件破旧的衬衫。但总是想要给人留下非常潇洒的印象。卡姆态度谦虚,沉默寡言,是个优秀的司机,这时我们正驶出灌木地区,进入开阔地带,那里有一片长着矮树,像是沙漠的地方。我注视着他,他那份只有一件旧上装和一只安全别针获得的潇洒,他的谦恭、可亲和精湛的技术,使我钦佩之至。回想起我们第一次外出时,他差一点儿死于热病,如果那时他死了,可能不会影响到我,最多是失去了一个司机而已。而现在,不管他在何时何地死去,我都会感到无比伤心。接着,把那遥远的未必会发生的卡姆之死所勾起的伤感情绪抛开之后,我想到如果有那么一次,趁戴维·加利克在卖弄一次小心追踪猎物的过程时,打他的屁股一枪,看着他那时的表情一定是一件痛快的事。而此时,我们惊动了另一群珍珠鸡。

　　姆科拉递给我猎枪,我摇摇头。他一边猛点头说:"好,很好。"我就叫卡姆继续前进。这一下就难为了加利克,他滔滔不绝地讲起来大道理。难道我们不需要珍珠鸡吗?那些正是最好的珍珠鸡啊。刚才我从里程计看到我们离盐碱地只有大约三英里了,因此不想因为枪声吓跑一头公羚羊。就像我们先前在埋伏处,眼睁睁地看着那头较小的羚羊听见了卡车的声响被吓跑一样。

　　我们把车停在离盐碱地大约两英里的几棵矮树下,顺着沙土路走向小径左边空地上第一块有盐的地方。我们成单列行走,保持着绝对的安静,那受过教育的追猎者阿布杜拉走在最前列,接下来是我、姆科拉和加利克,走了大约一英里后,发现前方的路面湿漉漉的。一汪水积在路面上沙层很薄的地方,看得出来一场大雨打湿了前面的路。我不明白这意味着什么,但加利克张开双臂,仰视天空,露出一口愤怒的牙齿。

"不行了。"姆科拉轻声说。

加利克大声说起话来。

"闭嘴,你这畜生。"我用手捂住自己的嘴巴,他还在用超出平常的音量说着,我在词典里查找"住口"这个词的发音,他一直指天空和浸透雨的路。我没找到"住口"这个词,就捂上了他的嘴,在手背加了点力,他惊讶地闭上了嘴。

"姆科拉。"我说。

"在。"姆科拉说。

"怎么回事?"

"盐碱地已经被毁了。"

"啊?"

原来是这样。我本来以为下雨只会让追猎变得容易呢!

"雨是什么时候下的?"我问。

"昨天晚上。"姆科拉说。

加利克开始说起来,我再次捂住他的嘴。

"姆科拉。"

"在。"

"另外那块盐碱地还行吗?"我指向树林里那块大的盐碱地,知道那里有高得多的地势,因为我们穿过灌木丛来到这里时,只走了一点儿上山的路。

"也许可以。"

姆科拉轻声地跟加利克说了几句话,而加利克好像受到了很深的伤害,但是依然闭着嘴。我们就绕过那些湿漉漉的地方,继续顺着那条路走,走到盐碱地上的深陷处。里面的确有一半的积水。加利克这时开始窃窃私语,但是姆科拉又一次让他住口。

"走吧。"我说,于是姆科拉走在最前面,我们顺着潮湿、多沙、依旧干涸的水道穿过树林走向上面那块盐碱地。

姆科拉突然停了下来,弯下腰去察看潮湿的沙地,然后悄悄地对我说:"有人。"那里有一个脚印。

"Shenzi"(野人)他说。

我们跟踪那个人,小心翼翼地穿过树林,慢慢地往盐碱地走去,向上进入了埋伏处。姆科拉摇着头,"不行,我们走吧。"他说,我们走到盐碱地前,一切都非常明显。在盐碱地对面潮湿的岸上有三头大公羚羊的脚印,它们就是从那里来到了盐碱地的。接着突然出现的脚印很深、像用刀刻出来的,想来是公羚羊听见了弓"嘣"的一响之后,就一跃而起,跑向岸上,它们的蹄留下了鲜明的深印,然后脚印进入了灌木丛,脚印之间的距离拉开了。我们追随着这三道公羚羊的脚印,但是没有发现混进的人的脚印。那射箭的人没有射中它们。

姆科拉说:"野人!"语气中有满腔的仇恨。我们找到了那野人的脚印,发现他从某个地方回到大路上。我们安静地坐在埋伏处，在里面一直等到天黑，后来下起了毛毛雨。没有一只动物出现在这块盐碱地。我们淋着雨回到卡车前，有个野人曾对我们的羚羊射箭，吓跑了它们，而现在这片盐碱地算是给毁了。

卡姆支起一块铺地的大帆布，使其成为一顶帐篷，我的蚊帐在里面挂着，并架起了我的帆布床。姆科拉把食物拿进这个挡风雨的帐篷。

加利克和阿布杜拉生起了一堆火，跟卡姆和姆科拉一起在火堆上煮东西。他们准备在卡车里睡觉。雨淅淅沥沥地下着，我把衣服脱了，穿上防蚊靴和厚睡衣，坐在帆布床上，吃了一只烤母珍珠鸡的胸脯肉，用铁杯喝了两杯对半掺水的威士忌。

姆科拉带着一脸的严肃和忧虑进来了，在帐篷里显得十分尴尬。他拿起我已经折叠好的当枕头用的衣服，重新叠了一下，然后把折得乱七八糟的衣服塞到毯子下。他带来了三个罐头，问我要不要将它们打开。

"不用。"

"喝茶吗？"他问。

"见它的鬼去吧。"

"不要茶？"

"威士忌吧。"

"好。"他动情地说。

"茶要在早上太阳出现之前喝。"

"好，姆科拉老板。"

"你在这儿睡吧，雨不会淋着你。"我指指这帆布搭起的帐篷对他说，雨在上面打出万分动听的声响，连我们这些长年生活在野外的人也没有听过这样可爱的声音，尽管它坏了我们的事。

"好的。"

"去吃饭吧。"

"好的。不要茶？"

"见它的鬼去。"

"威士忌呢？"他带着希望说。

"威士忌也泡汤了。"

"威士忌吧。"他充满信心地说。

"好吧，"我说，"去吃吧。"说罢把水与酒对半掺和，钻进蚊帐，重新找到我的衣服，把它们折叠成一个枕头，一只胳膊肘支撑着身体侧身躺下，慢慢啜起威士忌来，后来我把杯子放在蚊帐下面的地上，伸手去摸帆布床下面那支斯普林菲尔德，把手电放到身边床上的毯子下面，然后伴着雨声入睡。我听见姆科拉进来的声音，又醒了一次，他打好地铺入睡了，我在夜里听见他睡在我的旁边，又醒过一回，但是早晨没等我醒来，他就煮好了茶。

"喝茶吧。"他拉拉我的毯子说。

"该死的茶。"我说,坐起身来,却依然感到睡意朦胧。

在这个灰蒙蒙、湿漉漉的早晨雨已经停了,但地面上依旧雾气弥漫,我们发现雨水已经完全冲刷了那块盐碱地,附近也看不见一道脚印。然后我们搜遍了平地上被雨水打湿的低矮丛林,希望能在被雨水浸透的泥土地上看见一道脚印,追踪一只公羚羊。可根本就没有脚印。我们跨过大路,绕过一片沼泽,顺着矮树丛边缘的开阔地走。我也希望我们会意外发现犀牛,但是我们只见到了许多新鲜的犀牛粪,由于下了雨,脚印都消失了。有一次我们听见了食虱鸟的叫声,抬头就看见它们急剧飞过我们的头顶,飞过茂密的矮树丛,往北而去。我们在那里兜了一个大圈子,但是除了发现了一道新鲜的鬣狗脚印和一头母羚羊的脚印,其他什么也没有发现。姆科拉在一棵树上发现了一只小羚羊的头骨,它有一只漂亮的、又长又弯的角。我们在树下的草丛里发现了另一只角,我就把它放到它头骨的原来位置。

"野人"姆科拉模仿一个人拉弓的样子时说道:"那骨头虽然相当干净,但是那两只角的空心中散发着恶臭的湿漉漉的残留物,令人难以忍受,我若无其事地把它们递给加利克,加利克立即不动声色地把它递给了阿布杜拉。阿布杜拉的塌鼻子的鼻翼立即皱缩起来,大摇其头。这两只角的臭味的确是令人作呕。姆科拉和我咧嘴而笑,加利克则一脸正经。

我断定这辆车顺着大路开,一路留意着羚羊的踪迹,把凡是看上去有可能的林中空地都搜个遍是个不错的主意。我们回到卡车上,按计划进行,搜索了几片林中空地,但并不走运。这时太阳已经升起,路上有熙熙攘攘的各色行人,有穿白衣服的,也有赤身裸体的,我们决定直接回营地去。归途中,我们又一次停下,悄悄去另一片盐碱地。在那里灰色的树丛中有一头黑斑羚,阳光照红了它那有斑点的皮,那里还有许多羚羊的脚印。我们把它们弄平,继续开车驶向了营地,发现天空中有许多向西飞去的蝗虫。你抬头看去,天空就像是一条粉红色的、在颤抖和闪烁的通道,就像旧影片一样,只是粉红色替换了浅灰色。POM 和老爹非常失望地走了出来。营地里没有下过雨,他们原来很希望我们会带些什么东西回来的。

"我那个文学伙伴离开了吗?"

老爹说:"离开了,到汉德尼去了。"

"他告诉了我他对美国女人的看法,"POM 说,"可怜的老爸爸,我真的以为你会打到一头羚羊的,该死的雨。"

"美国女人怎么啦?"

"他认为她们很恐怖。"

老爹说:"太有眼光了,告诉我今天发生的事吧!"

我们坐在用餐帐篷的阴影里,我告诉了他们这一天的经历。

老爹说:"那是一个旺德诺波人,他们是糟糕透顶的射手,太不走运了。"

"我原以为可能是某一个我们见到的背着弓在路上走的旅行猎手,他见到了路边的那块盐碱地,就找了过去从而找到了另一块。"

"可能性不大,他们背着弓箭只是为了防身,他们不属于猎人。"

"唉,不管是谁吧,反正我们被耍了。"

"不走运,又遇上了小雨,太不走运了。我曾派人去侦查那两座小山,但是他们什么也没发现。"

"哦,在明晚之前,我们还有机会。我们最晚能推迟到什么时候离开?"

"后天。"

"那野蛮人真该死。"

"我看卡尔正在山下痛快地捕猎貂羚呢。"

"为了两只角我们差点回不来,你们听见什么声响没有?"

"没有。"

"为了去给你打一只狼,我准备戒烟六个月,"POM 有些委屈地说,"我已经开始了。"

我们吃过午餐后,我就走进帐篷,躺下来看书。我知道明天早晨在盐碱地还是会有一次机会的,我不必为此担心。但事实是我却不由自主地在担心,不想入睡,免得醒来时感到昏昏沉沉。因此就走出帐篷,在敞开着的用餐帐篷下的一张帆布椅子上坐下来,随意地翻看某人写的关于查理二世的文章,不时地抬起头来看蝗虫。那些蝗虫看起来实在令人新奇兴奋,我很难对它们无动于衷。

最后我把双脚懒散地放在一只食品运输箱上躺在帆布椅上不知不觉睡着了,醒来时看见加利克这浑蛋就站在我面前,他戴着一个黑白相间的鸵鸟羽毛做的奇怪的大头饰,松松垮垮地耷拉下来,吓了我一跳。

"走开!"我用英语略带反感地说。

他站在那里,得意地冷笑着,然后转过身去,这样我可以从侧面看那个奇形怪状的羽毛头饰。

我看见老爹嘴里叼着烟斗,从他的帐篷里悠然地走出来,"看我们得到了什么?"我朝他喊道。

他看了看,说:"天哪。"说罢就又走进帐篷。

"得了,"我摆了摆手说,"我们不理他就行了。"

老爹终于再次走了出来,拿着一本书,坐在我们旁边,我们就一点也不去理会加利克的头饰,而是坐着喝酒、说笑、聊天,由他戴着头饰去装模作样。

"这浑蛋也一直在喝酒。"我说。

"也许吧。"

"我闻得出来。"

老爹并没朝加利克看,只用非常轻柔的声音跟他说了几句话。

"你跟他说些什么呀?"我好奇地问了问。

"叫他打扮得正经点儿,我们这就准备动身。"

加利克走开了,头饰上的羽毛一颠一颠的,像要掉下来似的。

"可现在不是他炫耀玩弄这些该死的鸵鸟羽毛的时候啊。"老爹说。

"也许有人会喜欢这些羽毛的。"

"正是,说不定还会动手为它们拍照呢。"

"可是实在是难看极了。"我摇摇头不耐烦地说。

"真可怕。"老爹点点头表示同意。

"如果最后一天我们什么也打不到,我就要朝加利克的屁股上打枪。这一来我会付出什么代价?"

"也许会惹上很多不必要的麻烦,如果你打了一个,势必要打另一个,你的代价就大了。"

"那我就只打加利克一个。"

"那还是最好别打,记住了,给你惹上的麻烦可都是算在我身上的啊。"

"开玩笑,老爹,别那么紧张。"

没戴头饰的加利克带着阿布杜拉走来了,老爹就跟他们说话。

"他们打算走一条新的路绕着山去搜寻猎物。"

"好极了,什么时候走啊?"

"随时都可以走,不过这天看上去是要下雨了,你们还是赶紧动身吧。"

我让莫罗去给我拿靴子和雨衣,姆科拉拿着斯普林菲尔德走出了帐篷。我们就径直朝那辆卡车走去。一整天,天空中都阴森森的,乌云密布。尽管太阳在中午前从云层里钻出来了一会儿,可是中午时又钻了回去,可真淘气。雨区正朝我们移来,眼看就要下雨了,讨厌的蝗虫也不再飞了。

"我睡得迷迷糊糊、昏昏沉沉的。"我对老爹说,"看来我得先喝上一杯。"

我们正站在炊火旁的大树下面,这时零零星星的小雨拍打着泛黄的树叶。姆科拉麻利地拿来瓶威士忌,一本正经地递给我。

"来一杯?"

"我看喝了对你也不会有什么坏处吧,一起喝点儿吧。"

我们两人喝起来,老爹说:"让他们都见鬼去吧。"

"对!让他们都见鬼去。"

"你们会发现很多莫名其妙的该死的脚印的。"

"我们要把它们全部撵出这个纯洁的地区。"

我们在路上,将车子往右转继续前进,往上一直驶过那满是破败不堪的土屋的落后村子,然后往左拐,车子终于下了大路,之后又驶上一条环绕群山边缘的坚硬的红土小径。小径两边密密麻麻地长着树木。这时雨下得相当大,我们小心翼翼地缓慢地开着车子。黏土里似乎有足够的泥沙,从而能够防止车轮打滑。这时,坐在后座的阿布杜拉突然兴奋异常地叫卡姆停车。车子刹住后向前滑了一下,我们全体下车往回走。潮湿的黏土里有一只狼刚刚留下的新鲜的脚印。看上去不会超过五分钟,因为脚印轮廓清晰分明,而当初被狼蹄的内侧挖起的烂泥尚未被雨水泡软,还有些硬实。

"公的。"加利克坚定地说,把头往后潇洒地一甩,大大地展开两臂,形象地表示往后垂到肩隆上的两只角,"大极了!"阿布杜拉也认为那是一只公狼,而且是很大的一只公狼。

"走啊。"我迫不及待地说。

追踪很容易,我们都知道离它不远了。特别是在雨中或雪中接近捕捉猎物要容易得多,我深信我们马上就能好好地痛痛快快地打枪了。我们跟随着那些脚印穿过密密的灌木丛,然后走上一块空地。我停下来抹去遗留在眼镜上的小水滴,吹了吹斯普林菲尔德后瞄准器上的孔。这时雨下得更大了,我把帽子往下拉到眼睛上,保护我的眼镜不被打湿。我们沿着空地的边缘走,然后前面传来一阵哗啦啦的声响,我看见一头灰底上有白条纹的动物穿过灌木丛逃走。我连忙举起枪,但姆科拉一把抓住我的手臂,阻止了我。"母的!"他轻声说。那是一头母狼。但是等我们赶到它跳出来的地方后,我们并没有在那里发现别的脚印。我们刚才跟踪的那道脚印理所当然而不容置疑地把我们从大路上带到这头母狼那里。

"巨大的公狼!"我说,话音里充满了对加利克的讥讽和厌恶,甚至略带愤怒,并做了个生气的手势,表明那两只巨大的角从它的耳朵后面朝后伸展。

"巨大的母狼,"他十分悲伤却仍有耐心地说,"这头母狼多大啊!"

"你这讨人厌的戴鸵鸟羽毛的流氓!"我用英语对他不友好地说,再用斯瓦西里语大声地说:"母的!母的!母的!"

"母的。"姆科拉说,微微地点了点头。

我掏出词典,找不到自己想要找的词,就用手势向姆科拉说明我们又要兜个大圈子回到那条大路上,看看这次还能不能发现别的脚印。我们在雨中再次兜了回去,弄得浑身湿透,可是依旧什么也没发现。然后我们就走到卡车边,因为雨势正在逐渐变小,路面看来还挺硬,我们便决定继续往前走,直到天黑。雨后有一团团云彩悬挂在山腰上,树上还时不时地滴着水,但是我们什么也没在意,也没有什么其他重大的发现。林中空地上什么也没有,灌木稀疏的田地里什么也没有,绿色的山坡上也什么都没有。最后天黑了,我们无奈地回到了营地。我们下了车,那支斯普林菲尔德被淋得湿透了,我吩咐姆科拉把它仔细擦干净,再好好上点油。他说会照办的,我就往前走进一个点着灯的帐篷,迅速地脱去衣服,在帆布澡盆里舒舒服服地泡了泡澡,出来走到火堆前,穿着睡衣裤、早服①和防蚊靴,通体放松舒适,全身干干净净的。

POM 和老爹正坐在火堆旁的椅子里,POM 站起来把一杯兑了苏打水的威士忌递给了我。

"姆科拉刚刚都告诉我了。"老爹坐在火堆旁的椅子里懒懒地说。

"是那只该死的大母狼,"我对他说,"我差点就把它击倒,你看明天早晨我们该怎么办?"

"我想我们还是再去盐碱地看看吧,我们派出了人去监视,你还记得村子里来的那个驼背老头儿吗?他在小山的另一边有片地区里跟着他们追猎野鹅,他和那

---

① 一种早上起床后罩在身上的大衣。

个旺德倔波人,他们去了大概有三天了。"

"我们没有理由不能在卡尔打到狼的盐碱地里也打到一头啊,早一天晚一天都一样,明天就走去看看,但愿也能打一头。"

"不错。"

"不过只剩下这该死的最后一天了,而那片盐碱地可能都已被雨水冲毁了。那里只要一湿,就没有盐,只剩下那些该死的烂泥了。"

"说的是。"

"我真心地想看到一只大狼啊。"

"等你看到了,你该不慌不忙地开枪击倒它,而是反反复复仔仔细细地看清楚了再说。不信你试试。"

"这个我倒不担心。"

"我们来谈点儿别的吧,"POM有些疲倦地说,"这话题弄得我神经太紧张了。"

"但愿那个穿皮短裤的老头儿还在。"老爹说,"天哪,他可真是会和人聊天啊。他居然让眼前这位沉闷不善言谈的老人也打开话匣子了,还是再跟我们扯扯现代作家吧,感觉挺有意思的。"

"去你的吧。"

"我们为什么不能有陶冶性情、丰富精神的生活呢?"POM问,"你们这帮大男人为什么从来不谈论有关世界政局的大事呢?为什么要让我对发生的一切都一无所知呢?都快说说吧,我挺有兴趣的。"

"现在世界局势一团糟啊。"老爹无奈地摇了摇头说。

"那可真可怕。"

"美国佬那边的近况怎么样?"

"我知道才怪呢!无非就是基督教青年会的那一套吧,一帮挖空心思痴心妄想的混蛋乱花钱,搞得最后还是别人替他们埋单。我们城里所有的人都丢下工作去领救济金,渔民都丢下渔具,拿起锯,当木匠了。跟《圣经》上的情况完全相反。"

"土耳其现在情况怎么样?"

"令人害怕。许多老伙伴们被绞死了,不过伊斯梅特那老家伙还在。"

"最近到过法国吗?"

"不喜欢那里,气氛压抑得像地狱,眼下那里的情况恐怕是最糟的。"

"天哪,"老爹说,"如果你相信报纸的话,那里肯定是这么回事。"

"他们搞起暴乱来可是真的暴乱,莫非他们就有这个传统,把世界搞得乱七八糟?"

"你在西班牙参加过那场革命吗?"

"我到那里时已经晚了,接着我们等待两场没有到来的革命,可是我们又错过了另一场。"

"你一定经历了古巴的那一场吧?"

"从头至终都经历了。"

"怎么样？"

"开始还算漂亮，后来就糟糕了。你始终都无法想象糟到什么程度。"

"别说了，"POM 拍了拍大腿说，"那些乱糟糟的事情我早就知道。在哈瓦那，当人家开枪的时候，我就蹲在一张大理石面的桌子后面，子弹从我头顶飞过，当时把我吓怕啦。他们坐在行驶着的车子上，见人就开枪，他们真是太疯狂了！我随身拿着酒杯，没有把酒洒出来，也没忘记把它拿上，我很自豪。孩子们蠢蠢欲动，好奇地问：'母亲，下午我们可以出去看打枪吗？'他们对革命还真是挺来劲儿，我们只好绝口不提了。邦比①对 M 先生恨得咬牙切齿，竟然做起噩梦来。"

"这也太异乎寻常了。"老爹吃惊地说。

"别拿我逗乐了，我可不想光听这些令人头疼的革命的事。我们的所见所闻都是革命。我最讨厌那些所谓的革命了。"

"这个老人一定喜欢那些革命吧？"

"我也讨厌死了。"

"你知道，我是从没见到过革命的。"老爹走过来说。

"在相当一段时期里，革命是美的，真的。但是之后就会搞得一团糟。"

"革命还是非常令人激动的。"POM 说，"这个我不得不承认，不过我讨厌死了，真的。我对革命丝毫没有什么兴趣，也不在意那些。"

"我对革命算是小有研究。"

"你发现了什么？"老爹略有惊奇地问。

"虽然各类革命大不相同，但是你可以找出这些事中的一点头绪。我打算写一本关于研究革命的书。"

"那没准会是非常有意思的！"POM 表示赞同，老爹也点点头。

"只要你有足够的素材史料就成，人家过去取得的大量成果对你非常有用。你不可能搞到关于你没有亲眼见到的事情的真实材料，不过那也是很重要的，因为那些失败者被新闻界报道得糟不可言，可事实可能并不是那样的，而胜利者又总是谎话连篇，甚至是在扯淡。于是，你只好到跟你说同样语言的那些地方去找材料。这样你当然受到了限制，也是非常辛苦的。正因为如此，我才从没想过去俄罗斯。既然你无法偷听人家讲话，那就更别说获取有价值的东西了，去了也没用。你所能得到的只是传单，并看看而已。在任何国家，任何一个懂外语的人都很可能对你撒谎。从人民大众那里得到的情报还是比较靠谱的，如果你无法跟他们交谈，就无法听到他们在讲什么，你就无法得到任何有价值的东西，最后竹篮打水一场空。"

"这么说来你打算攻下斯瓦西里语。"

"我正想这么干，也必须这样干！"

"即便如此，你也无法偷听，也无法打探到有价值的消息，因为他们总是说他们自己的语言。

---

① 海明威的大儿子。

"但是在我对所参与的这次打猎有所了解之前,如果我真的要就此写点儿什么东西的话,也只能是幅风景画。你对一片地区的最初印象和与它相关的文学作品是十分有价值的。也许妙就妙在它对你本人比对任何其他人都更有价值。但是你要是想把它叙述出来,你就得不断地写。不管你写出来什么样,写它干什么。"

"大多数写有关游猎队的那些书都是枯燥乏味透顶的,要不就是瞎编乱造。"

"是很要不得的。"

"唯一曾使我喜欢的就是斯特里特写的,那本书叫什么来着?《失去天然情趣的非洲》,对!书中的内容让你有身临其境的感觉,那是最好的作品,至少我这么认为。"

"我喜欢查理·科蒂斯的,它非常真实,描绘了一幅优美安静的画。"

"不过那个斯特里特真风趣,你还记得他射瞪羚的描写吗?"

"的确很风趣,你不觉得很形象很逼真吗?"

"不过,我至今还从没读过什么作品,能让你的感受像我们现在所感受的这样真切深刻。那些作品中大多数,无非是写一些关于该死的内罗毕的放荡荒淫的生活,要不就是写一些很无聊的事,例如有关射猎到的野兽的角比别人射到的长半英寸之类的琐碎无趣。再不然就是关于冒险生活的糟粕。"

"我倒想用心地真实去写这片地区和生活在这里的可爱的动物,以及它给予一个对这里原本一无所知的人的那种独特感觉。"

"动笔试一下吧,反正不会有什么坏处的。你也是知道的,我也曾写过那次阿拉斯加之行的日记,这的确是件令人兴奋之事。"

"我都有点迫不及待了,很想看看。"POM 说,"我倒不知道你还是个作家,我亲爱的杰·菲先生。"

"别那么大惊小怪,"老爹轻微地摆摆手说,"不过,你如果真想看的话,我倒是可以叫人帮你捎来。不过你知道我只是写了我们每天都干了什么事情,遇到了什么而已。以及阿拉斯加给一个来自非洲的英国人的印象。难道你不会觉得乏味单调么?"

"如果那是你写的,就当然不会。"POM 笑着说。

"这个小女人在恭维我们啦。"老爹开玩笑说。

"是你,而不是我啦,好不好!"

"他写的东西我大概看过,"她顿了顿说,"我想说的是,要看杰·菲先生写的。"

"这位老先生真是作家吗?"老爹略有些吃惊地问她,"我可是从没见过什么东西可以证明啊。你能肯定他不是仅仅用追踪猎物和射击飞鸟的手段来养活你的吗?"

"啊,没错,他的确是写东西的。如果他能够进展顺利的话,他也是非常容易相处的。但是在他动笔之前,他确实是非常可怕的。或许只有他的坏脾气暴露出来了,他才能写出东西。当他说他从此再也不写东西了时,我就知道他快要开始写了,人有时候就是很矛盾的。"

"我们应该听他多谈些文学方面的话题,"老爹换了个坐姿说,"给我们讲点儿文学家的逸事吧,那应该会比较有趣吧!"

"好吧,那是我们在巴黎待的最后一个晚上,前一天我曾到本拉格尔在索洛涅地区的家乡打猎。你知道,他有一个农场,他们外出用餐时树起了一道矮栅栏,早上打野兔,下午我们去打了野鸡,我还打到了一只狍子。"

"这可不属于文学范围啊!"

"别着急,最后一个晚上,乔伊斯和他妻子来吃晚饭,我们吃了一只野鸡和四分之一只带脊肉的狍子。乔伊斯和我都醉了,因为我们第二天就要离开巴黎去非洲。天哪,我们只有一个晚上了。"

"这倒真算得上是段顶呱呱的文学逸事,"老爹说,"那个乔伊斯是谁啊?"

"那可是个了不起的家伙,"我说,"写《尤利西斯》的。"

"《尤利西斯》不是荷马写的吗?"老爹说。

"那《埃斯库罗斯》是谁写的?"

"荷马,"老爹说,"你可别往沟里带我,你还知道很多文学逸事吗?"

"那你听说过庞德吗?"

"没有,"老爹说,"绝对没有。"

"我也知道一些关于庞德的有趣的逸事。"

"也许,你和他吃过一些名字听起来很滑稽的动物的肉,然后我们都醉了。"

"有过几次。"我说。

"文学生活肯定开心得邪乎,你觉得我能成为作家吗?"

"这是极有可能的。"

"我们应该把眼前这种该死的生活全部抛弃掉,"老爹很兴奋地对POM说,"然后双双成为作家,再来一段美妙的逸事吧!"

"对了,您听说过乔治·穆尔那个家伙?"

"是不是就是那个写'但是在我走之前,乔治·穆尔,为你的健康最后再干一杯'的家伙?"

"嗯,应该没错,就是他。"

"他,怎么样了?"

"唉!他死了。"

"好吧,这件逸事确实让人沮丧透了。你应该讲点儿比这更让人感到兴奋开心的故事吧!"

"那好吧,有一次,我在一家很悠久的书店里看见他。"

"这倒有点意思。他把这些事讲得多么形象生动啊!"

"记得有一次,在都柏林我亲自上门去拜访他,"POM看看手腕上的表说,"跟克拉拉·邓恩一起去的。"

"那后来情况怎么样?"

"挺让人失望的,他没有在家。"

"天哪,其实说真的,文学生活就是这么神奇精彩,"老爹说,"你找不到比它更神奇精彩的事情了。"

"不过说实话,我挺讨厌克拉拉·邓恩。"我说。

"咳咳,我也有点讨厌,"老爹说,"那她都写了些什么?"

"书信之类的吧,"我说,"那你听说过多斯·巾自索斯那个伙计吗?"

"大概从没听说过。"

"我们倒是挺熟悉的,在冬天的晚上,我和他经常会喝上几杯热的樱桃白兰地,一起拉家常。他挺能喝的。"

"那后来,又怎么样了?"

"最后,人家给我提意见了。"

"可是我只认识他这么一位作家,叫斯图尔特·爱德华·怀特,"老爹说,"我非常喜欢他的作品。那可真是好极了,你知道,后来我真正见到了他之后,却并不喜欢他。"

"你终于开窍了,"我说,"瞧,讲点文学家的逸事并不需要什么花架子,完全可以随口说些有趣的事。"

"可是,你为什么又突然不喜欢他了?"POM 好奇地问。

"我难道非说不可吗?难道这件逸事还不够完整?跟这位老先生讲的几乎就是一个样嘛。"

"你还是继续往下说吧。"

"唉!他身上那种老前辈的习气太浓。那双眼睛老是盯着遥远的地方,根本就不看你,反正就是类似这么一回事。杀了太多该死的狮子,杀死那么多狮子,确实不值得称赞啊。倒是把它们赶得飞跑觉得还是蛮好的。可不能杀那么多啊,否则该死的狮子反过来会要你的命!那些精彩至极的东西在《星期六晚邮报》上发表,写到一个叫什么的家伙?对,叫安迪·伯内特。哦,那一段简直精彩极了。不过,我还是非常不喜欢他,我曾经在内罗毕见过他,他的眼睛老是盯着遥远的地方,穿着最旧的衣服在城里来往。人人都说他是个神枪手,我感觉这简直是在扯淡,他根本就不像个神枪手,真是不明白这是为什么。"

"嘿,你倒真像个很蹩脚的文人,"我说,"不过把这也当成一件逸事,感觉还是挺不错的。"

"他还是挺了不起的,至少我感觉是这样的,"POM 说,"我们还吃饭吗?我都有点儿饿了。"

"天哪,还以为我们吃过了呢!"老爹说,"谈起了这些文学逸事,哪里讲得完啊,时间过得可真快。"

晚饭后,我们坐在火堆旁又多聊了一会儿,然后各自去睡觉。不过,我感觉老爹似乎有什么心事,在我进帐篷前,听到他对我说:"你等待了这么长的时间了,碰到好的机会打枪时要悠着点儿。你出手够快,所以你不慌不忙地做就可以了,记住了,一定得悠着点儿!"

"好吧。"

"嗯,还有,我会让他们早点儿叫你起床的,这个你大可不必担心。"

"好,现在我真的是困极了,我睡觉了,你也早点儿去休息吧!"

"晚安,杰·菲先生。"POM 在帐篷里叫道。

"晚安。"老爹说,他迈着滑稽的僵硬步子朝他的帐篷走去,在黑暗中小心翼翼地迈着小碎步,好像自己是个开了盖的酒瓶似的,倒是有点让人不太放心。他的眼睛老盯着遥远的地方,若有所思的样子,回到了他自己的帐篷里。大家都睡了,夜也安静了下来,一天又过去了。

第二章

早晨,莫罗直接把我的毯子掀了起来,我被弄醒了,迅速穿上衣服,把一切都整理好,然后走出帐篷,洗掉眼睛里的睡意,这才真正地睁开眼。清醒后,天还比较暗,我看见火光映衬着老爹的背影,我轻轻地走过去,看到他手里端着大清早我们享用的早餐,那一种加了牛奶的热茶,老爹习惯性地等凉一凉再喝。"早上好。"我微笑地说,"早上好。"他用那种嘶哑低沉的声音回答我,"昨天晚上睡得好吗?""很好啊,那你呢,老爹身体感觉好吗?""没什么大的问题,只是还有点困。"我喝了茶,把茶叶吐进了火堆。"哈哈,用那方法来测测你的运气。"老爹说,"其实你们不用担心。"我们在有点昏暗的晨光里点着灯吃了早饭——带着糖汁的凉罐头杏肉、肉末土豆泥,外面烧焦呈褐色,里面很烫,还配了番茄酱、两个煎蛋和始终令人渴望的热咖啡。看来早餐还是挺丰盛的,只不过,咖啡喝到第三杯,老爹抽着烟看着我说:"时间还是太早,我依旧没法面对这件事。"然后他微微地摇了摇头,起了身。

"你感到不舒服吗,老爹?"

"嗯,有那么一点儿。"

"不过呢,我一直在训练自己,"我说,"只不过,这影响不了我。"

"唉!那些该死的令人有点讨厌的逸事,"老爹说,"夫人这个时候肯定会认为我们是蠢货。"

"我还可以再想起一些有趣的逸事吧。"

"其实没有比喝酒更好的事了,至少我是这么认为的。真不明白为什么喝了会使人不舒服。"

"难道你感觉不舒服吗?"

"嗯,有时候有点儿,但不怎么厉害,没关系的。"

"来一口以挪士吧?"

"唉!国家应该都是坐那该死的车害的。"

"哦,别的不多说了,就今天了,成败在此一举。"

"嗯,大家都记住尽量沉住气。"

"你不会在为这事儿担心吧?"

"呵呵,有那么点儿。"

"不要担心,我可是从没担心过这个,真的。"

"好吧,我们大家最好现在就动身吧。"

"恩,我们得马上赶一段路。"

我站在帆布围成的简陋厕所前,与每天清晨一样,仰望天空,看着那好像被浪漫主义天文学家们称作南十字座的那片模糊的星云。每天清晨这个时候,我都会庄严地注视着南十字星座,我也不清楚为什么要这样做。

这个时候,老爹已到车边,姆科拉将斯普林菲尔德枪递给我,我像往常一样坐进了前座。悲剧演员和他的追猎手坐后排,姆科拉跟他们一起爬上了车。待我们都坐好了以后,老爹站在车旁。

"祝你好运。"老爹一脸微笑地说,有人从帐篷那边陆陆续续走过来,是 POM,穿着蓝色晨衣和防蚊靴。"噢,祝你们好运,"她也对我们说,"走吧,祝你们好运!"伸出胜利的手势。

我潇洒地挥挥手,然后我们便出发了,车头明亮的灯光照出了通向大路的小径。

我们把车停在距离盐碱地大约三英里的地方,小心翼翼地下了车,朝那里走去。到了盐碱地,发现那里什么都没有,整个早晨都没有任何动物来过。我们低着头坐在埋伏处,每个人都从用茅草编成的隔墙的缺口处监视着各个方向,我一直期盼着出现奇迹,比如在林中灰色的被泥土覆盖着的空地上能看见一只公羚羊气派而优美地穿过开阔的矮树丛。空地上的盐碱已经被舔食干净,只留下了凹痕和踩踏的痕迹。那里有许多穿过树林通向那片空地的小径,在任何一条小径上都可能有一只公羚羊悄无声息地走着,但事实上没有任何东西出现。慢慢升起的太阳驱散了清晨雾霭的寒气,照得我们身上暖洋洋的。我往后缩了一下,用腰部和肩背支撑着身体,往后靠在这有洞的茅草墙上,但依然能通过埋伏处狭长的窥探孔去看外面的动静。我把斯普林菲尔德横放在双膝上,看见枪筒上有锈迹。我轻轻地把它拿起来,看了看枪口。枪口同样也生了锈,成了鲜亮的褐色。

"这浑蛋根本没有在昨晚下雨后擦枪。"我对这情况感到非常生气,我把枪柄拎起,卸下枪栓。姆科拉把头低下,看着我。另外两个人正从埋伏处向外眺望,我用一只手把枪举起来,让姆科拉看向后膛,然后装上枪栓,轻轻地往前一推,把枪口朝下,另一根手指按在扳机上,这样的话我就可以随时扣动扳机,而不是让它处于保险状态。

姆科拉看见生锈的内膛,面不改色,我虽然没说一句话,但对他充满了鄙视,从脸色中可以看出对他的指责。我们就这样坐在那里,他垂着脑袋,露出了光秃的头顶,我则仰靠土墙,从狭长的窥孔往外看,我们已经不再是拍档,不再是好朋友。但最终这块盐碱地还是没有任何动物到来。

到了十点,从东边吹来的微风开始转向,我们意识到任何事都于事无补了。我们的气味正被散发到埋伏处的四面八方,就像我们在黑暗中四下晃动探照灯一样,一定会吓跑任何一个动物。我们起身离开埋伏处，跑到盐碱地前查看尘土上留下的脚印。雨水打湿了盐碱地，但还没有被完全浸泡，我们看见了几行羚羊的脚印，可能是昨天晚上早些时候留下的，其中有一行又长又窄，呈心形的大公羚羊的脚印，踩得很深、很清晰。

我们认定了这行脚印，跟着它行走在茂密的灌木丛潮湿的红沙砾泥地上，将近两个小时，灌木丛很像国内的次生树林。最后，我们实在无法越过其中一个地方，只好离开树丛。这段时间里我一直很生气，为枪没有被擦干净的事。同时又热烈而迫切地希望能在灌木丛中撞上一只公羚羊并把它打死。但是现在我们还没有找到。在正午的炎炎烈日下，我们在几座小山上兜了三个大圈，最后到达一片有很多肩膀隆起的马萨伊小牛的草地上。我们只好离开了这个阴凉地带返回，穿过正午烈日暴晒下的旷野，回到车上。

一直在车上坐着的卡姆说曾看见有一只公羚羊在一百米之外经过。它大约在九点左右朝盐碱地走去，但那时恰巧风开始捣乱，很显然公羚羊闻到了我们的气味，跑回了山里。现在，我大汗淋漓，筋疲力尽，沮丧胜于气恼，于是上车坐到卡姆旁边，然后我们径直开车返回营地。现在只剩下一个晚上的时间了，我们不能指望我们会得到比现在更好的运气。回到营地，待在浓密的树荫下好像泡在池塘里一样。我拔下斯普林菲尔德的枪栓，递给姆科拉没有枪栓的枪身，没看他，也没说话。我从我们帐篷开着的门帘里把枪栓扔进去，扔到我的那张帆布床上。

老爹和 POM 正坐在用餐帐篷下面，看了看我这边。

"怎么了，运气不好？"老爹温和地问。

"嗯，更准确地说是一点儿都不好。那只公狼刚刚到盐碱地去时，恰好从卡车旁边经过。后来肯定被吓跑了，然后我们立即到处去搜，可是还是没见着。"

"难道真的是什么也没看见吗？"POM 有点不太相信地问，"听见了你们的枪声我们一度以为你们逮到它了。"

"估计应该是加利克在吹牛，那些派出去的人有什么收获吗？"

"应该什么也没有吧。我们一直都在密切注意着那两座小山，没觉察到有什么动静。"

"那卡尔那里有消息吗？"

"唉！没有任何消息。"

"我真希望能够发现一个猎物。"我说。我现在简直就是累坏了，很快不自觉地发起牢骚来。"啊啊啊！让上帝惩罚他们。真是该死，他为什么要在第一天早晨就把那片盐碱地搞得鸡犬不宁，还朝一只该死的公羚羊的肚子开了枪，最后还在那片地区四处追赶那只该死的羚羊，吓得它魂飞魄散又逃掉了！"

"你们这些浑蛋。"POM 有点气愤地说，虽然我变得似乎不可理喻，她仍然跟我站在一边，"真是该死！"

"你倒可真是个好姑娘，"我说，"我没事的，或者说我应该会没事的。"

"这可真是糟透了，"她低沉地说，"我可怜的老爸爸。"

"来来来,你喝口酒吧,"老爹语气安慰地说,"你现在一定需要它。"

"老爹,我搜寻得好辛苦啊。我向上帝发誓我说的都是真话。"我诚恳的语气透露出孤独的无奈。

我一直很享受这次打猎,在今天之前,我一点儿也不着急,倒是希望能慢下来,我太有把握了,有点放松警惕了吧。老是看见那些该死的脚印,如果从没看见过又会怎么样呢?

"我们还能不能再次回到这里来打猎呢?"

"你还有机会回来的,"老爹说,"你不用担心这个,来吧,我们一起喝酒,忘了吧。"

"我完全就是一个糟糕透顶、满腹牢骚的混蛋,但我发誓,在今天之前我从没有因此紧张不安自责愧疚过。"

"你最好把满腹牢骚发泄出来。"老爹拍了拍肩膀安慰说。

"我们现在吃午饭,怎么样?"POM问,"你们一定是饿得发慌了吧?"

"让午饭都去见鬼吧!老爹,问题是我们从来没有在傍晚看见过狼来舔盐,而在山里也从没见到过一只公羚羊。更重要的是,我们只剩下今晚了!"

"有三次我十拿九稳能打到它们,但卡尔、那奥地利人和旺德佮波人却在关键的时候搅了我们的局,太可恶了!"

"我们没有被搅局,"老爹淡淡地说了一句,"来,我们再来一杯吧。"

我们吃了一顿非常美味的午饭,刚吃完,凯迪就跑过来说有人要见老爹。我们能从帐篷的门帘的缝隙中看见他们的身影,接着他们绕到帐篷前,那人就是我们第一天见到的那个老头儿。那个老农夫,但他现在倒是一副猎人的装扮,带着一把饱经沧桑的长弓和一只带盖子的有些陈旧的箭筒。

现在的他看上去比之前更疲惫不堪了,而他的那副猎人装扮显然是一种露脚的伪装。跟他一起来的是一个皮包骨头、浑身脏兮兮的旺德佮波人,他的耳朵是裂开的,耳廓往上翻着,真是不敢直视啊。他头偏着,单脚站立,用另一只脚的脚趾挠着小腿肚,那张脸看起来是狭窄的、傻乎乎的、猥琐的。那老头顶着老爹的眼睛正认真地和老爹交谈着,他说得很慢,也没有打手势。好像很小心的样子。

"他来干什么?还打扮成这样,想要骗点儿侦察费吗?"我有些厌恶地问。

"你等一下再说。"老爹显得很淡定地说。

"瞧这一对儿,真是一对闹剧的主人公。"我说,"这个傻乎乎的旺德佮波人和这个混蛋老骗子,他们到底说了什么,老爹?"我迫不及待地想知道。

"他还没说完呢。"老爹还是没有回答我。

那老头儿终于说完了,站在那里,身子倚在做道具用的长弓上。他们两个看上去都很疲惫,但我记得,我当时认为他们看上去确实是一对令人厌恶的骗子,感觉来者不善。

"他说,"老爹开始翻译他的话,"他们发现了一片有狼和貂羚的地方,他在那里待了三天,他们知道那里确实有一只大公狼,他已经派人在那里默默监视着那只狼了。"

"你相信吗?"我能感觉到醉意和疲惫从我身体里慢慢消失了,取而代之的是兴奋。

"上帝才知道。"老爹回答。

"那地方有多远?"我进一步地问。

"步行得走一天,我估计如果卡车能到那里,坐车三四个小时就能到,反正不是太近。"

"他觉得车子能不能开的进去呢?"

"没有车子进去过,但他觉得你们应该能进去。"

"他们什么时候离开了那个监视狼的人?"

"今天早上。"

"貂羚在哪里?"

"应该就在那边的山里。"

"我们该怎样才能到山里?"

"我还不知道,只知道你必须穿越平原,越过那座大山,然后向南走。他说那里从来没有人打过猎,他也只是年轻时在那里打过。"

"他的话能信吗?"

"当然相信,土著人若是说谎的话很不靠谱儿,但他当时却非常坦诚。"

"我们去吧。"

"我们最好马上动身,把车开到尽可能靠近那里的地方,然后在停车的地方安营扎寨,开始搜索。夫人和我会在明天早晨离开这个营地,把装备搬到丹和另一个先生那里去。如果我们可以把东西运过那片种满棉花的黑土地的话,即使下雨,也不会有事的。你到时候来找我们。如果你不能脱身,我们可以把卡车从孔多瓦开回去,即使情况是最糟糕的那种,我们还可以开卡车到坦葛①那一带去。"

"你不打算来吗?"

"不打算,这个表现机会很好,你最好一个人去。去的人越多,你捕到猎物的机会越少。你猎杀羚羊时最好一个人,我会负责把我们的家当搬走,照看好小夫人的。"

"好吧,"我说,"那么我没有必要把加利克和阿布杜拉带上了吧?"

"哦,不。带上姆科拉、卡姆和这两个人。我会吩咐莫罗替你收拾东西,一定不要带那么多东西。"

"见鬼,老爹,这是真的吗?"

"也许吧,我们必须试试。"老爹说。

"貂羚怎么说?"

"Tarahalla。"

---

① 坦桑尼亚的一港口城市。

"我记得是 Valhalla。母貂羚有角吗?"

"当然有,但你不会认错的。公的是黑色的,母的是褐色的。"

"姆科拉见过貂羚吗?"

"应该没有。你的许可证上已经有四个记录。你随时可以增加一个,尽情地去打猎吧。"

"貂羚猎杀的难度很大吗?"

"跟羚羊不一样,它们很难对付。如果你射到的话,一定要小心地朝它走去。"

"我们的时间呢?"

"我们现在必须得离开,如果有可能的话,你们明晚一定要赶回来。靠你自己了,一定要把握好时间,我认为这是一个转折,你会打到一只羚羊的。"

"你知道这像什么吗?"我问道,"就像我们小时候听说过的在鲟鱼山和鸽子山之外的醋栗平原上的那条河一样,但是从来没有人在那里垂钓过。"

"后来这条河怎么样了?"

"听我说,我们到达那里花了很长时间,是在那天晚上天快黑的时候到的,我看见了那条河,河里的水很深,一条水路又长又直,河水很是冰凉,你没法把手一直放在水里。我扔进水里一个烟头,烟头漂浮在水面上,一条大鳟鱼啄了它一下,鱼一会儿咬住它,一会儿吐出来,最后把它弄得粉碎。"

"大鳟鱼吗?"

"最大的那种。"

"上帝保佑,后来怎么样了?"老爹说。

"我把钓鱼竿装好,把鱼饵抛下河。天已经黑透了,附近只有夜鹰在盘旋。天气真冷,我把鱼饵扔进水里,不一会儿就有三条鱼上了钩。"

"你把它们钓上来了?"

"是的,三条。"

"你真会吹牛。"

"我向上帝发誓,我说的是真的。"

"我相信你,等你回来把剩下的事再告诉我吧。那些真的是大鳟鱼吗?"

"真的,是最大的那种。"

老爹说:"愿上帝保佑,你会打到一只羚羊的。动身吧。"我在帐篷里找到 POM,告诉了她这些情况。

"不是真的吧?"

"不,是真的!"

她说:"你快去吧,别啰唆了,动身吧!"

我把雨衣、备用靴、短袜、浴袍、一瓶奎宁、驱蚊香茅油、笔记本、一支铅笔找出来,还有我的一些铅弹、照相机、急救包、小刀、火柴、换洗的衬衣和汗衫、一本书、两支蜡烛、钱、扁酒瓶……

"东西带齐了吗?"

"拿香皂了吗?记得带上一把梳子和一条毛巾,有手帕吗?"

"都带了。"

莫罗用一个帆布书包把这些东西都装进去,我还把我的望远镜找出来了,姆科拉带上了老爹的大望远镜和一只装满水的水壶,凯迪把装着食物的运输箱送来,"多带些啤酒。"老爹说。"你们可以把酒留在车上,我们的威士忌只剩下了一瓶。"

"我们拿走了你们怎么办?"

"没关系,我们去的那个营地里还有,我们给卡尔先生带去了两瓶。"

"我只需要随身带一瓶就行,把那瓶威士忌分了吧!"

"那就多带些啤酒,要多少有多少。"

"那家伙在干什么?"我指着正在上车的加利克说。

"他说在那里你和姆科拉没有办法跟土著人交谈,你们需要一个翻译。"

"他会坏了我们的事的!"

"你确实需要一个能把你们讲的话翻译成斯瓦西里语的人。"

"好吧。但事先说好,他不是去卖弄的,让他闭紧他的臭嘴。"

"我们陪你一起到山顶。"老爹说,随后我们就起程了,那个旺德偌波人的双手吊在车子边。"到村子里去把那老头接上。

我们在营地里所有的人的注视下离开了。

"我们的盐带够了吗?"

"带够了。"

这时我们来到了村子里,下车站在路上,靠着车边等着,等老头和加利克从他们的茅草屋里出来。时间刚过中午,空中布满了阴云。我凝视着POM,她穿着卡其色的衣服和靴子,看起来非常妩媚、恬静、整洁,她的头上斜戴着斯泰森帽子。我再看看老爹,他穿着褪色的灯芯绒无袖夹克,高大、强壮,因为洗涤和日晒,夹克都快变成白的了。

"你要做个乖乖的好姑娘。"

"不要为我担心。真希望我也能和你一起去。"

老爹说:"这是一个人的表演,你的速度可以很快地进入那个地区,把那件棘手的活儿干完后就迅速撤离。事实上,你的负担很重。"

老头来了,跟姆科拉一起坐在卡车的后座,姆科拉穿着我那件打鹤鹑时穿的旧的卡其无袖上衣。

"姆科拉拿着老头的上衣。"老爹说。

"他就喜欢在装猎物的口袋里装东西。"我说。

姆科拉感觉出来我们在谈论他,我本来已经忘记了他没有把步枪擦干净的事情,这时又想起来了,便对老爹说:"问问他是怎么弄回来这件新上衣的。"

姆科拉咧嘴笑了,说了几句话。

"他说这是他的家当。"

我朝他咧咧嘴,他把他原本就光秃秃的脑袋晃了晃,彼此心照不宣,我没有提步枪的事。

"加利克在哪里?"我问。

他终于带着毯子来了,跟姆科拉和老头儿一起坐在后排。前排卡姆的旁边是旺德倮波人跟我,

"你的朋友长得很可爱,"POM 说,"你也要平平安安的。"

我跟她吻别,说了几句悄悄话。

"还有说不完的情话呢,恶心。"老爹说。

"再见,老家伙。"

"再见,你这该死的猎杀公羚羊的家伙。"

"再见,宝贝。"

"再见,祝你好运。"

"你有足够的汽油,我们会在营地留一些的。"老爹叫道。

我挥挥手,然后我们就顺着一条狭窄的小路开车出发了。车子穿过村子开往山下,小路往下,通过那片干旱的灌木丛生的平原,它伸展在两座苍翠的大山脚下。

在下山途中,我回头张望,可以看见那两个人影,一个身形魁梧,一个瘦小精干,两个人的头上都戴着宽大的斯泰森帽子,他们正在往回走向营地,人影凸显在路上。我把头转回来,望着前面那干旱的、灌木丛生的平原。

第四部　狩猎中的幸福

第一章

　　这条路只是一条小径,而让人沮丧的是那个平原。我们一路前行,看见了在被晒得发黄的野草和灰色的树木映衬下显得很白的几只瘦削的格兰特瞪羚。随着这片平原、继续往前,我的兴奋劲儿消失的无影无踪,这是个典型的蹩脚射猎区,一切看起来都显得非常不可行、不切实际和相当不真实。那旺德偌波人身上的气味很浓,我注视着他被拉长、又利落地给卷起来的耳垂,还有他那张奇特的脸和没有任何黑人特征的、而且长着薄嘴唇。他发现我在端详他的脸,便给了我一个讨人喜欢的笑,搔搔胸脯。我回头看向后排,姆科拉睡着了。加利克笔挺地坐着,夸张地表示他是醒着的,那老头儿正竭尽所能地看清路面。

　　这时前面已没有好一点儿的路了,只有一条畜群走的小径,但是我们已经快到平原边缘了。随后我们把平原抛向了脑后,前方有些大树,我们行驶在一片我在非洲从未见过的最可爱的地区。那些野草碧绿平整,短得像修建过后新长齐的草坪,树木树身高大古老,树脚边有光溜溜的青草皮,而不是灌木丛,像一个鹿苑。旺德偌波人指给我们一条几乎看不出来的小径,我们继续驾车,穿过树荫和一搭搭斑驳的阳光。我无法相信我们突然就进入了一片美丽的地区。好像一觉醒来,就发现自己身处其中,真是高兴。为了确定这不是一场泡影,我伸手去摸了下旺德偌波人的耳朵。他身子猛地一跳,弄得卡姆偷偷地笑起来。在后座的姆科拉用肘子捅了我一下,顺着他手指的方向,只见一头雄性大疣猪站在树林间的一块空地上,正抬头呆滞地瞪着我们,背上的有又粗又长的刚毛,笔直地竖立着,还有向上翘的白色的长牙,眼睛闪闪发亮,就在小于二十米的地方看着我们。我示意卡姆停车,我们就坐在车上,看着它,它也看着我们。我把步枪举起,瞄准它的胸脯。它看着,一动不动。接着我示意卡姆挂上排挡,我们继续向前,向右拐,离开了那疣猪。它依旧没有动,看见我们并不显得害怕。我看得出卡姆很激动,回头看见姆科拉表示赞同地点着头。我们没有见过一头疣猪居然不竖起尾巴匆匆逃走。这是片处女地,是在这该死的非洲几百万英里土地中仅剩的一小块尚未有人射猎过的地区。我打算停下来,随便找个地方安营扎寨。

　　这是我见到过的最好的地方,但是我们继续向前走,蜿蜒穿行在缓缓起伏的草地上的大树之间。接着,右前方有个马萨伊人的村庄的高高的围栏进入了我们的视线。这个村庄很大,有些长腿、褐肤、步履轻捷的人从里面跑出来,他们看上去年龄相仿,他们的头发被梳成一根棍子似的粗辫子,奔跑时在身后晃动着。他们跑到车子前，把它团团围住，这些人有说有笑。他们身躯高大，牙齿白而整齐，染成红褐色的头发在前额上梳成一圈流海。他们手持长矛的模样十分英俊，显得喜气洋洋，不像北边的马萨伊人看起来那样郁郁寡欢，也不显得矜持冷漠，他们想知道我们是来干什么的。那旺德倨波人显然说的很明白，我们要捕羚羊，正在抓紧时间赶路。他们包围了卡车，弄得我们无法动弹。有一个人说了句话，三四个人附和着，卡姆便向我解释说，他们在下午看见有两头顺着小径经过的公羚羊。

"不可能是真的，不可能。"我暗自说。

我叫卡姆开车，慢慢地从他们中间穿过去，这些人想让车子停下，弄得车子差点儿从他们身上压过去。我从未见过像他们这样个子高、身材好、相貌俊的人，他们是我在非洲见到的第一批真正无忧无虑、轻松快乐的人。我们的车子终于启动了，他们嘻嘻哈哈地奔跑在车子旁边，看起来它们跑得多么轻松。然后，路况开始变好，车子走到一道平坦的溪谷，人与汽车开始竞赛，随后他们一个又一个地退出了奔跑，停下时挥着手，嬉笑，到最后，只剩下两个人还在跟着我们跑，他们无疑是这群人中最出色的赛跑者，他们脸上带着自豪的神色，同时平稳而松弛地摆动着长脚，轻松地与车子保持平行。他们以一个一英里赛跑运动员的快步在跑，同时还带着长矛。接着我们必须向右拐弯，爬出像高尔夫球场轻击区那样平坦的溪谷，到达一片起伏的草场，后来。我们放慢车速，用第一挡开始爬坡，这时那群人又赶上来了，还是一样地嬉笑，尽力不显出气喘吁吁的样子。在我们穿过一小块灌木丛时，有只小兔子蹿了出来，呈"之"字形拼命奔跑，这会儿后面所有的马萨伊人都开始了发疯似的冲刺。他们把兔子逮住了，那个身材最高的赛跑者把兔子拿到车前递给我。我接过兔子，隔着它柔软而温热的、毛绒绒的身体，可以感觉到它的心在猛跳，我轻轻地撸撸它，那马萨伊人在我的手臂上拍了一下。我拎着兔子的耳朵把它递回去。不，它是一件礼物，是属于我的。我就将兔子递给姆科拉。姆科拉并不很在意它，将它递给一个马萨伊人。这时我们启动了车子，他们又开始奔跑。那马萨伊人弯腰将兔子放生，见到兔子撒腿就跑的模样，他们全都哈哈大笑。姆科拉摇摇头。我们大家对这些马萨伊人的印象很深。

"马萨伊人太好了！"姆科拉十分动情的说，"马萨伊人有许多牲口，马萨伊人杀动物不为了吃肉，马萨伊人杀人。"

那旺德倨波人拍拍自己的胸脯。"旺德倨波—马萨伊。"他非常自豪地说，表明这两者的血亲关系。他的耳朵像马萨伊人一样卷起来，看见他们奔跑的姿态这么英俊，这么愉快，让我们也很兴奋。我从来没有这么快就产生了无私的友情，也没见过这么漂亮的人。

"好样的马萨伊人，"姆科拉又重复了一遍，点了点头以加重语气。"好样的，好样的，马萨伊人。"只有加利克好像看法不同。尽管他穿着卡其裤，有辛巴老板的来信，我相信这些马萨伊人还是吓到了他。他们是我们的朋友，而不是他的。他们当然是我们的朋友，在他们身上有四海之内皆兄弟的态度，那种虽然没有被表达出来但立刻就完全接受你的胸怀，让人感觉，不管你来自何方，你一定也是个马萨伊人。这种态度只存在于最优秀的英国人、最优秀的匈牙利人和最优秀的西班牙人身上。这种态度通常被看为高尚品德的最显著的标志,如果真有高尚品德的话。这种态度本人浑然不知,有这种态度的人难以幸存下去,但是没有领教这种态度是最让人高兴的事。

现在又只剩下两个人在跑了,路况很差,而他们正在慢慢地落后于卡车。他们依然跑得很出色,依然轻松地迈着大步,但是这卡车是个无情的领跑者。因此我让卡姆加速,结束这场赛跑,因为突如其来的加速不会让稳步而跑的人感到丢脸。他们冲刺,被击败,然后是哈哈大笑。我们从车上探出身子,向他们挥手告别,他们停下脚步,用长矛撑着身子,向我们挥手。我们依然是挚友,但是现在我们又孤身前行了,眼前没有足迹,只有一个大概的方向。就照着这个方向绕着一个个树丛,顺着这个碧绿的溪谷的走势继续向前。

不一会儿,只见树木开始变得茂密,我们撇下了这片富有田园风的土地,此时正在茂密的次生树林里小心翼翼地行驶在一条难以辨认的小径上。有时候我们的路会被阻挡,不得不跳下车,拖开一根路上的原木或砍掉一棵堵住车身的树。有时候还必须倒车出来,走另一条路绕个圈子再回到原来的小径上,那种被称作 panga 的长柄砍灌木刀在开路中起了很大的作用。旺德偌波人砍灌木的水平很差,加利克也好不到哪里去。姆科拉在用刀方面是个能手,他像是在砍杀仇家一样快速有力地挥舞着大砍刀。我用得很不应手。这门功夫很讲究手腕动作,不可能一会儿就学会,等你的手腕累了,就会感觉那把刀超出了它实际的重量。我真想有一把密歇根的斧刃磨得飞快的双刃斧,而不是用这种刀来砍树。

我们被迫停车,砍树来疏通道路,卡姆凭着感觉和对这个地区的了解开车,尽量避免再出问题。我们终于走过了这个路况糟糕的地段,开上又一块开阔的草地,可以见到右边远处有一道山脉。但是这里刚刚下过一场大雨,必须非常当心草地的低洼部分,一不小心汽车轮胎就会陷进草皮下的烂泥里,只能在滑溜溜的泥浆里空转。有两次我们砍去灌木,用铲子把轮胎从泥坑里挖出来,然后吸取了教训,不再经过任何低洼的地方,而是取道草地高处的边缘,然后进入树林。我们为了寻找汽车可以通过的路,在树林里兜了几个大圈子,终于驶出树林,到达一条溪岸,那里的桥是用一种灌木搭成的,横跨在溪床上像河狸筑起的坝那样,这显然是故意这样设计的,其目的是挡住溪水。

在另一边有一块玉米地多用刺灌木围住,有一道上面种满了玉米陡峭的、布满残茬的堤岸,还有一些看上去像是被遗弃的畜栏或用多刺灌木围起的场地,里面有些房屋是用泥涂在木条上构成的,右边有些撅出在一道结实的多刺灌木围栏之上的锥形草屋。我们都下车了,因为渡过这条溪流很困难,而在溪流对面,只有在穿越过残茬满地的玉米地之后,才能爬上溪岸。老头说那天下过雨,在他们经过这里的那个早晨,没有水溢过那道灌木坝。我心里感到很失望。我穿过了一个美丽的处女林区来到这里,而且还有人曾看见有羚羊走过那条小径,而结果我们却被困在属于某某人的玉米地里的一条小溪的堤岸前。我没想过我们会碰到什么玉米地,我恨它。

我想,如果车子可以开过小溪,爬上堤岸的话,必须先得到将车子开过玉米地的允许,于是我把鞋脱了,蹚过小溪,用脚试探水下的情况。溪底的灌木和幼树被压得坚硬结实,我相信只要速度够快,我们可以把车开过去。姆科拉和卡姆表示赞同,就去观察岸上的情况。岸上表面的泥土很软,但是底下是干土,我就想,只要我们能跨过那些残茬的,就可以用铲子开辟出一条路。但是在这之前,必须卸下车上的东西。不经意间从草屋里走出两个男人和一个男孩。等他们走到跟前时,我用斯瓦西里语说:"你们好。"他们回了一句,"你们好。"然后老头和旺德俉波人开始和他们谈话。姆科拉朝我摇摇头,表示他一句话也听不懂。我想他们是在谈论对方是否允许我们通过玉米地吧!老头把话说完之后,那两个男人走近我们,握了握手。

他们看起来不像我曾见到过的任何黑人。他们的脸色是灰褐的,最年长的那个大概有50岁左右,长着薄嘴唇,鼻子几乎是希腊式的,有着相当高的颧骨以及显露才智的大眼睛。他看上去很是泰然,端庄,好像很有学问。较年轻的那个跟他长得几乎一模一样,我以为他是那年长者的弟弟。他看上去年龄大概在35岁左右。那个男孩漂亮得像个姑娘,第一眼看起来很腼腆愚笨。他刚走上前来时,我还以为他是个小姑娘呢,因为他们身上都穿着在肩上打了结的本色平纹细布的罗马式托加袍,看不出他们的腰身。

他们在跟老头交谈,这会儿我看着老头跟他们站在一起,感觉他像这块耕地的具有古典式相貌的主人,只不过老头的一脸的皱纹让人感觉有些退化,就像那个旺德俉波—马萨伊人是我们在森林里遇见的英俊的马萨伊人的翻版。

然后我们都下到溪边,轮胎四周临时被卡姆和我绑上绳子当作履带,而那位罗马长老和其他人在卸东西,把最重的东西搬到陡峭的岸上。然后我们疯狂地把车开到对面。溪水四溅,大家都拼命地把车子往彼岸上推,在中途被迫停下。连砍带挖,终于将车子弄到了溪岸顶上,但是现在挡在我们面前的是那块玉米地,我想象不出来我们接下来的路该怎么走。

"我们的目的地是哪里呀?"我问那个罗马长老。

他们听不懂加利克翻译的话,老头儿解释清楚了我提出的问题。罗马人指向左边树林那边结实的多刺灌木围栏。

"我们不能开车过去。"

"Campi。"(我们要在那里设营)姆科拉说。

"这个地方太糟糕了。"我说。

"Campi。"姆科拉坚定地说,他们都点头了。

"Campi!Campi!"老头说。

"我们在那里设营。"加利克自以为是地宣布。

"你去死吧。"我对他说,脸上却笑嘻嘻的。

我跟罗马人走向那个营址,他不停地说着话,可是我一个字儿也听不懂。姆科拉和我在一起,其他人都在装车,然后和车子一起过来。我想起了我曾读到过的一句话,绝对不要把营地设在被遗弃的土著区,因为那里有虱蝇和其他有危害的东西,我就做好坚持反对在这儿设营的准备。我们穿过多刺灌木围栏的一个缺口,里面有一座是用原木和幼树在地上打桩,用枝杈交错而搭成的屋子,这屋子看上去像个大鸡笼一样。罗马人挥了一下手,表示这座屋子和这片围场归我们使用,同时不停地说着话。

"有蟑螂。"我用斯瓦西里语带着强烈的反感的语气对姆科拉说。

"没有,没有蟑螂。"他说,打消了我的这个念头。

"许多可恶的蟑螂。让人恶心。"

"没有蟑螂。"他坚决地说。

没有蟑螂的说法占了上风,而那个罗马人还在一直说话,我只希望那些话题会让人感到舒服,这时车子开来了,停在一棵距离多刺灌木围栏在五十米左右的大树下,大家开始搬出设营的必需品。我的带有铺地防潮布的帐篷被挂在一棵树与那个鸡笼之间,我在一只汽油桶上坐着,和罗马人、老头以及加利克商量射猎的事情,而卡姆和姆科拉则把营地搭好了,那个嘴巴张的很大的旺德偌波——马萨伊人用一只脚站着。

"羚羊在哪里呀?"

"那的后边。"他把手挥了挥。

"大吗?"

他摊开双臂来展现羚羊角有多大,引得那罗马人口若悬河地讲了一通。

我拼命翻词典翻译说:"他们正在监视的那头羚羊身处何地?"

罗马人又说了一大通,我把这些话理解为他们正在监视着所有的那些羚羊。

这时快近黄昏了,天上阴云翻滚。我身上湿到了腰际,袜子被泥浆浸透。还有,推车砍树让我大汗淋漓。

"我们什么时候开始?"我问。

"明天。"加利克没有问罗马人就回答说。

"不行,今晚就开始。"我说。"

加利克说:"明天,现在太晚了。光照只剩下一个小时的时间了。"他在我的表上指出还有一个小时。

我查了词典看着翻译说:"就在今晚最后一小时是最好的一小时。"

加利克暗示羚羊离我们很远,来不及到那里去搜猎后再赶回来,这一切他都是用手势告诉我的,"还是明天去搜索吧。"

"你这浑蛋。"我用英语说,这期间罗马人和老头始终一言不发地站在一边。我打了个寒战。尽管雨后天气闷热,但由于乌云遮住了太阳,还是感觉凉飕飕的。

"老头。"我说。

"在,老板,"老头说,我仔细翻阅词典,说:"今晚去狩猎羚羊,因为最后一小时是最好的一小时。羚羊离这里近吗?"

"我不确定。"

"现在就去搜?"

他们开始谈论。

"明天去搜。"加利克插话说。

"闭嘴,你这戏子,老友,现在开始短时间搜寻。"我说。

"是。"老头说,罗马人点点头。

"好。"我立即起身去找出一件衬衫、汗衫和一双袜子。

"现在去搜猎。"我对姆科拉说。

"好吧。"他说。

我换上干衬衫、干净袜子、靴子之后,感到干净利落,我坐在汽油桶上,一边喝掺水的威士忌,一边等罗马人回来。我很自信能打到一头羚羊,我要让自己镇静一下,不至于到时候感到紧张。同时我也不想着凉,我就是为威士忌本身而喝它的,因为我喜欢它的味道,还因为虽然我现在够高兴,它会使我感觉更好。

我看见罗马人走过来,就拉上靴子的拉链,检查了斯普林菲尔德弹膛里是否有子弹,取下准星上的罩子,吹通。然后我喝光油桶旁地上的白铁杯里剩下的酒,站起身来,检查一下塞在衬衫口袋里的两块手帕。

姆科拉拿着他的刀和老爹的大望远镜来了。

"你留下。"我对加利克说,他没反对,他认为我们这么晚出去很愚蠢,很高兴能证明我们是错的,旺德偌波—马萨伊人也想和我一起去。

"人太多了。"我说,想让老头儿留下,我们走出围栏,走在最前边的是手持长矛的罗马人,我跟在他后面,再接下来是拿着望远镜和装满实心子弹的曼利希尔的姆科拉,最后是同样手持长矛的旺德偌波—马萨伊人。

我们过了五点才走出玉米地,往下到了溪边,在水,坝上方一百米处小溪较窄的地方有着高高的茅草丛中过了小溪,然后缓缓地、小心翼翼地走着,爬向对面茅草覆盖的溪岸,由于我们是弯着腰穿行在湿漉漉的草丛和蕨丛,身上一直湿到了腰际。我们走了不到十分钟,正小心翼翼地往溪岸上爬时,罗马人突然一把抓住我的手臂,同时蹲下身子,一边把我的身子拉到地上,我一边向下蹲,一边拉开枪栓,把击铁扳起来。他屏气凝神,用手一指,只见对岸树林边缘,有一只灰色的大动物站着,胁腹上有白色条纹,一双弯曲的大角往后翘,它昂这头,侧身对着我们,像是在听动静。我举起枪,但是我们之间有一个灌木丛挡着。我必须站起来,才能将子弹越过灌木丛打过去。

"打!"姆科拉小声说,我伸出一指摇了摇,开始匍匐向前,打算避开灌木丛,心里就怕在我想要完美地打枪时,公羚羊受了惊猛地跳起来,但是想起了老爹说过,"要悠着点儿。"等我避开了灌木丛,便单膝跪地,把瞄准器对准公羚羊,它的身躯大得让我感到惊讶,接着想起不要太在意,这次应该和平常打枪一样,正好对准了它肩部顶端下面的要害处,便扣动扳机。枪声响起,它惊跳起来,跑到了灌木丛里,但我明白我打中了它。它跑进去时,我发现树木间露出一摊灰色,便开了一枪,只听姆科拉叫道："Piga！Piga！""打中了！打中了！"（意思是）罗马人拍了一下我的肩膀，然后把撩起来的托加袍围在脖子上，光着身子跑起来，这时我们四个全速奔跑，像猎狗一样噼里啪啦地跨过小溪，冲上溪岸，光着身子的罗马人依旧在前，他哗啦啦地穿过灌木丛，然后弯下腰拣起一片上面有鲜亮的血迹的叶子，这时他朝我背上猛击一掌。这时姆科拉说："Damu！"（"血，血"），然后我们顺着那道踩得很深的脚印朝右面拐去，我重新把子弹装上，我们都拼命地跟踪奔跑，树林里几乎一片漆黑，罗马人在岔口处犹豫片刻，决定向右碰碰运气，接着血迹又一次被发现，接着他猛拽我的手臂，第二次拉倒了我，我们全都屏住了呼吸，只见在一百米开外的一块空地里，那只公羚羊就站在那里，在我看来已受了重伤，它径直朝我们看，两只大耳朵展开在两旁，庞大的身躯灰色底上有白色条纹，它的角是一对宝物。天慢慢黑透了，我这次一定要万无一失，就屏住呼吸，瞄准它前肩后面一点儿的地方打了一枪。

我们听见子弹啪的一声击中，看见它中枪之后猛然弓背跃起。姆科拉叫道："打中啦！打中啦！打中啦！"这时公羚羊的身影已经消失了，我们又像猎狗似的狂奔，被什么东西绊倒了。原来是那头巨大、漂亮的公羚羊，早就断气了，它侧躺着，两只巨大的角是深颜色的，呈螺旋形，张开的弧度很大。刚才我开枪的时候，它在离我们只有五米的地方，简直让人难以置信。我看着它，那两只巨大、弯曲、又得很开的角，像胡桃肉的褐色，角尖像象牙，身体硕大，四脚很长，光洁的灰色底上有白色的条纹，我看着它粗大可爱的耳朵、鬃毛浓密的脖子，两眼之间那块"V"字形的白色前额还有白色的口鼻，我想让自己相信这是真的，就弯下腰去，摸摸它。子弹打进去的那一边挨着地，身上没有其他的一丝伤痕，它带有牲口的气息和雨后百里香的芬芳宜人的味道。

接着我的脖子被罗马人用双臂勾住，姆科拉用一种奇怪而单调平板的高音在大叫，旺德偌波—马萨伊人不停地上下跳跃，拍着我的肩膀，然后他们全都轮流和我握手，我从没见过这么奇怪的握手方式，只见他们握住我的大拇指，握紧之后，摇晃一下，拉一拉，然后再握住，同时始终狂热地凝视着我的眼睛。

我们都注视着公羚羊，姆科拉跪下，用手指抚摸着每只角的曲线，用手臂量两只角尖之间的距离，同时低声哼哼发出"呜——呜——咿——咿"的表示狂喜的尖细的声音，同时他也抚摸着羚羊的口鼻和鬃毛。

我拍了一下罗马人的背，我们又第二次用这种奇特的方式握手，我也拉了拉他的大拇指。拥抱了旺德偌波—马萨伊人，他在热情地拉了我的大拇指后，拍拍胸脯，非常自豪地说："旺德偌波—马萨伊人是伟大的向导。"

"旺德偌波—马萨伊人是伟大的的马萨伊人。"我说。

姆科拉看着那只羚羊，不停地摇头，并且发出那种奇怪的尖细的声音。然后他说："Doumi，Doumi，Doumi，wana Kabor Kidogo，Kidogo"（这是一头公狼羊中的公羚羊）（意思是说）。而卡尔的那头是头小公狼羊，不算数的。

我们都知道我打死的是另外一头公羚羊，可我把它当成了这一头，而我第一枪就把这头打死了，它奇迹似的出现，抹去了刚才打枪的事。但我还是想去寻找那另外一头。

"走吧,羚羊,"我说。"它死了对吧。"姆科拉说:"死了!走吧。""这是最好的。""走呀。""量一下吧。"姆科拉请求道,我用钢皮卷尺去量一只角的曲线,姆科拉将尺往下拉。足足超过五十英寸,姆科拉迫不及待地看着我。

我说:"真大啊,有卡尔老板的两倍那么大。"

"咿咿。"他哼哼道。

"走呀。"我说,罗马人已经先走了。

我们抄近路回到我们看见那头公羚羊后我开枪的地方,一进灌木丛就发现了那道脚印,还有齐胸高的草叶上的血迹。又往前走了不到一百米,我们看见了已经死透了的羚羊。它不像第一头那么大。但有一样长的角,就是有点细,不过它同样漂亮,同样侧躺着,摔倒的地方灌木都被它压弯了。

我们又行起显然是表达极度喜悦的方式的拉大拇指的握手礼。

"这是警卫。"姆科拉解释说,这头羚羊应该是那头大羚羊的警卫或保镖,当我们看见第一头羚羊时,它已在树林里了。它和第一头公羚羊一起跑,并回过头观望为什么它没有跟上来。

我想照一些照片,就叫姆科拉和罗马人返回营地去把两架照相机取来,一架是Graflex牌反光镜箱,还有另外的一架是电影摄影机,把我的手电筒也拿来。我知道这个地方和营地都在小溪的同一岸,我们所处的地方就在营地的上方,所以希望罗马人走小路,赶在太阳落下之前回来。

他们离开之后,就在一天结束的时候,太阳很明亮地从云层里钻出来,旺德倨波—马萨伊人和我观赏着这头羚羊,量了它的角的尺寸,那沁人心脾的气味,闻起来比大羚羊的还令人舒服,我轻轻地抚摸它,从鼻子、脖子到肩膀,我很惊讶,它的耳朵怎么可以这么大,它的皮毛是如此的光洁,我还仔细察看了它的蹄子,它又长又窄的的蹄子富有弹性,因此感觉它像是一直用脚尖走路的,我还把手放在它的肩膀下面,去寻找那个弹孔,然后又把手握起来,这时旺德倨波—马萨伊人告诉我说他有多么了不起,我就对他说:"他是我的搭档。"并且送给他我最好的四把刀片的折刀。

"我们去看看第一头吧,旺德倨波—马萨伊人。"我用英语说。

旺德倨波—马萨伊人点了一下头,完全理解了我的话,我们顺着原路返回到小空地边上躺着那头大公羚羊的地方。我们围着它转了一圈,看着它,然后我抬起了它的肩膀,旺德倨波—马萨伊人伸出手摸到了弹孔,他把手指伸进去。然后他用带有血的手指摸了摸额头,夸夸其谈地说什么:"旺德倨波—马萨伊人是了不起的向导。"

"旺德倨波—马萨伊人是向导之王,旺德倨波—马萨伊人是我的搭档。"我说。

汗水打湿了我全身,我穿上姆科拉带来的雨衣,竖起领子把脖子围起来。这时我看向太阳,害怕它在我的照相机被带来之前就落下了。不一会儿,他们在灌木丛里行走的声音传来,我吆喝了一声,让他们确定我的方位。姆科拉回答了一声,我们就一唱一和地叫着，我可以听到他们的说话声和行走在灌木丛里哗啦哗啦的声音，同时我还要大声喊叫，并注意着快要落下的太阳。最后我看见了他们，就指着太阳朝姆科拉喊着："快点，快点。"但是他们一点儿力气也没有了。他们刚才穿过茂密的灌木丛，在一段上坡路上快速前进，等我拿到照相机，放大光圈，把镜头对准羚羊时，只有树梢上还闪烁着阳光。我一共拍了六张照片，在大家把羚羊拖到一个稍微亮一点的地方之后，又用了电影摄影机，不一会儿太阳就完全下山了。我履行了尽量把照片做好的责任，用套子把照相机装起来，在夜幕中愉快地享受着获得胜利后的无忧无虑的心情。我只在姆科拉开始剥羚羊的头皮时，过去指点一下，从什么地方下刀才能尽可能地剥下完整的皮。

姆科拉用刀的姿势很漂亮，我喜欢看他剥皮，但是今晚，我只告诉了他第一刀该下的地方，也就是从大腿的下部开始，划过胸脯的下半部一直到肚子处，然后回到肩隆上，我并没有看他拿刀剥皮的姿势，因为我想深切记住我第一次看见每一头羚羊时的模样。于是在暮色中我走向第二头羚羊，在那里等他们把我的手电筒带过来，接着，我开始回想我曾亲手剥下或者亲眼看别人剥下我捕杀的每一头动物的皮，并且我还清楚地记得每一头动物在每一个时刻的模样，而且它们不会互相混淆，因此不看别人操作的念头只不过是想偷懒而已，就好比在洗涤槽里堆着脏的碗碟留待第二天早上再洗是一样的。于是我就在姆科拉剥第二头羚羊的皮的时候，用手电筒为他打光，虽然比较累，但我仍然像以前一样觉得他快速利落，并且精巧的剥头皮的姿势很漂亮，皮一直剥到颈部，往后摊开，他把羚羊的头颅与脊椎之间所有连着的地方都切断，然后握着两角用力一扭，将羚羊头扭松，这样就可以连同颈皮等一起把它们从肩膀上拧起来。在电筒光的照射下，这颈皮沉甸甸、湿漉漉地耷拉下来，而电筒光还照着他那双沾满鲜血的手和已经面目全非的紧身卡其服上。我们留给旺德偌波——马萨伊人、加利克、罗马人和他弟弟一盏灯，让他们剥下整头羚羊的皮，并且包好羚羊肉，姆科拉提着一只羚羊头，另一只在老头儿那里，我拿着手电筒和两支枪和大家一起在夜色中摸回营地去。

黑暗中老头一不小心摔了个狗吃屎，逗得姆科拉哈哈大笑，接着那块颈皮散开了，蒙住了他的脸，差点让他窒息，我们俩都笑起来。老头儿也笑了，随后在黑暗中姆科拉也摔倒了，老头和我哈哈大笑。又向前走了一小段路，我好像踩在一种陷阱的遮盖物上，同样也摔了个嘴啃泥，我迅速爬起来，只听得见姆科拉笑得咯咯响，喘不过来气，老头也一个劲儿地傻笑。

"这是什么？卓别林的喜剧片？"我用英语问他们，提着羚羊头的这两个人笑得前仰后合。穿过梦魇般的灌木丛后，我们终于走到那多刺灌木围栏，营地里的火光映入眼帘，而在穿过多刺灌木时，老头摔倒了，姆科拉显得幸灾乐祸，老头儿则骂骂咧咧地爬起来，好像已经拿不起来羚羊了。我就把手电筒照向他的前方，为他照出围栏的入口。

我们走到火堆前，我见到老头儿靠着涂泥木条屋墙将羚羊头放下，他的脸流血了。姆科拉放下他提的羚羊头，指着老头儿的脸，一边摇头一边放声大笑。我看着老头,他真的是累坏了,脸被划破得很厉害,并且沾满了泥浆,他脸上的伤口在流血,可他却在开心地咯咯笑。

"老板摔倒了。"姆科拉说,并且模仿着我往前摔倒的样子。他们两个都咯咯地笑。

我假装要揍他,说:"没规矩!"

他又模仿我摔倒的样子,接着卡姆很客气和尊敬地和我握了一下手,并说:"好啊,老板!太棒了!"然后眼神发亮地走到那两只羚羊头前,他跪了下来,一会儿抚摸着羚羊角,一会儿摸摸耳朵,发出姆科拉曾发出过的感叹声:"呜呜!咿咿!"

我走进黑漆漆的帐篷,因为我把提灯留给了要带回羚羊肉的人,我就洗漱了一番,把湿的衣服脱去,摸黑从我的帆布背包里翻出一套睡衣裤和一件浴袍。我把这些衣服穿上,又穿着防蚊靴走出帐篷,走到火堆前。我带来了我的湿衣服和靴子,把它们放在火边上,卡姆将它们晾在枝条上,并让靴子的靴筒朝下,把它们插在一根枝条上,远离火堆,避免它们被烤焦。

火光中,我在一个汽油桶上坐着,背靠着一棵树,卡姆把威士忌扁酒瓶拿过来,倒了一些到一只杯子里,我又拿起水壶,往酒里兑了一点儿水。凝视着火堆,坐下来喝酒,什么也不想,心情非常愉快,威士忌使我暖和起来。心境就像把弄皱的床单捋平一样慢慢平复,这时卡姆把储备的罐头拿过来了一些,看我晚上想吃什么饭。有三罐特制的圣诞肉糜、三罐鲑鱼和三罐什锦水果,甜食有几大块巧克力和一罐特制的圣诞葡萄干布丁。我告诉他们把这些都放回去,心想不知道凯狄认为肉糜是什么东西。我们这两个月以来一直想要吃这些葡萄干布丁。

"有肉吗?"我问。

卡姆递给我一长条厚厚的烤格兰特瞪羚里脊肉,那是我和老爹在二十五英里盐碱地上追猎时,在平原上射到的一只格兰特瞪羚,卡姆还拿来了一些面包。

"剩下的有啤酒吗?"

他打开一大瓶一升装的德国啤酒。我坐在汽油桶上感觉很不方便,就把雨衣铺在火堆前已经被烤干的地面上,把两腿叉开,背靠在木箱上坐下。老头在烤肉,他把肉串在一根枝条上。这是他裹在他的托加袍里带来的精选的肉。不一会儿,其他人带着肉和皮陆陆续续地回来了,然后我摊开手脚,一边喝着啤酒,一边注视着火堆,大家都围成一圈说着话,在枝条上烤肉。天气已经慢慢变凉了,夜色晴朗,我闻到了火堆的烟味、烤肉的香味、还有我那双在火下冒着烟气的靴子的气味以及在旁边蹲着的老旺德偌波——马萨伊人身上的味儿。但是我还依旧很清楚地记得那头羚羊躺在树林中时的味道。

每个人都有自己的肉或串在枝条上在火堆四周插着的肉块,他们翻动着、照料着这些肉,大家烧烤的兴趣很浓。那些草屋里走出来了两个我没见过的人,跟他们在一起的是我们在下午见过的那个男孩。我正吃着一块从旺德偌波——马萨伊人的一根枝条上拔下的烤得好烫的肝,心里很奇怪那些腰子的去向。肝的味道很好吃,我正在考虑需不需要爬起身来去拿词典查一下生词,以便问出腰子的下落,只听姆科拉说："要啤酒吗？"

"好。"

他拿来酒瓶把它打开，我举起酒瓶，一口气喝掉了半瓶，又吃了那块肝。

"日子过得赛神仙啊。"我用英语对他说。

他咧嘴一笑，用斯瓦西里语说："需不需要来点啤酒？"

我用英语跟他交谈被视为一种可以接受的玩笑。

"看着。"我说，把酒瓶来了个底朝天，把酒全都灌下肚去。我们是在西班牙学到的这种一口气就着皮酒囊喝酒，却不做咽的动作老把戏。罗马人对这一招大感兴趣。他走过来，蹲在雨衣旁，跟我说话，他说了很长时间。

我用英语对他说："绝对如此，而且他还能驾雪橇呢。"

"再来点儿啤酒？"姆科拉问。

"我看你是想让老头喝醉吧？"

"是的。"他用斯瓦西里语说，好像他听得懂我说的英语。

"看好了，罗马人。"我开始把啤酒灌进肚子，见到罗马人的喉头模仿着我的样子，我噎住了，好不容易才平复下来，放下酒瓶。

"算了，没法在一个晚上表演两次，你快要发脾气了。"

罗马人继续用他自己的语言讲着话，我两次听他说到"Simba（狮子）"这个词。"这里有 Simba 吗？""没有，那边有。"他挥手指指黑暗中说，我不明白这是什么意思。但是那声音很好听。

"我有许多 Simba，有 Simba 的人非常伟大，问姆科拉吧。"我说，我感到自己得了一种叫作夜间吹牛症的病，可惜老爹和 POM 不在这里，听不到我吹牛。如果你吹了半天人家却不明白，那实在是让人很不满意，不过总好过没机会吹。在喝啤酒这件事上，我应该也患上了吹牛症。

"十分惊人。"我对罗马人说，他继续自说自话，酒瓶底部还有点儿啤酒。

"Mzee，"我说。"老头儿。"

"哎，老板。"老头说。

"你把这点啤酒喝了吧，你年纪虽然大，但是这酒不会伤害你的。"

我刚才喝酒的时候注意到这老头儿的眼睛一直看着我，我便明白他也是个贪杯的人。他接过酒瓶，把剩的酒喝得连一滴泡沫都不剩，然后在他的烤肉枝条旁蹲着，爱不释手地握着酒瓶。

"再来点啤酒？"姆科拉问。

"好，还有那些弹壳。"我说。

罗马人继续慢悠悠地说着话。他甚至能讲一个长过卡洛斯在古巴时讲的故事。

"这故事很有趣，"我对他说，"你也是个很了不起的家伙。我们俩都是好样的。"姆科拉递给我啤酒和我口袋里装着弹壳的卡其上装。我喝了一点儿啤酒，见老头还在看着，就摊开那六颗弹壳。"我有吹牛的毛病，"我说，"你必须允许我向你介绍这个,瞧!"我一个接着一个点着每一颗弹壳说,"Simba,Simba,Faro,Nyati,Tendalla,Tendalla,你有什么看法?你不一定要相信。瞧,姆科拉!"我又说了一遍这六颗弹壳代表的东西,"狮子、狮子、犀牛、水牛、羚羊、羚羊。"

"哇!"罗马人很是兴奋。

"对!事实的确如此。"姆科拉一本正经地说。

"哇!"罗马人一边说着一边抓住我的大拇指。

"千真万确,很不可思议不是吗?"我说。

"对,"姆科拉说,亲自数了一遍弹壳,"Simba, Simba, Faro, Nyati, Tendalla, Tendalla!"

"你可以去告诉别人,"我用英语说,"这下子吹牛可吹到了家啦!今天晚上十分满足。"

罗马人又继续跟我说话,我一边吃着烤肝,一边仔细地听着。这时候姆科拉正在处理那两只羚羊头,剥下其中一只的头皮,指导卡姆剥下另一只羚羊头容易剥的部分。这对他们两个来说是一件大任务,他们仔细在眼睛、口鼻和耳朵软骨的四周操作着,然后刮掉头皮上全部的肉,这样头皮就不会腐烂,而他们就是在火光之下非常精巧细致地干的。我不记得具体的睡觉时间,也不记得我们有没有去睡觉。

我记得我把词典拿来,请姆科拉去问那个男孩是否有一个姐姐,姆科拉一本正经地用肯定的语气对我说:"没有,没有。"

"我不会固执己见,你知道,我只是好奇罢了。"

姆科拉很肯定地摇了摇头说:"没有,就跟我们上一次跟踪狮子进虎尾兰丛时他说话的口气一样。"

现在看来,过社交生活的机会就落空了,我要吃点腰子,罗马人的弟弟就拿出他自己的那一份给我,我把一片腰子夹在两片肝之间,穿在枝条上烤起来。

"做一顿比肉糜强得多的令人垂涎的早餐。"我说出声来。

接着我们谈了很久的貂羚。罗马人并不将它们称为"Tendalla",他听不懂这个名称。他一个劲地说"Nyati",看来他弄混了貂羚跟水牛,但是他想表达的意思是貂羚黑的像水牛一样。然后我们在火堆边的灰上画出轮廓,他说的果然是貂羚。它们有着短弯刀一样往后弯的角,一直弯到它们的肩隆上。

"只是公的?"我问。

"公母都有。"

由老头和加利克做翻译,我相信我搞清楚了两群貂羚的出没地点。

"明天。"

"好,明天。"罗马人说。

我说:"姆科拉,今天,羚羊。明天,貂羚、水牛、狮子。"

"水牛,没有!"他摇着头说,"狮子,没有!"

"我和旺德偌波—马萨伊人,水牛有。"我说。

"是,是的。"旺德偌波—马萨伊人兴奋地说。

"附近有的大象个头非常大。"加利克说。

"明天,大象有。"我故意逗姆科拉。

"大象,没有!"他知道我在逗他,但是根本就不想听。

"大象,"我说,"还有水牛、狮子、豹子。"

旺德诺波—马萨伊人依旧兴奋地点着头,插嘴说:"犀牛。"

"没有!"姆科拉摇着头说,让人感觉他非常痛苦。

"许多水牛都在那个山里。"老头在为正兴奋的罗马人做翻译,这罗马人站在那里,指着比那些草屋稍远一点的地方。

姆科拉斩钉截铁、不容置疑地说:"没有!没有!没有!再来点儿啤酒?"他把他的刀放下。

我说:"好了,我只是跟你开玩笑而已。"

姆科拉蹲在旁边,解释着。当我听见他提到老爹的军衔的时候,就猜想他应该在说老爹不会喜欢这样做,他本身的意愿不是如此。

"我刚才只是在和你开玩笑。"我用英语说,然后用斯瓦西里语说:"我们明天去打貂羚吧?"

"好。"他由衷地说。

在这之后我和那个罗马人又谈了很长时间,我说西班牙语,他用他本身的语言,我们安排了第二天的全部行程。

第三章

我不记得我是否去睡觉了,也不记得有没有起床,只记得在天亮之前灰蒙蒙的晨光中,我手里拿着一杯热茶,独自坐在火堆旁。我的早餐在树枝上,看起来并没有很吸引人,而且粘沾满了炭灰。罗马人在那里站着发表演说,朝着太阳正在升起的方向打着手势,我记得我当时还怀疑这家伙是不是在彻夜讲话。

两张经过了很好的腌制的头皮都被摊开,在原木和树枝搭建的房子边斜放着那两个带角的头骨。姆科拉正要把头皮折叠收拾起来,卡姆把罐头食品给我拿了过来,我让他打开了一听水果罐头。

这什锦水果罐头由于夜晚的寒气变得很凉,之后又喝了同样冷冰冰的糖汁,它们被我滑溜溜地吸进肚子之后,我又喝了一杯热茶,走进帐篷,把衣服穿戴好,套上烘干的靴子,准备出发。罗马人说过我们需要在午餐前赶回来。

罗马人的弟弟做我们的向导,而我必须最大限度地做出接近事实的推断,罗马人的任务是去侦察一群貂羚的动静,而我们则负责去弄清楚另一群貂羚出没的地点。我们出发了,最前面的是罗马人的弟弟,他身穿托加袍,拿着一支长矛,我背着斯普林菲尔德猎枪在他后面跟着,口袋里装着微型蔡司望远镜,再后面是肩膀上挂着老爹的大望远镜的姆科拉,他肩膀另一边挂着水壶,口袋里装着剥皮刀、磨刀石、备用的子弹夹还有几块巧克力,那把长枪在肩上,再后面是带着Grafcex相机的老头、带着电影摄影机的加利克,以及持有长矛背着弓箭的旺德偌波—马萨伊人。

我们和罗马人分开,走出多刺灌木围栏,此刻阳光正好透过群山之间的峡谷,把阳光洒在玉米地、草屋和远处的青山上。看起来今天天气十分晴朗。

罗马人的弟弟领着我们穿过一片茂盛的灌木丛,露水打湿了我们全身,我们又穿过稀疏的树林,接着攀过陡峭的山坡,一直爬到我们营地旁边的那块田地边缘的高坡上。然后,我们走上一条路况挺好的平坦小径,小径迂回盘旋,终点是高处的那些小山。太阳这时已经完全升起,远处那些山头完全沐浴在阳光之下。我很享受这样的清晨,在睡意未消时稍微有点机械地迈着步子,心里开始感觉到尽管每个人都好像很安静地在行动,但是就悄声无息地追猎来说,我们的队伍实在是过于庞大。就在这时,两个人朝我们走来。

他们一男一女,男的高大、英俊,长相跟那个罗马人很像,但少了一些高贵的气质,穿着托加袍,背着弓和剑;身后跟着的那个女人是他的妻子,长相漂亮、态度谦恭,一副贤妻良母的样子,身穿的那件衣服是深褐色皮革做的,戴着用铜丝绕成同心圆做的项链,在她的手臂和脚踝上也有许多类似的饰物。我们停下脚步,说了声"你们好!"罗马人的弟弟跟这个好像来自同一个部落的男人交谈起来,他好像是正要去城里办公的生意人。他们语速很快,在他们一问一答之际,我注视着那位分外娇媚的、像新娘一样的妻子,她站在那里,身子微侧着,因此我可以看见她那对梨形的漂亮乳房,还有修长干净的黑色双腿,我开始端详起她那秀色可餐的侧影,接着她丈夫突然厉声对她说起话来,后来又解释了一番,语气温和地吩咐着她,她把目光垂下,绕过我们身边,独自沿着我们来时的小径走去,我们都注视着她,看来她的丈夫要跟我们一起走了。那天早晨他发现了貂羚,我是有点怀疑的,现在他很明显地因为离开了那位我们都亲眼目睹的、现在已经远远离开的贤妻而闷闷不乐,但他还是领着我们往右拐,走向一条经过长期踩踏而变得十分平坦光滑的小径,穿过一片很像美国秋季里的森林,在这里可能随时会惊起一只松鸡,让它噗噗噗地飞向另一座山头或一头栽进山谷。

因此,我们惊飞了一群山鹑,看着它们飞走的时候,心想世界上所有的狩猎区都应该是差不多的,而所有的猎人也都是一样的。后来我们在小径旁发现一行羚羊的新鲜的脚印。再后来,当我们在清晨穿越森林时,由于树下没有矮灌木,所以第一道阳光就可以穿过树梢落在地上,我们发现了从之前到现在一直充满神秘的大象的脚印,每一个脚印尺寸都有双臂合抱那么粗,陷进森林的地面下一英尺深,说明在下雨之后有些公象在迁徙途中经过这里。看着这些脚印一路往下一直穿过这片美丽的森林,我想到我们美国在很久以前也有过猛犸象,当它们穿行在伊利诺伊州南部山区里时,也曾经踩出同样的脚印。只不过美国作为美洲的一个古老的狩猎区,像这种最大型的猎物早已绝迹。

我们沿着这座小山的正面继续往前走,脚下凸起的草原十分美丽。我们来到山边,这里除了一座山谷之外,还有一片开阔的草地,在草地尽头生长着一片树林,树林上方有一圈小山丘耸立着,另有一座向左方延伸的山谷。我们在山的正面的树林边缘站着,远眺那长满草甸的山谷,只见它一直向前延伸到一片空旷地带,因此在其腹地形成后面有小山的一个绿草遍布、四面峭壁的盆地。我们左边的小山的山顶是圆的,山体陡峭,上面覆盖着树木,山上还露出地表的石灰岩,这些岩石从我们站立的地方向上一直延伸到山谷的顶端,成为另一道山脉的一部分,这个山顶就是这个山脉的开始。我们脚下向右的地方有崎岖不平的地面、一些山丘和大片的草甸,再向前还有一片长在山坡上的树林,延伸到青翠的群山,我们曾经见过这里,它位于罗马人以及他家人居住的草屋的西面。我判断我们的下面就是我们的营地,就在树林西北面大概五英里的地方。

那位丈夫站在那里,打着手势跟罗马人的弟弟说着话,表示他曾经在长满草甸的山谷的背阳面看见过貂羚吃草,并说现在它们不是在谷底就是在谷坡吃草。我们在树荫下坐着,派旺德偌波—马萨伊人到山谷里寻找脚印。他回来说通往我们下方的山谷或通往西面的路都没有脚印,因此我们判定貂羚吃草的地方应该是在草地山谷的谷坡。

现在的问题是如何最大限度地利用地形找到貂羚,并且靠近它们,把彼此之间的距离缩短到射程之内而又不被它们发现。太阳已走过山谷谷口的那些小山,阳光照耀着我们,而谷口的一切都被笼罩在沉沉的阴影里。我嘱咐大家在树林里原地待命,让姆科拉和那位丈夫和我一起走,我们打算还是穿过林地,从山谷向上爬到靠近我们的这一边,然后一直爬到高处,在那边可以察看山谷上部弯曲时的那块凹地,我们用望远镜搜寻观察着貂羚。

你一定会问,我们之间是有语言障碍的,那么我们是如何商定、计划,并相互理解的。我说:"这就好像我们是一支说着同样语言的骑兵巡逻队,这一切都是依靠自由讨论后互相理解而明确的。除了加利克之外我们都是猎手,所以不必使用任何语言,我们可以用食指发信号,用一只手表示警告,一切就能顺利完成,得到彼此理解并达成一致。我们离开了大家,静悄悄地朝前面走,到了森林的深处,开始向上爬谷坡。等我们爬了相当长一段来到高处时,我们已经离开了森林,到了一个岩石嶙峋的地方。我躲在岩石后面,望远镜被帽子遮住,避免太阳光照在镜头上产生反光。姆科拉看到了,觉得这招很实用,咕哝了一声点了点头。我们就用望远镜观察在草甸对面的森林边缘那一带有什么东西出没,并一直观察着山谷上方的洼地,貂羚一定会出现在那里。姆科拉比我早一点儿看见了它们,他拽了拽我的衣袖。

"就是貂羚。"我说,然后屏气凝神,注视着它们。它们看起来都很黑,体态健硕,脖颈很粗。所有的貂羚的角都向后弯,它们距离我们很远,有的卧着,有一只站着,我们发现了七只。

"哪个是公的?"我悄悄地问。

姆科拉露出了四个指头,用左手指了指,他指的是卧在高高草丛里的貂羚中的一只,看上去的确比其他的大得多,两只角有着更大的弯曲角度。但是我们正对着刚刚升起的太阳,很难看清楚。貂羚后面有一条一直延伸到封住山谷尽头的那座小山的冲沟。

现在我们知道接下来应该做什么了。我们必须按原路返回,远远地通过谷底跨过草甸,才不会被貂羚发现,然后再从另一边进入森林,尽量穿过森林爬到貂羚的上方。在我们这次开始追猎前,首先必须确定我们要穿过的森林或草甸里真的没有其他的貂羚。

我把打湿的手举起来,从感觉凉的那边来判断风向,微风似乎是向山谷下方吹的。姆科拉揉碎了抓起一些枯叶,把它们往空中一抛,枯叶飘向我们,在离我们近的地方落下。风向不错,现在我们必须用望远镜仔细检查森林边缘,好好观察有没有别的貂羚。

"没有。"姆科拉最后说,我也什么都没发现,但八倍望远镜把我的眼睛摩擦得生疼。我们可以到森林里碰碰运气,也许会撞上什么动物,把貂羚吓跑,但是必须尝试一下,绕个圈子,爬到貂羚上方。

我们往回走,告诉了其他人下山的想法。为了不让貂羚发现我们,我们要从刚才留守的地方跨越山谷。于是我把帽子摘下,我们弯着腰,径直走进有着高高草丛的草甸中,跨过深深下陷的水道,这水道一直向下流到草甸中央,我们越过水道的岩石壁架,爬上遍地野草的对岸,始终前行在山谷的褶皱边缘的下方,然后进入密林深处。然后我们猫着腰,排成纵队穿行在森林里,试图爬到貂羚的上方。

我们尽量保持安静,并且快速地前进,我追猎过那么多次大角羚羊,但总是在绕过山肩时自以为是,认为那些羚羊会坐以待毙,结果却发现它们在进食后就消失了。而且,因为一旦进入森林就再也没有机会去监视它们的行踪,我认为最重要的是用最快的速度到达它们的上方,同时又不能让自己累得气喘吁吁,否则手因为抖得厉害就没办法开枪。

姆科拉背着的水壶和他兜里装的子弹发出了碰撞声,我停下来,让他把水壶交给旺德偌波—马萨伊人。看来,这次参与猎杀行动的人实在太多了,但他们都像蛇一样悄悄地行进。不管怎样,我很自信,确定我们在森林里,貂羚不仅看不见我们,也闻不到我们的气味。

最后,我感觉到我们已爬到了貂羚的上方,它们肯定就在前面,在阳光下,当我们路过森林里一处树木稀疏的地方时,它们会来到小山的山脚下面,也就是我们下方。我开始检查瞄准器,发现它已经很干净了,然后擦干净我的眼镜,把额头上的汗珠抹去,并依旧记得在左边的口袋里放用过的手帕,这样就会避免再用它来擦眼镜,将镜片弄模糊了。我和姆科拉以及那位丈夫开始走向森林边缘,做最后的攀爬,我们几乎爬到了山脊上。那里,在我们和下面空旷的草甸之间依然有树木挡住我们的视线,我们躲进了一小丛灌木和一棵倒下的大树后面,一抬头就能看见三百米开外的布满野草的空地上的貂羚,它在阳光照不到的地方显得又大又黑。我们之间隔着阳光下稀疏的树木和裸露的冲沟。我们正在观察中,其中两只貂羚站起身来,好像在看着我们。这时候虽然可以开枪,但是因为距离实在太远,就不能完全确定可以命中目标。我正趴在那里注视着貂羚,突然有人碰了一下我的胳膊,原来是刚爬上来的加利克,他沙哑着嗓子低声说:"Piga! Piga! Bwana! Doumi! Doumi!"意思是那是一只公貂羚,让我开枪。我回头一看,看见所有的人都在这里,腹部和手脚贴地趴着,旺德偌波—马萨伊人却像一只猎鸟犬一样在发抖,我很生气,示意他们全都下去。

那果然是一只公貂羚,哇,比我和姆科拉原先发现的在那里卧着的那只大得多。那两只貂羚向我们这边注视着,我把头低下,心想它们会不会发现了我眼镜片的反光。我慢慢地把头抬起来,用手遮在眼睛上。那两只貂羚已经把视线从我们这边移开了,又开始低头吃草。但其中一只又紧张地抬起头,我看着这只羊,它有着深色的皮毛、壮硕的体形、长着像短弯刀似的双角,而它正注视着我们。

在此之前我对它们一无所知,也从没见过貂羚,既不知道它们是否有像公羊一样敏锐的目光,不管你在多远的距离之外发现它,它都能看见你;也不知道它们是否像公驼鹿一样,哪怕你和它之间的距离只有两百米,只要你不动,它就看不见你;我也不知道它们究竟有多大,但是我判断我和它们之间的距离至少三百米,我知道如果采取坐姿或卧姿开枪的话,肯定能打中一只,可我没有把握能打中它的哪一个具体部位。

正在这时候,加利克又说:"打啊,老板,快开枪啊!"我转身对着他,真想打他两巴掌,如果真的能这样做的话,倒是大快人心。我刚发现貂羚时心里其实并不紧张,可是加利克现在却把我弄紧张了。

"距离太远了。"我低声对姆科拉说,他爬了上来之后一直趴在我的身旁。

"是的。"

"开枪吗?"

"不,用望远镜再观察一下。"

我们俩都谨慎地用望远镜注视着,我现在只看见了四只,刚才可是七只。如果那只真的像加利克说的那样是公的,那么肯定它们都是公的。它们的颜色在背阳处看起来都是一样的。在我看来它们都有很大的角。我知道,山羊就有这样的习性,公的总是成群地待在一起,直到隆冬季节到来时才跟母羊在一起。而在夏末,你会发现公驼鹿在发情期前也是一群一群地待在一起的,等到过了发情期又会重新聚在一起。没错,按这个说法推理的话这些貂羚可能都是公的,但我需要挑一只最好的,我尽力回忆曾经读过的有关貂羚的文章,但只能记起来一个无聊的故事,说一个人每天早晨都会在同一个地方看见同一只公貂羚,却从来没有去接近它。我能记起来的只有我们曾经在阿鲁沙①猎场看守人的办公室里见到过的那对漂亮的角。而此刻貂羚就在我的眼前,我必须照规矩行事,猎杀一只最好的。我从未想过加利克竟然也没有见过貂羚,他并不比我和姆科拉对它们的了解更多。

"距离实在太远了。"我对姆科拉说。

"是啊。"

"跟我来。"我说,然后示意其他人都下去,我和姆科拉开始往上爬,计划爬到小山的边缘处。

---

① 当时坦噶尼喀(今坦桑尼亚)东北部的行政区首府,欧洲人聚居中心。

最后,我们在一棵树后趴着,向四周环顾。这时通过望远镜可以清晰地看到它们的角,还可以看见另外三只在干什么。其中最大的一只卧在草甸上,侧面看去它的那两只角比另外几只的向后弯的角度更大,伸得更长。我仔细观察着貂羚,等到真正看到它们时竟然激动得忘了高兴,这时姆科拉轻轻地叫了声"老板"。

我放下望远镜一看,只见加利克毫无掩蔽地向我们匍匐而来。我伸出手,把掌心对着他,挥手希望他下去,但是他对我不理不睬,继续手脚并用地朝我们爬来,它们非常引人注目,就像有人在大街上匍匐前进那样。我看见一只貂羚看向我们这边,更确切地说是看向加利克的方向,接着另外三只也站了起来。那只大家伙站起来后侧身而立,对着我们这边的是它的脑袋,这时加利克爬上来小声说:"打,老板!开枪啊!公的!公的!大的公貂羚!"

目前已经别无选择。貂羚绝对受到了惊吓,我平卧在地,双肘撑地,将手臂穿过枪带,右脚尖抵着地面,对准那只公貂羚的肩膀中部,把子弹打了出去。但从子弹的啸声中我明白这枪打坏了。我打得太高,所有的貂羚都被惊吓得跳了起来,随后又站在原地张望,不知道响声从何而来。我第二次打向那只公貂羚,泥土溅了它一身,其他的貂羚都开始奔跑。我站起来,对着它又补了一枪,它倒下了,然后又站了起来,我再一枪打中它,它虽然已经中弹,但仍跟着其他几只一起跑。它们渐渐超过了它,我又开了一枪,但是子弹打得太靠后了。然后我又接着打,射中了它,它慢慢地落后,我知道我已经拿下了它。姆科拉递给我子弹,我一边把它们推进斯普林菲尔德那天杀的正在摇晃的破弹膛,一边注意着那貂羚费劲儿地跨越水道。我们已击中了它,没错。我看得出它伤得很重。其他的貂羚跑到上面的森林里去。在对岸阳光的照射下,它们的颜色看上去比较浅,而我打中的那只颜色重得几乎是黑色的。但是它并不是黑色,我感到有什么不对劲儿的地方。我将最后一颗子弹压进弹膛,加利克正想抓住我的手表示祝贺,这时,位于我们下方的那些貂羚开始在一片开阔地上惊慌逃窜,那里有一条我们无法看见的冲沟从开阔地通往山谷谷底。

"天啊。"我暗暗叫道,它们看上去跟我打中的那只几乎一模一样,可我本来是打算打一只大的来着。几乎完全一样的貂羚,正挤作一团往前奔,随后,我们看见了那只公貂羚,即便在阴暗处它的皮毛都看起来非常黑,一在阳光下便闪闪发亮,双角向后弯曲,翘得很高,呈两个巨大的弧形,几乎可以接触到背脊的中间位置。毫无疑问,它是一只公貂羚。天啊,多棒的公貂羚啊!

"公的,绝对是公的。"姆科拉凑到我耳边说。

我瞄准它开枪,它应声倒下。我看见它又站了起来,其他的貂羚跑过它身边,先是分散的状态,然后又聚拢在一起。我没打中它,我看见它几乎是笔直地爬上山谷的谷坡,跑进高高的草丛,我再次向它开了一枪,随后它消失在了我的视线中。这时那群貂羚正往山谷谷底的那座小山上爬,也就是爬向我们右边的那座小山,接着他们往山谷对面森林里的那座小山上爬,它们没有聚到一块儿,而是分散着,所以奔跑得很快。既然我已经看见了一只公貂羚,这就说明其余的都是母的,包括我之前击中的那只。我们没有再看见那只公貂羚，而我绝对有信心能在看着它走进去的那片高高的草丛里把它找到。

大家爬了上来，我与他们握手，拉大拇指，然后我们一路狂奔，穿过树林，越过冲沟，跑向那片草甸。那只公貂羚黑色的皮毛，和那对弯弯的角的样子充斥着我的双眼、我的大脑和我的全部身心。我感谢上天，在发现它之前，我已重新给步枪装上了子弹。但是我开枪的状态是那么兴奋，我并不为此骄傲，反而更加羞愧，我太兴奋了，看见貂羚还没有瞄准就开枪。但此刻大家都像喝了酒一样兴奋。我应该慢慢地走过去靠近它，但是你控制不了大伙儿，他们就像一群猎狗一样在奔跑。我们跑过初次发现那七只貂羚的那片草甸，跑过那只公貂羚脱离我们视线的地方，那里的草突然变得比我们的头顶还高，我们的脚步慢了下来。那里隐蔽着两条深达十到十二英尺的被冲蚀的冲沟，向下直通水道，而原来感觉像是一个平坦的、绿草遍布的盆地的地方，竟是一片高低不平的诡异之地，草的高度从齐腰到没过我们的头顶不等。我们很快就看见有一道血迹，往左边延伸，经过水道之后爬向位于我们右侧的山，跑向了山谷谷口。我判断这是我打中的第一只貂羚留下的，但看起来它步伐的幅度比起我们看它在山上森林里行走时要大。我绕了一圈，想找到那只大的公貂羚，可是在那么多的脚印中辨别出它的实在比较困难，而在高高的草丛中和崎岖不平的路面上也很难判断它往哪里去了。

大家就好像一群训练无素的猎鸟犬在发疯似的急着追踪窝里的其他鸟时，你却试图让它们去追寻一只死鸟一样发疯似的寻找血迹。

"公的！公的！"我用斯瓦西里语说，"那是大的公貂羚！公貂羚，那只大的公貂羚。"

"是啊。"所有的人都表示同意。"这里！这里！"只见有一道延伸过水道的血迹。

最后，我顺着这线索向下找寻，心想我们应该一次只追捕一只，尤其是在明白这一只伤得很重的情况下，另一只应该回头再拿到手。但是，我可能也弄错了，也许我们追踪的这一只就是那只大的公貂羚，可能在我们往前跑时，它在高高的草丛里掉了头，往回跑过这里。我记得我以前曾犯过这种错误。

我们快速追踪到山坡上，当我们进入森林时，发现血迹溅得到处都是。我们转弯向右，爬上陡坡，惊起了一只在山谷谷口一些大的岩石之间的一只貂羚。它连跑带跳地逃窜在岩石堆里。可以看得出它没有中弹，并且可以看清虽然它有着深色的向后弯的角，但是那深栗色皮毛却表明它是母的。幸运的是我在开枪之前及时发现了这一点。我在准备拉枪栓前，已放下了枪。

"母的，是只母貂羚。"我说。

姆科拉和两个罗马人向导都赞同我的看法。我刚才差点就开了枪。我们向前继续走了大约五米，又把另一只貂羚惊起了。但是这一只却如何也走不出岩石堆，一直在拼命地晃动着它的头。它的伤势很重，我沉着冷静并且小心翼翼地又开了一枪。

我们慢慢地接近它,它躺在岩石堆里,浑身呈现出深栗色,皮毛几乎是黑色的,漂亮地向后翘的角也是黑色的,在它的口鼻处和眼睛旁边有一块白斑,还有肚皮也是白色的。但它不是公的。

姆科拉心里依然有些怀疑,想要证实一下,他摸了摸那些小小的、尚未发育成熟的乳头,然后说:"是母的。"并且很难过地摇摇头。

这就是加利克第一次指给我们看的那只大"公"貂羚。

"下面的那个是公的。"我说。

"对。"姆科拉说。

我想,如果那只公的只是简单地受了伤的话,我们不妨以逸待劳,等它变得虚弱无力时再下去找它。于是我让姆科拉在这只母貂羚的头皮上用刀划了几道口子,这样就可以方便地剥下它的头皮,这项工作留下来让老头做,而我们则往下走去追赶那只公貂羚。

我喝了一点儿水壶里的水。刚才不是奔跑就是爬山,我口渴了,而且这会儿太阳已经高高升起,天气开始变热了。我们离开山谷对面的山坡,之前我们正是从那个地方爬上来追踪这只受伤的母貂羚的,于是我们分成了几组,从这山下面的高高的草丛里开始搜索那只公貂羚的踪迹,然而我们并没有发现。

那些貂羚是成群结对地从草丛里跑出来的,每一只貂羚的脚印不是与其他的脚印混在一起,就是被其他的覆盖了。我们在最开始打中那只大的公貂羚那个地点附近的草茎上发现了一些血迹,追踪一段路之后,血迹消失了,随后又发现了,同时还有通往别的方向的另一道血迹。之后,因为貂羚成扇形分散跑开,脚印也随之分散了,在上了山坡或进了山谷之后,我们再也没有发现人和血迹。终于,在山谷向上大约五十米的地方,我发现一根带有血迹的草叶,我扯下草叶,把它举起来,这时我犯下了一个错误,我应该把大家全部都叫过来看看这片叶子的,因为现在除了姆科拉以外,其余的人都已经对追捕那只公貂羚没有了信心。

公貂羚不在那里,它失踪了、消失了。也许根本就不存在。谁能十分肯定地说它是一只真正的公貂羚呢?如果我没有拔出这根带血迹的草,也许能保持他们的信心。长在地上带有血迹的草是证据。一旦拔了起来,除了我和姆科拉外,就没有办法对其他人证明什么了。但是我再也找不到别的血迹了,以至于现在大家都不能一门心思地追踪了。唯一可行的办法就是搜遍每一寸草丛、每一处冲沟,来一个地毯式的搜索。可这时天气热得要命,大家的搜寻只是在做表面文章。

加利克赶了上来,他说:"都是母的,没有公的,只有大个儿的母貂羚。你已经杀死了最大的一只,我们也已经找到了它,小一点儿的母貂羚逃走了。"

"你这个傻子。"我说,然后把手指竖起来表示,"你给我听着,那是七只母的,后来是十五只母的和一只公的。公的被打中了,就在附近。"

"都是母的啊。"加利克说。

"除了一只大的母貂羚,还有一只公的也被打中了。"

我语气非常肯定,他们便都表示同意。于是又搜寻了一会儿,看得出来他们已经失去了找到那只公貂羚的信心。

"如果我有一条好的猎狗多好,哪怕只有一条呢。"我心想。

加利克走上前来说:"都是母的、大的、母的。"他说。

这句话逗得旺德偌波—马萨伊人笑的前仰后合,他的脸上原本一副愁眉苦脸的样子。我可以看出,那个罗马人的弟弟对能找到公貂羚半信半疑。到了现在这个时间,那位丈夫已不相信我们其中的任何一个了。我感觉他甚至不相信昨晚曾经发现的羚羊。也罢,经历了这样的一次射猎,我并不怪他。

姆科拉走上前来,"没有任何发现。"他闷闷不乐地说,接着又说:"老板,你真的打中那只公的了吗?"

"是的。"我很干脆地回答。一时间我也开始怀疑是不是真的有那么一只公貂羚被我打中了。随后我仿佛又看见了它那黑色的壮实的躯体、凸起的肩隆和那两只向后翘得幅度很大的弯角,看见它和其他的貂羚一起结队奔跑,肩膀比其他貂羚都高,全身乌黑。而就在我好像能看见它的时候,姆科拉竟然拨开野蛮人认知上的迷雾,也看见了它。他不会相信原本没有见到的东西。

"对,"姆科拉同意了我说的,"我看见了,你朝它开了枪。"

我第二次把它们数了一遍说:"打中了七只母的之中最大的一个,十五只母的,一只公的,打中了公的。"

现在暂时他们又都相信了这个说法,转着圈又搜寻起来。可是他们的信心被炙热的阳光和被风吹得东倒西歪的草丛磨掉了。

"全是母的。"加利克又开始说,旺德偌波—马萨伊人张着嘴点了点头。我感到自己也失去了信心,但内心却没有感到有什么不高兴。不用在这毫无遮挡的盆地里、在那陡峭的山坡上追猎,会是一幅多么心旷神怡的景象啊。我对姆科拉说,我们可以试一试从山谷的两边往上搜,等到母貂羚的头被剥好之后,我和他可以独自下山去搜寻那只公貂羚。你不能因为他们对这件事持怀疑态度就开枪打他们。我一直没有机会培训他们,没有权利处罚他们。如果没有法律约束的话,我会开枪把加利克打死,所有的人不去追猎的话,就给我走人。我想他们还是会更加愿意去追猎的。加利克很让人讨厌,他简直是害群之马。

我和姆科拉回到了山谷下面,在那里四处走动,像猎鸟犬似的绕着圈子,我们追踪和察看一道又一道的脚印。我又热又渴,到这会儿最大的阻碍就是太阳。

"没有。"姆科拉说,我们找不到它了,不管它是公是母,我们失去了它的影踪。

"它有可能是只母的,也许这完全是疯狂的想象。"我想,就把这种怀疑当成一种自我安慰吧。我们准备搜寻右边的小山,然后重新把所有地方都再检查一遍,带回那只母貂羚的头,顺便看看罗马人有没有什么发现。我渴得要死,喝光了水壶里的水。我们必须回营地才能补充水。

我们开始往山上爬,惊起一只在灌木丛里的貂羚。我差点向它开枪,却发现是母的。我想,这显示出猎物可以隐藏得这般好。我们需要集中人员,彻底把这个地方再搜上一遍,就在这时,听见老头发出了一声狂叫。

"公的！公的！"一阵尖声高叫。

"在哪里？"我一边喊，一边跑向小山另一边。

"那边！那边！"他高声叫道，指向山谷顶端另一边的森林，"那边！那边！它跑向那边了！那边！"

我们拼命朝那个方向奔跑，但那只跑进山坡的森林里的公貂羚不见了。老头说它有庞大的体形，皮毛是黑色的，长着两只大角，从离他十米远的地方跑过，身上有两处中弹的部位，一处在腹部，另一处位于屁股上边一些，伤势很重，但跑的速度还是很快，它越过山谷，穿过那些大石头，上了山坡。

我想我应该是打中了它的腹部。当它逃跑时，它的臀部被我的另一颗子弹打中。它曾一度倒地昏死过去，但是那时我们没有找到它。后来，等我们离开之后，它又起身逃走了。

"来吧，快跟着我走！"我说。现在所有人的心情都变得激动起来，开始愿意行动了，老头一边念叨着这只公貂羚，一边叠好母貂羚的皮，头上顶着那个头骨，大家便开始穿行在岩石堆间，一路向上，爬上山坡。到了刚才老头指着的地方，只见有一串很大的貂羚脚印，这些蹄印之间的间距很大，一直往上延伸进森林，脚印上面有很多的血迹。

我们循着脚印和血迹快速地追踪，希望惊起这头受伤的羚羊，朝它再开上一枪，在树荫里顺着血迹追踪是件容易的事。但是那家伙不停地绕着山往上爬，而且它的速度很快。我们一直追赶着湿润醒目的血迹，但怎么也追不上它。我没有一味盯着血迹追踪，而是间断地注视着前面，希望能在它回头张望时看见它，或发现它往下跑，穿过森林、越过小山。姆科拉和加利克在追踪血迹，帮忙追赶的还有除了那个老头之外的所有人，他自己头发花白的脑袋上顶着母貂羚的头骨和头皮，走得摇摇晃晃。身上挂着姆科拉的空水壶，加利克把电影摄影机也让他背着。老头被弄得不堪重负。

有一次，我们到达那只公貂羚曾经停下休息的地方，仔细观察它是否返回来，在一处灌木丛后面的一块岩石上发现有一小摊血，我忍不住抱怨那该死的风在我们到达之前就把我们的气味散播到了这里。这时有一股微风吹过，我确信我们失去了任何惊起它的机会了，因为任何能动弹的动物都会被在我们之前到达的气味吓跑。我本打算和姆科拉一起在前方进行包抄，让其他人继续追踪，尽管我们的速度非常快，石头、落叶和草叶上的血迹都还是鲜亮的，但那些山实在太陡峭，我们很难包抄过去。我真不明白我们找不到它的原因。

我们跟随着公貂羚的足迹前往上面岩石丛生、沟壑纵横的地区，在那里，爬行非常困难，我们放慢了追踪的速度。我心想，我们也许能在这里的一条冲沟里惊起它。但是，跟着那些已不再鲜亮的血迹绕着那些石块一路一直往上，到了一个突兀的岩石架上，我们到那里一看，血迹竟然没有了。它肯定是从那里下山了。那座山的坡度太陡，它不可能爬到山顶上再翻下山去。那里除了下山就没有其他的路可以走，但是它是如何走下去的呢？下去的时候又是走的哪条峡谷呢？我示意他们顺着三条它可能逃跑的路线去追踪,并亲自走到岩石架边,希望能够发现它的踪迹。他们没有发现任何的血迹,就在这时,旺德偌波—马萨伊人在右下方叫嚷起来,说他看见血迹了,我们就往下面爬去,发现了位于一块岩石上的血迹,然后继续沿着一条垂直而陡峭的山路往草甸追踪,在这期间看见几摊已干的血迹。它开始下山了,这增加了我的信心,在齐膝深的茂盛的草丛里,追踪又开始变得容易了,你不用屈膝弯腰,分开草丛来察看,所以看不清它的脚印,但因为草丛会刮擦着它的肚子,你有可能从草茎上清晰地看见它的血迹。不过现在已经干燥的血迹色泽暗淡,我这才明白它设计我们上山爬到那悬崖上,让我们浪费了很多时间。

最后,在那天清晨我们第一次看见的那片草甸附近,我发现了它的足迹,越过了干涸的河床,插入对面斜坡上树木稀疏的地区。因为那里没有云层,所以我感到了阳光,不仅炙热,更像是压在我的头顶的一种沉甸甸的分量,我还口渴极了。天气非常热,但令人心烦的不仅仅是炎热,而是太阳的重量。

加利克的追踪开始变得漫不经心,只有在我和姆科拉仔细认真察看着貂羚留下的线索时,他才像演戏似的卖力去找寻血迹。他不愿再做例行的追踪,只想先休息一会儿,然后猛追一气。那像一只蓝松鸡的旺德偌波—马萨伊人只会喋喋不休,毫无用处。我让姆科拉把长枪给他扛着,这样可以用上他。罗马人的弟弟显然不是个猎手,那位丈夫对此兴趣索然。他看起来也不像是个打猎的人。我们悄悄地追踪着,阳光已经烤焦了地面,洒落在草茎上貂羚的血迹已经变成了黑色的斑点。罗马人的弟弟、加利克和旺德偌波—马萨伊人一个接一个地停止追踪,在稀疏的树木阴影下坐着休息。

烈日炎炎,在草丛中我必须低着头、猫着腰追踪。尽管脖子上遮着一块手帕,仍然感到被晒得头昏脑涨。

姆科拉缓缓地、沉着地追踪着貂羚,很明显他对此全神贯注。他的秃脑袋上的汗水在阳光下闪烁着光芒,当汗水流进他的眼睛时,他拔起一根草茎,并用两只手轮流握着,用草茎刮掉前额和脑袋上的汗水。

我们悄悄地往前走。我常常跟老爹发誓说我跟踪猎物的本事比姆科拉更高,但现在我认识到,我过去的行为就像现在的加利克一样,当血迹一直存在时,他慢慢悠悠地追踪,当血迹消失时,他还是漫不经心地寻找。此时,天气非常炎热,头上顶着毒辣的太阳真是非常糟糕的事情,你会感觉太阳在和你的脑袋开玩笑,简直要烤熟它。我们追踪在硬邦邦的地面上的矮草丛里,那里留下的血迹已经干涸了,看起来像是草叶上的黑斑,很难发现,你必须找到下一个也许在二十米开外的黑色小斑点,派一个人守着最后发现的那一处血迹,另一个人去找下个,然后一直重复这样的行为,而且大家全部都走在血迹的那一边,用草茎指出血迹的位置,避免说话会发出声音,直到这道血迹又断了线之后,你只要用眼睛盯着最后发现的那点血迹,两个人都观察周围,想重新找到血迹,我的口干得无法说话,发信号只能举起一只手。这时地面上冒出一股热浪,我把腰直起来,缓解一下脖子的疼痛,并朝前看。这才发现姆科拉比我强很多倍,是个更杰出的追猎手。我在心里想着一定要把这一点告诉老爹。

这时候姆科拉开了个玩笑,我的嘴巴太干而无法开口说话。

"老板。"姆科拉面对着我说,我已经可以直起腰,正把脖子往后仰,借以缓解痉挛引起的疼痛。

"怎么了?"

"需要威士忌吗?"他把扁酒瓶递给我。

"你这个浑蛋。"我用英语说他,他咯咯地笑着摇摇头。

"不喝威士忌?"

"你这野蛮人。"我用斯瓦西里语说。

我们又开始了跟踪,姆科拉不停地摇头,他的动作十分好笑。不一会儿,草比刚才的高了,追踪更加容易起来。我们穿过早上在山腰上见过的那片树木稀疏的旷野,走到一座山坡,发现那些脚印又折了回来,进入了高高的草丛。在这片草丛里,我感觉半闭上眼睛都能发现它穿过草丛时在肩部留下的痕迹,于是不用追踪血迹就可以快速地朝前追去,姆科拉对此感到大为吃惊,但等我们第二次来到矮草丛和岩石堆时,追踪又开始变得很困难了。

到这时,貂羚已经不会再大量流血,太阳的高温肯定已经晒干它的伤口,我们只能偶尔在岩石的地面上发现一些星星点点的血迹。加利克已经赶上来,我有两次奇迹般地发现了血迹,然后坐在一棵树下。在另一棵树下,我可以发现那可怜的老旺德偌波—马萨伊人正在履行他扛枪者的职责,这是他的第一份也是最后一个工作。那个老头在另一棵树下,把各种装备挂在肩上,身边那颗母貂羚的头就像黑弥撒①的象征。我和姆科拉又开始缓慢地、艰难地追踪,跨过漫长的布满岩石的山坡,又折回来,往上走进另一片长有树木的草甸,我们穿过草甸之后,进入一块空地,在它的尽头有成堆的大石头。在这片空地的中央,我们彻底失去了它的踪迹,于是兜着圈子,经过了大概两个小时的搜索,才又找到血迹。

老头发现血迹的地方就位于那堆岩石下面向右大约半英里的地方。至于对付那只公貂羚的办法,老头有他自己的想法,因此他首先往下朝那里走去,这老头应该也是个好猎手。

后来我们用非常缓慢的速度追踪它,走到了一英里外的一块坚硬的石头地面上。但到了这里后我们就没办法继续追踪下去了。由于地面太硬,所以不可能留下脚印,我们也没能再找到血迹。于是我们推测这只公貂羚可能去的地方,然后根据种种猜想去追踪,但是这个地区面积太大,而我们运气不好,没有找到它。

"这样找是白费工夫。"姆科拉说。

我直起腰来,走到一棵大树的树荫下。那里非常凉爽,微风吹入我的湿衬衣,让我的肌肤有凉飕飕的感觉。我在想那只公貂羚,同时向上帝祈祷,希望我从来没开枪打过它。现在我既打伤了它,又失去了它。我知道它一直坚持跑着,一直跑出

---

① 一种弥撒后献祭动物鼓励魔鬼的活动。

这个地区。没有任何迹象显示它要兜着圈子再返回来的。今晚它会死去,然后被那些鬣狗吃掉,或者,更糟糕的是鬣狗会在它还活着的时候就发现它,把它扑倒,然后活活地吃掉它的内脏。第一只看见血迹的鬣狗会紧盯着血迹不放,直到发现这只公貂羚为止。然后鬣狗会把它的同伴找来。我觉得自己击中了那只貂羚但没能把它打死,简直就是个浑蛋。我并不在意杀死任何一种动物,因为它们早晚都会死,只要杀得干净利落就好,而对于一直存在的夜间捕杀和季节性捕杀,我是极少参与的,因此我对动物不存在丝毫负疚感。我们吃动物的肉,把它们的皮和角收藏起来。但对于这只公貂羚我却感到万分的后悔。再说,我想得到它,十分想得到它,此情溢于言表。唉,我们已用尽所有办法。一开始它下山的时候是我们最初的机会,但是错过了。我们失去了那次最好的机会,一个枪手能够获得的唯一的机会,当时,我没时间考虑打哪里,我只能打向它的整个身子。这是我本人犯下的低级错误,我这该死的,居然打中了它的肚子。这是因为太过自信能做成某事,反而漏掉了做好这件事情的一个机会。算了吧,我们已经失去了它。我想,在如此炎热的天气里,我怀疑世界上是否有哪只猎狗能追踪到它。然而这是唯一的机会。我掏出词典,问老头那罗马人有没有狗。

"没有。"老头回答。

我们绕了这么大一圈,罗马人的弟弟和那位丈夫被我派到另外一个地方去搜寻一下。我们没有发现任何东西,没有踪迹,没有脚印,没有血迹,我就对姆科拉说我们还是回营地吧。罗马人的弟弟和那位丈夫到山谷另一端去带走我们打到的那只母貂羚的肉,我们打猎失败了。

走在最前面的是我和姆科拉,其他的人跟在后面,大家穿过这片广阔的、热浪滚滚的开阔之地,往下越过干涸的河床,接着往上进入那条穿过树林凉爽舒适的小径。但最后我们还是把地点确定在斑驳的阳光和树荫间,穿行在树林里平坦而富有弹性的地面上,我们就可以不用沿着小径走,这样会绕远路。这时我们看见有一群貂羚站在不到一百米处的树林里看着我们。我把枪栓往后一拉,瞄准了角最漂亮的那只。

加利克小声说:"公的,是公的大貂羚!"

我看向他手指的方向,那是一只很大的深栗色的母貂羚,脸上有白斑点,肚子是白色的,有着结实的躯干,还有一对线条优美的角。它侧身对着我们,扭头注视我们。我仔细观察着整个貂羚群,它们全部都是母的。可以明显看出来,这就是那群貂羚,群里的那头公貂羚被我打伤后消失了,它们越过小山,在这里重新聚集在一起。

"我们返回营地去吧。"我对姆科拉说。

我们往前走时,惊动了那群貂羚,它们跳起来从我们面前跑过,穿过前面的小径。每当加利克看到一对漂亮的角时都会说:"公的,老板,那是大的公貂羚。开枪啊!老板,开枪,开枪!"

"这一群全是母的。"当它们惊慌逃窜穿越阳光散落的树林时,我对姆科拉说。

"是的。"他回应我。

"老头儿。"我叫了声,老头儿来到我的面前。

"把那母貂羚的头给向导。"我说。

老头从自己头上拿下母貂羚的头。

"不。"加利克说。

"拿着,你必须这样做。"我说。

我们继续穿行在树林里,朝营地走去。我心情稍微好了一点儿,感到好受多了。整整一个白天,我都没有再次想起羚羊。现在我们正走向营地,大伙儿正等在那里。

一般情况下,返回营地时选择一条走过的路会感觉路途短一些,但这次却好像更长了。我累得直不起腰,头昏脑涨,这是我这辈子最渴的一次。但我们穿行在树林间的时候,突然感觉凉快了,原来是太阳被一片乌云遮住了。

我们走出树林之后,向下走到平地上,看见了那道有刺灌木的围栏。这会儿乌云遮蔽着太阳,不一会儿,云完全遮蔽了天空,云层越积越厚,看起来随时会下大雨。我想,今天应该是最后一个晴朗炎热的日子了,这也许是雨季来临前反常的酷热。原来我以为,只要下雨的话,脚印就会很容易被发现,我们就能留下来等着那只公貂羚。后来,看着迅速布满天空的羊毛卷似的厚厚的云层,我想如果我们还想与全队人马会合,并且开着卡车沿着长达十英里的黑色松土道路到汉德尼的话,最好现在就出发,我指指天空。

"太不幸了。"姆科拉说。

"我们要到姆库瓦老板的营地去吗?"

"那样最好不过了,我同意。"我果断地接受了这个决定。

"我们走吧。"我说。

回到小屋和那道有刺的灌木围栏后,我们迅速把营地撤掉。有个信使带来了我们在上一个营地时 POM 和老爹动身前写的一张便条,还把我的蚊帐也带来了。便条上只是说祝我们好运,并且说他们要动身出发了。我喝了一点儿帆布水袋里的水,在一只汽油桶上坐着仰望天空。凭良心说,我没有勇气去冒险留在这里。这里一旦开始下雨,我们甚至没有办法从这里走到大路上。如果路上雨下得大的话,这一季度我们就无法离开这里,也就到不了海岸边了。那个奥地利人和老爹曾经都说过这样的话。我现在除了离开之外,毫无选择。

既然已经做出这个决定,就无须说明我留下来的愿望有多强烈了。这一天的疲倦促使我们非常容易地做出了这个决定。需要把所有的东西都装上车,大家收集火堆四周树枝上串的肉,把火堆熄灭了。

"需要吃点东西吗,老板?"卡姆问我。

"不了。"我回答,然后用英语说,"我已经筋疲力尽。"

"吃点吧,你饿了。"

"等我们到车上再吃。"

姆科拉扛着一包东西走向卡车，那张又大又扁的脸又开始变得没有生气了。他的脸只有在谈打猎或开玩笑时才会有表情。

我在火堆旁找到一只铁皮杯子，叫他拿过来威士忌，于是那张毫无表情的脸开始挤眉弄眼，他咧着嘴笑，然后他从口袋里掏出扁酒瓶。

"最好兑水。"他说。

"你这黑佬。"

其他人都在麻利地干着活儿，罗马人的妻子走过来，在不远处站着看大家把东西打包，并装在卡车上。她们有两个人，长相漂亮，身材姣好，看着有一点儿羞怯，但对一切都感到很好奇。罗马人还没有回来，我觉得跟他不告而别非常不好，我很喜欢这个罗马人。

我喝了一口已经兑过水的威士忌，看着那两对在鸡棚似的小屋墙角靠着的羚羊角。那两对羚羊角长在白色的、被收拾得干干净净的羚羊头上，向上微微盘旋，同时向两边叉开，旋了一圈又一圈，最后是两个光滑的角尖，像象牙似的，优雅地朝里弯曲。其中一对角比另一对间距窄，但伸展的高度更大。另一对也很高，但叉得比较开，相比之下显得更结实些。它们是胡桃肉色的，看着让人感觉赏心悦目。我走过去，在两角之间靠着墙竖起普林斯菲尔德，发现角尖竟然高过枪口。卡姆在搬到卡车上一些包袱后回来，我叫他拿过来照相机，然后让他站在羚羊头的旁边，给他拍了张照片。接着他拎起羚羊头，把它送到卡车上去，每颗羚羊头都很沉。

加利克正在声音很大地跟罗马人的两个妻子交谈。从我能听懂的意思看，他想用空的汽油桶交换她们的一样东西。

"到这里来。"我跟他说，他走过来，仍然觉得自己的样子很机灵。

我用英语对他说："你听着，如果我在这次游猎之旅结束前没有揍你，那将是个了不起的奇迹。一旦我决定揍你的话，我会把你打得满地找牙。就是这样。"

加利克听不懂我在说什么，但我的口气已经比词典里查出的词语更加明确地表达出我的意思。我站起身来，示意那两个女人尽快拿走那些汽油桶和汽油箱。如果我放任加利克做些越轨之事，一点儿忙也不帮她们的话，那我就真是该死了。

"上车。"我告诉他，"不。"当他要拿过一个汽油桶时，我又说了一次，"上车。"他走到卡车边上。

现在我们已经收拾妥当，准备动身。车后的包裹上绑着羚羊角，它们弯弯地伸到车外。我留给罗马人一些钱，把一张羚羊皮给了那个男孩。然后我们上了车出发。前排坐着我和旺德偌波—马萨伊人，姆科拉、加利克和那个送信的人坐在后排，他来自路旁老头他们村子里。老头在后面车厢里那一捆捆的东西上面蹲着，脑袋紧贴着车篷。我们相互告别，然后启程，经过罗马人的另一些家人身边，那些年纪很大、相貌有些丑的人正在穿过那条河边玉米地的小径旁，肉在用原木生的火堆上烤。我们顺利地越过了小溪，溪水很浅，溪岸现在很干燥，我把头扭回去，看着那片玉米地、罗马人的那些小屋还有我们曾经安营扎寨的围栏和青翠的山峦，在乌云密布的天空下这一切东西都显得黑乎乎的。

因为直到最后都没有见到罗马人,没有办法向他解释我们为什么如此着急地离开,让我心里感到很别扭。随后,顺着我们熟悉的小径驶入树林,努力抓紧时间,争取在天黑之前驶出树林。其间,我们在沼泽地碰见了两个大麻烦,加利克现在的状态是歇斯底里,当我们砍伐树枝、铲土开路时,他却在旁边对众人指手画脚,我觉得我已经忍不住要动手揍他了。他像好出风头的孩子需要挨一顿揍那样被别人惩罚。卡姆和姆科拉都在嘲笑他。他在扮演一个胜利追猎归来的人的向导。我想他现在没能戴上他的鸵鸟羽毛头饰,实在是一大遗憾。有一次,当我们在路障面前停下,我正挥舞铁锹开路时,他却在一旁弯着腰一门心思地出主意、下命令,我把铁锹柄抡起,假装无心的样子,狠狠地朝他的肚子捅了一下,他踉跄着向后,一屁股坐在了地上。我对他根本不屑一顾,而且我、姆科拉和卡姆生怕会忍不住笑出声来,就没有对视。

"我受伤了。"他爬起来,夸张地说。

"千万不要靠在挥舞铁锹的人旁边,会伤及无辜的。"我用英语说。

"我受伤了。"他捂着肚子说。

"自己揉揉吧。"我一边对他说,一边用手揉着自己的肚子给他做示范。我们全都上了车,我对这个爱表演的浑蛋开始感到有一些愧疚,这个窝囊废又可怜又讨厌,因此我对姆科拉说:"我想喝一瓶啤酒。他就掏出一瓶位于车厢后部的行装下的啤酒,我打开瓶盖儿,一口一口地喝起来,现在我们正穿过那片鹿苑似的地方。我向后看了一眼,加利克已经没事儿了口无遮拦的又在乱说。他揉揉肚子,好像是在向别人吹嘘他有多么了不起,就算被铁锹柄击中也压根儿没有事。我喝着啤酒,感觉老头正在车篷下注视着我们。

"老汉。"我叫他。

"在,老板。"他回答。

"送你点儿东西吧。"我把还剩有酒的酒瓶递给他,其实只剩一些泡沫和很少量的啤酒。

"还要啤酒吗?"姆科拉问。

"要。"我说,我一边想着啤酒,一边回忆起那年春天我们行走在通往贝恩斯德阿利兹的山路上,去参加啤酒大赛,我们没有在比赛中赢到牛犊,晚上绕着山路回家,草地上的大片水仙花被银色的月光笼罩着,我们喝得烂醉,谈论着该如何描述洒在浅色花上的月光,还回想起放在紫藤棚下的木桌上的黑啤酒,那是我们在斯托克奥尔普湖垂钓之后,穿越罗讷河谷的经历,娑罗树正在开花,在埃戈尔,钦克和我坐在木桌旁讨论,讨论的话题是能否把这些花丛称作蜡烛台。天啊,我们的讨论多么富有文学气息啊。当时正值大战之后,我们对文学有着狂热的喜爱。再后来,半夜里,在巴黎马戏场看了马斯卡对勒杜或罗迪斯对勒杜的拳击比赛之后,或从任何一场动人心魄的拳击赛(你即使喊哑了嗓子却依然觉得意犹未尽)后回来,来到利普酒店喝杯上好的啤酒。不过在战后,那些年和钦克一起到山区去钓鱼的时候,经常喝啤酒。步兵们喜欢旗帜,登山者喜欢峭壁,英国诗人喜欢啤酒,而我喜欢烈性啤酒。这是当时钦克引用了罗伯特·格雷夫斯的诗句,对我说的。我们很是厌倦一些国家的话,就到另外一些国家去,但是一成不变的就是,啤酒仍是一种绝妙的东西。连老头都明白这点,在他第一次看见我喝酒时,我就从他的眼神里看出来了。

"啤酒。"姆科拉说。他已经打开了酒瓶,我望着外面鹿苑似的山野,踩在靴子下面的汽车引擎很烫,坐在我身边的旺德倨波—马萨伊人还是像之前那样健壮,而卡姆乌凝视着绿色草泥地上的车辙。我想要凉快一点儿,就把穿着靴子的腿耷拉在车门外,同时喝着啤酒,心想如果老钦克在身边就好了,他荣获过军功十字勋章,是国王陛下第五步兵团的埃里克·爱德华·多尔曼—史密斯上尉。现在如果他在这儿的话,我们就可以讨论如何描绘这片鹿苑似的山野,把它称为鹿苑是否足够概括它的特色。老爹和钦克很像。但是因为老爹年纪比他大,因此也显得更宽容,但两人都同样是好伙伴。我曾经和钦克一起看到了世间的很多东西,后来我们各奔东西,现在我在老爹这儿学到了新东西。

然而那只倒霉的公貂羚,我应该当场把它击毙,但它是个移动目标,想要打中它,我必须去瞄准它整个身体。是的,本应如此的,你这浑蛋。但是那只母貂羚又是什么状况呢?你两次射击都失败。一次它在草丛中卧着,另一次它侧身站着。难道它也是移动目标吗?显然不是。如果我昨天晚上早点睡觉,今天事情就不会到这个地步。或者如果我已经清理干净枪管里的污垢,并把它擦拭干净,那只母貂羚就不会在我第一次开枪时跳那么高,我也就不会扑倒在地,然后第二枪打中它的肚子。如果你是个正人君子的话,就该知道一切不顺利的事都该怪你自己。我自认为我在打猎中能够超常发挥,为了证明自己的这个看法,我输掉过许多钱,但是如果冷静、客观地看待自己,我能用步枪射杀猎物,而且不会比世界上任何一个人差,我绝对能做到。可那又怎样?我射中的还是一只公貂羚的肚子,而且还让它跑掉了。我射击的水平究竟有没有我自以为的那么高呢?当然有。那么如果这样的话,我为什么又在射击那只母貂羚的时候失败了呢?真见鬼。任何人都有表现失常的时候,你没有任何理由失常。你算什么呢?我的良心呢?听着,我的良心一点儿也不受谴责。我知道自己属于哪一种浑蛋,而且知道自己擅长的事。要不是我必须在雨季之前撤离这里,我一定会打到一只公貂羚的。你明白罗马人是个好猎手,那里还有另外一群貂羚。我为什么仅仅留一个晚上就必须要离开呢?这算是哪门子的打猎啊?见鬼,不。我应该想办法赚些钱,等我第二次返回来时我们要开着车去老头的村子里,带上一些脚夫,这样就不必发愁车被困住了怎么办,之后再让他们回去,我们则把营地安在罗马人家上方的小溪上游的森林里,不急不忙地在那个地区狩猎,每天有一段时间外出打猎,有时候休息一下,空出一个星期的时间来写东西,或写半天,或隔天写点儿,逐渐把那个地区摸熟,熟悉得就像我们生长的那个湖区一带一样。我会看见水牛在它们的范围内吃草,看见从山里走出来的大象,看着它们把树枝踩断而不必开枪,我会在落叶里躺下,看着羚羊到草地上吃草,如果不是看见有比车厢里的那只更好的,我绝不开枪。我不会再花一整天的时间去追踪那只肚子上已受重伤的公貂羚,而是在岩石后面躺着,久久地注视着山腰上的它们,将它们的模样永远烙印在我的脑海中。我完全可以做到,只要加利克不带回那个辛巴老板,让他把所有的猎物射杀完就好。即使他真的这么做了,我也可以去山的另一边,那里有一片新天地,只要有时间就可以一直住在那里,并且在那里打猎。人们可以去任何卡车能到的地方。但是那里一定到处都是这样的小盆地,卡车只能像往常一样沿路驶过那里,没有人对那个地方感到熟悉,人们都到同样的地方去打猎。

"要喝点儿啤酒吗?"姆科拉问。

"要。"我说。

你的确没法儿生活在那里,人人都这样说,这样分析。蝗虫会飞来把你的庄稼吃掉,雨不会在季风之前到来,一切都干枯、毫无生机。还有会害死家禽的虱蝇和苍蝇,蚊子会传染热病,说不定还会让你得黑水热。你的畜群会死掉,没有人肯出价购买你种的咖啡豆。只有印度人才有可能靠剑麻赚钱,而每一座在沿海地带的椰子种植园都意味着有一个因为想着靠椰子赚钱或行为而被毁的人。一个白人职业猎手每年的工作时间是三个月,喝酒的时间几乎就有十二个月,而政府会因为印度人和当地土著人的利益而把这个地方毁了。这就是他们所告诉你的。没错,但是我并不是想要赚钱。我只想生活在那里,有时间打猎。我已经经历过其中的一种疾病,我每天不得不忍受无数次洗肠的痛苦,一段三英寸的大肠被肥皂和清水清洗,然后被塞回原处,这种疾病是可以治疗的,但见识过这么多事物、游览过这么多地方,可以体验这样的经历还是值得的。何况,我是在从马赛开出的脏船上感染到这种疾病的。POM 从来没有生过病。卡尔也没有。我热爱这个地区,我在这里感觉就像在家里一样,如果对于一个人说,这种在家里的感觉出现在他出生地以外的一个地方,那这就说明这个地方就是他该去的地方。再说,在我爷爷的时代,密歇根州这个地方疾病横行。人们把疾病称作发热和疟疾。在我们曾经住过几个月的托尔图加斯群岛,曾有上千人死于黄热病。当人们听到那些新大陆和新发现的岛屿上蛇发出的嘶嘶声,人们就担心自己可能会患上什么病。你得把蛇全部消灭,因为它们可能有毒。真该死,如果人们没有发明特效药,我一个月前得的那种病一定会置我于死地。我可能会因此丧命,也可能还会康复。

在条件好的地区为了保持健康,可以采取一些简单的预防措施,比假装在一个糟糕的地区安然无恙要容易。

只要有一个地方有外来者,那地方就迅速衰竭。本地的土著人在这里可以与一切和谐相处。但外来者会大肆破坏,把树木砍下,把河水抽干,水源因此被改变。一旦植被被破坏,下面的土壤很快就暴露在地表,随后就发生了严重的水土流失,就像在每一个古老的地区一样,就像我曾见证过的加拿大的土壤流失一样。大地对开发已经开始感到厌倦。一个地区会迅速地衰竭,除非人们归还土地剩余的馈赠和所有的牲畜。当人们开始放弃使用牲畜,改用机械时,大地就会迅速惩罚人们。机械不可能自动繁殖,也不可能使土壤肥沃,它的消耗是无法再生的。一个地区应该一直保持着我们刚刚发现它时的那个样子。我们是入侵者,这个地方可能会在自己生前就被我们毁掉,但我们死后这个地方依旧会存在,而我们不知道以后的改变会是什么。我估计它们的结局都会一样样。

我会重返非洲,但不会靠它谋生。我可以靠几支铅笔和几百张最便宜的纸赚钱。只要我能在我感到愉悦的地方真正地生活,而不是虚度我的光阴。我们的祖先当初到美国去就是因为这个地方值得去。那里曾是个好地方,但现在它又被我们搞得一团糟了,现在我想要去别的地方,因为我们一直有这样做的特殊权利,而且我们一直也偏爱这样做。你可以在任何时间到美国去。让其他人去美国吧,那些人不明白自己来的已经太晚了。我们的祖先见证过它最辉煌的时候,并且奋斗在这个地方值得奋斗的时候。现在我要到别的地方去,以前我们经常到别的地方去,况且还有好多地方值得去一趟。

我第一天见到一个地方的时候就能看出来这个地方好不好。这里有猎物和很多种鸟类,而且我喜欢这些土著人。在这里,我不仅可以打猎、捕鱼,也可以写作、阅读、看电影,这些都是我最想做的事情。我记得所有我看过的电影。我还喜欢看别的东西,但是这些东西才是我真正喜欢做的事情。还要加上一样滑雪。但现在我的腿活动不便,而且花时间去寻找合适的雪地并不划算。你看看,现在滑雪的人实在太多了。

汽车在这个时候从溪岸上的一处地方拐了个弯,穿过翠绿无比但长满杂草的田地,马萨伊人的村庄进入了我们的视线。

马萨伊人刚看到我们就跑了出来,我们把车停下,在围栏处被他们团团围住。人群里包括以前跟着我们的那些年轻武士,现在他们的妻儿都出来,他们的孩子们都还年幼,那些男人和女人的年龄似乎都差不多。人群里不包括老人。他们都好像是我的老朋友,把我们的面包当茶点,举办了这次成功的聚会,人们全都吃得开怀大笑,先是男人兴高采烈,接着是女人。我让姆科拉把两罐麋鹿肉罐头和浓味布丁罐头打开,将肉和布丁切成块,分给大家。我听到过,也读到过,马萨伊人赖以维持生计的食物只有拌牛奶的牲畜血,他们在近距离射向牲畜,然后从静脉的伤口往外抽血。然而,目光所及的这些马萨伊人一边津津有味地吃着面包、冷的麋鹿肉和布丁,一边大声地说笑。每个马萨伊人个子都很高,并且相貌英俊,他们一个劲儿向我问这问那,我不知道他们在说什么,接着又有五六个人加入进来不停地向我提问。不管说的是什么意思,总的来说他们是想要某样东西。最后那个高个子做了个非常奇怪的表情,发出的声音像垂死的猪,我终于明白了,他是在问我们有没有打到一头猪。我按了一下汽车喇叭,孩子们尖叫着跑开,武士们不停地笑,卡姆随大家的意愿不停地按着喇叭,我观察着妇女们脸上如痴如醉的表情,明白只要有这喇叭,他可以得到部落里任何一个女人。

最后我们必须出发了,我们分给人们空的啤酒瓶以及瓶上的标签,包括姆科拉从地上捡起来的瓶盖,然后按着让妇女们痴迷、孩子们惊慌、武士们欣喜的喇叭,出发了。武士们在奔跑着追随我们,但我们赶时间,并且这时大路穿过的山野像公园似的,路况不错,不一会儿我们就告别了他们当中的最后一批跟跑者,他们笔直地、高大威武地站在那里,身上穿着褐色的兽皮衣服,脑后有粗大的马尾辫,他们涂成红褐色的脸带着微笑,拿着长矛,目送我们离去。

太阳快要下山了,因为我不认识路,就让那送信人坐到前排,挨着旺德佲波——马萨伊人,给卡姆指路,而后排坐着我和姆科拉、加利克。赶在太阳下山之前,我们走出了公园似的那片山野,来到了干燥的、长着零星灌木的平原,我一边喝着一瓶德国啤酒,一边注视着这片地区,突然看见很多白色的鹳栖息在几乎每一棵树上。我不知道它们是正在迁徙还是在追捕蝗虫,但它们在暮色中看起来真可爱,它们把我深深地打动了,递给老头那个剩有足足两指高啤酒的酒瓶。

喝另一瓶酒的时候我把老头给忘了,直到全喝光了才想起来。(鹳在树上停栖着,右边还有些正在吃草的格兰特瞪羚。有只一路小跑的貌似灰狐狸的豺狼穿过大路。)于是我让姆科拉再开一瓶啤酒。我们穿过平原,爬行在长长的斜坡上,走向大路和村子,这时两座山进入了我们的视线,天几乎黑了,天气非常寒冷,我递给老头酒,他蹲在车篷下,像宝贝一样地接过酒瓶,慢慢喝了起来。

到了村子的时候,天已经黑了,我们把车停在路边,我按送信人带来的纸条上写明的金额付给他报酬,又按老爹说好的金额付给老头报酬,外加了他一份赏钱。随后他们发生了一场激烈地争吵。加利克声称要到主营地去拿他应得的报酬。阿布杜拉也坚持要跟去。他不相信加利克,旺德佲波——马萨伊人也可怜巴巴地希望让他也跟去。他认为其他任何一个人肯定会骗取属于自己的那份钱,而我也完全相信他们会做这样的事。还有我们无论如何也要带走之前以防万一而留下的汽油。我们的车子已经超载了,而且我们现在还不清楚前面的路况。不过我想我们也许可以带上阿布杜拉和加利克,也让旺德佲波——马萨伊人挤进来。让已经得到酬金的老头离开是没问题的,他对数额也很满意,但现在他不想下车。他抓着车篷的绳子,蹲在一捆捆行李包上,说:"我要跟老板走。"

姆科拉和卡姆只好掰开他抓紧绳子的手,把他拉下车,再重新往车上装东西,可他还在嚷嚷:"我要跟老板走。"

当他们在摸黑装车时,我的一只胳膊被老头抓住,他小声地用我听不懂的语言跟我说话。

"你已经拿到钱了啊。"我说。

"是的,老板。"他说,钱没有问题,他指的是别的事情。

我们开始上车时,他突然把我放开,从后面到车上的货物堆,加利克和阿布杜拉把他拉了下来。

"没有地方了,你不能跟去。"

他又带着乞求和恳请,轻声地跟我说着一些我听不懂的话。

"不行,没位子了。"

我突然想起我有一把袖珍的折叠刀,我从口袋里掏出来,把刀塞到他的手里。但是他又把刀塞回到我手中。

"不,我不要。"他说。

随后他站在路边,不说话了。但车子发动后,他开始在后面追着车子跑,在黑暗中我听见他在尖声叫喊:"老板！我要跟老板走!"

我们继续前进,离开停车的地方后,车灯照着前边,前面的路看起来就像是林荫大道。我们在黑夜中沿着这条大路行驶了五十五英里,一路上都没有出现什么状况。我一直没有入睡,后来卡车驶在开始走上的路况糟糕的路段,车头灯把小径从灌木丛中照来,那是很长的一段松软的黑色平地,路面上的车辙印很深。稍后,路况开始变好了一点儿,我便睡觉了,但仍然会时不时地醒过来,看见车头灯的灯光照射在重重叠叠像山一样的树上,或是光秃秃的河岸上,当我们挂着低挡缓慢地爬坡时,灯光斜照着前方。

当里程计数器上显示的数据为五十英里时,我们把车停下,姆科拉去一个土著人的茅草屋里叫醒一个人,开始询问有关营地的情况。我又睡着了,当醒来时我们正向大路拐去,行驶在一条穿越树林的小路上,可以看见营地的火堆在前方闪烁。随着我们之间的距离越来越近,车灯照到了绿色的帐篷,我开始大叫,我们都开始大叫起来,把喇叭按响,我还朝空中开了一枪,黑色夜空被火光划开,发出砰的一声巨响。我们停下车,我看见老爹穿着晨衣,从他的帐篷里走出来,显得臃肿笨重,他张开双臂把我搂住,说:"好一个猎公羚羊的能手。"

我轻拍着他的背。说:"老爹,快来看看那些羚羊角。"

"我看见了,羚羊角塞满了卡车的车厢。"他说。

随后我紧紧地抱住了穿着晨衣的POM,她的身子在那大得像条被子的晨衣里显得那么娇小,我们诉说着彼此的相思和挂念。

接着走出来的是卡尔,我说:"嗨,卡尔。"

"这些猎物真棒,我真为你高兴。"他说。

姆科拉这会儿已经搬下羚羊角,他和卡姆把它们举起来,好让大家借着火光看清楚。

"你的猎物是什么?"我问卡尔。

"就打到了一只这种家伙,你们把它叫作什么? 羚羊?"

"太棒了。"我说,我知道我打到的这只是别人望其项背的,希望他也能打到一只够棒的,"你那只有多大?"

"哦,五十七英寸吧。"卡尔说。

"我们去看看吧!"我说,心里凉了半截。

"就在那边。"老爹说,我们走到那里。世界上没有比这对角更黑更大、伸得更宽、弧度更大、分量更大的角了,它让人难以置信。我心中的炉火一下子就烧了起来,我永远也不想看见我自己的那两对羚羊角了,永远不想见到了。

"真棒。"我说,这句话从我嘴里说出来,沮丧得像蛙叫。我又试了一次,"棒极了,你是怎么做到的?"

"当时一共有三只,大小都跟这个差不多,我也不知道哪一只最大,只好几乎疯狂地射击,有四五次击中了它。"卡尔说。

"这个家伙太让人吃惊了。"我说,过了一会儿我好点了,表现正常了,但这瞒不过任何人。

"我对你也打到了羚羊感到高兴,那两只角真漂亮,我想在明天早上听你讲述打猎的全过程,今天晚上你太累了,晚安。"卡尔说。

他像往常一样善解人意地走开了,这样看来,如果我们愿意的话,这事是可以谈谈的。

"过来喝杯酒吧。"我叫道。

"不了,谢谢!我头有点痛,还是睡觉去吧。"

"晚安,卡尔。"

"晚安,晚安,可怜的老妈妈。"

"晚安。"我们齐声说。

我们喝着兑苏打水的威士忌,坐到火堆旁聊天,我把事情的全部过程告诉了大家。

"也许那只公的会被他们找到,我们应该奖励弄到角的人。把角送到狩猎部。你最大的那对角有多大?"

"五十二英寸。"

"算上弯曲部分?"

"是的,也许卡尔的更大一点儿。"

"英寸说明不了什么,这两只羚羊都非常棒。"老爹说。

"没错。但是他为什么一定要让我输得这么惨呢?"

老爹说:"他运气很好,天啊,多棒的羚羊。在此之前,我这辈子只在卡拉山上见过一只角超过五十英寸的羚羊。"

"我们离开上一个营地时就知道他打到了羚羊。卡车过来时跟我们说了,"我用所有的时间为你祈祷,你可以问杰·菲先生。"POM 说。

"你不会知道,看见走到火堆的光圈里的卡车和露到车外的那两对超棒的角的时候我们是什么感觉。"老爹说。

POM 说:"太棒了,我们再去看看它们。"

"你永远不会忘记你是如何把它们杀掉的,这是你真正的收获,那两只羚羊很漂亮。"老爹说。

但是我气恼了整整一夜,不过到了早晨,我完全没有了那种难受劲儿,我再也没有为这件事难受过。

老爹和我起了床,我们去看了那两只羚羊之后才去吃早饭。那个早晨灰蒙蒙的,有雾霾,天气很冷,雨季就快来了。

"这三只羚羊都很棒。"老爹说。

"现在看来,它们和这只大的放在一起看也没有那么糟。"我说,很奇怪,它们的确看起来很好。我心里现在已经接受了那只大羚羊,看见它的同时,我为卡尔能打到它感到高兴。它们被并排放在一起,它们的个头都不小,看起来挺般配。

"我很高兴你心里不难受了,我自己心里也舒畅多了。"老爹说。

"我现在真的为他打到那只羚羊而高兴,我自己的那只也让我感到很满意。"我真诚地说。

"我们的情感都很淳朴,每个人都会有竞争心理,但是有时它会毁掉一切。"老爹说,"我已经过了那个阶段了,现在恢复了正常,你知道的,我的这次旅行妙不可言。"

"谁说不是呢。"老爹说。

"老爹,他们握手时抓住你的大拇指拉一拉,这个动作表示什么?"

"这表示不太正式的亲兄弟般的情谊。谁对你这么做过?"

"除了卡姆之外的每一个人。"

"你快成为一个知名人士了,你肯定会成为这里老资格的猎手。坦白地说,你真的是个追猎者和射鸟大王吗?"

"去你的。"

"姆科拉也拉过你的大拇指?"

"是的。"

"好吧,好吧。我们去找夫人吃早餐吧,虽然我不是很想吃。"老爹说。

"可我想吃,从前天起我就没怎么吃过东西。"我说。

"但是喝了些啤酒,对吗?"

"哦,是的。"

"啤酒也算一种粮食。"老爹说。

我们和小夫人、老卡尔一起,愉快地吃了早餐。

一个月后,POM和卡尔及卡尔的妻子一起在阳光下坐着,背靠着加利利海边的石墙,一边吃着午餐,喝着葡萄酒,一边眺望湖面上的鹋鹏。湖面风平浪静,水面倒映着群山。很多的鹋鹏在水里游动,它们划出的水波渐渐呈扇形扩展开来,我一只只数着,心里很奇怪为什么《圣经》里从来没有提及它们。我判断写《圣经》的那些人不是博物学家。

"我不想在水面上行走,已经有人这样做过了。"卡尔眺望着这沉闷的湖面说道。

POM说:"你们知道吗? 我记不起杰·菲先生的脸了。不过我知道他很英俊。我想了很久,就是想不起来他的模样,真糟糕。他的模样跟相片上差太多。过不了多久,我可能就完全把他忘了,我现在就想不起他的模样了。"

"你必须记住他。"卡尔对她说。

"我能做到,以后我要为你写篇东西,而且我也会把他写进去。"